《当代作家评论》创刊40周年纪念文集

文学气息与文化气象

主　编　韩春燕
副主编　李桂玲

北方联合出版传媒（集团）股份有限公司
春风文艺出版社
·沈阳·

图书在版编目（CIP）数据

《当代作家评论》创刊40周年纪念文集：全5册/韩春燕主编. —沈阳：春风文艺出版社，2023.10
ISBN 978-7-5313-6536-5

Ⅰ.①当… Ⅱ.①韩… Ⅲ.①作家评论—中国—当代 Ⅳ.①I206.7

中国国家版本馆CIP数据核字（2023）第181485号

北方联合出版传媒（集团）股份有限公司
春风文艺出版社出版发行
沈阳市和平区十一纬路25号　邮编：110003
辽宁新华印务有限公司印刷

责任编辑：韩　喆	责任校对：张雨菲
封面设计：选题策划工作室	幅面尺寸：155mm × 230mm
字　　数：1643千字	印　　张：113.5
版　　次：2023年10月第1版	印　　次：2023年10月第1次
书　　号：ISBN 978-7-5313-6536-5	
定　　价：340.00元（全5册）	

版权专有　侵权必究　举报电话：024-23284391
如有质量问题，请拨打电话：024-23284384

《〈当代作家评论〉创刊40周年纪念文集》编委会

编委会主任：杨世涛

编委会成员：杨世涛　韩春燕　李桂玲　杨丹丹
　　　　　　王　宁　周　荣　薛　冰

主　　　编：韩春燕

副 主 编：李桂玲

一份杂志与一个时代的文学批评
——序《〈当代作家评论〉创刊40周年纪念文集》

王 尧

在我们不断追溯的20世纪80年代，产生了许多影响深远的历史事件。1983年那个寒冷的初冬，我在苏州的吴县招待所为陆文夫创作研讨会做会务，那是我第一次在现场感受"作家"和"作品"。当时我尚不知道，在遥远的北国沈阳，有几位先生正在紧锣密鼓地筹备《当代作家评论》的创刊。1984年与读者见面的《当代作家评论》第1期，刊登了《寄读者》和《编后记》。今天重读旧刊，《编后记》中的"江南草长，塞北冰融"一句，仍然让我动容。编辑部诸君说："在编完了这本刊物第一期的时候，已经到年终岁尾。春来了，我们仿佛已感到了她的气息，听到了她的脚步声。"这样的修辞，简单朴素甚至稚嫩地传递了一个时代文学理想主义者的情怀。流光如箭，因循不觉韶光换，如果从1983年筹备之时算起，《当代作家评论》40年了。

这份跨世纪的刊物，在改革开放大背景下与中国当代文学同频共振，给中国当代文学批评史和中国当代文学史都留下深刻痕迹，堪称中国当代文学史上的"文学事件"。不妨说，读懂《当代作家评论》，便能读懂近40年中国的文学和文学批评。应运而生的《当代作家评论》是80年代文学与思想文化的灿烂景观之一，它当年未必特别引人注目，但近40年过去了，它依然保持着80年代文学的理想、情怀和开放包容的气度,这一点弥足珍贵。90年代以后,《当代作家评论》经受住了消费主义意识形态的考验,其不断增强的"专业"精神守护住了"文学性"和"学术性"。在文学回到自身的80年代,在文学守住自身的90年代,以及在其后的时间里,《当代作家评论》避免了起落,以自己的方式稳定发展出鲜明的气质,在同类刊物中脱颖而出。同时我们看到,一些曾经风骚一时的刊物出于各种原因消失了,一些原本专业的刊物转向了。今天仍然活跃着的几家刊物,如《文艺争鸣》《小说评论》《当代文坛》《南方文坛》和《扬子江文学评论》《中国文学批评》《中国当代文学研究》等,与《当代作家评论》交相辉映,构成了中国当代文学批评的良好生态。中国当代文学的阐释和中国当代文学批评的成熟,我说到的这些刊物功莫大焉。

在这样的大势中,《当代作家评论》成为"文学东北"的一个重要文化符号。我这里并不是强调这份杂志的"地方性",近几年来文学研究的地方性路径受到重视,包括地方性文学史料的整理也逐渐加强。在现有的期刊秩序中,刊物通常会划分为"国家级"和"地方级",而"地方级"刊物通常又被"地方"期待为"地方"服务。我觉得《当代作家评论》近40年以自己的方式突破了这样一种秩序。作为辽宁省主办的刊物,它自然会关注辽宁和东北的文学创作,重视培养东北的批评家。《〈当代作家评论〉30年文选(1984—2013)》中有一卷《新生活从这里开始》,专收研究辽宁作家的文论,许多东北批评家的成长也与《当代作家评论》密切相关。但无论辽宁还是东北文学都是中国当代文学整体的一部分,《当代作家评论》以更开阔的视野关注当代文学创作的重大问题,从而使这本杂志集结了中国和海外的优秀批评家,赢得了广泛的学术赞誉。我曾经关注海外中国文学研究,在国外大学访问时会专门去看看东亚系的图书室,常在杂志架上看到《当代作家评论》,当时的感觉就像在异国他乡遇到故人。这些年东北经济沉浮,振兴东北成为国人的强烈期待。正如马克思主义经典作家论述的那样,历史上,某一国家或地区的经济发展和文化发展有时是不平衡的,恩格斯说经济落后的国家在哲学上仍然能够演奏第一小提琴。因此，换一个角度看，《当代作家评论》不仅在文学上，在文化上对辽宁和东北都极具重要意义。

文学期刊也是"现代性"的产物。多数当代文学批评刊物的创办和成熟都是在20世纪八九十年代，几本后起的刊物如《扬子江文学评论》和《中国文学批评》则在近十年。20世纪八九十年代是文学相对自觉和学术转型的年代，21世纪之后得以发展的刊物在很大程度上是因为传承了20世纪八九十年代文学和学术的基本精神。在文学制度层面上考察，文学批评杂志作为文学生产与传播机制的一部分，它的办刊方针无疑会遵循文学制度的原则要求，但批评的"学术体制"则需要刊物自身的创造。在这一点上，《当代作家评论》经过40年的探索，形成了其成熟的文学批评生产机制。以我的观察，这个生产机制至少有这样几个层面：主管单位指导而不干预；主编的学术个性事实上影响着刊物的气质；以学术的方式介入文学现场，在场而又超越；即时性的批评与文学研究的经典化相结合；像关注作家那样关注批评家；等等。这一机制的产生，显示了当代学术刊物作为文学"现代性"产物的成熟。在当下复杂的文化现实中，干扰刊物的"非学术"因素很多，而办刊者如何坚守学术理想、良知和责任，在很大程度上维系着这个机制的运转。我是在20世纪末和林建法先生相识的，他背着一个书包出现在我的面前。在短暂的交流中，我感觉他除了说杂志还是说杂志。在此后将近20年的相处中，我们是非常亲近的朋友。我在写这篇序言时，重新阅读了我们之间的邮件，回忆了相处的一些细节，发现几乎都是在谈杂志、谈选题、谈选本，也臧否人物。我本来是一个温和的人，后来有了些锋芒，可能与建法的影响有关。曾经有朋友让我劝劝建法不必那么固执，我直接提醒了，建法不以为然，说若是不固执，刊物就散了。韩少功先生在文章中好像也说到建法的这一特点。

我曾经提出这样的观点，一份杂志总是与一个人或几个人相关联。在《当代作家评论》创刊40周年之际，我们要记住那几位已经在我们视野中逐渐消失的名字：思基、陈言、张松魁、晓凡和陈巨昌。这是20世纪80年代主持《当代作家评论》的几位主编，他们的筚路蓝缕和持续发展的工作，值得我们记取。我现在知道的是，原名田儒壁的思基早年奔赴延安，毕业于鲁艺；陈言，新四军战士；张松魁、晓凡和陈巨昌都曾在辽宁省作协任职，各有文学著述存世。余生也晚，和几位先生缘悭一面。我不熟悉他们的写作，但他们最大的作品应该是《当代作家评论》。当年大学毕业时，我和几位青年同事组"六元学社"，在《当代作家评论》发过一篇对谈，因此知道陈言先生是我的盐城同乡。2010年10月陈言先生在沈阳病逝，林建法先生致电我，我停车路边，斟酌建法写的挽联。从建法平时零零碎碎的叙述中，我知道这几位老先生一直心系杂志，陈言先生在晚年偶尔还看看稿子。新文学史上有许多同人刊物，当代称为同人刊物的大概只有昙花一现的《探求者》。《当代作家评论》当然不是同人刊物，但和许多杂志不同的是，这份杂志具有鲜明的主编个人风格。《当代作家评论》创刊时，林建法先生在福建编辑《当代文艺探索》，两年后他从福州到沈阳。从1987年1月担任副主编，到2013年卸任主编，林建法先生的青年和壮年以及老当益壮的晚年的全部心血都用在了《当代作家评论》上。这份杂志的成熟和发展一直是林建法先生念兹在兹的事，他因此赢得了文学界的尊重。我和高海涛先生在林建法先生组织的一次活动中相识，后来他联系我，希望我们这些老作者继续支持杂志。那次活动是我主持的，我特地说到辽宁省作协对主编的尊重，因为这是办好杂志的条件之一。我第一次见到韩春燕教授是在渤海大学，那几年《当代作家评论》在这所大学办过几次活动。2016年韩春燕教授离开她任教的学校到《当代作家评论》当主编，在我的意料之外，又在意料之中。这六七年思想文化语境发生了深刻变化，韩春燕主编倾心尽力，保持了《当代作家评论》的气质，又发展出新的气象。

在某种意义上说，文学批评刊物的主要功能是介入文学现场，在与创作的互动中推介作家作品，以及在作家作品和文学思潮现象的阐释中推动文学批评自身的成熟和发展。重读40年的《当代作家评论》，我们可以发现它对文学现场的介入是深度的。今天我们在文学史论述中提到的作家作品，《当代作家评论》几乎没有遗漏，尽管这些最初的论述未必是精准的，但至少是最早确认这些作品价值的文字之一。敏锐发现作家作品的意义，是当代文学批评刊物最重要的职能，也是《当代作家评论》最大的学术贡献。在文学现场中发现作品和引领文学思潮现象，成为《当代作家评论》作为文学批评刊物的主要研究内容，也使其在文学批评刊物中脱颖而出。特别值得我们重视的是，《当代作家评论》是近40年来中国当代文学批评初步经典化的主要参与者之一。这种参与的方式是主动的和学术的，刊物、作者和作家的良性互动，成为文学经典化的重要环节。要摆脱非文学非学术因素的干扰，主编及其同人的学术眼光便十分重要。在这一思路中看，《当代作家评论》的最大贡献是介入文学现场的同时参与了作家作品最初的经典化工作。选择什么研究对象，呈现的是一个杂志的价值判断。《当代作家评论》不乏批评的文字，但它最大的特点是在对研究对象的选择上，选择什么，放弃什么，这本身便是褒贬。《当代作家评论》最早出现的栏目是1986年第5期的《新时期文学十年的经验（上）》和第6期的《新时期文学十年的经验（下）》，严格意义上说这个栏目其实是专题文论。一份杂志的成熟，很大程度反映在栏目的设计上。从这一点考察，我们可以看出《当代作家评论》的"主旋律"和"多样化"。确定什么样的栏目，是学术刊物视野、品格的直接体现。

在当代中国的文化结构中，大学、研究机构和作家协会，是文学批评的主要学术来源，在社会主义市场经济体制确立之后，文学批评的自由撰稿人也越来越多。我注意到，近40年来，重要的文学批评刊物，多数是作协创办的，少数是研究机构创办的，大学学报人文社科版基本都是综合性的。作协办批评刊物，与当代文学制度最初的设计有关，文学批评一直被置于文学生产的重要环节。20世纪五六十年代，承担文学批评功能的报刊主要是《文艺报》，以及1957年创刊的综合性刊物《文学研究》（1959年改为《文学评论》），一些文学作品刊物如《人民文学》《上海文学》等也设有文学批评的栏目；另一方面，大学和研究机构，特别是大学在很长时期内并不掩饰它对文学批评的偏见，将文学批评排除在文学研究之外，或看轻文学批评的学术含量。但在中国当代文学批评的发展进程中，作家协会的批评家、研究机构的学者和大学的教授，实际上都参与其中。"文革"结束后，文学创作和文学批评的秩序重建，作家协会、大学和研究机构的批评家都异常活跃，《当代作家评论》在办刊的最初几年便呈现了这样的气象。如果做大致的比较就会发现，作家协会的批评家更擅长于作家作品论，特别是作品论；大学的批评家则善于专题研究，习惯在文学史的视野中讨论作家作品和文学思潮现象。

20世纪90年代以后，文学批评的作者结构、文学批评自身的特征都发生了诸多变化。随着大学对文学批评的再认识，特别是中国当代文学作为"现当代文学"学科的一部分，越来越多的批评家都具有了在学院接受文学批评训练的背景。作家协会的批评家仍然十分活跃，但这些批评家中的多数也是"学院"出身。这条线索便是文学批评"学院化"的进程。中国作协和中国现代文学研究会联合主办的《中国现代文学研究丛刊》，这些年也出现了批评和研究的融合，从作协转入大学的批评家们，其文学批评也逐渐体现学院体制的规范要求。在诸多刊物中，《当代作家评论》始终把与大学的合作作为办刊的主要路径，是文学批评"学术化"的倡导者之一。这一办刊特点，催生了越来越多的兼具学者和批评家身份的文学研究者。《当代作家评论》从一开始便重视发表作家的创作谈和访谈录，这构成了中国当代文学批评的另一个重要内容。近10年来，很多作家成为大学教授，这一方面改变了大学文学教育的素质，一方面也促使许多作家兼顾学术研究和文学批评。

当我这样叙述时，自然而然想到"学术共同体"这一概念。《当代作家评论》和当下许多文学批评刊物一样，已然成为文学批评的"学术共同体"。我觉得这是考察中国当代文学批评史的一条重要线索。在改革开放之后，与海外学界的人文交流增多，因而海外学者也成为《当代作家评论》等杂志的作者。除了直接发表或译介海外学者的文章外，关于海外汉学的研究也成为《当代作家评论》的新特色。这样一个变化，最重要的意义不仅是观点和方法的介绍，而是建立更大范围学术共同体可能性的尝试。我在和韩春燕主编合作主持《寻找当代文学经典》栏目时，也注意译介海外学者的相关成果。这几年，《当代作家评论》和《南方文坛》《小说评论》等杂志先后开设海外汉学译介和研究专栏，我以为是一个值得坚持的学术工作。尽管在百年未有之大变局中，全球化、地缘政治和人文交流等都有新变，但跨文化的学术对话无论如何都应当持续而不能中止。就像我们以批判的态度对待西方批评理论一样，对海外汉学的批判也是建构学术共同体的题中之义。

一份成功的学术刊物总是会集结一批优秀的作者，甚至会偏爱这些作者。《当代作家评论》的40年，也是一大批批评家成长发展的40年，不妨把它称为文学批评家的摇篮。任何一份刊物的学术理想都需要通过批评家的实践来落实，《当代作家评论》的成功之处便是吸引了一批优秀批评家来共同完成其学术理想。将批评家作为研究对象，也是《当代作家评论》的用心所在。已经实施了十多年的"《当代作家评论》年度优秀论文奖"和"中国当代文学优秀批评家奖"，无论是评奖程序还是颁奖仪式，都体现了杂志对文学批评和批评家的尊重。我们只有把文学批评和散文小说诗歌一样视为"写作"，视为思想与审美活动时，文学批评才能创造性发展。集结在《当代作家评论》的几代批评家，如吾辈也会感慨时光静好，可我老矣。《当代作家评论》的活力既体现在壮心不已的资深批评家的写作中，但更多来自青年学人的脱颖而出。这些年来，从事文学批评的学人也会抱怨"内卷"，发论文、申报项目和获奖之难困扰无数中青年学人，这一问题的解决需要重建学术评价体系，也需要学人摆脱学术的急功近利，同样也需要学术刊物为青年学人优秀论文的发表创造条件。《当代作家评论》一直重视青年批评家的培养，翻阅这些年的杂志我看到了越来越多的陌生面孔，我知道他们是《当代作家评论》的"青年"。

《当代作家评论》创刊30周年时，林建法先生出差南方，在常熟顺便开了一个座谈会。我在会上建议林建法先生编选出版一套创刊30年文选，他接受了这一建议，后来在文选序言中谈到这次会议和他对如何办杂志的理解。这套由辽宁人民出版社出版的10卷本文选，包括《百年中国文学纪事》《三十年三十部长篇》《小说家讲坛》《诗人讲坛》《想象中国的方法》《讲故事的人》《信仰是面不倒的旗帜》《先锋的皈依》《新生活从这里开始》和《华语文学印象》。这10卷文选各有侧重，或20世纪中国文学史研究和史料整理，或小说家的讲演和文论，或诗歌研究，或莫言研究专辑，或港澳台作家及海外华人作家研究，或当代辽宁作家研究，大致反映了《当代作家评论》创刊30年的主要成果。林建法先生给我初选目录时，我和他讨论，可否做一卷当代批评家研究卷，建法觉得以后考虑。

倏尔10年，接到韩春燕主编邀为40年文选作序，我一时恍惚。这10年，文学语境发生深刻变化。《当代作家评论》一如既往在文学现场，我们现在读到的由韩春燕、李桂玲主编的《〈当代作家评论〉创刊40周年纪念文集》，大致遴选近10年文论，分为《当代社会与文学现场》《语境更新与文化透视》《文学气息与文化气象》《批评大义与文学微言》和《文学旅踪与海外风景》5卷。纪念文集5卷中的文章，我平时也读过，现在再读，觉得这5卷可以和之前30年文选10卷作为一个整体来阅读。40年和40年中的10年，既有整体性，也有差异性。前30年讨论的许多问题仍然延续在后10年之中，但今夕非往昔，文学批评所处语境和面对的问题都和前30年有了不同。在这个意义上，创刊40周年纪念文集正是对"不同"的回应。

《当代作家评论》创刊后的一年我大学毕业，我没有想到自己经由这本杂志认识和熟悉了"东北"以及当代文学。人在旅途中会遇见不同的风景以及风景中的人，和《当代作家评论》的相遇，不仅是我，也是诸多批评界同行的幸运。时近秋分，听室外风雨瑟瑟，忆及过往，心生暖意，不免感慨系之。我断断续续写下这篇文章，谨表达我对《当代作家评论》的敬意。

目录

八九十年代"出走记"
——林白《一个人的战争》和《北去来辞》双论 ········程光炜 / 001

隐喻的"城堡",温暖的观照
——东紫论 ··周景雷 / 019

作为方法的"战争"
——薛忆沩"战争"小说论 ······························陈庆妃 / 031

论李洱的知识分子写作 ································邵　部 / 045

城市里的"断魂人"
——略论王宏图的城市书写 ·····························陈晓明 / 074

上海书写中的世俗性
——读《繁花》与《天香》 ·····························郭冰茹 / 087

俗世人心　自有庄严
——评陈彦的长篇小说《装台》 ············吴义勤　王金胜 / 101

重建写作的高度
——致敬李修文和《山河袈裟》 ························刘　琼 / 122

倾心营造小说的形而上世界
——毕飞宇的小说理论与创作 ···························段崇轩 / 135

一篇《锦瑟》解人难：《风声》的游牧诗学、
重复叙事和物之抒情 ……………………………余夏云 / 152
"雾霾"隐喻，或"构形"城市的方法
——《王城如海》的"北京叙述" ……………………徐　刚 / 165
"善在那里，自家却去行他"
——论冯骥才的民间"史记" ……………………胡传吉 / 178
论苏童小说的季节美学 ……………………周新民　余存哲 / 192
科学与人文张力之下的叙事
——以刘慈欣《三体》系列为中心 ……………………计文君 / 206
空间·古典·自我
——贾平凹《暂坐》与《废都》中的美术书写 ……………李徽昭 / 221
"秘史"之外的"天时·地利·人和"
——《白鹿原》中的农业地理与地方记忆研究 ……………樊　星 / 236
论汪曾祺故里小说的气氛审美 ……………………余岱宗 / 251
不见色，无字书
——评黎紫书《流俗地》 ……………………刘诗宇 / 270
《回响》：多维的回响 ……………………南　帆 / 284
危困叙事与突转模式
——论《九三年》与《惊心动魄的一幕》 ……………李建军 / 297
文学气息与文化气象
——王蒙文艺思想研究札记 ……………………曾　攀 / 322
动荡年代的动物诗学
——贾平凹《古炉》中的人伦、革命与自然 ……………胡行舟 / 335

八九十年代"出走记"

——林白《一个人的战争》和《北去来辞》双论

程光炜

"不要问我从哪里来,我的故乡在远方。"这是台湾作家三毛《橄榄树》里的一句歌词。它深刻对应着大陆八九十年代很多人的心理情绪,也揭示出林白两部最重要的长篇小说《一个人的战争》(《花城》1994年第二期)和《北去来辞》(《十月》2012年第五、六期,原名《北往》)的价值诉求。甘阳说:"通常所说的'现代化',从知识社会学的角度上讲,无非就是指社会变迁、文化变迁的一种特殊形式,因而也就是心理结构变迁的一种特殊过程。"这种变迁"比之通常的变迁来说是最彻底、最根本、最全面、最深刻的一种变迁。"[1]李陀说:"八十年代一个特征,就是人人都有激情。什么激情呢,不是一般的激情,是继往开来的激情,人人都有这么一个抱负。

---

[1] 甘阳主编:《八十年代文化意识》,第23页,上海,上海人民出版社,2006年版。

这在今天青年人看来可能不可思议。"①陈超说:"所谓'八十年代'的形成不光有社会、文化以及历史因素,另外还有一个重要的影响因素就是年龄。那会儿我们都很年轻,从精神到身体都处于一种亢奋状态,所以我的体会是那时激情四射。人在年轻的时候相对来说是元气淋漓的"。②毋容置疑的是,这些特定的时代元素影响着林白文学作品的形成。在两部长篇小说中,我们看到主人公多米和海红离开南宁到大西南和北京游历,"不要问我到哪里去,我的故乡在远方"是她们最茫然的青春,更是就她们过去生活而言一种最深刻的变迁。在决定嫁给年长自己二十多岁的史道良的一瞬间,三十岁的海红心中闪现的念头是:"能跟某一个人私奔就好了,远走天涯!这念头使她精神一振。火车站,是啊,火车站。"③

---

① 查建英:《八十年代访谈录》中对李陀的"访谈",第252页,北京,生活·读书·新知三联书店,2006年版。

② 陈超、李建周:《80年代有划痕的录像带——陈超访谈录》,《新诗评论》2009年第一辑。

③ 本文所依据的林白长篇小说《一个人的战争》是1997年江苏文艺出版社出版的版本。作者在"后记"中说:"《一个人的战争》是我发表的第一部长篇小说,它写于一九九三年四月至九月。"发表、出版时的错漏让她颇为不满:"此作首刊于《花城》一九九四年二期,发表出来的时候出了一个错误,把第四章的标题'傻瓜爱情'排在了第三章三分之二的地方,我当时曾希望登一个更正,未能如愿,一直耿耿于怀。这是第一个版本。第二个版本是甘肃人民出版社一九九四年七月版,这是一个十分糟糕但又流传甚广的版本,某些人身攻击和恶意诋毁以及误解大概就来自这个版本。这个版本的封面用了一幅看起来使人产生色情联想的、类似春宫图的摄影作封面。""第三个版本是内蒙古人民出版社一九九六年十月版,这个版本的出版过程亦十分曲折。""第四个版本就是这次江苏文艺出版社出版的文集中所收的版本,这是我为文集修订的一个完整的版本,在这个版本中我将首刊时的题记全部恢复,并把这段话放到了全书的最后,作为结尾。""这是我感到满意的一个版本,在此我郑重地向所有想要读一读《一个人的战争》的人推荐这个版本。"

一、离开南宁

林白小说有强烈的"自叙传"背景。多米和海红,一个毕业于武汉大学图书情报系,一个毕业于中山大学中文系,都是孤身一人在省图书馆、电影制片厂工作,狂热写诗和热爱幻想,在南宁有一个诗人圈子,又都敏感自尊,有过一次短暂婚史。这段生活与作家的亲身经历颇为相似。在椰子树不停摇晃、狭窄破旧的南宁街头,人们看到当时身穿一身红衣的她们骑车在一路狂奔。这座地处边陲的省城在文学青年海红眼里,"生活枯燥沉闷——书店里的书是旧的,摇滚、话剧、像样的画展,一概没有——像一团无从发酵的死面!"这是她们毫不犹豫决定离开此地的理由。

《一个人的战争》和《北去来辞》的人物构思和结构安排有不少交错重复的地方。但《一个人的战争》更像是"鲁滨逊漂流记"那种青年人的冒险故事。小说发表于一九九四年春,料想它是作者六年前个人游历及内心想象的复制。林白那时写诗,或许还热衷读反映美国当代叛逆流浪文化的《伊甸园之门》《流放者的归来》《在路上》,尤其是普拉斯自白派诗歌、波伏娃的《第二性》和杜拉斯自传小说《情人》等。[①]这种文化观念也正在国内诗人圈子中流行。"非非""莽汉"诗人打架斗殴、非婚同居和流浪出走成风,被看作是一种勇敢浪漫的气质。"万夏在与郭力家'通了半年信'之后,'跑到东北去,然后把两边李亚伟、马松和郭力家全部都联系起了。'他还多次外出去了'贵阳、广州、深圳那边',将诗歌传播到更广范围,而且将外界信息带回。杨黎就此对万夏说到:'你那时候走了很多地

[①] 说到林白小说的创作气质受她写诗经验的深刻影响,仅她游逛大江南北一事即可证明。在当代小说家中,极少或者可能还没有一个人如此——拿出主要作品和篇幅叙述与个人游历有关的事迹,也不会在故事中安排那么多曲折传奇的流浪细节。

方，你带回来很多信息，基本上我和外面的接触都源自于你带来的信息。比如说《他们》，还有《大陆》，孟浪和默默，韩东、于坚他们。'李亚伟从1984年到1990年，'总是在无休无止的行走中度过'，'三下海南，七上武汉'。杨黎也在1987年与李亚伟一同外出：'我们从成都出发，去了宜宾、重庆，又去了十堰。然后是柳州、镇江，再坐船到海南。最后又从海南坐船到广州，从广州坐火车去武汉、长沙，再回到重庆。'周伦佑、杨黎等因编印《非非》，多次前往宜昌、武汉、西安、兰州等地。正如李亚伟夫子自道：'1985年到1986年是"莽汉"诗歌活动和传播的高峰期，诗人们常常乘车赶船、长途跋涉互相串门，如同赶集或走亲戚一般，走遍了大江南北，结识了无数朋友。"[①]在这个历史窗口里，人们看到国家的改革开放进入深度实验，打破铁饭碗、价格双轨制、留职停薪政策全面实行，车站、码头上拥挤着推销员、乡镇企业老板、青年野心家、文化出版骗子和知识分子，而不是今天遍地的民工。走南闯北是那年代盛行的风气。人口迁徙正是历史文化变迁的一种明显形式。而诗人们的云走四方则是挑战传统社会、寻找与重建自我的行为，他们虽不像商人追求资本利润和扩张市场，但历史洪流中的这道独特风景，也表明社会人群之精神生活的复苏。"天下熙熙，皆为利来；天下攘攘，皆为利往"本是中国人根深蒂固的人生哲学，两千年来往往浩劫乱世刚刚停歇，一切就会故我照常。受诗人们波希米亚风气感染的多米，决定来一次鲁滨逊式的游历壮举并不意外。她没采用诗人成群结伴的方式，而是个人独行，但这里面的冒险冲动和性爱成分丝毫未见减少。

多米具有林白诸多小说女主人公自闭迟钝又莽撞大胆的双重气质。二十四岁带着一百四十元全部财产的她，此时正在武汉驶往重

[①] 罗文军：《成都内外：对四川第三代诗歌传播的社会学考察》，《当代作家评论》2011年第3期。

庆的客轮上。她生性厌恶平淡，这使她无意识地"带有单身出游的印记"在船舷甲板上随意走动。年已三十七岁却谎称二十七岁未婚的武汉船员矢村注意到了这个鲜活的猎物。矢村上来搭话，缺少经验的多米极度紧张，但见他身着服务员的白色外套，心想"假如他是一个坏人，找他单位领导也是很容易的。"因此便放松了警惕。矢村居然告诉她自己的真实姓名和家庭背景。关键是长相酷似日本电影《追捕》中矢村警长的这位男船员英俊挺拔，"我则渴望着冒险的个人英雄主义"，男女越轨于是有了合理逻辑。擅长风月在客轮上可能多次得手的矢村"每一次质的突破都势如破竹。"多米明知矢村不是为爱情而来，但她仍然决定试试。"在一次次集体活动的卡拉OK中，我总是不敢唱歌，我紧张万分"。要突破性格自闭困境，就得朝相反方向冒进，"危险"因此变成了"自我救赎"。在风起浪高的船舷边，我们看到矢村试探性地揽了揽多米的腰，"她糊里糊涂地就让他揽住了。"但接着"热乎乎的气息直抵她的嘴唇"，动作娴熟有力且恰到好处。船到岸后，男船员乘机把她邀到一家旅馆，多米见他用一张盖着单位公章的假证明登记住宿居然默认，"很轻的风从窗口潜入，掠过多米的身上，她感到一阵凉意，这使她悚然一惊，她发现身上衣服的扣子已经被男人完全解开了。"（杜拉斯小说《情人》也有相类似的细节）

一阵剧痛滞留在多米的体内，只要男人一动，这痛就会增加，就像有火，在身体的某个地方烧烤着，火辣辣地痛。

那年代，很多文学青年都有浓厚的五四情结，心怀理想并傲视社会是这群人最易辨认的人生姿态。因此多米不觉得自己吃亏，她反为一种"新女性"的自我想象激动着，我们再看到她的时候，她已被江津相识的川大中文系毕业的《四川日报》刘姓记者好心护送到了成都图书馆。

多米漫游大西南的目的地是峨眉山，再经贵州六盘水云南文山经百色回到南宁。她崇尚西方的女性主义，却总被好色低级的男人纠缠。洪子诚教授认为这是一部展示女性意识的"个人化写作"的作品,[①]不过读起来与晚清《二十年目睹之怪现状》的乱世叙述倒有几分相像。故事之离奇,情节之跌宕,简直叫人眼花缭乱。在文化厅招待所狼眼男人欲下手,忽被一个叫林森木的男性搭救;待狼眼男人再把多米引到一僻静无人的树丛,结果被她谎称练过武术吓住。随着峨眉山读诗男孩的出现,读者的担心才随之化解,他不仅很绅士地与多米讨论艺术理想,还慷慨把她送到山脚,并赠送他姐姐衣服为之御寒。而经过"矢村事件",我们的主人公在之后的情节中已显成熟。她独身在六盘水车站搭过路大货车穿越云贵高原,再转道百色,居然安然无恙。波澜迭起又一路顺风,预示着那个年代大多数走南闯北青年探索戏剧的必然结局,这都让紧张不安的读者最终松了口气。

二、去北京

"到北京去到北京去……那是一个远走他乡的年头。"这是《北去来辞》第11页中的一段话。[②]

《北去来辞》是《一个人的战争》的姊妹篇,海红和多米的塑造中包含着前仆后继的决绝意味。多米1988年"到北京一游",而海红借史道良之追求决定落户这里,这是她在历史变迁大背景中的最重要的出走。20世纪80年代人文理想不能总四处飘零,变成幻影,它得有个驿站。小说《北去来辞》就借此拉开序幕。

像多米一样,九十年代初的海红是女大学生,还是典型的青年诗人。在文学气氛热气腾腾的年代,男人吸引她们的不是财富地位,而是英俊外貌和文学气质。她们为文学理想,往往会不嫌对方年龄

---

① 洪子诚:《中国当代文学史》(修订版),第313页,北京,北京大学出版社,2007年版。

② 此处参考的林白《北去来辞》是北京出版社2013年1月版。

和条件奋不顾身地扑上前去，哪怕前面是万丈悬崖。在《一个人的战争》第一百〇四页（一九九七年版），后来的史道良曾化名为"宋"出现在B镇女孩多米面前。"此人瘦高，白，穿着一件细细的浅绿线格子短袖衬衣"，"我想：啊，这是从北京来的。"多米注意到他宽大的裤子上有一小块补丁，于是便想，"知识阶层的男人"很少有这样穿带补丁裤子的。宋的身高体态以及带补丁的裤子，令人想到十年后北京城那个体量相同穿着后摆翘着的旧西装旁若无人的道良。多米与宋、海红与道良的前世孽缘，后来都一一浮现小说中，让人为之唏嘘感叹。道良看上海红是为婚姻，而道良对海红则像广袤无边的北京城一样朦胧虚幻。所以，陈晓明教授发现："林白的小说习惯采用'回忆'的视点，它并不仅仅引发怀旧情调，同时也使她的叙事带有明显的自传特征和神奇的异域色彩。"[①]

　　道良在海红心目中代表着北京。因他介绍海红到报社做临时编辑的缘故，这座有着三千年历史的古都，当代中国的政治文化中心，得以进入海红的视野。"不要问我到哪里去，我的故乡在远方。"这是我读到海红初入北京圈子时她那种迷离又好奇的感觉。"海红原先认识一个艺术学院画画的，陆姓，这时从外省到中央美院进修版画。那时中央美院仍在王府井，海红去看他，正好下雪，陆见她第一句话就说：北京好冷啊！他哈气搓手，身上穿着一件呢外套，脖子裹着条特大的毛线围巾。海红穿了长羽绒服，没围脖子，也觉得冷，不停地跺脚。陆刚刚下课，领海红到学生饭堂打饭吃，吃完饭身上暖了些，一出门又是冷。海红坚持要跟陆到干面胡同他租的房子看看，说不定会有住处。"这暗示海红还在嫁不嫁道良问题上犹豫。她托在国务院侨办工作的老乡俞明雪帮忙租房，俞领她到红星胡同看一个退休部长的四合院，部长夫人却想给她介绍一个地位很高的人

[①] 陈晓明：《中国当代文学主潮》，第415页，北京，北京大学出版社，2009年版。

做男朋友。北京老百姓都知道，这种隐于喧嚣大街深处的神秘院落，经常出入那个社会阶层里的特殊人物。"夏天的时候，部长夫人打来电话，请海红陪她去参加一个小型聚会。朱仲丽，你知道吗？王稼祥的夫人。当年延安的十大美人之一。"部长夫人的声音非常悦耳柔和，犹如细滑的绸缎。"一个上层社会，海红好奇，她决定去。穿了一条白色带细格子的连衣裙，头发扎在脑后，只涂了口红，没有别的装饰。太素了，部长夫人说。一笑又说，像个在校大学生，也不错。高墙深院，门口有士兵站岗，夫人的车直接开进院子里，院落阔大，让海红吃惊。院中有一棵高大气派的树木，至今海红已不记得那是银杏还是杨树，或是古槐，但记得它威风凛凛。"

小说接着把叙述焦点转向北京各种社交活动，作者像在操作一个摄像机镜头，让海红看到许多过去从没见过的场面，这显然是一座与她经验里的边城小镇完全不同的伟大城市。最出色的社会精英、一流的信息、滚动着全球化图景的电子屏幕，这让海红感到头晕目眩，也兴奋异常。"海红有时会收到请柬。一个颁奖活动，在钓鱼台国宾馆；一个产品发布会，在人民大会堂某某厅"。钓鱼台这神秘地方，有大片草坪、假山、水域、楼台，令海红心中狂跳，"天啊天啊"，她竟坐在岸边一阵发呆。九十年代的文化活动骤减，但各种评奖颁奖活动、影视剧舞台剧研讨会依然好戏连台。各路记者没有红包，有一只磁化杯、一个电吹风、一床亚麻床单、一个傻瓜相机以礼物相送，海红把它们全拿回来，堆在房间角落。她的身体和思维像运转不停的永动机。当然偶尔也疲惫不堪。一天，海红还得到一张票，去人民大会堂听美国费城交响乐团来华演出：

天安门广场四面来风，鼓荡着她的衣襟和头发，华灯灿灿，宛若全中国的光都涌到了这里。她穿着一条黑色细格的呢裙子，一件半长的米白色短风衣。本报摄影记者给她拍了一幅照片，仰拍，她身后是巨大的大理石圆柱，擎着天空，她笑着，露出一排牙齿。她耐心接受安检，存包，在辽阔而森然的会堂里找到自己的位置。大幕拉开，有高层领导致辞，大幕再次拉开，看到黑色西服的演奏家们，庄严、肃穆、高贵。

在中国，海红是在"我爱北京天安门"的歌声中成长的一代。对北京的向往崇拜，曾是她们这代人人格世界的稳固基石。曾几何时，在风中椰子树不断摇晃的南宁城，自己和报社、杂志社、图书馆、电影制片厂一伙青年诗人，怎么热烈相互传播北京朦胧诗人创作、交友和遭遇麻烦的小道消息？热烈联想并为之以讹传讹。对她来说，从南宁到北京是从较低的历史台阶向较高的历史台阶攀登，这意味着她将有可能进入北京这座最高的文学殿堂。北京，对中国人，对海红来说，那是她最渴望登临的峨眉山顶峰。一八一九年，大学生拉斯提涅从外省来到巴黎拉丁区的伏盖公寓，结交贵族、贵妇和资本家，一心要挤进上流社会。二十世纪八九十年代的多米和海红也在走同一条道路。中国二十世纪八九十年代非常像法国的十八世纪，或者说它是以复制西方十八世纪资本主义的独特方式把小说主人公多米海红引进了读者视野。诗歌、小说也许是一个比喻，只有通过它们，多米、海红才会接触认识宋和道良。在八九十年代，诗歌小说是多米海红，当然也是无数文学青年——包括后来成为著名作家的的许多拉斯提涅们极其重要的上升的阶梯，这是那代人上升的阶梯——和所走过的道路。但诗人、小说家与充满金钱铜臭的拉斯提涅毕竟不同，文学是他们留给中国上世纪后二十年的最珍贵的遗产。

然而，海红不可能总在北京城里漂浮闲逛和犹豫。一天，道良的脸终于沉黑下来，说，你住在这里大半年，如果不结婚，就不能再留你了。无疑是最后通牒。海红几番挣扎后还是答应下来。婚姻是与出走相交换的一份最露骨的协议。那时候，多少女人为去美国、欧洲，或来北京寻找梦想，都签过这种协议。作品为多米失身矢村找到的理由是萧军萧红,而海红知道,"两个人的关系已经不同了,有了肉体。"海红让道良关灯,月光于是穿过窗户透进卧室。躺在这个男人身下的海红心里想:"月光却使它虚无,遗世独立,更具纯粹的的美感。"

三、出北京记

海红的生活简直是一团糟。她本是性格古怪且能力差的女孩,道良偏偏脾气僵硬死板。林白过去的小说喜欢写扑朔迷离的意象感觉,给人虚飘的印象。这回她有意加强写实成分,小说的实感忽然间大为丰富充实。设想中的美好生活,因女儿春泱出生而变成了垃圾箱。婴儿、职业、家务"互相冲撞纠缠,搅成一团。六点半!闹钟设置在这个节点上。"家里到处是"毛巾、饼干、牙刷、护肤霜、奶粉、梳子、书包、钥匙、孩子的哭声,这一切,像苍蝇在狭窄的屋子里乱飞"。

及至道良退休,热衷胡思乱想的海红却与他过上了老年停滞般的生活。好在有道良湖北老家侄女银禾帮忙,脆弱的她才不致崩溃。《北去来辞》结构上故意将《一个人的战争》与另一部长篇《妇女闲聊录》搭配混装,主人公内部视镜与外部视镜交相辉映,海红一家和银禾一家的生活史在九十年代社会舞台分别展开,其宏阔的空间和叙述力度远远超过作家之前的任何作品。九十年代转型社会的多元性,通过道良的日常生活,海红道良夫妻的矛盾,以及银禾的叙述和她那个神通广大的打工女儿雨喜,在深圳、东莞、广州、新疆、北京等多重视点上延伸转移,被作品一一呈现展览。道良应该是林白小说塑造得最成功的人物。十几年前,他在一所著名大学教书,再改行当报纸主编,正遭逢时代剧变。这个五十年代的大学生在九十年代重大社会变迁中的遭遇及其心理,大概是林白对当代小说人物画廊的重要贡献。在我看来,道良和海红像是小说最精彩的对照记。

  道良日渐狭窄的生活，在春泱上学和书房日常两个点上重复再现。读者通过海红看到，老来得女的道良对马虎粗心的银禾接送春泱"一万个不放心"。银禾出门总忘关门，带春泱上大街像走在乡下自家田埂上，一路横冲直撞，完全无视红绿灯和急速的汽车，"道良早上要跟在两人身后走出很远，傍晚则要远迎到半道上。所以，春泱上学，小学、初中、高中，每天几乎总是有两个人在接送。"面对如此脸面尽失的场景，海红心里狠狠骂道："这样的奇观，世界上怕是不会再有第二个了。"而且对外面新事物耿耿于怀的道良，每天竟像一只龟缩不动的乌龟。他坚信，这是一个最混乱的时代，好人变坏，坏人变得更坏。他退回古代，要坚守书斋。"道良就这样沉入书桌的字帖和古钱币中。你站在门口，简直看不见他。拳头大的斗室，只能望见三堆纸山，两大一小，书桌一堆，沙发一堆，椅子上也横七竖八地堆着好些。"人像被埋在书堆里，好多天都不说一句话。几天不洗脸，不刮胡子。他能写一手行云流水的好字，看宋代书画家米芾一个"风"字，要端详半天，还老泪纵横。他衬衣总是脏兮兮的，衣领，还有袖口。他西服不光陈旧，而且日益古怪。海红最不能容忍的是，"他每到换季就送到路边的小洗衣店干洗，取回家再一穿，后面翘了起来，简直像一只秃尾巴公鸡。"在海红心灵深处，道良此时已人衣俱老。

  对两人来说，九十年代像是一个封闭窒息的高压锅。外面的世界越展越开，他们的圈子却越来越小。同道良生活在一起，她感觉自己像曹禺《雷雨》里的繁漪，快要被这个沉闷停滞的家庭逼疯了。春泱才四个月，海红就跑到云南出差。她开始与落魄文人陈青铜暧昧交往，到他劲松家中一整天地谈书、看录像、聊天。肩并肩骑车去参加新书发布会，在东四北大街一小店吃卤煮火烧。下岗的海红为写书挣钱，应出版社之约参加"走过黄河"的活动。她甚至还有一次出轨行为，当然也都到床上匆忙的动作为止。她有几个文艺饭局,但总担心回家晚道良会黑脸。对年轻妻子的文艺活动,道良刻薄讥讽是"男盗女娼"。因过度紧张压抑,海红担心自己得了抑郁症,看过专家门诊,又去中医院挂号拿药,没完没了地熬药吃药。像《一个人的战争》一样,林白总喜欢把主人公压抑封闭的悲剧归因于少年时代缺乏母爱,对母亲的怨恨,屡屡出现在作品中,当作推进深化小说叙述的手段,当然经常这样也感觉重复和乏味。

"海红动不动就想逃离家庭。"这是小说下部的第一句话。它像一面镜子,映照出十多年前海红从南宁来北京的林林总总,也让我们看到道良一九六三年以来的生活往事,大学年代他也曾是有为的青年,中年时期风华正茂事业有成,还有她去丈夫湖北老家的见闻,包括她去武汉一家杂志重新就职的点点滴滴。她在日记中对道良说:"生活太沉闷了。"他们决定到民政局办离婚手续。"离婚申请书上有一栏是离婚原因,工作人员填上了'感情破裂'。海红说,不是感情破裂,我们感情没有破裂,而是生活理念不同。道良对此颇感动。"回望十多年前,海红就是带着简单行囊,孤自一人千里迢迢到北京投奔道良。多年之后,又是她一人离开道良去武汉谋生求职,重新开始浪迹天涯的生活。在轰隆隆开往南方的火车上,想起这些昔日往事,目睹完全破灭的理想世界,海红真想扑在卧铺床上大哭一场,把五脏六腑都哭出来。

但对林白来说,《北去来辞》毕竟是《一个人的战争》之后一个更高的艺术台阶。对海红来说,她已从三十岁变成将近五十岁的女人,经历了这么多事,走过那么多沟沟坎坎,心理毕竟渐趋成熟。对爱情婚姻,对道良,她都有了上了一个台阶的全新见解。而对八十年代来说,在九十年代生活过的人们,就像经历了人生的六番轮回,这是人生的大幻梦,这是佛教教义对人生如梦的再一次提示。林白正是在这里让我们重新认识了她。她不愧是眼光独具,富有自我突破创新能力,且像海红那样不停追求并境界逐渐阔大的一流作家。小说就这样把我们带到了全篇的动人一幕。一日,离婚不离家的海红从武汉乘车回北京，忽然在夜里窗外灯光一闪一灭的情景中，发现一个体型姿态颇像道良的老人，一人正摸黑晃晃荡荡地上卧铺厕所。海红这是与离家出走三个月后的前夫再次相遇。

也许他早就想离家出走了。多年来，出于责任他才熬到今天。

在海红返回自己铺位的途中，借着脚灯的亮光她看见了史道良。道良，她的生活伴侣，她在这里见到了他。

惊悚之中的海红胡乱地想到，道良七十多岁时出走，还患有严重的糖尿病，人海茫茫，不知道有谁来管他照顾他。一刹那间却相信，他们虽不再是夫妻，但道良仍是她在人世间至亲的亲人。然而不知何故，她和道良在擦身而过的一瞬间竟没有相认，在委屈、温馨与痛苦中，她又感到这是一种解脱：

见到道良，海红心里闪过一句话：走了也好，这个世界已经不是他的世界。随即被自己的硬心肠惊了一下。走了也好啊，她还是这么想。

四、追忆与复现

"追忆"是这两部长篇小说最重要的引擎，而"出走"是主人公的叙述手段。"追忆"推动故事发展，而"出走"则配合"追忆"主题贯穿两部作品——这就是读者所熟知的一种林白式充满感伤和自怨自艾的旋律。或说这也是法国作家杜拉斯小说《情人》那种因时间距离而恍若隔世的格调。宇文所安的《追忆》一书告诉我们，杜甫短诗《江南逢李龟年》记述安史之乱后，他和好友兼著名宫廷乐师李龟年双双失去安乐繁华，半生陷入流离颠沛的故事。一日杜甫看到已入暮年的乐师正在江南某宴会上为人演唱。"杜甫'认出了'李龟年，从李龟年的眼中看出了自己目前的境况"，禁不住"掩泣罢酒。"宇文所安于是评论说："过去成了一种看不见摸不着的东西，成了必须竭诚追求的渴慕对象；它经过改头换面才保存下来，失去了过去，使人感到悲哀。"他进一步令人吃惊地发现："中国古典文学就给人以这样的承诺：优秀的作家借助于它，能够身垂不朽。""它不但能使作家名垂千古，也能让作家内在的东西流传不衰，因此，后世的人读了他的作品，有可能真正了解他这个人。""中国古典文学渗透了对不朽的期望，它们成了它的核心主题之一。"然而更耐人寻味的是，通过作家追忆自己生活的叙述手法，"古典文学常常从自身复制出自身"，"拿前人的行为和作品来印证今日的复现。"①林白也不止一次说到"追忆"对她创作的重要性："在我的写作中，回望是一个基本的姿势"。"个人记忆不是一种还原性的记忆的真实，而是一种姿势，是一种以个人记忆为材料所获得的想象力。"所以，"如果我要写现在，我常常喜欢把自己放在未来的时间中，眼前的一切变成过去。"②

《一个人的战争》（1993）叙述多米1988年前后的故事，《北去来辞》（2013）写海红1982年大学毕业到南宁，90年代初嫁往北京的经历。两部小说发表与故事的发生，分别有五年和十多年的时间距离。林白以追述的方式，回望她30年来人生道路的林林总总，令人感同身受，这些追忆都通过多米和海红生活的细节在读者面前一一展现。"它不但能使作家名垂千古，也能让作家内在的东西流传不衰。"借此想到的是，"后世的人读了他的作品，有可能真正了解他这个人。"

于是我们可以说，林白重新讲述多米、海红的人生遭遇，与杜

---

① 〔美〕宇文所安：《追忆——中国古典文学中的往事再现》，第4-6、16、1页，郑学勤译，北京，生活·读书·新知三联书店，2007年版。
② 林白：《自述》，《小说评论》2002年第5期。在这篇文章中，作者说孤独和怀疑一切人是从她童年至今精神生活的主要特征。她说自己三岁丧父，母亲常年不在家。七岁开始独自生活，经历过很多次饥饿和失学。"面对现实，我是一个脆弱的人，不击自破，不战亦败。对这样的一个人来说，写作不是一种选择，而是一种宿命。"在两部长篇，和她其他一些中短篇小说中，这种讲述自己童年和成长危机的描写，都给人留下极深的印象。

甫再遇老友李龟年而抒发感慨之间，虽然相差一千多年，实则是同一种东西。安史之乱与八九十年代社会转型，都是历史大架构中的世事之变，多米海红李龟年等小人物在其中只能随波逐流，勉强应对。实际上，他们个人无意义的挣扎，更易引发有识读者心灵上的同情。作为追忆自己往事的叙述者，林白和杜甫也许并没有想如何使这些传达自己"内在的东西"变得不朽。古今中外优秀的作家，总是沉浸在自己笔下人物的悲痛之中而无力救出他们，这使他们对历史情不自禁的追忆由此达到了惊人的深度。"在所有伟大诗歌的背后，在每一位曾经为伟大诗歌所感动的读者的背后，站着伊翁之神，是他使我们浑身颤动，淌下眼泪"。①

多米和海红竟未想到，她们莽莽撞撞的闯荡就在八九十年代这个伟大混乱的历史当中。她们天真地把"出走"看作那代人摆脱旧历史和重塑自己的理所当然的行为，是对现代化启动的"社会文化变迁"的最勇敢的响应。她们无意识地模仿古典文学作品"从自身复制出自身"，同时帮助读者复现已消失在历史尘埃之中犹如安阳殷墟断简残篇的"八九十年代"。这才是促人突然"淌下眼泪"的真正原因。海红对自己说，"要追求的东西有一大把——自我、自由、爱情"，因此"离婚的念头此起彼伏"。及至她离开道良独自去武汉，才发现固执难缠的道良平日里对她的种种好处，爱她，纵容她的种种怪脾气，为女儿教育殚精竭虑，愤愤然孤立在历史潮流之外，却坚持着士大夫的自傲和清高，不与这浊世同流合污。那是一个年迈的读书人最后的气节。离婚前夕，担心海红晚上失眠，道良早出晚归地跑爱家、宜家、六里桥、十里河和四惠的家具卖场，特别替她买了一张单人木床。从《北去来辞》下部的二百四十页开始，海红便经常、不由得和自然而然地想到道良，从他一九六三年上大学到

---

① 〔美〕宇文所安：《追忆——中国古典文学中的往事再现》，第115页，郑学勤译，北京，生活·读书·新知三联书店，2007年版。

随他回湖北老家的朝朝夕夕，点点滴滴，都成为二百四十至四百一十六页的大幅主要内容。她常常从武汉回北京，火车夕发朝至，在车上睡上一夜，第二天七八点钟就到了。拎起简单行李，乘上出租车，朝日初升，又赶上上班高峰堵车，但她一点不着急。"虽然已经离婚，但这里还是家。"一进门，银禾给她热牛奶，依旧是四分之一馒头，半碗牛奶，一个鸡蛋。吃完洗漱后，看道良为她留存的报纸杂志。"中午吃粥，菜呢，一个时令青菜，另一个，瘦肉炒土豆，或雪里蕻肉末，或莴笋炒肉片。有时候会煮一只咸鸭蛋三个人分食，或者来一块酱豆腐。菜总是吃不完，银禾把剩菜拨到一个碟子里，留到晚上自己吃。"生活一如既往是热气蒸腾的，家里像是没发生任何变故，海红感到内心对道良的怨恨在一点点地淡化，模糊。离婚不离家的两人生活，还使她对他产生了一种难以抑制的依赖。

　　海红曾经设想，有一天，当道良离开这个世界，家里只剩下她一个人，那她是何等地解放，何等地自由！她将彻夜不归，将与某一个人，两情相悦，将把新的朋友请到家里。她要买一套漂亮的茶具，买一方大大的原木板作为茶台，白瓷的杯子里浅绿的茶汤，室内清气缭绕，朋友们坐在木墩上……

　　但现在，她已不需要这些了……

　　道良走后一个多月，有一天她从外面回家，没有了道良的孤独感忽然袭来。在《一个人的战争》快结束时，多米也忆起十年前漫游大西南的经历，想到梅琚家里那扇镜子，这里有她的懊悔和隐痛。多米想，我跟她一样，原来也是被社会所不容的人。但读者不愿跟着海红多米略显矫情继续走，他们心硬地想，与孤身飘零的李龟年相比，她们毕竟还有宋和道良。

　　在两部小说中，"追忆"意味着多米海红对自己十多年人生经历的追忆，同时也意味着通过宋和道良这面镜子检点自己的不是。追忆不单针对别人，它也可以理解成借助别人来清理自己半生的来路。追忆因为放进了别人的因素才变得丰富，在这个意义上，才能说是真正"从自身复制出自身"。更多的人们，正是从中看出了"复现"对于"今天"的意义。三十多年后，当耳畔再次响起三毛《橄榄树》"不要问我从哪里来，我的故乡在远方"的旋律时，我们察觉不能再像以前那样粗糙理解它的深意了。虽然从生活到小说，每个人记忆中的"八九十年代"再不可能是原先的样子，小说艺术对现实生活出色的复现，却大大提高了小说对生活的概括能力。《一个人的战争》只是林白小说粗糙的实验，但被人拔高成20世纪90年代文化的标杆；《北去来辞》才使她深谙了复现的艺术，知道仅仅暴露自我并不是小说最终的目的。前者叙述放肆大胆，但并不在意多米内心的刻画，它照顾起作品来也经常力不从心；后者步步经营，稳扎稳打，耐心挖掘多重线索并力掌全局，尤其是对海红开始有了反省，让道良的性格得以全面从容地展开。《北去来辞》最大的特色，就是作者对人性拥有了充分的认识。它对道良的谅解，平添出作品动人的光晕。这使人们看到，从三十岁的多米到五十岁的海红，她们盲目而勇敢地走过的正是伟大而混乱的八九十年代，她们年轻大胆的自我探索虽然换来的是一塌糊涂的生活境况，然而是值得的，因为她们遭逢的恰恰是中国社会长期停滞后一段非常难得的个人上升的时期，人们身上难抑的理想激情堪与文艺复兴时期相提并论。这种东西，今后可能再不会有，人们再等到它们来临时，也许已是几十年上百年以后的事情。

林白小说的自我重复率很高。《一个人的战争》同《北去来辞》从主题、题材、结构、人物故事到语言叙述也是如此。宇文所安的复现理论对此有新的解释："作家们复现他们自己。他们在心里反复进行同样的运动，一遍又一遍地讲述同样的故事。他们用于掩饰他们的复现，使其有所变化的智巧，使我们了解到他们是多么强烈地渴望能够摆脱重复，能够找到某种完整地结束这个故事、得到某些新东西的途径。然而，一旦我们在新故事的表面之下发现老故事又出现了的时候，我们就认识到，这里有某种他们无法舍弃的东西，某个他们既不能理解也不能忘却的问题。"这种创作陷阱,所有作家都在所难免。不过,宇文另辟蹊径地指出:"我们由此可以得出结论说,看一个作家是否伟大,在某种程度上要以这样的对抗力来衡量,这种对抗就是上面所说的那种想要逃脱以得到某种新东西的抗争,同那种死死缠住作家不放、想要复现的冲动之间的对抗。"[1]小说作者的很多"自述"、"访谈"都给我颇为深刻的印象。[2]我想说,林白为自己,为多米和海红几乎花费了半生的岁月。这里面一定有某种她无法舍弃的东西,某个她不能忘却的问题,这里头有幸运,有命运,有其他。

(本文原刊于《当代作家评论》2014年第5期)

[1] 〔美〕宇文所安:《追忆——中国古典文学中的往事再现》,第114页,郑学勤译,北京,生活·读书·新知三联书店,2007年版。
[2] 见林白:《自述》(《小说评论》2002年第5期),林白、叶立文:《虚构的记忆》(《小说评论》2002年第5期)等文章。

隐喻的"城堡",温暖的观照

——东紫论

周景雷

按照时下对作家代际的划分标准,出生于1970年的作家东紫一般被认为是"70后"作家,但她创作中的飞扬和激愤在克服了日常生活的琐碎庸常之时常常也会被认为是在向"60后"作家靠近;加之在"70后"作家的创作集体爆发并渐成文坛主角的当下,她还在那里不温不火、不急不躁地慢步旅行,更加重了人们的这种老到的认识。与"70后"的其他作家相比,她的创作数量的确不多,且以中篇小说为主,从2004年正式发表作品到今天也有一百多万字了。她一直坚信要用质量来弥补数量的不足,只要读过她作品的人一定会相信此言不虚。比如她的《显微镜》《春茶》《白猫》[①]等作品就一直颇受好评。其实一个作家的写作经验虽然一定与其创作数量密切相关,但反证也常常存在,而且为数不少,东紫就是一例。

---

① 本文所涉作品主要来自《天涯近》《白猫》《被复习的爱情》3部作品集。

一

东紫是一位朴素的非职业写作者。她有过乡村生活经历，现在是一名药剂师。她经常沉浸在都市平民的生活节奏中，获得了非常丰厚的日常生活经验。当她构思并开始创作的时候，她一定是有意无意地综合了所有的经验。之所以这样说，是因为我们经常在她的作品中嗅到其生活的踪迹和附着于这踪迹之上的气味。比如她擅写疾病，认真揣摩官场的生存情态，仔细描摹日常生活中的细小情节，准确捕获小市民（包括亲人、朋友）的瞬时情感，不时在城乡之间做空间转换……不过，也正是由于这些经验的特殊组合才在她的创作中形成一种城堡效应。也就是说，在东紫的几乎所有创作中，她都设定了一个边界相对清晰的现实世界，在这个世界里，所有的情感、情态、境况都能够自我繁殖、延伸和相互交织、纠缠，就像一座城墙厚重的城堡。这样一种命名容易让人想起卡夫卡的名作《城堡》，只不过在卡夫卡那里探讨的是如何走进迷失的城堡，而在东紫这里呈现的却是人们如何走出这困顿的城堡。这一进一出是不是就是现代主义与现实主义的区别之一呢？

城堡里的主体当然是人，但不是一个人，而是一群人，不仅是一群人，更是多种人生。由于多重人生的交织，这使她笔下的城堡中各色人等总是处于一种极不平衡的状态，那就是冲撞、挣扎。应该说，冲撞、挣扎这四个字比较好地概括了城堡中人的生存本相。这其中既疲于奔命，又似乎悠然自得；既表现现实生活对人的的逼迫、挤压和摧残，也挖掘了人内心的灰暗、冷漠和狭仄；既有山重水复的逃离，也有柳暗花明的回归；有时阳光明媚，有时风雨飘摇。总之，这是一个掩映在平静世界之下的动荡存在。比如在《天涯近》中，"我"在富裕的家庭与潦倒的社会现实之间的徘徊，在《显微镜》中，印小青在职业良心、家庭温暖和朋友关系之间的冲撞，在

《左左右右》中，姚遥、岳非等在权力、金钱、爱情、友情以及生存之间的挣扎。在东紫的创作中，表现亲情间的挣扎似乎更多一些，比如《幸福生活》《不会吐痰》《穿堂风》《乐乐》《同床共枕》《白猫》等。作者把她的关注点定位在家庭与亲情之上，显现其从一个社会构成的最小单位层面来把握和解析社会的真诚努力。我们想得到的事实是，几乎所有的社会矛盾以及呈现这些矛盾的细节都会漫漶和浓缩在家庭与亲情关系上，并且能够实现历史与现实的自动整合。

《被复习的爱情》可能是东紫全部创作中最具挣扎、冲撞色彩的小说。音乐科班出身的梁紫月因遭到了丈夫的"强奸"而醒悟，于是开始了一场伟大的恢复爱情的运动，但这只是一个梦想。她和她的大学同学萧音、辛茹、张燕等虽然在爱情上遭遇不同，但境遇相似。她们放浪形骸、玩世不恭，揣着各自的隐痛在爱情的方舟上挣扎着。读这篇小说很容易让人想起三十年前张洁的小说《方舟》，她们在对爱情、婚姻和家庭等问题的描摹上很有些相似之处，但时代语境的变化会使作家对这些问题的体认发生根本变化。东紫要探讨的是女性在恋爱、家庭等诸多束缚中如何既能获得安逸，又能获得解脱。现代社会的爱情是一个"开满鲜花的华容道"，一个爱字，在不同的时代，在不同的人身上有不同的写法，就像华容道的游戏，有很多的走法，但是哪一个走法对，哪一个走法更滋润、更令人有幸福感，确实各人有各人的不同理解，就像作品中四个女性对自己的爱情生活的认识。但有一点是肯定的，爱情是不可以被复习的，一旦错过便永远失去。这就是她们冲撞、挣扎的根源。

冲撞、挣扎来源于人的内心与外界之间的极度失衡。东紫去表现这种失衡，除了要借此看一看人性的色泽之外，其意义还在于她的批判和质疑。比如，她质疑爱情的真诚度，质疑家庭的稳定度，质疑手足的可信度，质疑道德的有效度，质疑社会的公平度，质疑权力的正义度。每一种质疑都与社会现实紧密结合，并且都能成为现实境况的真实反映。于是在这样一个意义上，我们说东紫实现了她的创作主题，即介入和批判。

二

但我们也看到，她的小说主题从来就不是单线的，她几乎不对社会现象做简单的归纳，她愿意做出一种尽可能复杂的呈现，她认识到社会生活的关联意义并将之巧妙地构置于自己的小说创作中。但她的复杂，绝不是因为她发现并呈现了什么重大的命题。作为一名女性写作者，一位善于在日常生活中打拼、揣摩并按照社会惯性生活和生存的人，她所面对的就是生活本身，即使面临着某一个需要她去作出解释和呈现的重大问题，我相信她也会将之向日常生活转化。因为在她看来这才是身边的，才是看得见摸得着的。这似乎并不是她的专利，而在"70后"女作家身上的共性。这种所谓的生活本身就是由一丝一缕的线条、一横一竖的结构和一点一滴的事情组成的。这些事情虽然并不构成社会中的重大事件，但却能无处不在地折射或者分散重大的社会事件的冲击。于是在这个意义上，我们就会看到几乎所有的人都会分载着社会转变或者转型的重压。这种创作让我们看到了，在一个社会当中，个体从来就不是一个一个的个人，而是一个一个的阶层和一个一个的集团。身处其中的每一个个体因环境必然和偶然境况的差异而诉求不同，因此这样的平面铺叙和复杂呈现就使这些不同诉求变成了不同的主题。这样，我们不论是从哪一个角度去审视，都会看到不同的创作主旨。

在《左左右右》中，由姚遥、岳非和麦乐乐组成的所谓的"左膀右臂"的关联体中，虽然三者的现实处境并不相同，但都无力改变因在企业裁员下岗中流于底层的命运。由于这其中缠绕着在一个国企改革大背景下权力阶层与底层的对立、隔阂与矛盾（在《左左右右》中有看不见的权力阶层，有看得见的铁路医院、铁路段这样看得见的权力阶层），这样就使其创作主旨不仅得到延伸，而且还变得多样。《春茶》，从显在的主旨来看，这是描摹一个几近中年的女性在平静的日常生活中不平静的内心躁动，表现在某种和谐欢乐生活中的情感的暗涌，但作者也顺便展现了围绕春茶所发生和出现的某种社会规则及其规则中的不规则人生，这在一个更加具有批判性的层面上展现了人性的灰色状态。所以像这种小说似乎对其应该有多种命名。再比如，《珍珠树上的安全套》以道德追问为主线，但呈现出来的却不是一种道德、一种规范，而是试图将能够看得见的、摸得着的道德内容都容纳其中，在一定程度上显示了东紫作为一个作家力争在最大的横断面上为社会立此存照的努力。在这样的作品中，每一个人物、每一个事项，每一段情节，每一种铺陈可能自身构成一定范围内的小主题，就像数条小溪，可能最终汇成喧嚣的愤怒大河。而东紫在这里的任务就是将这条愤怒的大河转化为涌动不息的激情。

但我们必须看到，东紫也是一位积极的乐观主义者，她总是为其笔下的城堡预留走出去的门径。这主要表现在三个方面：首先，她的创作中，只写丑行不写恶人。她的质疑和批判是建立在对丑恶之事的揭露上的，这是一个现实主义的作家最为本分的做法。她无法改变社会现实，但她有忠实于现实的权利，能够按照生活的逻辑做真实的表述。同时她又通过创作表达出这样一种观念：虽然所有的恶行都是通过人来实现的，但人性并不总是阴暗的、自私的，人总是被某种外在的力量裹挟着，所以即使是善良的本性在被外力改变进而汇集到一起的时候，也可能产生恶的效果。这个外力就是被一再表述的复杂的现实。她通过这样一个渠道为人性做了辩解。其次，她总能够使用温暖的方式与紧张的现实之间达成和解，这是对善良人性的再次挖掘和期望。在很多作品中，经常见到的方式是，当人与现实之间的关系紧张到一定程度或者即将崩溃的时候，复苏的人性总是站出来对此予以改变。比如在《在楼群中歌唱》里，被垃圾工捡拾到的一万元钱终于有了一个富有道德性的归属；在《显微镜》中，印小青终于从一个残疾孩子的身上获得了母性；在《中午》中，梁鑫大夫从差点被自己戕害的孩子身上得到了救赎。其实在这篇小说中，主人公梁鑫的名字本身就暗含了作者的期待。再次，最值得注意的是，在东紫的几乎所有创作中都出现了孩子的元素，这些孩子甚至都不是主人公，但却都是传达创作命意的重要载体。这是中国现代文学的一个重要传统，孩子的意象延伸出了我们全部关于现世与未来的想象，常常成为考量和拷问这个世界的重要依据。关于这一点，我们似乎已无需多言。

总之，关于上述诸点，我以为，丰富的人生经历和面对社会生活的苦思冥想，常常会使作家既能够在自己的创作中保有个人的生活经验，也能够使他们在这种经验的基础上，去建构符合时代与自己要求的文学城堡。于是，一方面这个城堡连接着现实和内心深处，另一方面又指向了能够预见或者不可预见的未来。在面对现实的时候，可能是批判、质疑，甚至可能带有某种黑暗的味道，但在面向未来的时候，确实呈现出一种坚韧的温暖，呼唤一种来自人间的、追求正义、公平的亮色。

三

东紫是一位对现实的关系极其敏感的作家。在她的所有创作中，几乎不涉及历史题材，即使像《我被大鸟绑架》和《饥荒年间的肉》这样充满了玄思的作品也被现实充分地包裹着。这与一些同为"70后"作家近些年来的创作稍有不同。这可能与她对文学与历史之间的关系的认识有关。她不愿意通过表现历史来达到对现实的反思，也就是说她不善于走这样的路径，不愿意通过历史的途径去考究历史中的人和事。她更看重现实对她的逼迫，更加看重现实生活境况中的人的存在状态，因为现实中的人更加具有立体感、层次感和交叉感。实事求是地说，相对于历史和现实间的关系而言，历史的复杂性和现实的复杂性虽然一样难以把握，但现实的复杂性更加富于动态色彩。这不仅是对一个作家的耐性的考察，更是对一个作家捕捉现实复杂瞬间能力的考察。她善于对现实进行连缀和组接，或者，换句话说，她善于发现现实复杂性之间的关联点、转折点和交叉点，并用文学的眼睛透视其间的经脉关系。这些所谓的"点"起初都是很小的，但经过她的放大和挖掘，却理顺出一套莫大的系统，这套系统前后相连，左右相交，在一定程度上构成了对现实境况的真实摹拟。所以她的文学现实就是一个具有拓扑色彩的图景，即由一个点开始不断向下延伸。延伸有多远，现实就有多大。比如在《那个中午》中，由梁鑫大夫的退休起笔，先后关联到计划生育政策、年轻人的恋爱和职业选择、对残疾人的救助、城乡之间的关系和人的内心的自我拷问。这里既有真实的物质世界，但更多的是人的心灵现实，两重现实相互映照，较好地完成了对现实的深度观照。再比如，《穿堂风》这部中篇表面上看起来是两个名字叫王子丹的人之间的情爱纠葛，但其实，作者是以此为纲，不断地串联起历史关系、同事关系、朋友关系、夫妻关系、母子关系等，这些关系绝对不是一个个小圈子的关系，而是一个个社会现实在家庭、单位、公共场所等不同领域中的反映，正是这些小层面构成了完整的大层面。按照这种思路，我们似乎还可以不断放大她的其他作品，比如她的小长篇《好日子就要来了》，这部看似简单、幽默、诙谐和不经意的作品，却非常典型地代表了东紫摹写现实的模式。除此之外，《在楼群中歌唱》《被复习的爱情》《幸福的生活》《乐乐》《左左右右》等均是如此。

其实，所有的文学创作都是在表现或者表达某种关系，特别是在小说这一体裁中，这一特征更加明显，因为有了这种相互衔接的关系才有人物的复杂和情节的演进。正是在这一个意义上才能说关系成了文学的本质。借用南帆在一篇文章中引用理查德·罗蒂《后形而上学希望》中的观点来总结，就是"除了一个极其庞大的、永远可以扩张的相对于其他客体的关系网络以外，不存在关于它们的任何东西有待于被我们所认识。能够作为一条关系发生作用的每一个事物都能够被融入于另一组关系之中，以至于永远。所以可以这样说，存在着各种各样错综复杂的关系，它们或左或右，或上或下，向着所有的方向开放：你永远抵达不了没有处于彼此交叉关系之中的某个事物。"由此，南帆说："文学的特征取决于多种关系的共同作用，而不是由一种关系决定。"①但是并不是所有的作家都在其文学创作中刻意地强调了这一点。在我所阅读到的女作家的创作中，范小青对此比较关注，比如《城乡简史》简直就是一部城乡关系史。孙惠芬的《致无尽关系》直接探讨了一种复杂的伦理结构和现实的适应性问题。我曾在一篇文章中专门讨论过这个问题。②东紫也是比较突出的一位。在范小青、孙惠芬这两个例子中，前者强调了城乡之间的进与出，后者强调了家族内部的轻与重。而东紫恰恰在对关系的处理中注意到了这两点。一是除了个别篇章外，其他小说的触角都延伸到了乡村，尽管在此方面着墨并不多。这是她在小说中建立起的第一种重要的空间关系。这固然与其成长经历有关，但更重要的是她要由此构置一个比较性的批判视角，以为其冲撞的、失衡的文学城堡服务。应该说，在当下的中国，城乡关系不仅是最大的、最重要的关系之一，而且，一旦其进入到文学创作中，立刻就获得了宏观的批判色彩。时至今日，确实鲜有田园牧歌的写作；二是在东紫的大部分小说中，亲情关系（包括家庭关系、爱情关系）和朋友关系总是她的出发点和着眼点。同样，这固然与其作为女性写作者的写作个性有关，但又未尝不是她从最微观的角度把握社会、解析现实的不懈努力。在这个意义上又可以说，她是比较好地处理了宏观与微观之间的关系。

---

① 南帆：《文学研究：本质主义，亦或关系主义？》，《文艺研究》，2008年第8期。

② 周景雷：《不可探查的"关系"与"坏乡村"的秘密》，《当代作家评论》2013年第2期。

四

  由精心构置而形成的象征性结构几乎使东紫所有的小说产生了较为深刻隐喻，这甚至成为她的最为重要的文本特征和叙事手法。我始终坚信，所有的文学作品都或多或少地把隐喻作为追求的目标，并尽可能地通过这种目标追求达成对社会和人性的深度解析。同时，我也相信，有时这种隐喻的形成可能未必就是作者的自觉，它如影随形地附着在文学文本之上，并通过读者有意义的阅读而获得实现，否则，一个文学文本存在的价值就会大打折扣。一种好的隐喻在一定意义上就是更深刻的批判和叩问，就是更深刻的担当和责任。显然，在东紫的整个创作中，她对隐喻的使用不是有意的，但却是鲜明的。她几乎每一篇作品都会让读者朝着这个方向去解读。

  我们权且以广受关注的《白猫》为例，做深度解析。《白猫》并没有复杂的故事情节。"我"是一位人到中年的大学教师，与拥有医学博士身份的妻子离婚后，便与被其母亲带走的八岁的儿子音信阻隔，当再次与刚刚考上大学的儿子见面时，父子间的情感已经荡然无存。在小心翼翼地尝试修复父子关系未果的情况下，我于忧伤中转向了对儿子救助的白猫的精心照料和"抚养"，由此，"我"也观察和体验到了有关猫的情感世界。比如白猫对黄猫的执著，黑猫对人类的回护等。表面上看，这是一个"爱屋及乌"的故事，"我"对猫的容忍、照顾与不舍是对儿子的亲情渴望与投射，呈现了一个中年男人在面对亲情、友情和爱情等方面的细碎柔软的忧伤，这可能正是这篇小说刺痛我们的地方。但其实，《白猫》是一个充满了隐喻色彩的文本。作者在这个文本中建立了两种情感空间，一个是人类的情感世界，一个是以猫为代表的动物的情感世界。这两个世界中的基本元素为亲情、友情和爱情，它们因其朴素和广泛而成为维系各自空间的基本力量。作者把冷漠、隔阂的人类情感置放在热烈、执著的动物情感上炙烤，从而来叩问人类所谓的关爱和温情。首先，从父子关系出发，当我们不能意识到或者不能唤起亲情的需求与渴望时，我们对动物的怜悯和同情到底能走多远？又有多少是真诚的？其次，从动物间的依恋与担当角度出发，当我们返观人类自身时，人类间的没有功利的情爱是否真的就不存在？再次，从人类与动物间的关系出发，人类的友情是否能够真的经得起世俗的考验？由此，再进一步，在这篇小说中，作者还为我们建立了一种由"我"、前妻和儿子三人构成的另一种更为深刻的隐喻关系。"我"是一名大学教授，塑造灵魂、引领精神，是修人心性；前妻是一位医学博士，治病救人，救死扶伤，是修人性命，但却阻断了儿子与"我"的亲情联系。由于这种心性修为与性命修为的不平衡，导致了儿子在处理亲情感、同情心等方面的"畸形"状态。这是一个有关人类社会现实境况的隐喻设置，为我们提出一个重大的伦理命题，深刻地揭示了在今天这样一个高度发达的社会中人类所面临的情感困境。按照这样一个思路，我们去研读东紫小说的时候，我们就会发现，在诸如《天涯近》《左左右右》《显微镜》《穿堂风》《同床共枕》《被复习的爱情》等作品中均有如此构思，或者均能被作如此解读。特别是在《我被大鸟绑架了》《饥荒年间的肉》这两个中篇中，作者就直接地表达了她的目的。

  对于隐喻的理解似乎还有另外的角度。我们都知道，一个时代有一个时代的修辞，一个时代有一个时代的表达方式，如作家阎连科所说，在每一个故事中间，在每一个故事的内核上，找到和它相匹配的结构、叙述、语言等等，也就是说希望一种语言匹配一种小说。①比如在今天，现实生活的杂乱无章、实用功利和浅显躁动已经不适合我们再使用诗歌这样一种精致的表里如一的修辞表达。我们今天看到的铺天盖地的关于诗的写作其实往往都是徒有诗歌而无诗

---

① 周景雷：《阎连科：写作就是对现实的回应》，《文艺研究》2014年第2期。

意。歌与意的分离不仅是一种虚张声势的时代病，也是思想"肌无力"的典型特点。这种病本身用诗歌是无法解决的，那么对隐喻的使用就可能是一种时代的选择。而对东紫来说，她主要是通过隐喻的手段来为她所面对的世界做"病相报告"，这可能对具有药剂师身份的东紫来说真是出于一种职业本能。但她又几乎不把实体疾病列入自己的考查范围，当为了表达的需要而不得不要说到实体疾病的时候，那种对细节的认真描摹我宁愿相信那是出于一种职业习惯。或者也可以这样认为，她透过实体疾病看到了在此之上的非实体性疾病，隐喻就是在这样的基础上诞生的。在她的笔下，无处不在的社会矛盾在一名药剂师的打量之下常常转换为各种各样的社会疾病，比如因暴富而来的信仰迷茫、因清高而带来的内心狭隘、因离婚而带来的父子隔阂、因虚伪而带来的手足冷漠、因欲望而带来的道德失范、因弄权而带来的社会不公、因自私而带来的夫妻反目、因嫉妒而带来的相互猜忌，凡此种种，几乎在东紫的每一篇小说中，都能指陈出一种或数种疾病。这些都充分表现了在复杂的、功利的社会氛围中人的异化和因这种异化而出现的品质的异化。

以《不会吐痰》为例。老白杨树村某户人家中的老四有着憨厚、天真、勤劳、善良、内心无邪等美好品质，但因自小患病，心性迷失，角色错乱，喜欢收藏女性用品并以此来装扮自己。这让已经在城里官运亨通的老三觉得大丢颜面，特殊地在回村为母亲祝寿之际烧毁了老四所收藏的物品，并在老四阻止过程中打伤了老四并致使其死亡。我们看到，这不是简单的兄弟间的家庭纠纷，既不为债务清偿、也不为赡养老人，既不为邻里纠葛，也不为下一代成长。这些习以为常的乡村矛盾并没有纳入到作者的视野当中，作者看到的是另外一个新的病症，那些从乡村走出并功成名就的人们，当他们返乡回顾来路的时候，在用颜面光鲜、风光无限的身姿面对原有的丑陋、愚昧时所引发的虚伪和偏执。这是一个时代的病症。这样从老四的实体性疾病再到老三的非实体性病症，作者完成了一种隐喻的建构。这让我们看到，在时代的裹挟下，人的异化如何向兄弟手足波及。在这篇小说中，故事的地点是老白杨树村，一个非常中国化的意向，内中所涉人物均无名无姓，这种设置非常值得注意，它无限地扩大了人们关于隐喻的想象。也许苏珊·桑塔格的说法能够坚定我们对这个问题的认识。她说"疾病常常被用作隐喻，来使对社会腐败或不公正的指控显得活灵活现。""疾病暴露出道德的松懈或堕落，也是对这种松懈或堕落的惩罚——这种看法之根深蒂固，可以从另一个角度观察到，即混乱或腐败也被根深蒂固地描绘成疾病。"[1]除了苏珊·桑塔格所说的这些以外，我更进一步认为，在一定意义上来说，作为修辞的隐喻是作者面对特定生活时的一种理性提升，是通过世俗情怀的热烈表达所形成的高雅的忧伤，也是一个写作者在无力改变现实社会时的一种思想激愤，同时它更是写作者对世界整体性认识的概括。我这样说并不是故弄玄虚，而是在东紫的作品中切切实实地看到了批判、质疑和自我省思的力量。

总体而言，东紫的写作姿态是飞扬的。表现在具体创作中，她不断通过声态的模拟来还原生活现场，这使她在文体把握上与同时代的作家保持了距离。也就是说，当其他作家都在通过时尚的表达适应今天的快节奏的生活之时，她却选择了对传统情境的尊重。但这种尊重也带来一个问题，那就是基于语言基础上的繁复的还原和模拟不仅有可能破坏文本的流畅和美感，而且也束缚了她的自我改造和进益，这就需要进一步考虑自己所操持的话语系统了。同时她可能还需要更加轻松和含蓄地去表现这个世界，不要让主观的深度介入而影响了对现实的客观思考和判断。

（本文原刊于《当代作家评论》2015年第2期）

---

[1] 苏珊·桑塔格：《疾病的隐喻》，第65、129页，程巍译，上海，上海译文出版社，2003年版。

作为方法的"战争"
——薛忆沩"战争"小说论

陈庆妃

"'个人'或者说个人忍负的'普遍人性'是薛忆沩全部作品的共同主题,不管具体的背景是被乔装成爱情还是死亡、现在还是过去、战争还是和平。"[1] "个人与历史的冲突是我的文学着力探索的一个主题,而战争为我提供了进入这个主题的特殊通道。"[2]杜赞奇在《从民族国家拯救历史》一书中对启蒙现代性以来的历史——线性的、进化的历史进行了质疑,同时也审视了进化论历史观:"对那些停滞的、无历史的社会的破坏是一种代价,只有这样才能达到进步的目的。"这些欧洲中心视角的东方主义论调至今影响深远。晚清以来,中国为实现"进步"的理想对自身"停滞的""无历史"的社会进行了"革命""革命""再革命",然而以这些"伟大的他者"为导师的革命造就了中国新历史的同时,也改建了中国人(尤其是知识

---

[1] 薛忆沩:《流动的房间·内容简介》,广州,花城出版社,2006年版。
[2] 薛忆沩:《首战告捷·自序》,上海,华东师范大学出版社,2013年版。

分子）的精神家园。战争是革命最激进也最富有激情的表述方式，它成就了历史，也牺牲了许许多多的生命个体。战争是最具团体意识的人类行为之一，在疯狂的集体杀戮中，个体成为符码，被归类到美与丑、正义与非正义的意义空间，参与战争的具体的生命个体在战争的恢弘壮阔中变得面目模糊。建国以来的红色经典叙述更是从意识形态出发，规范了关于历史、革命、英雄的表述方式，革命者的行为被统一纳入历史的合目的性，革命英雄形象则被凝固化、本质化了，无数的生命个体被自然地排斥在"意义之外""历史之外"。

薛忆沩的"战争"系列小说站在敬畏和悲悯的人文立场，试图从战争中拯救个人。

"50后""60后"的中国当代作家都成长在火红的后革命战争年代，他们的童年经验深刻地塑造了他们，每一个男孩的成长游戏都与战争有关，他们都不同程度地受"战争文化心理"（陈思和）的影响。从这个角度来说，描写战争、思考战争就是表现他们自己的成长经验，薛忆沩也是如此。在成名作也是他的第一部长篇小说《遗弃》中，薛忆沩已经给战争留下了非常显著的位置。《遗弃》借虚构的主人公图林的写作将《老兵》《革命者》《铁匣子》三篇反映（革命）战争的短篇小说纳入其中，似乎构成了一个反省战争的单独面向。事实上，对战争的反省就是对生活本身的反省，战争如此深刻地介入日常生活，薛忆沩无法回避它去表现"生活的证词"。他对战争的表现似乎永远在战争之外，套用他本人喜欢的表达就是：他小说中的战争永远是战争/革命本身的副本。但他往往能掠过战争又穿透战争，抵达战争本质的最深处：战争是被幸存者叙述的。他回避对战争行为的具体表现和血腥描写，以非暴力的方式揭示暴力：对战争的历史叙述是语言的暴力，它掩盖了历史的细节，谋杀了生命的温度。

以激情拯救脆弱

千古文人侠客梦，现代文人也有战争情结，（革命）战争作为最壮美的生命画卷对文人具有天生的吸引力，无论他是否出身军旅。罗志田认为，近代以来的士人普遍具有革命情怀，革命与士人密切关联，"说'士变'是近代中国革命的一个重要特点，应不为过"。薛忆沩表现近现代战争的小说从具体而微的视角展现了世纪"士变"，"士变"的发生从"脆弱"开始。

脆弱——是世纪病，晚清以来中国知识分子的世纪病，它包含情感和文化心理的双重脆弱，《首战告捷》中的人物组成了一个脆弱症候群——充满"阴气"的知识群体。文化传统的失落与老中国儿女生命力的丧失造成这些人物集体性的心理脆弱，而战胜脆弱需要更猛烈的人生激情。这是文化的悲歌，也是文化的魔咒，一部分知识分子努力在文化血统上完成自我清洗，改变文化基因，并将其转化为革命起源的心理动机。对另一些知识分子而言，他们的脆弱表现为固守，以殉道的方式"反"革命。将军的父亲是一个"身材十分高大而心理极为脆弱的人"，"他的生活是靠他的脆弱来维持的"，"脆弱是他的本性"，他"也许能够将脆弱掩盖起来，却不可能将它根除"。将军对父亲的脆弱感到极度恐惧，并且害怕自己被父亲安排也陷入脆弱（对"土地"与"家"乃至"家人"的深度依赖，导致丧失"生活"——平庸而富足的生活之外的发现），于是，他跟随败退经过小镇的红军走了。（《首战告捷》）"良好的家庭环境使黄营长得以保存自己的理想、善良以及他不愿承认的内心的脆弱。"他是个理想主义者，在新文化运动的躁动中感受着美，对美（妻子）对善（母亲）的依恋是他内心脆弱的标志。他还在新文化理想的神圣中感受着美，所以他出发了，成为后来的黄营长。（《历史中的一个转折点》）

《一段被虚构掩盖的家史》中的老外公性情温良，对正在发生

（抗日战争）和即将到来的各种"革命"（土地革命、解放战争……）缺乏危机感。而后，在逐渐展开的各种"革命"中，老外公将脆弱掩饰成"固执"，最后，老外公和外公都将脆弱演变成"恐惧"。老外公对土地的执念是根深蒂固的，即使是朋友已经到来的厄运以及革命形势已经显示：在不久的将来，对土地的占有会成为一种罪过，他仍然拒绝外公的识时务建议。"这些土地是我们的祖先世世代代积累下来的，有这些地契为凭，有谁敢随意将它们从我的手里夺走。"老外公刚强、固执的外表下隐藏着双重文化心理脆弱："那间巨大的书房本身就已经是他们家族的一个象征"——中国传统文化的象征，连同珍藏多年的书籍——如同他拥有的土地一样，全部化为灰烬。"老外公会讲一口流利的日语。他年轻的时候曾经在京都住过两年，得到过那里一家技术专科学校的文凭，还差一点娶了一位日本妻子。他看见过日本人平静、理智甚至温和的一面。他不清楚自己为什么会在对日本文化有了多年好感之后突然对日本人有那种超常的恐惧，甚至曾经能给他的身心带来愉悦的日语都让他突然感到毛骨悚然。"而自从看到父亲尸体的那个清晨：非常健壮的老外公变成枯瘦如柴的尸体，只套着一条破烂短裤的尸体。外公最终在履历表上将自己变成了另外一个人——一个活在虚构中的人。

与知识分子脆弱相关联的社会情境是中国传统士绅社会的解体，薛忆沩小说中的父子冲突模式隐约体现了这一过程。晚清的废科举和政治变动造成中国传统士民社会的瓦解，尤其对"士"的冲击是巨大的，传统的"士治"秩序丧失了，士绅渐变成乡绅，乡绅来源复杂，且与书本的疏离可能意味着道义约束日减，乡村社会的斯文扫地渐成定式。"在整个世纪的斯文扫地活动之后，乡村既遭受了疏离于'知识'的痛苦，也会开始真正尝试一种无士的自治生活。"[①]这

---

① 罗志田：《科举制度的废除在乡村中的社会后果》，《中国社会科学》2006年第1期。

也是革命美好初衷会造成对文明摧残的前因。薛忆沩家族的变迁提供了他民国题材写作的大背景，其战争小说隐含的对世纪"士变"的思索是读者不该忽略的。

随着士绅社会地位的丧失，他们身上脆弱的症候——由文化心理的脆弱进而变成情感的脆弱。曾经代表他们身份的传统知识成为被嘲笑的对象，在家庭内部，父亲对儿子也丧失了绝对的权威，对儿子的影响往往惟有诉诸亲情。然而逃离乡关已经成为年轻人的必要选择，"一个能成为人物的知识人往往必须背井离乡有一段漂泊与摸索，……在地跟离地的张力在知识人的生命之中从不同的层面展现，许多知识人在家与国之间被迫做出选择"。①他们在选择过程中激进反抗家庭的不少，更多的是痛苦的告别。民国以来知识分子的历程或投身战争或走向革命，这是他们为克服脆弱（家和土地的牵绊）所进行的选择。将军以此作为胜利，然而当最后的革命胜利到来的时候，"他可能突然发现根基断了，他不知道回到哪里去，他没有了故土，那是必须和亲人联系在一起的故土。那似乎是一种比战争、比政治、比胜利更强大的力量"。②将军的脆弱病并未因革命的胜利而痊愈，反而出现了新的症候——失根的精神创伤。

脆弱也是一种现代病，薛忆沩在怀特大夫身上体现作家自己对"脆弱"的现代性思考，并且将它放置在全球化的背景之下，因而走得最远。国际主义战士怀特大夫无可救药地染上了这无可摆脱的虚无主义的疾病："一直是你的幻影在呵护着我脆弱的生命，我幻影般的生命……"虚无的生命仍然需要喧嚣与骚动，"我的一生都将在喧嚣与骚动之中行走。而这还只是行走的一种形式。还有另外一种'行走'，一种更重要的行走，思想的行走。在过去的三十年中，我从基督教走向了无神论，又从无政府主义走向了共产主义。只有这

---

① 叶文心：《民国知识人：历程与图谱》，根据复旦大学讲座视频整理而成。
② 何怀宏：《战争的初始本性与理想主义》，《晶报》2013年10月26日。

种不断的'行走'能够防止我极端的心灵崩裂成疯狂的碎片。"①

传教、革命及信仰

传教从来都是帝国主义争夺被侵略国的文化控制权的主要方式，无论他们是以什么方式进行的。然而这种温和的文化渗透方式也具有一定的历史合法性，"一般而言，传教士虽然以征服为目的，其出发点通常是善意的。大多数传教士的确相信基督教和西方文化的传播对中国有好处。"②而知识界是传教士们的必争之地，是他们发挥影响力的重要场域。近代中国王权和传统儒学从政治上和思想上同时丧失其统治地位并造成青年知识分子的信仰真空，这也使各方学说都拥有了竞争"信徒"的空间。

传教与革命曾经势同水火，革命曾将宗教视为敌人。但不可否认的是，传教与革命具有一些共同的属性——理想性，以及某种程度的非理性。在薛忆沩的小说中，传教士唤起了青年学生对理想和信仰的向往，然而青年学生最终却背离了对宗教的热情而导向革命。革命与传教是在不断交锋中对话的，它们形成多声部的杂语叙述，不断模糊彼此的势力边界。意大利遣使会会士不惧身死何方的传道使命，给离家前的害怕陷入脆弱的将军打开了一扇天国之门，"他的内心中第一次荡起了他后来知道应该称为是'理想'的那种激情"，他知道了家外有家——"天堂才是我们最终的家乡，天父才是我们真正的父亲"。而被激活的理想主义者将诉诸暴力、战争而创造出的生活的意义视为比上帝的事业更伟大的事业。理想主义者黄营长接受白教士多年的教诲却始终没有成为一名天主教徒。他总是能够发现上帝与他自己的理想之间的冲突，他最终接受的是白教士对各种

---

① 薛忆沩：《首战告捷》，《通往天堂的最后那一段路程》，第154页，上海，华东师范大学出版社，2013年版。
② 罗志田：《传教士与近代中西文化竞争》，《历史研究》1996年第6期。

科学原理的独到见解。中国人的实用理性使他们亲近宗教，但对彼岸的天国总是心存疑虑。

革命和传教最悖论的存在发生在怀特大夫和布朗医生身上。不同的救赎动机将怀特大夫和布朗医生吸引到了为革命救死扶伤的队伍当中来，但他们彼此完全无法理解也无法说服对方。布朗先生的天堂是先验的存在，是唯一和恒定的，为众生服务是他的信仰，他因信仰上帝而服务于革命，但却"反"革命——他说将他的信仰与共产主义联系在一起是对他的侮辱。布朗医生因使徒精神而能够对革命者的身体进行救赎，但也注定因缺乏革命意识而遭中国历史遗忘。怀特大夫的天堂与死亡和来世没有关系：我的"天堂"是你（其前妻马瑞莲），从来就是你，永远都是你——怀特大夫的天堂就是"爱"，是怀特大夫摆脱生命虚无感的唯一解药。作为"毫不利己专门利人"的真正高尚真正纯粹的革命者，怀特大夫的革命动机竟然是追求被想象力解放的生命，这是他拒绝"平庸"的不幸的方式。但怀特因失语而长期被误读，注定将与"胜利"一起被写进历史，直至"通往天堂的最后那一段路程"的信中，他披露了全部秘密，而这些秘密只有等待怀特大夫身体无法抵达的全球化年代到来时才可能被考古发掘。薛忆沩将革命者"非革命化"是对革命叙事的瓦解，偶像化的革命者终于被其后世知音——薛忆沩——从神坛中解放出来，为此，薛忆沩不远万里追寻"真实"的白求恩。

对传教与革命（总督基于对国家的责任感和忧患意识而镇压传教士的"暴乱"）都做了颠覆性书写的是《广州暴乱》。传教也罢，革命也罢，都是一场虚构。然而我——曾经带着那个总督的面具活着的人，曾经生活在利益关系中的人——因忏悔而复活了。那个为逃脱究责而虚构"广州暴乱"的总督却因谎报死亡逃脱惩罚而成为"活死人"，信仰成为决定其生死的判词。"我"的重生和"我"的良知的发现是被年轻的修士因信仰而获得的沉静和安详召唤出来的。

将传教、革命以信仰为交集相互对话，从理论上削弱了以暴易暴的斗争逻辑。薛忆沩表现战争，但不呈现血腥，不主张复仇，也不试图灌输强烈的道德感。仇恨在革命历史叙事中往往是战争的动力源和助燃器，基于血缘的复仇是小说情节的重要推动力，以复仇为目的的革命被视为天经地义。然而，从仇恨出发的"革命"即便有其正当性，也可能使"仇恨"在"阶级"的掩护下收纳"嫉妒""贪婪"，从而异化革命。革命也可能制造出恶魔，以革命的名义犯下的恶行并非特例，薛忆沩呈现了革命叙事中的遗忘，其目的在思考救赎的可能，并无启动仇恨动力学的动机。因此，薛忆沩在人物悲愤情绪到达极点的时候仍然保持一贯的语言克制，在最煽情的地方、最富有戏剧性的地方停止叙述。

在思想上，"革命"始终是一个有争议并处于交锋中的理念，社会各方势力以革命的名义竞争或推动各种不同的"革命"。受时代潮流、激情美学生活的引诱，以及对革命缺乏深刻的学理认识，最终导致了薛忆沩笔下的"革命者"理想的幻灭。"革命总是动荡而充满激情的，从'想革命''说革命'到'干革命'的各类士人中，虽然有相当数量的人是通过书本或其他方式被灌输了革命的必要性和可能性，却只有很少的人是先弄清'革命'的概念和理论再决定其行动的；多数人不过是凭其脑海中可能非常简明的认识而立言或力行。他们心目中总有某种关于'革命'的印象、预设或念想，在学理层面可能非常粗浅，且未必就真正'指导'了他们的具体言行，却成为其言行的凭借。""有时候，革命或许就是一种风气，一种意态，一种愿望的表达，甚或情感的倾诉。"[①]这是革命之始发地的多样风景，革命中的情绪体验和心理历程又如何呢？

"革命未到的时候，是多少渴望；将到的时候，是如何地兴奋；仿佛明天就是黄金世界。可是明天来了，并且过去了，后天也过去

---

① 罗志田：《士变：二十世纪上半叶中国读书人的革命情怀》，《新史学》18卷4期（2007年12月）。

了，大后天也过去了，一切理想中的幸福都成了废票，而新的痛苦却一点一点加上来了。那时候每个人心里都不禁叹一口气：'喔，原来是这么一回事！'这就来了幻灭。"①联系茅盾后来的革命道路，他的幻灭是暂时的，非本质化的幻灭，但是薛忆沩小说中的"革命者"的幻灭却是终极的幻灭，这是后革命时代的革命书写方式的一种。

一个人的战争

然而，将薛忆沩的战争小说归入类型化的"后革命"书写或者是"新历史小说"当中，会是对作者的冒犯。薛忆沩的写作一以贯之是面对自己的写作，所有的写作都是他"一个人的战争"，语言问题是薛忆沩写作的全部中心，叙述是他介入战争、介入历史实现自我突围的方式。"作为文类的'历史'并不等同于事件的历史，而是话语的历史。事件的历史曾经存在，但并不应声而至，留下的乃是话语——对事件的叙述、记述或记述的记述。因此，我倾向于用'历史写作''历史叙事'或'历史性记述'称呼这一文类，以便区别于'历史自身'，区别于弗杰姆逊教授所说的，在辩证唯物主义认识论和真实意义上的'大写历史'的概念。其次我以为，叙事并不是一个受文类限制的概念，在某种意义上，叙事可以视为一种超文类、跨文类的文体。然而叙事无法超越的唯一限制只是意识形态。叙事总是意识形态的叙事，它与历史（历史本身）的关联也总是某种意识形态性关联。"②

有研究者将一九九〇年代以来的革命历史叙事归纳为四种：续

---

① 茅盾：《从牯岭到东京》，《小说月报》1928年10月。
② 孟悦：《叙事与历史（上）》，《文艺争鸣》1990年第5期。

写、补写、改写和戏写。[1]事实上,无论是采用哪一种写法都已经表明了作者的"革命"意识形态。薛忆沩的战争小说无关续写、补写、改写与戏写,他只是"以战争为方法",利用"作为方法的战争"达到"以战争拯救个人"的目的——作为一个人而存在才是薛忆沩唯一的意识形态。这也间接解释了:尽管一九九〇年代以来,革命历史题材的小说、影视作品走红,而薛忆沩的战争小说却被"包括在外"。薛忆沩战争小说"已明显打破了既往革命历史书写的政治纯粹性",他笔下的革命者更像思想者,他们的自我选择都关乎人生的决断。薛忆沩不迎合消费时代、革命后的庸常年代中大众的怀旧心理,他拒绝对革命者做世俗化和大众化的描写。他总是让他的"革命者"面对天人交战的选择,他总是要"恶毒"地道出一些"不能说的秘密":(可以保住我们的江山,保证我们战无不胜的)铁匣子里面只有四具小动物的骷髅。(《老兵》)战争没有对内对外的区别,元帅之死不需要真相,爱妃必须"方生方死",一切都是要确保"皇帝"的胜利——战争是有权力者的阴谋。(《死去的和活着的》)市长的妻子揭露战争的历史解释权:砸碎墓碑的是我们自己;未来是永远无法战胜的敌人;战争中的人只是棋子,只是数字,只是被愚弄者,他们的生生死死都无足轻重。(《永远无法战胜的敌人》《那场永远不会结束的战争》)战争是关于语言和修辞的诈骗术。

《通往天堂的最后那一段路程》主人公怀特大夫以白求恩为原型。"这篇名作将'红色'的白求恩变成了'粉红色'的怀特大夫,这不仅是艺术的创造,更是历史的还原。"[2]这既是颜色的革命,也是语言的革命,它离战争如此之近,又离战争如此之远。在《首战告捷》的所有小说中,与战场最亲密接触的是《通往天堂的最后那一

---

[1] 孙斐娟:《后革命氛围中的革命历史再叙事——论1990年代以来小说中革命历史叙事的文化取向和书写方式》,华中师范大学2010年博士学位论文。

[2] 马森:《薛忆沩:不远万里追寻"真实"的白求恩》,《南方都市报》2013年11月24日。

段路程》，它是怀特大夫随军转移，从汉口出发到西渡黄河之间对"行走的人生"的深度体验，时间是一九三八年三月二十七日的深夜。然而，怀特大夫最后的自白却是自我"去革命化"，他试图揭示那将降临他身上的语言的暴力："'专门利人'其实就是最大的'利己'……语言就像金钱一样是人类最异化的发明：它貌似是服务于人的奴仆，其实却是喜欢肆意践踏人的暴君。"

《广州暴乱》《一段被隐瞒的家史》集语言的虚妄与暴力之大全，让该死的都督和该好好活着的外公都活在语言的"死亡"之中，变成了"活死人"。而只有他们"死亡"之后，他们作为一个人才开始思考"活着"。

一个人的战争是薛忆沩关于语言和叙述的战争，也是其笔下革命者——鲁迅式的孤独者的自我决战。《首战告捷》容易解读为父子冲突的悲剧，将军父亲作为将军行为的对立面，甚至是其"首战告捷"的俘虏。实则父子是两位一体，父与子的对抗实际上是一个人的战争。将军父亲是新旧社会交替时期的牺牲品，是一个行动的延宕者，是巴金小说中作为长子长孙的觉新式的角色。觉新与觉慧的对照组就是将军父亲与将军的对照组，觉新和将军父亲都属于是要肩负"黑暗的闸门"的失败者，他们处在历史的阴阳更替时分，因而形象显得昏黄暧昧。不同的是，觉新以长兄为父的承担和自我牺牲支撑着风雨飘摇中的"家"，也成全了觉慧；将军父亲却走向了反面。将军的父亲看到封建旧家庭，什么都有的富足生活对人性的窒息，但他又受制于传统的当"好父亲"以及"好儿子"的伦理观念。父亲在社会中的地位（绅士家庭）以及家庭中的身份（三个女人的丈夫和三个孩子的爸爸）使得他"被要求"维系千年的家庭伦理，承担家族的责任。所以他强烈指责指挥官："我总算知道了什么是革命。""革命就是让儿子不当儿子了。革命就是大逆不道。革命就是惨无人道。"然而小说最后的谜底却是："他（父亲）跟着他们家发疯的大少爷一起走了""大少爷疯了，突然要去参加红军"

"老爷就跟他一起走了""参加红军去了"。这是小说中最富有戏剧性的结尾。父亲以阻止儿子去当红军为目的跟随儿子所在的军队一个多月,最后告别儿子,"在仍然飘散着血腥味的黄昏之中完全消失",从此彻底消失了。这场父子之间的较量(较劲),这场决定家庭未来的首轮战役,终究不是以儿子的告捷结束,而是以父亲更彻底的离开告终。这样的处理显然违背了成长小说"弑父"的情节模式,作者要完成一个人的战争,父亲和儿子只是"将军"思想的两个面向,两种人生选择——"出走"还是"留守",最后他们都用行动宣告无退守的可能。首战告捷以对手的突然消失而陷入意义的真空,革命的必然性也因此被质疑。巴金的"家"有觉新们的坚守,因而尽管颓败但仍可以成为"憩园",可以提供出走者重返和忏悔的空间。而《首战告捷》却干脆将其付之一炬,"家"毁得如此彻底,它是革命集体的"家"所不能替代的,将军连挽歌也唱不成了。

中国的乡村社会、伦理秩序在崩溃之中,这是革命的前夜,也是薛忆沩战争小说中有关现代史部分的共同背景。

一个人的战争将革命者的死因归结为信仰的毁灭。薛忆沩有对"美"的信仰,但无对美的对立面的道德谴责,他甚至吝啬于对他们进行语言描述。《历史中的一个转折点》中黄营长迷恋"美",他对美最直接的定义是:"你看我们家的少奶奶,她就是美。"他最后的自我选择(自杀)也是要将自己送进"美"的天堂,只有"美"的天堂。他以自己对美的理解启蒙了长工阿虎,却最终造成了阿虎——"那个畜生"对"美"(黄营长的妻子)的占有与毁灭。这样的"暴行"只是黄营长家乡的生活发生的不可思议的变化之典型行为。阶级意识被唤醒并未能使农村获得解放,反而放纵了被压抑的贪婪与欲望,因此,"暴行"摧毁的不仅仅是黄营长心中的"美",更是他的理想和他对生活的信念。黄营长投身革命是向往美与善,却制造了丑与恶,革命带来的后果是他亲手毁了自己的世界——中国传统的乡绅社会和诗礼传家的传统，乡村善良风俗从此被深刻地卷入阶级斗争的腥风血雨当中。

革命历史小说经典的情节模式——从灾难或失败开始，最后走向胜利。灾难和失败既是革命的起点，也是历史的起点，是革命合法性的来源。它的情节发展则一律是反败为胜、从水深火热走向革命人民的盛大节日、从胜利走向更大的胜利。薛忆沩战争小说的情节却反其道而行，从胜利开始，最后走向毁灭或荒诞（荒诞是更深刻更终极的毁灭）。《首战告捷》沿将军凯旋返乡的行程展开情节，追溯将军军旅生涯的起点。他的首战是以反抗父亲获得胜利，而说服父亲来北方居住是他要面对的最后一场战役。果真如此的话，革命的创世神话和救世过程就是完整的，符合历史必然律。然而结果却是将军首战就失败了，现在已无家可归。战争与革命的节节胜利之时，黄营长自杀在黎明的前夜，《历史中的一个转折点》将大历史的转折急转直下为一个理想主义者因信仰的毁灭而不得不选择死亡。《老兵》以劫后余生、胜利归来的老兵回望四十年前的战争起始，却发现战争从来没有结束过，死亡才能真正结束战争。而他——战争中的幸存者——作为"胜利者"要保守不可泄露的秘密，每天生活在恐惧之中，时时面对"你为什么能够活着"的质问。（《红岩》作者之一罗广斌的遭遇是老兵的现实版。）《铁匣子》企图借叙事权威——老爷爷讲述战无不胜的革命故事建立革命神话，却被"小个子"——生下来就跟大家不一样：他的想法稀奇古怪，他的语言扑朔迷离的孩子揭穿。

结　语

"人类的历史与小说的历史是完全不同的两码事。假如说前者不属于人，假如说它像一般陌生外力那样强加于人的话，那么，小说（绘画、音乐也同样）的历史则诞生于人的自由，诞生于人的彻底个性化的创造,诞生于人的选择。"①薛忆沩的小说是米兰·昆德拉这句话很好的注脚,他自己是这样定义文学的:"好的文学就是用优雅的语言显现心灵的孤独、历史的虚伪以及生活的脆弱的文学。它的智慧应该是悲观的,而它的气质则一定具有强烈的理想主义色彩。它就是这样一种矛盾的机体。痛苦是这种文学的生命。"②

"土地"和"语言"则是悲剧的根源:"土地太重了,人永远也背不动它;而语言又太轻了,人从来就抓不住它。""土地"是前现代的关于民族悲剧性的思考,"语言"是后现代的关于生命荒诞性的反思,不能承受之"重"和无法承受之"轻"并存,形成薛忆沩小说复杂的特质。他的战争系列小说既是民族志的书写,也是全球化时代语境的对话。

(本文原刊于《当代作家评论》2015年第4期)

---

① 〔法〕米兰·昆德拉:《被背叛的遗嘱》,第16页,余中先译,上海,上海译文出版社,2003年版。
② 王绍培:《面对卑微的生命——与薛忆沩的对话》,《深圳周刊》2002年1月27日。

论李洱的知识分子写作

邵 部

2013年，上海文艺出版社策划出版了八卷本的李洱文集。其中多数腰封上都有这样一则宣传语："左手写乡村，右手写知识分子，百科全书式描写巨变的中国。"在素以制造噱头见长的腰封中，这段颇具盖棺定论气势的话语可以说切中肯綮地道出了李洱写作的三昧。作为一位具有高度自觉意识的作家，写作中的知识分子立场以及讲述中国现实的渴望贯穿李洱创作的始终。基于此，从题材角度划分出的文学概念——知识分子叙述和乡土叙述实则是李洱殊途同归的创作实践。它们分享着同样的写作立场和同一套话语体系，在统一的美学理想指导下完成。对于"知识分子言说方式的自觉认定"[1]决定了他以不变的知识分子视角面对截然不同的客体。这也为我们审视李洱的知识分子写作提供了新的路向。

---

[1] 格非：《记忆与对话——李洱小说解读》，《当代作家评论》2001年第4期。

一、"李洱"的前史后传

关于"60后"作家的人生经历和精神气质,作家艾伟认为他们"在中国是非常特殊的一代……他既是革命意识形态的批判者,也是市场欲望的批判者"。[①]对于李洱而言,生于1966年似乎使他的人生具有了一种宿命般的色彩。诚然,虚无的宿命论绝非对作家人生轨迹和创作样态的合理阐释。然而,当个体的人生选择恰在冥冥之中与国族历史同轨并行时,个体也便面临了诸种挣脱不开的限度,自由选择的背后也就具有了些许被设定的意味。正如韦勒克所说,"传记式的框架还可以帮助我们研究文学史上所有真正与发展相关的问题中最突出的一个,即一个作家艺术生命的成长、成熟和可能衰退的问题。"[②]通过对作家人生轨迹的探寻,厘清他晦涩的前史,李洱知识分子立场的形成和对知识分子的身份认同也随之浮出水面。

(一)家庭氛围与写作立场

李洱原名李荣飞,出生于河南济源枋口地区的一个知识分子家庭。父亲自新乡师专毕业后,分配到济源的地方中学担任语文教师。在李洱的童年印象中,家里总是放着《红楼梦》《东周列国志》《野火春风斗古城》《暴风骤雨》等文学书籍。在教学上,父亲不拘泥于呆板的教学方式,鼓励学生多阅读课外书、闲书。巧合的是,李洱在济源一中时的语文教师正是自己的父亲。因此,父亲的这种阅读理念借助于家庭文化氛围和学校教育的双重渠道同时对李洱产生着

[①] 艾伟:《生于60年代——中国60年代作家的精神历程》,张清华编:《中国当代作家海外演讲》,第177页,北京,北京大学出版社,2012年版。

[②] 〔美〕勒内·韦勒克、奥斯汀·沃伦:《文学理论》第77页,刘象愚等译,北京,文化艺术出版社,2010年版。

影响。在子女教育问题上，父亲的态度相对开明，鼓励李洱多接触自然，甚至延请了一位县豫剧团的幕景画师教他作画。这些因素都促成了后来李洱以文学的方式观察事物、感知世界。

祖父颇具传奇色彩的人生经历则对李洱知识分子立场的形成产生了重要影响。如同当时许多年轻人一样，李洱祖父兄弟三人怀抱理想共同奔向革命圣地延安。然而，世事无常，造化弄人，三人虽然做出了同样的选择，却由此展开了迥异的人生道路。大哥在延安去世，二哥飞黄腾达，长期在军方供职，进了城，在北京安了家。李洱的祖父是老三，在延安担任马列教员期间因故返乡，这一举动使他在建国后的政治运动中屡受牵连，并使祖父变得对政治异常敏感。

一九八五年暑假，李洱雄心勃勃地打算模仿《百年孤独》创作一篇小说。得知李洱的这一计划后——

　　祖父立即大惊失色……他告诉我，他已经看完了这本书，而且看了两遍。我问他写得好不好，他说，写得太好了，这个人好像来过中国，这本书简直就是为中国人写的。但是随后他又告诉我，这个作家幸好是个外国人，他若是生为中国人，肯定是个大右派，因为他天生长有反骨，站在组织的对立面；如果他生活在延安，他就要比托派还要托派……祖父几乎吼了起来，他对我父亲说：'他竟然还要摹仿人家写小说，太吓人了。他要敢写这样一部小说，咱们全家都不得安宁，都要跟着他倒大霉了。

　　…………

　　祖父又说：'尽管这样，你还是换个东西写吧。比如，你可以写写发大水的时候，人们是怎样顶着太阳维修河堤的。'①

从叙述中可以看出，祖父有着敏锐的文学感觉，即使已经步入

---

① 李洱：《它来到我们中间寻找骑手》，《青年文学》2004年第12期。

老年，在接受了几十年意识形态化的文学宣传后，仍旧可以凭借阅读直觉，断定《百年孤独》"写得太好了"。可悲的是，文学创作中的政治规约已经嵌入到祖父对文学作品的判断中去。对于他来说，这种模式下的小说创作已经成为唯一的正确范式。面对文学作品，在艺术标准之外，他更关心的是政治标准。所以，当艺术直觉与政治判断发生冲突时，他会惶惑地压抑住涌动出的审美快感，转而坚守"是"与"非"的界限。在经受了长时间的规训后，颂歌已经不再简单地是一时的政治表态，最终变成了所能发出的单调声音。因而，他敏锐地感觉到了《百年孤独》及产生出这部伟大作品的文化语境与中国经验的巨大冲突，察觉出了魔幻现实主义背后蓬勃的颠覆力量对既定秩序的威胁。他对李洱模仿《百年孤独》的行为感到发自内心的恐惧，害怕由此累及全家。为此，他还为李洱指明了创作道路，在他看来，这种写作方式或许并不比《百年孤独》更好一些，但至少是正确的。于是，当"马尔克斯""魔幻现实主义"被老人神奇般地与"反骨""托派""大右派""组织"这些不同语境、不同意义指向的词语联系在一起的时候，被压抑和被扭曲的老人形象从语言的实验室里飘荡出来。在震惊之余，当年的李洱或许发现了祖父的秘密——他已经无奈地成为了"红色时代的弃儿"。在整个社会向经济时代转轨时，祖父手持过期的车票，颓然地站立在荒废的站台。他不知道，曾经载着他走过一生风雨的列车已经改换了涂装，在偏离了他认可的轨道之后驶去。

　　两年之后，祖父的人生在荒谬和充满反讽意味的葬礼中匆匆画上句点。对于其时所受到的震动，二十余年后李洱隐晦地说道："当各种真实的变革在谎言的掩饰下悄悄进行的时候，我的注意力慢慢集中到另外的方面。"[①]是谁在编织怎样的"谎言"？被掩盖的"真实的变革"是什么？"另外的方面"又指向何处？这些问题李洱都没有

---

① 李洱：《它来到我们中间寻找骑手》，《青年文学》2004年第12期。

给予明确的答案。这句语焉不详却暗示了李洱观念转变的陈述也就变成了一道供读者揣度的谜题。或许，李洱想要表达的是，在革命意识形态的宏大话语下，他努力在颂歌的升平中寻找悲怆的个体音符，如《花腔》中葛任对个体意义的追寻。或许是在九十年代市场经济肯定欲望的时候，他却致力于在浮华中发现个体欲望的苍白和无意义，如《导师死了》《缝隙》《遗忘》等作品通过频繁的出轨、外遇表现出的对情感的游戏化态度。或许是在知识分子喋喋不休的诉说时，他看到的却是知识分子的失语。如《午后的诗学》中随口溜出来一句话就是诗学的费边，他的口若悬河终究还是不能掩盖面对日常生活的无力。或许这些猜测都不成立，或许它们同时成立。通过文本我们看到的是李洱将革命话语和市场话语下知识分子群体的欢歌与悲哭凝练在纸张和铅字中。他好似通灵术士一般，通过人物形象这一灵媒，将读者引向幽眇的逝去的年代。掀开他精心设计的幽默、反讽的外衣，展露在我们面前的，是在不同时代话语的左右下，知识分子最隐秘的精神痛源。面对这一话题，不论是革命时期的知识分子葛任，还是市场经济时期的知识分子费边、孙良、吴志刚等人，他们的生存困境和精神状态都与祖父何其相似！

（二）学院教育与身份认同

一九八三年，李洱进入华东师范大学中文系学习。从中原大地的偏僻乡村到摩登都市上海，地域环境的变化为李洱的知识结构带来了不小的冲击。祖父和父亲的阅读兴趣主要集中在红色经典与古典小说，文学趣味上带有那一时代特有的印痕。受此影响，李洱以略显陈旧的文化姿态进入摩登上海。入学不久之后，在辅导员查建渝老师带领全班同学校对《海明威短篇小说选》时，李洱第一次接触到了海明威,打开了全新的文学世界,①同时也让我们看到了李洱当时知识结构的单一与阅读经验的偏狭。联想到日后李洱在《遗忘》《花腔》等小说中大胆的叙事实验,可以看出,李洱在华东师大学习期间完成了知识谱系的更新,找到了属于自己的创作资源。

20世纪80年代的华东师范大学云集了一批致力于诗歌、小说创作的文学青年,形成了浓郁的文学氛围。当其时,校园内有夏雨诗社的李其刚、宋琳等新锐诗人,有写作先锋小说的格非等成名的或即将成名的作家,还有王晓明、夏中义等知名学者。他们的存在吸引了校外新锐的小说家(如马原)、编辑(如程永新、宗仁发)来到校园与师生互动交流。"当时,最新的文学潮流很快就会波及校园,甚至在它还没有形成潮流的时候,就已经传到了校园……我们是一边听老师们讲课,听他们吹牛,一边摩拳擦掌,蠢蠢欲动。"②那段消逝的岁月可以很轻易地用诸如"理想主义"之类的字眼描述,但任何文字的描述也无法将旧时的光影呈现到现在的读者面前。对李洱而言,那是一段值得追忆的光阴,是自己的"文学童年"。③经历过这一时期,他完成了从文学青年"李荣飞"到作家"李洱"的身份转变。

1986年,李洱在宗仁发主编的《关东文学》上发表了小说处女作《福音》。显然,创作这篇小说时,李洱受到了拉美魔幻现实主义的影响。在讲述故事时,《福音》刻意规避线性叙述带来的逻辑性,转而书写日常生活中的"不可能"事件。以文本为疆界,李洱建构了一个迥异于日常生活逻辑的非理性世界。只有在这个世界中,诸如鞋子与鱼的关系、"因为奶奶远视,我就近视"之类超乎日常经验

---

① 李洱:《闲书与旧书》,《中学生阅读》(高中版)2005年第5期。
② 魏天真、李洱:《倾听到世界的心跳——李洱访谈录》,《小说评论》2006年第4期。
③ 通过诸多对话和回忆文章,李洱较为详细地介绍了自己在大学期间的学习经历及其对自己的影响。集中谈论这一问题的资料有:《对话李洱:大学是我的文化童年》,《作家》2000年第3期;《倾听到世界的心跳》,《小说评论》2006年第4期等。

之上的解释才变得可以被理解。此时的李洱还远没有产生"影响的焦虑"。马尔克斯作为作家创作研习的对象，他的痕迹在作品中被有意突出。

《福音》同样也是一个马原式的叙事姿态大于所叙之事的文本。与其说李洱是在讲故事，倒不如说他讲述的是故事的来源和讲述方式。以接生婆的跌落死亡为核心，奶奶不着边际的讲述、"我"的转述以及作为听众并鼓励"我"讲了这个故事的熊山相继登场。现实中的"我"则不断跳入文本中，不厌其烦地表明自己的身份，以加强讲述的真实性。这就造成了在文本中，生活中真实的"我"与小说中虚构的"我"以及作为作者的"我"与作为小说人物的"我"二者之间的界限被打破了。然而，"我"越是想要突出真实性，故事的虚构性就越加明显。读者反而能够更加清楚地认识到这是一个"被讲述"的故事。读者与故事本身之间的间离效果也就更加突出。小说的核心事件经由"奶奶—我—（熊山）—读者"的路径才最终到达读者的认知范围。经此波折，故事本身被淡化了，而"讲述"则得以强化。

在《它来到我们中间寻找骑手》这篇文章里，李洱谈到了马尔克斯、博尔赫斯、米兰·昆德拉、加缪、哈维尔、卡夫卡等西方现代小说大家，并称受到过他们的影响。这些对李洱创作具有重要影响的文学先驱，同样也是李洱大学期间阅读的中心点。可作佐证的还有谢宏的讲述。据他回忆，李洱高他一届，是校园杂志《散花》的副主编，"上面发过中文系几个才子的一组同题散文，叫《林荫道上的咖啡馆》，恕我愚笨，直到现在，都没搞懂他们那组散文的寓意。"①虽然这篇散文已经无从寻觅，但在谢宏戏谑的讲述中，我们还是能够能到这样一个信息：在正式开始创作的前史阶段，李洱就已经自觉地以先锋的姿态探索叙事的可能性。如果再考虑到他与格非

---

① 谢宏：《又见李洱》，《深圳商报》2007年3月25日。

的交往史，①以及对邱华栋等人主持的《一代人的文学偶像》一书的参与，他晦涩的创作前史也就更为明晰了。以此来看，这篇近乎被研究者遗忘、以现在的眼光看来也并不算十分优秀的小说，是对"李荣飞"的告别，也是"李洱"的第一次亮相，在李洱个人的创作史上其实有着重要的地位。从它并不圆融的艺术雕琢上，循着刀锋，李洱一招一式的来路无从遁影。作家个人的生活经历和知识积累首次以文学的方式在这篇小说中亮相，而它的语调、节奏、人物形象、叙述方式则共同形成了李洱日后沿袭的风格。

相对于先锋性的叙事方式，对于李洱而言，更重要的是其背后的一整套学院知识分子的生活、思维方式。在此基础之上，他建构起一套相对稳定的理论体系，确立了对知识分子的身份认同。在家庭影响和学院教育的共同作用下，李洱最终形成了统一的知识分子写作立场，不论是面对知识分子叙述还是乡土叙述，都是在此立场之上的文学实践。

二、知识分子的精神私史

"任何人包括作为知识分子的作家同样不能超越于具体的历史环境……超越，是一种只可想象而很难实现的愿望，它所有的可能性只存在于语言叙述中，它如何实现却没人能表达清楚。"②对现实的超越之难和妥协之易并非表现对象的问题，同时也是写作主体面临的问题。于是，知识分子叙述便将主客体统一起来，有效地祛除了"代言人"情怀的虚妄性。在李洱看来，作家和笔下的人物处在同一现场，经历着同样的变革，感受着同样的困惑，并不比小说的妥协者高出多少。因而，李洱以在场参与而非场外评判的姿态摹写知识

---

① 格非对李洱的影响在李洱与马季的对话、吴虹飞的报道等都有较为详尽的讲述。

② 孟繁华：《梦幻与宿命》，第280页，广州，广东人民出版社，1999年版。

分子生活的浮世绘，记录下知识分子群体的精神私史。

（一）"午后"的"悬浮"

《悬浮》不单单是李洱一篇小说的名字，更是李洱对知识分子生存状态的诗学命名，喻示的是知识分子在"午后"的生命镜像。从哈维尔的后极权社会理论和加缪的"正午的思想"的基础上，李洱引申出"午后"的诗学内涵，将其视为连接着正午和傍晚的时段，"既是一种敞开，又是一种收敛"①的时间状态。"正午的时候，太阳是没有阴影的，当午后来临的时候，秩序开始动摇，隐藏于阳光之后的阴影开始显露出来，而这一巨大的阴影，恰恰是被我们的政治史、文明史所忽略掉的。"②李洱所极力展现的，正是在既有秩序已经崩塌，而新秩序尚未建立起来的混乱时期，知识分子精神上处于神性社会，而肉体却已经被卷入世俗社会的身首分离的悬浮状态。

"午后"的年代是文化的乱世，社会的转型与突变将具有对自我统一认知的知识分子引向了一个欠缺身体的整体不和谐的时期。拉康于一九三六年在第十四届国际精神分析学会上提出了"镜像"的概念，指通过我认同处在我之外部的镜中形象，把我自身构成一个具有整体性的肯定的形象的过程。③在这漫长的午后的时间里，知识分子慵懒无用而又自命不凡，渐渐地从主流沦落边缘，最终成为时代的多余人。然而，镜像却在其迷人的统合性中俘虏住主体，知识分子则疯狂地与镜中之我认同。结果，主体接受了外部的镜像，缺失的统一形象在这场所发现了自我的假面。在李洱那些洋溢着独特的时代气息的小说中，出场的知识分子均可视为现实知识分子在文

---

① 李洱：《写作的诫命》，《大家》1997年第5期。
② 梁鸿：《新的小说诗学的建构——李洱论》，《山花》2007年第6期。
③ 〔日〕福原泰平：《拉康：镜像阶段》，第42—45页，王小峰、李濯凡译，石家庄，河北教育出版社，2001年版。

学世界中的镜像。镜像中的整合性其实是现实中精神破产者的虚伪幻象。知识分子的生命镜像在饶舌的言说中悬浮在日常生活的上空，映照出他们的存在困境——他们只能在话语的自欺中获得言说的快感以确立自我的认同。如侯后毅（《遗忘》）以荒诞的方式，冀图确认历史话语的现实性，维持自我假象般的生存。荒谬的是，他们喋喋不休的言说只是无意义的所指，既没有听众也不能解决任何问题。就像克尔凯廓尔所言，"最确实的无言，不是沉默，而是说话。"他们如同"饶舌的哑巴"只能发出"喑哑的声音"。而一旦面临具体的生活问题，他们就畏葸不前，以逞一时口舌之快为乐，用虚无的话语拖延最后审判时刻的到来。

  因而，知识分子只能在话语和现实之间悬浮，拖延着不肯落地。正如"费边"在词源学上的释义：拖延。"费边"本是古罗马将军的名字。在第二次布匿战争中，作为指挥官的费边采取拖延的策略对抗入侵的汉尼拔大军，最终挽救了罗马的国势。十九世纪末的英国，韦伯夫妇、萧伯纳、格雷厄姆·华莱士等具有社会理想的青年知识分子组织形成了具有民主社会主义性质的费边社。社团师法费边策略，遵循循序渐进的社会进化原则，以缓步前进、谋而后动的方式推动资本主义国家社会福利制度的落实。费边社是知识分子探索参与政治实践，走出象牙塔，谋求产生社会影响的一种方式。然而，力挽狂澜的罗马将军和行动的知识分子在李洱的小说中改头换面，变成了世俗社会中的知识分子形象。费边及其所代表的一代知识分子有着深厚的哲学素养，能够轻易以哲理性的话语解释日常生活中荒诞的一面，遇到棘手的麻烦也常常表现出处乱不惊的一面，但是他们却从不付诸行动。可以说，小说中的费边徒有其名。他选择性地承袭了"拖延"的语义，而放弃了前辈知识分子的行动性。他用拖延的战术来面对日常生活，即使不能翱翔在话语的云端，也要悬浮着不肯落地。费边所代表的知识分子活在语言的快感之中，力避与日常生活的碰撞，知识分子的灵与肉、知识分子话语与日常生活之间横亘着一个不可弥合的空间。正如费边的一句妙语"天堂和地狱都已经超编,我们这些人只能在天堂和地狱的夹层中生活,就像夹肉面包当中的肉馅"。[1]他们在这一空间中保持着悬浮的姿态,拖延着融入世俗社会的过程。

(二) 医院与知识分子的精神危机

医院经常是李洱知识分子叙述展开的布景。从负有"疗救国民性的病根"(鲁迅语)之责的人类灵魂工程师到在医院病房中等待被疗救的病人,人文知识分子身份、位置的置换,为重新认识从话语镜像中获得的虚假自我整体性提供了可能。在李洱的小说文本中,医院是"关闭——凝视空间"[2]的代表,韩明、加歇、吴之刚等这些"病了的知识分子"因为在医院中行动的受限,而获得了重新审视自我的机会。对于这些知识分子而言,医院的意义不仅仅在于疗治肉体的疾病,还在于在对"向死—向生"的可能选择中,完成寻找灵魂归宿的最后一跃。可悲的是,正如对因车祸住进医院的韩明来说"医院肯定不是一个空洞的地理概念,他一定在那里琢磨到了什么东西,但他并没与找到和现实打交道的方案"。[3]大多数知识分子始终难以调和知识话语与日常生活的矛盾,最终也没能实现向死而生的涅槃。

《导师死了》中的疗养院由教堂改建而来。医院医治肉体的病痛,教堂医治精神的病痛,这个类似于《魔山》中的疗养院集肉体与精神的隐喻于一身,是知识分子处理精神危机的绝佳地点。同时,现代化的医院管理制度使它得以"通过'剥夺病人原有的社会身份'

---

[1] 李洱:《午后的诗学》,《大家》1998年第2期。
[2] 于奇智:《凝视之爱——福柯医学历史哲学论稿》,第66页,北京,中央编译出版社,2002年版。
[3] 李洱:《午后的诗学》,《大家》1998年第2期。

和'限制病人的活动'来实现对病人的控制",①变成一个相对封闭的空间,迫使导师吴之刚不得不将精力从学术生活转向自身的精神生活和情感生活——来到疗养院之前,在前者的名义下,后者是被悬置的问题。随着谜团一个个被解开,吴之刚在精神上也走到了崩溃的边缘,他所面临的精神危机最终被李洱展现出来。

值得注意的还有李洱对小说人物的命名。吴之刚和常娥显然有着中国古典神话的原型。吴刚伐桂,桂树复合的神话传说与希腊神话中的西西弗斯的命运如此相似,可以说是西西弗斯的中国同人。经由小说家的置换,现代知识分子吴之刚承袭了前者的衣钵,变成了西西弗式的反抗荒谬的英雄。他对《中国民俗学原理》近乎盲目的修改,以及对常娥爱情热烈的追求,都带有西西弗斯式的色彩——因为常同升拒绝写序,书稿即使修改也很难出版;即使导师获得了常娥的爱情,无性的婚姻也不过是重蹈缪芊的覆辙。然而,他却在洞悉了自己的命运之后,还是把它当作一个自我创造的过程,并在这过程中享受到行动的乐趣。

不幸的是,世俗时代的知识分子已经丧失了吴刚和西西弗的力量。正如加缪所说:"一个已经觉悟到荒谬的人永远要和荒谬联系在一起;一个无所希望并意识到存在的人就不再属于未来了。"②吴之刚最终选择了在教堂的穹顶上以跳楼的方式结束生命。他选择自杀的地点和方式看似偶然实质上却是必然的。在《空间的诗学》中,加斯东·巴什拉将精神分析学中的意识结构和建筑的垂直性统一起来,"把屋顶的理性和地窖的非理性毫无异议地对立起来"。③照此来看,

---

① 李静:《"空间转向"中的当代中国小说研究》,第123页,苏州,苏州大学出版社,2013年版。
② 〔法〕加缪:《西西弗的神话》,第29页、第3页,杜小真译,桂林,广西师范大学出版社,2002年版。
③ 〔法〕加斯东·巴什拉,张逸婧译。《空间的诗学》,第17页,上海,上海译文出版社,2009年版。

吴之刚拾级而上的过程，就是由非理性走向理性、由浑噩走向自觉，内心空间向中心会聚的过程。走到穹顶，也是吴之刚在精神上走向澄澈。从教堂的尖顶一跃而下，凌空欲飞的身姿和感觉体现出的正是知识分子渴望却又难以在世俗社会中得到的自由。吴之刚对于世界的绝望，通过这一方式回答自杀这个"真正严肃的哲学问题"，①将知识分子西西弗斯式英雄的假面揭开，暴露出现代知识分子脆弱的灵魂。

《加歇医生》则是知识分子选择"向生"的文本。突如其来的肺病将名利双收的医生加歇从生活的正轨拖下马来。作为一个病人，他与社会和家庭脱离开来，同时也有幸获得了一个旁观者的位置，以别样的视角看待自己身处其中的家庭和社会。正是在这一过程之中，加歇复活了记忆，把"过去的事情现实化"，最终觉悟了"自己是如何受它们的塑造和限制"，②始终生活在自身之外的。于是，加歇开始觉醒，希冀通过救赎走向新生。

"从隐喻的角度说，肺病是一种灵魂病。"③基于这种理解，加歇所患的肺病恰好可以视为对知识分子精神状态的隐喻。在患病体验中，加歇完成了对病体的审视，发现了世界的荒谬，并试图反抗这个以荒谬为基石的世界，寻求精神出路。他"觉得自己成了聋子和哑巴，而以前的那个加歇医生又像是一个疯子"，④这正是加歇与过去的自己决裂的症候。在医院，唯一能与加歇对上话的只有医院的那个女杂工。来自乡村的她是健康、宽容和神圣的象征，是加歇的精神导师，犹如圣母一样重新启迪了加歇的新生活——走向乡村，走

---

① 〔法〕加缪：《西西弗的神话》，第29页、第3页，杜小真译，桂林，广西师范大学出版社，2002年版。

② 〔德〕德罗伊森：《历史知识理论》，第3页，胡昌智译，北京，北京大学出版社，2006年版。

③ 〔美〕苏珊·桑塔格：《疾病的隐喻》，第30页，程巍译，上海，上海译文出版社，2014年版。

④ 李洱：《加歇医生》，《人民文学》1994年第11期。

向自然，最终走向宗教，实现救赎。与吴之刚最后的抉择不同，加歇追随女工来到她所在的村子，在象征着安宁和自然的牲口棚找到了归宿。在这里，乡村并不是作为现实意义的乡村存在，而是作为城市的对立面，城市富足，乡村就贫穷；城市里物欲横流，乡村就是精神上的净土。同教堂的穹顶相比，牲口棚更像是巴斯东笔下小木屋的变形，它"不能从'这个世界'接受任何财富。它幸福地拥有强烈的贫穷……越是赤贫，我们就越接近绝对的庇护"。[①]依偎在她的胸前，加歇"觉得自己正在祥和的阳光中慢慢地降生"，实现了新生。

然而，与知识分子的"向死"相比，知识分子的"向生"之旅是那样的艰难又不真实，以至于对于《加歇医生》，李洱颇有悔其少作之意，认为它"书写了知识分子的罪与罚，但最后又长出来了一条光明的尾巴。那时候我年幼无知，心中洋溢着过多的善意，仿佛美好的祝愿都可能变成现实。但写完以后，我就不满意了"。[②]同样是处理知识分子的精神困境，《加歇医生》充满理念化的痕迹，而诸如《导师死了》《午后的诗学》《缝隙》等则更为自然和纯粹。这也从一个侧面说明了在话语讲述的年代，知识分子面临着难以弥合精神与现实的存在困境。

（三）从"悬浮"到"落地"

2014年第五期《莽原》杂志刊登了中篇小说《从何说起呢》，成为李洱继2009年《你在哪》以来发表的第一篇小说。《从何说起呢》的故事同样也是从医院讲起。此时的医院已经不再是供知识分子内省的"关闭——凝视空间"，而变成了完全向世俗社会敞开的开放空

[①]〔法〕加斯东·巴什拉：《空间的诗学》，第32页，张逸婧译，上海，上海译文出版社，2009年版。

[②] 李洱：《高眼心慈李敬泽》，《当代作家评论》2003年第4期。

间。开篇对医院场景的描写，将医院塑造成一个微型社会，作为一个重要的社交平台，形形色色的人物带着各自的目的往来不绝。世俗气息在小说开篇扑面而来，喻示着李洱笔下的知识分子终究结束了悬浮的状态落下地来。

李洱习惯于为小说的主要人物选择一个与文本融为一体的名字。应物兄的命名就可以从《史记·太史公自序》中的"与时迁移，应物变化，立俗施事，无所不宜"中找到解释。所谓应物，就是指顺时而动，适应时代发展的潮流。用到"当代儒学大师"身上，暗示出知识分子对于世俗社会的态度。因此，脑部受到撞击的植物人应物兄就变成了利用文化资本获取经济利益，融入世俗时代的知识分子的标本。为他写书立传的过程随之具有了剖析当代知识分子精神私史的意义。作为传主的应物兄——他在车祸前是为公众所知的学术明星——却只能作为被言说的对象，任由他人以他将死未死的状态和私生子绯闻作为新书的噱头。更具讽刺意味的是，这种炒作却是以含情脉脉的方式进行的，以至于面对站在道德制高点上的季宗慈以及他的那一套说辞，"我"甚至都没有推迟写作任务的可能。这是当代知识分子莫大的悲哀，一旦进入被利益主导的文学场中，就意味着知识分子不得不按照场的逻辑来运作。在强大的游戏规则面前，所谓自由的思想、独立的人格不堪一击。

法国学者布迪厄在《资本的形式》一文中，区分了三种资本形式：经济资本、政治资本、文化资本，并认为在学术资本中，"学术资格和文化能力的证书的作用是很大的，它给了其拥有者一种文化的、约定俗成的、长期不变的、得到合法保障的价值……通过保证特定的学术资本的金钱价值，学术资格能够在文化资本和经济资本之间设定一定的转换率。"[1] 应物兄正是这样一个拥有学术资格，并借

---

[1] 〔法〕皮埃尔·布迪厄著：《资本的形式》，薛晓源、曹荣湘主编：《全球化与文化资本》，第13-14页，曹荣湘译，北京，社会科学文献出版社，2005年版。

助文化资本获取经济利益的知识分子。他是知名儒学学者和太和研究院的创立人。在季宗慈和艾伦的引导下，他将自己所拥有"制度化的、法定（不再仅仅是合法的）形式的符号资本"[1]积极地向经济资本转换。他参加艾伦主持的"半部《论语》看中国"电视节目，同插科打诨的相声演员一起出镜，一庄一谐，迅速成为了于丹式的学术明星；做客交通台"午夜情话"栏目，同电台女主持人打情骂俏，大谈儒学、道教和古代房中术的关系，并借此推销他的名作《孔子是条丧家狗》。对活着之上的思考，完全被形而下的物质追求所取代。儒学从一门学问变成了他获取名利的资本。如果说应物兄还只是沾染了商业气息的知识分子的话，出版人季宗慈就只能算是拥有哲学博士学位的商人了。他手中握有发表或拒绝出版的权力，也就相当于握有了文学场的准入资格。作为文学场中处于主导地位的既得利益拥有者，他既是游戏规则的制定者和拥护者，当然最为熟悉游戏规则。在他和艾伦面前，应物兄和"我"根本就招架不住他们用金钱、名利、道德为手段展开的联合攻势。他所扮演的是知识分子进入资本市场的领路人的角色。在他的影响之下，小说中的知识分子纷纷走出了书斋。

从书斋到市场，李洱所塑造的知识分子形象谱系中终于出现了从悬浮到落地的知识分子。虽然九十年代的费边、孙良等知识分子生活拮据，但他们的焦虑主要体现在精神层面上。于他们而言，文化资本是可资信赖的立身之本，是优越感的所在。然而，社会转轨之后，他们所幻想的、改革开放初期时的那种将文化资本转化政治资本的范式被彻底颠覆了。于是，勉力支撑的象牙塔开始陨落。相较于已经风格化的知识分子形象，这两个人物形象的出现，体现了李洱创作上基于时代主题变化的转向。

---

[1]〔法〕皮埃尔·布迪厄著：《资本的形式》，薛晓源、曹荣湘主编：《全球化与文化资本》，第13-14页，曹荣湘译，北京，社会科学文献出版社，2005年版。

从世界文学的视野来看，知识分子群体的生存状态和心灵史不仅仅是百年中国文学中重要的表现对象，同样也是具有通约性的世界话题。尤其是对于学院传统更为悠久的西方社会来说，如何叙述学院知识分子的生活及其与现实社会的关系也是诸多学院内的作家关注的焦点。小说家戴维·洛奇"卢密奇学院三部曲"的最后一部《美好的工作》用调侃笔法和英式幽默，讲述了校园生活的成功者年轻女教师罗宾走出学院围墙之后的经历，并由此叩问知识分子自身的价值。这部写于1988年的英国小说在当下语境中读来，仍不乏有切近知识分子现实生活的意义，与中国当代作家的知识分子叙述具有对话的可能。这也为从共时性的角度考察李洱的知识分子叙述建立了新的参照系。面对李洱所建构起来的知识分子形象谱系，不论是作家还是批评家都不妨站在世界文学的立场上审视其价值或局限。

三、乡土中国的现代境遇

对于李洱而言，乡土叙述并不是作为一个独立的美学范式而存在的。在某种程度上，它可以被视为知识分子叙述的变体和延伸。通过以知识分子的立场和视角审视乡土中国，李洱发现了乡土中国的现代境遇。同时也由于写作中主客体的分离，乡土叙述暴露出为知识分子叙述所隐藏的作家观念层面的问题。

（一）一个村庄的地理

李洱的出生地济源位于河南省的西部，毗邻山西省，北部为太行山脉。因为地形的缘故，济源水网较密，境内有大小河流三十余条。济源意指"济水之源"，是济水的发源地。据记载，古济水乃四渎之一，《尔雅·释水》中有"江河淮济为四渎。四渎者，发源注海者也"之说。所谓"渎"也就是指有单独的发源地和河道，最终注入大海的河流。《三字经》中则说"曰江河，曰淮济。此四渎，水之纪"。可见，古时济水与长江、黄河、淮河并列，被视为江河的表率，为名世之大川。沿用至今的城市名称——济南、济宁、济州皆因济水而得名。然而，因后世黄河屡次决口改道，占用了济水的河道，济水最终变成了黄河的一条支流。据水文资料显示，济河现今的常年水量只有1.5立方米/秒左右。

李洱出生和成长的坊口地区位于济源的东北部，沁河自西而东贯穿村庄。沁河在春秋时期被称为"少水"，汉代始名"沁水"。它源自山西省沁源县霍山南麓，从太行山麓蜿蜒向东，由济源进入平原地区，在五龙口镇冲击形成了第一片肥沃地带。据《沁河志》记载，自秦代开始，中原的先民就已经开始采用"暗渠"达到"隔山取水"的效果，修建了坊口渠以利灌溉，历千年而不竭。直到上世纪六七十年代，沁河水量依然丰富，沿岸旖旎的风光为童年的李洱展示了自然的鬼斧神工，也启发了李洱对于世界的形象感知。然而，沁河在哺育了农耕文明的同时，也见证了它衰败的过程。现今，沁河同济河一样不可避免地走向枯竭的境地。

中华文明的本质是大河文明，河流的兴衰具有喻示文明兴衰的意指，尤其是在中原腹地河南——中华文明的发祥地和传统意义上中国的中心。这一历史荣誉形成了河南作家潜在的"中心意识"。在一次演讲中，阎连科就"大言不惭"地谈到"中国之所以叫中国，是在古代中国人以为中国是世界之中心——是世界的中心，因此才叫了中国的。而中国的河南省，原来不叫河南，而叫中原，那是因为中原是中国的中心才叫中原的。而我们县，也恰好正在河南的中心位置上。而我们村，又恰在我们县的中心位置上。如此看来，我家乡的这个村，也就是河南、中国，乃至于世界的中心了……我坚信，我只要认识了这个村庄，我就认识了中国，乃至于认识了整个世界"。①于是,在河南,一个村子的问题进而就具有了全国性甚至世界性的意义。青年作家梁鸿的《中国在梁庄》的书名便透露出和阎连科类似的意识。仿佛在揭示中国乡村问题这一主题上,在话语权的等级序列中,河南作家始终处在优势地位。小切口与宏大叙事近乎完美地结合起来,中原作家群的这种特质也同样在李洱身上得到了体现。对于李洱而言,亲眼目睹的济河和沁河的变迁神奇地将历史和现实交织在一起,"站在一条已经消失了的河流的源头,当年百舸争流、渔歌唱晚的景象真是比梦幻还要虚幻,一个初学写作者紧蹙的眉头仿佛在表示他有话要说。"②面对这样一条满载意义的河流,李洱的言说在面向一个村子的同时,也是在面向中国所有的村子。

于是,这些通常有着悠久的历史和辉煌的文明、曾经水量丰沛却在当下干枯的河流,如幽灵般游荡在李洱的文学世界中,沉淀为具有阐释空间的意象——古河道。我们从中看到了作为知识分子的李洱在批判的立场上审视社会现实的目光,看到了生活在城市中的李洱絮语不休的精神还乡,以及乡土文明的现代境遇。在这个前现代文明的"废墟"上,李洱秉承知识分子的情怀,诉说着乡村在现代化进程中作别黄色文明,拥抱科技,走向深蓝的过程。

(二)乡土叙述背后的知识分子立场

中篇小说《光与影》讲述的是孙良回乡的故事,也是一则乡土文明境遇的寓言。孤儿孙良受恩师章永年的资助完成大学学业。毕业之后,孙良留在了北京,从事贩卖盗版光碟的营生。在身患绝症的恩师再三要求下,孙良带着同乡栾明文赠送的一批电脑开启了回

---

① 阎连科:《有一个村庄是世界的中心》,引自 http://cul.qq.com/a/20141024/042731.htm。
② 李洱:《它来到我们中间寻找骑手》,《青年文学》2004年第6期。

乡之旅。即将到达本草镇时,"女朋友"皮皮因故离开,把运送电脑的难题留给了孙良。于是,文本中出现了这样一幕滑稽却充满隐喻意味的场景:在熟食店老板铁蛋的热心帮助下,二人用骡车拉着电脑向古镇本草走去。行至汉河古河道,铁蛋卸下一台电脑便让孙良上网查询他老婆是否与电影院的经理通奸。沙雾弥漫的古河道上,孙良和铁蛋就这一问题展开了有趣的争论。

在这一幕后现代情景中,出场的人物以及叙事道具之间形成了多重对立冲突的结构。从人物身份来看,孙良是受了现代大学教育的知识者,铁蛋则是传统农民的代表。从人物语言来看,孙良使用的是现代都市话语,铁蛋使用的则是乡土俚语。从叙事道具的隐喻意义来看,电脑是现代文明的符号,古河道则是传统文明的废墟。另外,古河道上"起风了,呜啾啾,呜啾啾"的场景描写赋予文本庄严肃穆,不无悲壮色彩的情境。而发生在此情境中的事件却是二人荒诞不经的争论。在身份—语言—情境的三重对立结构中,李洱揭示出了现代化语境下乡土文明的境遇。正如文学评论家孟繁华所言,乡土文明的崩溃与城市文明的崛起是当下文学的一个侧面,[①]这则发生在古河道上的寓言恰好可以视为对这一不可逆转的趋势的注脚。河流是乡土文明的血脉。古河道之所以成为现代文明进入乡村的通途,而非天堑,就在于河水的枯竭——乡村作为生理机体抵抗力的丧失。没有了奔流的河水,河道就不再负载孕育文明的功能,而蜕化为纯粹的道路意象。乡村也据此转变成为一个向城市敞开,接受现代文明询唤的所在。在现代化甚至于全球化的视野之下,现代文明的进入成为扭转乡土文明进程的异质力量。因而,这批电脑被赋予了拯救本草二中的重任,没有它们,章永年苦心孤诣经营的这所乡村中学就会面临因为不达标而被教育局撤销的危机。古河道

[①] 见孟繁华:《乡村文明的崩溃与"50后"的终结》,《文艺报》2012年7月5日;《新文明的崛起与文学的变局》,《文艺争鸣》2013第3期;《建构时期的中国城市文学——当下中国文学状况的一个方面》,《文艺研究》2014年第2期。

上的这一幕,是现代小说常见的"外来者进入"模式的新变,而出生于乡村的作家在经历了大学教育和都市文明的熏陶之后,已然变成了乡村的外来者。

在这一点上,走得更远的是李洱的长篇小说《石榴树上结樱桃》。它是"一部通过密集的细节挑战人们对乡土小说的阅读和认识的书。李洱自觉地质疑了现代文学以来的乡土叙事传统,掉转方向,使乡土由想象和言说的对象变为想象和言说的主体,恢复了乡土中国的喧哗、混杂,恢复了它难以界定的、包孕无穷可能性的真实境遇"。[1]同"50后"作家普遍拥有的丰富乡村生活经历相比,李洱从学校到学校的人生轨迹,一定程度上隔绝了作家对乡村生活的体验。然而,出生在乡村并经由教育体制走出乡村的经历,为李洱自由地在乡土生活的局内人和局外人的角色之间变换提供了可能,使他得以从知识分子的视角审视乡土社会,展示现代化和全球化的视域下乡土中国正在发生的变异。

《石榴树上结樱桃》的故事发生在溴水县的官庄村。"溴水本是河流名字,《水经注》里都提到过的,百年前还是烟波浩渺,现在只剩下了一段窄窄的臭水沟。"[2]显然,干枯的溴水和《光与影》中的古汉河有近似的象征功能,都指向乡土文明的历史和现在。传统的农耕业已经不再是乡村的经济基础,官庄村要想生存,就得发展现代工业,就需要外来投资。于是,我们看到,一个不具名的美国人像幽灵一般出现在文本中,他从未出场,却间接地点燃了发生在乡村中一幕幕闹剧的引线。全民学英语、计划生育、小红和瘦狗暗地里的权力交换等光怪陆离的事件被推到了台前,折射出当下乡土生活中异于传统的一面。直到最后才真相大白,原来要来投资的外商并不是"老外",而是官庄村跟着国民党去了中国台湾又移民美国的朱

---

[1] 李洱:《改写乡土文学成规》,《新京报》2005年3月8日。
[2] 李洱:《石榴树上结樱桃》,第5页,上海,上海文艺出版社,2013年版。

庆刚。这是一篇幽默戏谑，颇有轻喜剧风格的小说，在文本之"轻"的表象下隐藏的实则是，资本的全球化流动对乡土中国的影响这样一个宏大主题，展现了全球化语境下中国乡土社会的境遇。

以互文性的视角来看，虽然上述两篇小说所叙述的故事完全不同，但他们却有大致相同的模式：一个具有象征意义的外来进入者所引起的闭塞的乡村群落的变化。据此来看，费正清的"冲击—反应"理论或可视为解读李洱乡土叙述的有效路径。简单来说，费正清的这一历史研究范式就是一个以"文明冲突论"为前提，以西方对中国冲击，中国对冲击做出反应为基本模式的体系。小说《斯蒂芬又来了》以外国足球教练斯蒂芬到白陀沟挑选青少年足球球员为引子，讲述了中原山村的村民们对他们的到来所做出的反应。在李洱笔下，乡村已经不再是拒斥外来者的闭塞的文化空间。村民，即使是因为斯蒂芬而离婚的李治平和刘豆豆都对他的再次到来葆有期待。来自斯蒂芬的冲击搅动了原本平静的乡土生活——送信人张六常作为消息的传递者受到了村民的优待；年轻球员的家长们为了此事不断谋划，蠢蠢欲动；李治平一家的平静生活更是顿生波澜。通过展现中原腹地的乡村如何对待斯蒂芬这一代表了西方文明的他者身份的人物，李洱的叙事就打通了乡土文明和现代文明、本土性和全球化的关系，勾勒出乡村社会不同的侧面。

以莫言、贾平凹为代表的五〇后作家大多秉承"作为农民而写作"的文学观念。他们擅长的是临摹河道干枯之前的乡村境况——原乡神话最后的面影。宏大话语下的乡土历史、社会变革期乡土的躁动、田园诗式的乌托邦怀想是乡土文学最为常见的美学形态。对乡村思考和追问被放置在记忆中的时空展开，即使是面对乡村的现实发声，也往往会在历史的变调中展现。李洱秉承的却是"作为知识分子而写作"的文学观念，有意站在全球化的立场上观察乡土社会，自觉保持与乡村的审美距离。正如他所说："我们写了近一百年的乡土中国，用传奇的方法写苦难，其实把乡土中国符号化了……当下这个正在急剧变化,正在痛苦翻身的乡土中国却没有人写,说得绝对点,我们还看不见一个真正的乡土中国。"[1]在李洱的文学书写中,他让我们看到"中国人转过身去背对着海洋"(黑格尔语)的历史业已终结。

(三)乡土叙述中的"政治不正确"

当知识分子写作的表现场域从都市转移到乡村时,建立在作家与文学人物身份认同上的一致性被消除了,作家得以背负较少的感情负累,恣意地刻画笔下的人物形象。于是,隐藏在叙事背后的作家观念层面上的问题得以敞开。在《斯蒂芬又来了》之中,按照西方社会的价值观念来看,就有几处显然是"政治不正确"的描写,对于我们审视李洱的知识分子立场提供了新的角度。

与斯蒂芬同行的那位黑人姑娘仿佛从天而降的谜团,从一开始就被作家设定为依附于白人男性、无法表达自我的客体化他者形象。她没有一句台词,没有人知道她来到白陀沟的目的,也没有人知道她与斯蒂芬的关系。这位来到白陀山区的第一位黑人甫一出现就受到了村民的围观。通读全文可以发现,所有对这位黑人姑娘的描述都或多或少带有性暗示的意味。黑人女性的身体作为奇观被男性村民不断地描述、转述,并在这一过程中被想象和建构。起初,张六常的讲述有意模糊黑人姑娘的性别特征,称"有一个黑人,起初分不清男女,后来她起身上厕所,我见她走起路来一扭一扭的。嗨,原来是个女同志"。而在李铁锁向李治平转述时,黑人姑娘则变成了"前突后撅,前面两坨肉都进门了,屁股还撅在院墙外面"的模样。在村民性凝视的目光中,黑人姑娘被褪去了社会、文化的外衣,只

---

[1] 李洱:《不知道为什么他们喜欢我》,《人民日报》(海外版)2008年11月26日。

留下了最原始的可塑造的"身体"。据此，村民以及村民背后的作家悄然地在文本中建立起基于种族和性别的权力等级。白人斯蒂芬拥有选择球员的权力，成为村民讨好的对象。黑人姑娘则被当作斯蒂芬的性附庸和村民私下言语猥亵的对象，处于权力等级中的最底层。

然而，作家行文时并没有意识到已经出现的问题，反而在僭越了政治正确的樊篱之后越走越远。于是小说中出现了李铁锁将黑人姑娘等同于大猩猩这样过火的言论。李铁锁在对李治平煽风点火，刻意把刘豆豆与黑人姑娘对比时称，"老芬也是，什么女人搞不到，非要搞一个黑人？大猩猩再好看也是大猩猩"。如果说加诸黑人女性身体之上的性凝视目光的描写还只是超出了幽默的限度，滑向了油滑的话，那么，这则言论则确定无疑地带有侵犯性，已然越过了法理和道德的边界。虽然言论出于乡野村夫之口，但李铁锁讲述的权力却无疑源于作家的授权。在李铁锁兴高采烈的讲述背后，我们看到的是一位对此至少并没有提出反对意见的作家。站在"平等"的角度看来，李洱的这一立场是值得商榷的。

我们可以将美国社会对类似事件的反应作以对比。二〇〇九年二月十八日，美国历史最悠久的报纸之一《纽约邮报》刊登了一幅政治漫画：持枪的警察将一只大猩猩射杀在血泊之中。配文写道："They'll have to find some one else to write the next stimulus bill."（他们不得不找别人来制定下一份经济刺激方案了。）这幅讽刺总统奥巴马经济政策的漫画引起了广泛的抗议，数百名民权人士走向街头，举行示威集会。迫于舆论压力，《纽约邮报》和漫画家西恩·德洛纳斯分别对此事件做出了辩解和公开的道歉。有意思的是，不论是反对者还是当事人，对作为总统的奥巴马的讽刺并不是争议的核心，而是在于漫画是否将作为黑人的奥巴马比附成黑猩猩。也就是说，报刊有指责政府经济政策的权力和自由，但绝对不可以涉嫌种族歧视。正如集会时民权人士打出的标语——"立刻结束种族主义"——所宣示的，种族问题是不能触碰的政治正确的红线。据此来看，李铁锁的不当言论问题的严重性绝对不能低估。

在中西文化语境中，"政治正确"具有不同的所指。就美国而言，"政治正确"代表的是公民社会共识，而不是国家政治权力意志。其对象指向"公共领域中的弱势者，或是缺乏话语权的类群"，"目的是用最'中立'的字眼，防止歧视或侵害任何人。"[①]也就是说，"政治正确"是基于平等的价值观念对弱者的同情和保护。对于作用于世道人心，处理人们的精神世界问题的文学而言，这种对弱者的悲悯和尊重，同样也是文学所维护的价值立场。虽然在后现代社会，整体性的理论构架已经丧失了其原有的效力。但是，这并不意味着文学创作可以毫无节制。在被相对主义解构了的整体性的废墟上，某些"绝对"的东西依然是必须遵循，不可僭越的——尤其是对于作为知识分子、担负着守望人类基本价值准则的作家而言。"政治正确"并非作家创作的樊篱，不是供作家图解的空洞的概念和创作的圭臬。正相反，它所倡导的价值立场恰恰最有可能是巴别塔之后取代语言实现各民族对话的基石。

据笔者所知，在2011年12月《人民文学》推出的英文版《PATH-LIGHT》试刊号中，《斯蒂芬又来了》被作为压卷小说发表。由于相关资料的匮乏，笔者未能亲见这篇小说的英译本，也无法知悉它能有多少以英语为母语的读者以及西方社会对它的评价。作为向世界推广的，代表中国当代文学高端成就的文学作品，我们更应该以严苛的眼光来选择。因为文字背后所体现出来的创作者的价值观念不仅是独属于李洱个人的问题，也是中国当代作家共同面对的问题和整体面貌的呈现。在全球化的文化语境之中，中国已经具有了发出自己的声音的可能，不再是作为西方的他者被想象。作为主动建构中国形象的一种方式和世界文学格局中的重要组成部分，中国当代文学的创作更应警惕写作观念中的偏狭之处。

---

① 贺绍俊：《当代文学的政治正确思维定势》，《文艺争鸣》2014年第7期。

四、知识分子写作的限度与难度

世纪之交,百年来中国知识分子的激越与犹疑仿佛在一夜之间变得毫无意义。圣坛下面空空荡荡,启蒙的布道无人问津,甚至连规训的施予者都无暇顾及这个曾经让人颇为头疼的群体。国家、民族、历史、人民等等这些挂在前辈知识分子嘴边的修辞,到了李洱这一代却变成了令人羞赧的话题。与之对应,性、欲望等个体性的词汇被赋予了通约性,横行于文坛。于是,在严肃的写作态度和游戏化的文本的双向作用力下,作家操持怎样的写作立场成为作家能否驾驭文本的关键所在,也对当代作家的写作提出了新的挑战。

如果将李洱的知识分子叙述作品和乡土叙述作品对比来读,我们会遇到这种情况:读者很难说清李洱的知识分子叙述作品到底讲了什么故事,却可以津津有味地向别人讲述他的乡土叙述作品。为什么会出现这种情况呢?

其一,基于对知识分子的身份认同,李洱给予小说中的知识分子充分的表达权力,在文本中为他们预留话语空间。在知识分子叙述中,作家仅仅是知识分子故事的参与者和生活流的记录者,他退居幕后,将话语权交给笔下的人物。因而,人物形象的塑造主要通过他们自己的言说,而不是作家的情节编排来完成。与此对应,作家对农民将讲述自我的能力则持有怀疑态度。乡土叙述中的现代农民们只能作为被讲述者,忠实地扮演行动元角色,完成作家安排的脚本。面对传统乡村日益被裹挟进现代化和全球化的进程中去,受其影响最深刻的农民群体此时却是集体失声的。

这还部分地与作家的生活经历相关。作为典型的学院派作家,李洱经由1977年高考制度改革后确立的正规化教育渠道成长起来。可以说,在李洱与世界之间,隔着一道学院的围墙。围墙之内,是他最为熟悉的知识分子的生活,个中三昧,作家了如指掌。他完全可以以自己的体验为标本书写这一群体的生存状态和精神困境。围墙之外的社会现实与作家的关系则微妙得多。童年时期短暂的乡村生活经历显然不能建立起作家对现代乡村的认识。大众传媒中的信息、其他知识分子的乡村叙述以及作家本人的还乡经历随之构成了李洱感知乡村的重要渠道。乡土叙述的写作也就更多地建立在对这些信息进行的理性分析上。因而，这两种叙述实质上分别是建立在入乎其中的体验和出乎其外的观察之上的。作家无法切实地理解农民在当下乡土现实中的感受，也不可能用农民的语调讲述出自身的故事。所以，前者可以触及人物精神层面的问题，而后者只能以讲故事的方式处理现实层面的问题。

其二，在面对城市/乡村、知识分子/农民时作家的情感投注不同。基于悬置道德判断的文学观念，在知识分子叙述中，李洱总是不自觉地将文学对象主体化，带着悲悯和同情的眼光叙述人物的遭遇。以《从何说起呢》来看，当谈到为应物兄写传时，费鸣疑惑季宗慈为什么不选择那些毛遂自荐的国家级文学大奖获得者，而非要让自己去写呢？季宗慈给出的原因之一就是"他们对应物兄都没有感情，没有理解之同情"，"他们无法实现爱的对象化"。[①]这也可以视为作家对知识分子叙述的情感态度。毋庸置疑，其中掺杂了大量的感性成分。所以，理解取代了批判，讽刺变成了自嘲。而在乡土叙述中作家是以"望乡"的姿态叙述当下乡村现实的。其中"既有作家自己过去的生活经验和文化记忆，更有作家对乡村中国现代性过程的巨大焦虑、矛盾和纠结。当然，这更多隐含的还是作家与乡村的情感关系"。[②]城市作为作家的栖息地，在为作家提供现代化的生存体验的同时，也建立起支撑其创作的价值立场，并取代乡村与作家形成了新的血脉联系。而乡村和农民则成为城市的他者，是相

---

① 李洱：《从何说起呢谈》，《北京文学》（中篇小说月报）2014年第11期。
② 孟繁华："望乡"：当下中国的乡土文学，《文艺争鸣》2015年第6期。

对独立的客体，作家审视的目光中就少了几分悲悯和同情。这并不是说作家没有将同样的"爱"施予所有人物形象身上，而是在面对农民群体时，作家始终无法走进他们心理结构的最底层，因而也就无法切中肯綮地将悲悯与同情置诸其上。

由此可见，李洱的知识分子写作立场并非鉴空衡平。知识分子身份的优越性以及由情感认同所带来的"爱"的局限性构成了李洱写作中潜在的限度。

在李洱自身的限度之外，我们身处的时代也为作家写出优秀的作品设置了难度。这是一个写作几无门槛的年代，也是写出优秀的文学作品变得无比困难的年代。在社会分工高度精细化的当下，社会历史的整体被分裂成无数的碎片，整体性的理论也丧失了其解释世界的效力。一体化时代中向心的社会形态已经不复存在，经由一个侧面进入整体结构的路径被堵塞了。新时期文学中那种经由文学书写引起全民关注的情形难以再现。作为日趋专业化的知识分子群体中的一员，在专业之外，作家的话语权无处不在经受挑战。正如李洱所认识到的知识分子"所掌握的知识无法让你像以前参与整个的社会进程，你只能在一个很小很细微的领域，'领域'这个词已经显大了，或许应该说是在一个很逼仄的空间内，行动，做事情，参与社会"。[①]作家最有发言权的领域只能是知识分子群体的生活。

在《从何说起呢》付梓之前，李洱的这部长篇已经有了近十年的创作期。在信息爆炸的现代社会，文坛上每年都有逾千部长篇小说出版发行，李洱这样"慢节奏"的写作实属罕见。除了作家因生活变动一度搁笔之外，使作家的创作如此艰难的重要原因，还在于与作家雄心勃勃地揭示现实生活本质的写作计划相比，"当代知识分子的生活，实在是太难写了。"[②]可见即使仅仅面对一个身处其间的社

---

① 梁鸿、李洱：《"日常生活"的诗学命名与建构》，《渤海大学学报》（哲学社会科学版）2008年第3期。

② 李洱：《创作谈》，《北京文学》（中篇小说月报）2014年第11期。

会群体，作家也很难对其生存状态做出有效的概括。那么当在这一群体与其他社会群体之间，隔阂甚于对话，共通性的内容越来越少时，如何才能将碎片化的信息有效地整合起来就更加困难了。于是，写作，如何经由对一个群体的文学书写表现当下现实，触碰时代的核心命题就成了李洱及当下作家共同面对的问题和挑战。

（本文原刊于《当代作家评论》2016年第1期）

城市里的"断魂人"
——略论王宏图的城市书写

陈晓明

中国的城市文学一直徘徊不前,相比旺盛的乡土叙事,城市文学在多次的热望吁求下,也未能有更强劲的起色。这究竟是因为中国城市文学与乡土文学之间无法竞争,还是因为中国评论家和文学研究者并不期盼中国的城市文学有大的起色?或者城市文学与乡土文学之间的划分就是一个勉强的理论行为?可能各方面的缘由都有。但是,不管怎么说,城市文学的推进在今天的中国无疑是必要的,因为,缺失了这一块,中国文学新型经验的表现就不充足;对中国今天的社会变化的表现就打了折扣;对中国人尤其是年轻一代人的文化性格心理的表现就有缺失。也正因为如此,我期盼中国文学,尤其是中国小说,在表现当代中国的城市生活方面有新的作为。

确实,用"城市文学"这种概念来表述一种文学或某些作家,就像使用"乡土文学"这样的概念一样,会有窄化作家之嫌。但也是基于作品表现生活的经验面向有侧重,这种侧重形成了一种文学体制,形成了特定的价值观和历史观,甚至表现风格,因而在中国,

"城市文学"如"乡土文学"这种概念也是成立的。某种意义上,"城市文学"是"乡土文学"这个概念派生出来,在中国现代就生成的"乡土文学"这个概念,有着现代文学起源性的意义,它表明了中国文学进入现代面临的自我生成的特殊方式。在同一意义上,"城市文学"也是如此,它表明了现代以来的文学拓展自己的现代面向的强烈渴望,也表明与现实变革密切相关的这种文学自我更新的特殊方式。因为城市提供了新型经验,而中国文学的变革始终来自现实,而很少来自文学的元叙事(形式),因此,城市经验、新的生存现实感,就成为文学打开新的经验面向的最重要的依据。

在这个意义上,我阅读王宏图的小说时,就会感受到强烈的冲击。或许是因为王宏图首先是一位学者,术业有专攻而成就斐然的比较文学教授,故而他的创作被关注的很不充分。只是因为我对城市文学这一主题的关系,偶然经友人的推介,我再重读王宏图的小说,于是使我产生探讨他的作品的愿望。他的作品可以说是相当早地表现了中国当代大都市的生存现实,他的小说有很好的艺术肌理,对人物的心理性格把握准确而有棱角,他有能力把笔下的人物推到命运的一侧,敲打、拷问,甚至揉搓,他提供的城市经验偏向于青年知识分子,这是其他职业作家所不涉及的生活领域,就此而言,王宏图的城市书写不可忽视。当然,他的小说还有更为多样的侧面值得探究。

当然,上海是中国城市文学的摇篮,这与它作为中国现代城市的起源地是相称的。我们可以从早期的穆时英的"新感觉"小说到茅盾的《子夜》中看到现代初起的景象,这二者之间巨大的差异,会让人感受到上海现代的不安分与分裂的渴望。张爱玲其实是连接了传统与现代的内在联系,这种联系让人们看到二者建立起来的困境,相互纠缠的幽灵般的关系。周而复的《上海的早晨》同时期的那些在革命想像中建构起来的工业化和现代化的景观,也未尝没有真实而强大的历史感。直至王安忆出现,上海的书写回到真实生活的情境，上海的弄堂与都市困扰，在日常中展开不同的扇面。孙甘露的小说在先锋一路的叙述和语言方面行进，但他的给予的感觉和思想是城市的，他的小说有一种超越性的城市魂灵。当然，还有卫慧和棉棉以前卫反叛的姿势表现出上海奔放不安的尖锐感觉，她们引起太多的争议，以至于无法形成真实有效的城市书写的变革。毫无疑问，上海还有许多更年轻的颇有冲击力的城市书写者，这样一个前提，已经足够我去理解王宏图写作的位置和意义。

王宏图的小说有一种直接的冲击力。这个冲击力来自他的小说直接切入城市人生存的困境，人被城市欲念支配而又陷入不可选择的处境。王宏图的小说切入点就不做庸常叙事，他的小说几乎不过渡，起笔就进入人的困境，他要在人物的命运现出裂痕处开始他的小说着笔。这里无所谓什么不可克服的社会力量，而是现代城市中滋长起来的欲念和利益，它们形成一种紧迫的力量推搡着这些人物走向生活的断裂地带。2001年，新世纪伊始，王宏图出版小说集《玫瑰婚典》，书名还带着那个时期图书出版对市场的片面想象，小说集列入"西风古道·后现实主义系列"丛书。这组丛书的作者其实都很前卫，但是中国文学再也不敢标榜"现代主义"，他们宁可顶着"后现实主义"的面具，也不能去沾染现代主义的流风余韵。十五年过去了，如果在这组系列作品中，更多地展现出现代主义的艺术锋芒，一定会令人无比欣慰。《玫瑰婚典》中的第一篇中篇小说《衣锦还乡》，如果是放在80年代，这就是典型的现代主义小说。在21世纪初，现代主义已经被遗忘，或者说，有意降低它的形式感和叙述意识。但王宏图一定是深受现代主义影响的作家，他的文学观念骨子里还是现代主义，那是他的创作底色。他的起笔或者视角就是现代主义式的困境，内里隐含着躁动不安、颓唐及命运的撕裂。当然，这篇小说的动机也是在回应90年代以来的中国市场经济冲击下的社会现实，尤其是这一冲击给中国人的价值观和心理造成的尖锐分裂。《衣锦还乡》表现宁馨是那么不安分，她的身体不安分，心灵更不安分。她要张竞的爱，但现在已经没有纯粹的爱，甚至都嗅不出一点爱的气息，只有肉体需要，各自带着交换的动机。他们本来交换得挺好，但宁馨不满足，她要更多的东西。被贪欲鼓动起来的渴求不顾一切，她甚至"不明白当初的一切究竟是怎么发生的。她只知道她平静如水的生活已一去不复返，她已完全地变了一个人。"(《玫瑰婚典》第3页)宁馨并非只是贪图物质，她与大伟成婚，没有爱情，做一个一无所长的新移民，她不甘心。张竞是一个让她激动的男人，但却并不属于她，她的爱欲实际上是她寻求自我生命确实性的表现。王宏图并没有着力去挖掘人物的实际利益，宁馨没有，宁德也没有，他们姐弟俩其实都是陷入了当代人的精神困扰，根本问题或许就在于，当代人根本就不知道自己要什么，自己能要什么？结果是被一种升腾起来的本能欲望所支配，把生活、生命搞得一团糟。王宏图把对人物的刻画限制在一种状态中，让她/他失去现实的利益关联，漂浮在半空中，在那里突围。在这一意义上，在九十年代市场经济大潮的背景下，这种情绪和状态让人感受到现实和人心的根本改变，这或许是最为可怕的事情。

王宏图笔下的人物被自己的性格和心理所支配，现在已经看不到多少历史的社会的决定性力量，他们的存在以自我为中心陷入生活断裂的边缘，不是他人，而是自己成为自己的地狱。《青灰色的火焰》里，那个已经衰老的利奇还是不自量力要跑到夜总会去找小姐，结果自取其辱，他不甘愿，要报复，后果无疑会更悲剧。《我拥抱了你》里的陈杰被女友蕾蕾抛弃，又被邂逅的妩媚的蒙蒙魅惑，结果蒙蒙是个做小姐的。如果陈杰逢场作戏也没有什么大不了的事，但他偏偏是寻求心理补偿，要找一个可心的女子成婚，掉到一个小姐的手中，他痛苦的挣扎显现出他的生活的彻底失败。《玫瑰婚典》里的菁楠那么不安分，与欣华成婚却想着那个花花公子师俊，坠入爱欲的深渊无法自拔，最后走向疯狂，她杀了师俊再上吊自杀。这些偏执的性格和心理来去无踪，无迹可求，仿佛被不可知的力量所塑造,更有可能他们失却了自我,只是被当下光怪陆离的生活所诱惑,以为逃离过去就获得了解放,割断过去就能新生,他们游荡在街道上,飘浮在公寓里,像一些断了魂的人。

《Sweetheart,谁敲错了门?》这部长篇小说的题目就颇有挑战性,中英文混杂,也可见世纪之交文学渴求新经验的出版策略。小说写得躁动绚丽,一种跃跃欲试、奔腾胀裂的张力,让人们感受到正处在变动状况中的中国人的生存方式。小说的主人公艾珉仿佛有无数的渴望,却又不知道自己究竟要什么,究竟怎么选择和行动。他被欲望诱惑,又被后面看不见的力推着走。爱情、爱欲、情欲,他几乎分辨不清,也把它们搅成一团乱麻,而后把自己捆绑。他的生活行动,就是试图把自己从捆绑中解救出来,结果是陷入更为糟糕的境地。他的爱、欲望与离弃,都被一股莫明的力量推动,只能归结为自己与自己过不去。用现在的话来说,就是you do you die。他的妹妹艾琪也同样如此,用旁人的话来说,她放着自己的好老公不要,却要和阿龙那样的瘪三混,结果还要动刀,搭上自己的命。艾珉的哥哥艾达,竟然当着老父亲的面要分财产,而父亲孟实则打定主意要把钱袋子捏紧。对于这一家子人来说,外面的世界是纷乱的压迫,家庭内部也是各怀心机,毫无天伦之爱。如今的城市人究竟出了什么问题?王宏图在代后记《暗夜里的狂想》里写道:"不知从什么时候起,我们栖身其间的城市像一头无法控制的怪兽,疯狂地蔓生、衍射,各个角落遍布着重重叠叠的人工制成品,人类与大自然间的天然联系被无情地阻断。在不知魇足的欲念持续不断的驱遣下,从早到晚,蚁群般的人流在逼仄的空间中奔窜着,冲撞着。都市成了人类为自己打造的动物园,一个高度文明化的囚牢。"(《谁敲错了门?》)这里对城市的批判几乎不留余地,他把城市精神提取出来,敲打它,责问它,那也是敲打和责问人的灵魂。

王宏图写作现代都市人,他对城市的现代性带有鲜明的批判眼光。但他决不是一个眷恋传统的人,他的独到之处在于他写出与众不同的非现代的都市人。更准确地说,"断了魂"的都市人,或者说都市人的"断魂"特征。他们仿佛不是生活在现代城市,仿佛是从古代深处降临到当代,他们在当代城市生活中找不到方向,也找不到自己的快乐和幸福。他们只有自己的肉体,于是不断地使用自己的肉体。徒剩肉体,魂兮也无法召回。这主要集中于王宏图笔下的男性人物。这一点令人惊异,这些人物没落颓废却近乎疯狂,软弱无能却偏执顽固,他们像是古代书生,那种精神气质会让人想起柳梦梅和张生之类的古典人物,只是比他们更乖戾或更虚空。

尽管王宏图并不做多少古典的渲染,甚至他有意引述西方现代的一些诗句和格言,但还是掩饰不住那样的人物身上的古典颓败气质。《衣锦还乡》里的宁德,想抗拒母亲对婚姻的操纵,他放任地与小保姆发生肉体关系,结果小保姆怀孕要挟,但他几乎非理性地来放任这一切。最后屈从了母亲的愿望,与小孙成婚,"自始至终穿着高档西装的他像是一个牵线木偶"。宁德出身于世家,敏感脆弱的他其实又偏执怪戾,随波逐浪且喜怒无常,这样的人物,像是封建遗少,或是破落世家子弟,仿佛从历史深处走来,带着复活的勃勃生机,又带着向死的气息。文革后在当代文学中留下一席之地的青年形象其实寥寥无几,王朔的城市痞子,带着反叛社会和嘲弄政治的反骨,具有某种时代印记。王小波的王二以政治上的"落后性"甘于失败的地位,因此获得了消极自由的身份,也是一种另类形象。但像王宏图这样的人物,实在是少见,它表明当代城市文化与传统之间幽灵般的联系。就我们的文学在人物生命存在的气质上,王宏图笔下宁德一类的人物,实在是有结实深厚的意味。此前,曾有贾平凹试图通过庄之蝶来复活传统文人的形象,但贾平凹遇到历史变故,他只好退回到乡土中国。中国现代文学中的人物,或是从中国传统没落的历史中存留下来的人物,在当代小说中已经少见,要写出这种人物,把他们与现代都市文明连接在一起,与全球化的时代联系在一起,则是相当有意义的探索。当然,对于王宏图来说,他的写作也许并未有意识地去做此钩沉,他的着眼点可能是现代都市中人物承受的心理压力,在都市的挤压下人物性格发生的怪戾变形。他想写出人物骨子里的顺从之后的困扰,传统延续在人物心理结构中的那些要素,经由都市的狂怪催化再发酵,某种骨子里的传统性就以颓唐的格调表现出来。例如,艾珉还挺能迷女人,前后有几个女友,被他甩掉的女友还对他有所痴迷,琼晖与艾珉的前妻毓琳闲聊时说:"他身上有种让人无法捉摸的东西,看上去懒懒散散,但实际上他的内心很丰富——"。毓林对前夫艾珉则有更深刻的认识,他这刚接触时,女孩子会为他身上的"贵族气"所迷倒,但时间一长,"她们都会躲得远远的!"。毓林说:"这算是什么男人?一个大男人,什么事都不会做,也不来关心你,对家里的事不闻不问,好像他只是个常住的客人,"实际上,艾珉来这个世上也像是个客人,他看上去整天郁郁寡欢,无所事事,没有方向,没有目标。他被欲念支配,他追求所谓的爱,但他并不知道如何爱人,他没有耐心忍受事务,他无法在时间中坚守,因而他也是被时间抛弃的人。在时间的流逝中,他只是一个空无。他对生活早已厌倦。小说临近结尾第十二章有一段题辞写道:"我所以恨恶生命,因为在日常之下所行的事我都以为烦恼,都是虚空,都是捕风。"(《谁敲错了门》,第265页)。根本缘由在于,这是断了魂的人。如今,断魂人不是在天涯,而是在人群中,在城市的广场上或是在机关单位里。

过去中国小说中的人物,都承载着历史给予的理性力量,或者是如梁生宝、萧长春一样的社会主义新人,他们表达着时代的乌托邦想象,或者是如章永璘这样表现了历史反思和时代意识的人物,像艾珉这种人物,只能自己对自己的性格负责,他是个人,仅只是这个人。他这个人与家庭、与文化记忆的碎片联系在一起,或隐或显地体现了某些传统的幽灵特征。他无法在现时代,在这样欲望和创生交织的时代活得富有生气,活得有未来。其实中国城市小说一直很难写出它的人物,城市文学中的人物主要是由当下的时尚潮流构成，例如，那些写消费时尚的城市人，或者为某些历史的理性设计所规划，例如，过去关于阶级斗争表述下的城市人形象。王宏图笔下像艾珉这样的城市人，其实是让我们去思考作为城市人的困难，尤其是与传统有着某种隐秘联系的那些人，他们更能表达出对现代都市的反思性态度。

王宏图的小说有着某种执拗的人文价值关怀。因为身处大学校园，宏图对这个场所里发生的种种变化有着切身感受，甚至可以说是切肤之痛。他是如此深切地意识到此问题的严重性，却又对召唤重建的可能性断然拒绝。2009年，宏图出版长篇小说《风华正茂》，这部描写当代中国大学知识分子的作品，几乎不留余地地把当今大学知识分子如何在权力和利益面前费尽心机的状态写得淋漓尽致。小说显然是要写出当今时代知识分子的价值迷惘，小说的题辞引述莫扎特《魔笛》中的诗句："喔，黑夜，你何时消失呢？我何时能够在黑暗中找到光明呢？"大学本来是为时代提供精神方向的领地，现在这里则被利益、算计和欲望所充斥。张伟戈正是踌躇满志的少壮派学院领导，张伟戈在今天大学功利主义盛行的游戏中得心应手，拿到各种既得利益。奉迎媚上，调用手下，游刃有余。张伟戈天天"沐浴在权力的春风中，酣然陶醉，一直鼓捣到世界的末日"，显然，如小说所说，他不会相信有世界末日，只要有权力，春天永远是他的。但不承想，张伟戈嫖娼事爆发，弄到网上，他也就身败名裂。众所周知，这样的故事在今天中国的大学已经一再重演。这个媒体的时代，要弄垮一个人也易如反掌。刘广鉴开始是还想保持自尊，随后则随波逐流，最后也几乎同流合污。他与莉莲的情爱还没有搞利落，很快又经不住女人诱惑，中了圈套。他被一伙人劫持，虽然被解救脱险，他是否真的醒悟，还不好说。在被劫持的时间里，他与他所研究的法国思想家蒙田有一段对话，宏图借蒙田之口，对中国当下社会及人们的价值混乱作了深刻批判，只是刘广鉴悔之晚矣。今天中国的一代知识分子之沉沦迷惘，如何振作，如何寻求信仰信念，确实是一个复杂的问题。宏图的小说揭示了现象，提出了问题，背后的缘由如何挖掘，要解决此难题，却并非易事。

王宏图的小说始终带有执着探索意味，那就是探索当代人的情感世界，尤其是年轻一代的情感世界，他们对待情感、对待他人，对待生命的态度和方式。但是，断魂人的本性，使得这些青年男女，找不着当下生命价值的依靠，他们再一次被现实的利益和欲望所俘获。这不管是上面提到的《玫瑰婚典》《谁敲错了门》，还是《风华正茂》，都是如此。而在他2014年出版的长篇小说《别了，日耳曼尼亚》（以下简称《别了》），他的情感探索显得更为锐利坚实，那种情感的困扰，惶惶不可终日，只能理解为灵魂丢失后的张惶。就小说的叙述来看，从这部作品可以看出王宏图的笔法更为自由自如。

王宏图尤其注重在中国现实剧烈变动的时空中来表现人物的活动，《别了》则是在全球化背景下来表现年轻一代中国人的情感心理。小说写了几对青年男女之间的爱恨情怨。钱重华与顾馨雯，刘容辉与尤莉琳，他们在大学里相恋，随后情感各自发生变故，或因为去国，或因为生活，但情感的牵扯与辗转却是反反复复。小说通过这几个男女在爱欲的错位与纠结中来展开故事，写得波澜跌宕，起伏交错。充分显现出王宏图讲故事的能耐和心理刻画的笔力。钱重华的身上明显残留艾珉的影子，某种意义上他们是同一血脉的人，他们可以被归为"世家子弟"那类人，他们有某种模糊的却执拗的记忆，那是关于家、关于祖辈、关于一种文化渊源的记忆。相比较而言，这类人物不会像中国乡土小说中那些来自乡村的人们总是有着关于乡村的鲜明的记忆，不管他们依旧生活在乡村还是从乡村来到城市。由于中国乡土叙事中的人物大都依旧生活在乡村中，他们的生存方式就是有一种直接的在地性，他们的行动与意识都十分鲜明果断，但在王宏图笔下的这几位城市人，有另一种状态，他们的意识深处已经模糊不清，他们似乎生长于一种文化中，在一种文化的脉络中，但却处于一种无根甚至断根的感觉。在小说的第十八节，身处德国留学的钱重华，在五月明媚鲜丽的市区，他却心情颇不平静。看看这几段叙述和描写的句子：

> 他觉得自己像是一片细脆的叶片，在风中上下不停地翻飞，又如丧家之犬，惶惶然东奔西走而寻觅不到温暖的家室……
>
> 其实并没有什么悲伤的事情来骚扰钱重华。一段时间以来，轻微而无所不在的倦怠、烦厌慢慢渗入了他的机体，弥漫到了全身……
>
> "随后他叹了口气，强打着精神，'现在西方的文化经济科技都处于强势，他们自为是我们恩主，把一整套规则强行加到我们头上，还张口闭口说这是什么普世价值。'"[①]

这里表现的是钱重华困顿厌倦而又心怀不满的状态。小说随后写到一个和德国女人结婚的华人教授肖思懿，他发表了一通关于中华民族的信仰、炎黄子孙的精神谱系的演讲，得到听众的热烈反响。钱重华却在这众声喧哗中陷入了深深的迷惘中。他瞅着神情亢奋的肖思懿："这老不死的，成天招摇撞骗，向我们这些柔软无助的人兜售精神鸦片。"[②]他宁愿自己跌入虚无的深渊，"与无边无根的空寂为伴"。钱重华就是这样的人，他既拒斥西方的价值观，对中国传统文化也持怀疑态度，他究竟要什么他并不知道，但他并非只是空无，他有着一种奇怪的自我意识，他超越于他的当下，他也并不面向未来，他仿佛是孤零零的自我。这样的"自我"只有理解为来自历史鬼魅般的深处，他虽然被切割了与历史/传统的联系，但他确确实实地有一种虚无般的与历史/传统的呼应，否则，他从哪里来的那种自

[①] 王宏图：《别了，日耳曼尼亚》，第150-156页，上海，上海文艺出版社，2014年版。

[②] 王宏图：《别了，日耳曼尼亚》，第158页，上海，上海文艺出版社，2014年版。

我意识？看上去他是一个受伤者，在中西方文明的夹缝中，在历史与现实的冲突中过活——真是难为他了，但他分明有一种无所顾及的胆大妄为，他本来是有魂魄的，但他不知何时断了魂魄，才显得如此不着边际，无所顾忌。所以艾珉、钱重华们都有一种野蛮性，左冲右突，上升坠落，不是凭着精神，只是凭着肉体，只有一副身躯，向自己的生活冲撞，撞得粉碎也在所不惜。钱重华终究遭遇支离破碎的命运，父亲不光彩地死去了，女朋友弃他而去，他躺在德国的病房里，母亲来到他的身边，母亲的目光令他羞愧。最后作为精神勉强振作的行动，他和母亲一起去意大利的罗马旅行，最后到了梵蒂冈，他要寻找什么？难道要从他一直怨恨的西方文明的源头找到更纯粹、更具有普遍性的精神信仰吗？或者说找他的魂灵吗？然而，到了这里，他母亲要讲关于他父亲死因的故事，他应该知道这一切，知道之后的他又会如何呢？

除了钱重华，这部作品的另一个人物刘容辉也写得十分独特而有力度。他出身于平民家庭，与钱重华是好友，但也心怀嫉妒，他甚至睥睨钱重华。他活着就是要不断"寻求新的刺激"。他对生活抱着自私自利的打算，他对女人就是抱着玩弄的态度，他出于什么心理不断地去探视那位得了绝症的女孩，让人捉摸不透。内心的含糊、多少有些乖戾，这就是王宏图捕捉这代人独特的视角，可能有一点人道或悲悯，但刘容辉有着更模糊的内心意识。他甚至也不知道自己为什么有这样的耐心去看望他救过的一个患白血病的女孩，每次还送上一束花。貌似是怜香惜玉，实则有着更为隐秘怪戾的心理。王宏图写出了这代人的无助、无根，却对自己的命运有一种任性的作为。

王宏图的叙述有一股力道，这得益于他对语言的锤炼。正如陈思和先生所言："宏图的艺术感觉很特别。他的故事虽然算不上复杂，但语言细腻，情节上精雕细刻，小说内在的肌理是很紧张的，充满了波澜和疼痛。"[1]李敬泽先生说:"王宏图的小说无疑属于巴洛克风格。他的语言初看似觉繁复,却有一种裹挟、沉陷的力量,像一把钻子,小心翼翼,又执着坚韧。那种穷形尽相的冲动、困惑乃至痛楚让人怦然心动。"[2]这里的评价非常精到准确,点出了王宏图小说语言的根本特征和艺术价值。王宏图的叙述几乎可以说是被语言引导的,他追求语言的感性原则,那种语言的绚丽、脆裂和锋利,它们于华美中总是要给人有棱有角的感觉。语言的表达如未达到极致,王宏图在某个单元的叙述就不罢休,他几乎要让语言活过来,语言自己在炫技。王宏图可能受到中国现代的"新感觉派"的影响,他的小说与施蛰存、刘呐鸥、穆时英的小说有某种亲缘关系,当然还有日本的"新感觉派",川端康成、横光利一等。王宏图有多年的国外访学经历,他通晓数门外语,对欧美现代小说的阅读不只形成他的现代小说观念,也磨砺了他对汉语的感觉。他几乎是迷醉般地使用语言,他不能让语言沉下去或停止在某种状态,他要让语言贴着感觉的表层如刀刮一般刮过去,尤其是那些男人触碰女人身体的那些描写,如同一种恶作剧般的游戏,手指掠过身体的表层,绝无爱恋的美好,却有一种痛切的质感:

"肉体碰触的游戏不断深化、拓展。钱重华抚按着裘微岚纹路微微凹凸的手心,捏揉着平板结实的食指、小指,随后又在暗中轻轻挤捏起她肥厚的臀部和粗壮的腿部肌肉。她先是默默承受着,随后掐住他的手,轻轻推开。他并不罢休,又一次探入她身体的深处,仿佛要刻意发掘出深藏着的不可知的宝物。"(《别了,日耳曼西亚》第374页)

这一段描写无疑有着感性的细致体验,语言追逐感性执拗向前。

---

[1] 王宏图:《sweetheart,谁敲错了门?》封底,上海,东方出版中心,2006年版。

[2] 王宏图:《sweetheart,谁敲错了门?》封底,上海,东方出版中心,2006年版。

青年男女身体的触碰并无温情脉脉的爱恋之意，对于钱重华来说，反倒是一种生命颓败的无端发泄。语言贴着感性的层面几乎是偏执地行进。这也是因为王宏图笔下的青年男女有着肉体的充分性，却总是没有了魂灵，语言乐于营造这样的感性的空间，人物也就存在于这样的感性空间，他们挥霍身体、感性，因为生命本来就处于颓败之中，只有走向颓败。或许我们有时会觉得王宏图的语言切近身体的描写有些过于丰饶，那些身体与身体搏斗的表现也显得有些直接夸张，这些或许需要王宏图今后在叙述中有所节制。但是，我们也能感受到，在这些场景和碎片中，那些"断魂"的身体又如此强烈地表现出无端挥霍的任性，那种迷醉般的颓败有一种末世的美感。

王宏图因为家学熏陶，有比较深厚的古典文化修养；也因为他多年在欧美访学，对西方文化以及全球化冲击有着切身感受。他着力于刻画中国年轻一代的城市知识分子，他知道他们深受中国风起云涌的市场经济和消费社会的影响，也知道他们与传统有着虚无缥缈的联系，他恰恰要去写出当今时代无根的人们的生存状态，这个"无根"固然是人物的"隐痛"和"痼疾"，但却是人物的灵魂——这无灵魂的状态却能成就他笔下人物的一种精神气质，那种空寂的栩栩如生的状态。在此空寂中，传统的根还隐约可见，若有若无，也透示出一种内涵气质，就像那些女人感觉到艾珉这种人物竟然有一种魅力。王宏图清醒而敏锐之处在于，他不相信那些已死的东西可以复活，可以作为当下承担的依靠，他要写出的恰恰是困境，是那种要去面对的，可能是要"与无根的空寂为伴"的生存世界。作为一种疑问，作为一种警示，王宏图的小说是尖锐而引人深思的。他的"断魂人"无疑也是对当代中国城市书写最为独特的贡献。

（本文原刊于《当代作家评论》2016年第2期）

上海书写中的世俗性

——读《繁花》与《天香》

郭冰茹

何为"世俗生活"？当我们在一般意义上谈论"世俗生活"时，它是指充盈着世情、人情、风俗、习性的日常生活。当作家将世俗生活或世俗经验审美化后，文学作品便呈现出一种"世俗性"。阿城在为中国古典小说溯源时说："明代是中国古典小说的黄金时代，我们现在读的大部头古典小说，多是明代产生的，《水浒传》《西游记》《金瓶梅词话》《封神演义》、'三言''二拍'拟话本等等，无一不是描写世俗的小说，而且明明白白是要世俗之人来读的。"[1]在分析了《金瓶梅词话》中的世俗性之后，他甚至假设"《金瓶梅词话》应该是中国现代小说的开山之作。如果不是满人入关后的清教意识与文字制度，由晚明小说直接一路发展下来，本世纪初的文学革命大概

---

[1] 阿城：《闲话闲说——中国世俗与中国小说》，第102页，北京，作家出版社，1998年版。

会是另外的提法"。①简言之，在阿城看来，世俗性不仅仅是作家对日常生活的审美转化，更是文学审美性的重要指标之一。当下，随着文学逐渐从功利性的意识形态诉求中松绑，小说对世俗生活的描摹，对世俗经验的书写也越来越受到作家和批评家的重视。从某种意义上说，当代小说世俗性的呈现可以被视为古典小说精神的延续，也可以被视为小说生态正常化的一种表现。

器物、人情和地理空间是文学书写中世俗生活的重要载体，"物"的丰饶或匮乏展现的是世俗生活的表象，"情"的放任或收束显现的是世俗生活的肌理，地理空间的交错和移动是上演世俗生活的布景抑或舞台。

"物"是世俗生活的重要载体，物之感、物之理是人们日常谈论的话题。"物"同时也是文本不可或缺的文学对象，承担着表现生活、塑造人物的自然使命。在表达对于"物"的关注与崇拜时，长篇小说《繁花》和《天香》选择了不同的"物"的对象，前者是浸淫在对物质的压抑与渴望中的摩登消费品，后者是氤氲在花香、果香、药香、墨香、书香之中的民间传统工艺品。前者凭借五光十色、琳琅满目甚至光怪陆离的表象构成了物质主义的基本表征，并最终将小说中的上海形塑为一个消费与享乐的意义空间。后者则透过精雕细刻、推陈出新的造物过程，让"物之心"自我流露，进而凭借这生命的律动和智性之思造就了以采茶、种植、浚河、婚嫁、礼佛等一系列老上海风俗为背景的民间文化胜境。

《繁花》中的"物"可谓繁复纷杂，所涉之域，琳琅满目，无所不包。六谷粉、煤球炉、就餐券、电影票、古代小说、进口唱片、万国邮票、钢琴吊灯、老屋木器……重重叠叠，堆将起来，于《繁花》中拼接出一个崇尚物质、多姿多彩的市民生活图景。随着时代

---

① 阿城：《闲话闲说——中国世俗与中国小说》，第107—108页，北京，作家出版社，1998年版。

的更迭,"繁花"系列之展品也不断翻新。常熟徐府,一幢三进江南老宅里,既有长几、八仙桌、官窑大瓶、中堂对联,又有沙发、浴缸、斯诺克、乒乓台,还有美人榻、老电扇、月份牌……不同时期不同风格的"物"并置在同一空间中,在小说作者不厌其烦的铺排和罗列中,不仅显现出让人侧目、更令人炫目的"物"的质感,更展露出独属于上海这一十里洋场的"文明"与"现代"气息。

《天香》同样表达出对"物"的深刻着迷。不过王安忆笔下之"物"更多地指向石塑漆器、蚕桑绣品、琴棋书画这些渗透着中国文化审美传统的"物",而故事的讲述也是围绕晚明时期民间艺人在造园雕木、制墨裱画、织锦刺绣的过程中渐次展开。故事开启,一系列于《繁花》中本可明码标价、交由市场流通的手工制品、生活用品全都退却了冷冰冰、硬邦邦的"物质性"和"实用性",在《天香》中呈现出一种高于"物"的价值。从某种程度上说,造园砌石、制墨织画之于《天香》里的主人公们已非单纯意义的谋生媒介,这些园林山石、墨砚织线、书画绸缎已然具备了灵魂,内化为园中人自我生活的一部分。经章师傅一双妙手的反复抚摩、日夜打磨,天香园里的石雕"动静起伏""气息踊动",具有了萦绕在物质之上的人的呼吸与温度;一方好墨不仅写就天下文章,柯海费心制墨,除了兴趣使然,更有一番儿女情怀寄寓其中……应着生动的人气,应着静默的陪伴,《天香》铺叙开的是人与"物",人性与物性相知相守的故事。虽然"柯海墨"因为柯海的意兴阑珊不了了之,"天香园绣"却在小绸、闵、希昭、蕙兰的手中发扬光大,应和了书中所谓"天工造物,周而复始,今就是古,古就是今"[①]的器物哲学。也正是在此意义上,《天香》赋予了"物"一种超越了简单物性的神性思维和创造力,彰显了小说作者之于物表、物本、物之创造行为的独特

---

① 王安忆:《天香》,第71页,北京,人民文学出版社,2011年版。本文所引该书皆出自此版本,只注明页码。

认知和美好想象。换言之,如果说《繁花》展现的是"物"的盛筵,那么《天香》投射出的则是对"物"的眷恋。《繁花》中的"物"是时间流逝中默然的空间存在,《天香》中的"物"则浸透着造物人的体温和情感。

从某种意义上说,"情"不仅仅是个体内心情感的描摹或表达,也是参与定义/再定义,生产/再生产过程中个体与社会的形式实践。或者说,言说情感不光关乎情感的纯粹和单一,而且关乎身份认同和某种共同体的建构。

《天香》对男女之"情"轻描淡写,小绸与柯海、镇海媳妇与镇海、希昭与阿潜之间也只限于诗词唱和、笔墨纸谈一类的宾客之礼,鲜有轻薄、淫逸之风溢出,然而在书写闺阁之"情"时却浓墨重彩,充盈着饱满的细节和细腻的心理描摹。这体现出王安忆特定的关注角度和审美倾向。《天香》将笔墨聚焦于天香园里的女人们,小绸、镇海媳妇、闵女儿、希昭、蕙兰……她们彼此之间或是妯娌、或是妻妾、或是婆媳、或是母女、或是婶侄。文本中希昭曾说:"男人们的朋友都是自己选下的,可说千里挑一,万里挑一,不像妇道人家,所遇所见都是家中人,最远也不过是亲戚,在一起是出于不得已;在家中又不过是些茶余饭后,针头线脑,能有什么大不了的事故",[①]因此她并不相信女人之间能够"危难之际见人心",或是"剖腹明志",然而王安忆确乎是决计要在这些"茶余饭后""针头线脑"中铺排出女儿之间的惺惺相惜和肝胆相照。

小绸为人端庄大方,却也执拗任性,行为孤僻,与丈夫心生嫌隙后迁怒于弟媳,然而镇海媳妇温顺礼让,主动示好,一来二去,妯娌之间芥蒂全无。镇海媳妇生阿潜,命悬一线,小绸拿出祖传的宝墨令镇海媳妇起死回生,多得几年阳寿。镇海媳妇过世,小绸又代为抚养镇海次子阿潜,视如己出。妯娌之间如此,妻妾也是一样。

---

① 王安忆:《天香》,第253页。

王安忆将妯娌、妻妾之情比作换帖兄弟,当她们都做了母亲,各自遭遇了情殇和生死,瞻前顾后地一起照应几个孩子之时,便真正感觉到是"一家人"①。

除了妯娌和妻妾,《天香》还将女儿间的这种相知相守扩写至婆媳、婶侄甚至主仆之间。小绸和希昭可以算作婆媳,性格同样执拗骄傲的两个人起初心里都别着一股儿劲,直到阿潜不辞而别,两人之间才多了一份同情和疼惜。小绸放下长辈的架子,上希昭的楠木楼看绣,希昭则收起了自信和骄傲,入了绣阁。原本就是心性相近的两个人终于走到了一起。希昭和蕙兰是婶侄,虽是两辈人,却更像闺蜜,吵一阵,好一阵,其实彼此最亲近。蕙兰出嫁时申家已家道中落,希昭主动提出鬻绣画做嫁妆,蕙兰日子吃紧,希昭拿出自己绘的佛画和临帖给蕙兰做绣样。希昭比小绸开明,所以当蕙兰辟发入绣并开门授徒时,希昭能够理解并且接受。蕙兰和戗子是主仆,这对主仆彼此之间虽然没有过多的情感交流,但心性和对织绣的热爱却是一致的。

《天香》中所有的女性角色两两关联,如同文中的描绘,"女子相处,无论有没有婚姻与生育,总归有闺阁的气息。一些绵密的心事,和爹娘都不能开口的,就能在彼此间说。到底又和未出阁是不同,是无须说就懂的。所以,你看她们俩在一起,尽是说些无关乎痛痒的闲话:……她们同进同出,也尽是做些不打紧的事。"②《天香》落笔在绣品,但写的是"物性",衬的却是"人情"。

相较于《天香》,《繁花》少了一份惺惺相惜,相知相守,更强调"情"的物质性。女人将情场当作欲望的竞技场,男人在此更像是过客或看客。故事开始时,汪小姐夫妇、康总和梅瑞4个人去乡下春游,从此梅瑞盯牢康总,每次约会讲自己婚姻不幸,讲离婚买房

---

① 王安忆:《天香》,第73—74页。
② 王安忆:《天香》,第73—74页。

子,讲姆妈再婚小开,讲小开对自己贴心引姆妈吃醋……屡屡试探。于康总而言,他只是一个听众,有选择地接受梅瑞暧昧的话头。听梅瑞聊天,"想到了一片桑田,不近不远的男女关系,天上月辉,尤为有清气,最后,灯烬月沉,化成快速后退的风景"[①];汪小姐虽然已婚,但只允许别人称她"汪小姐",顶着一个"小姐"的名头,在各种饭局上装疯装嗲,怀孕、离婚、真真假假各种花头,徐总看得一头雾水却也着实吓得不轻;潘静看上了陶陶,处处主动出击,甚至上门让芳妹离婚让位,小琴倒是温柔体贴,周全豁达,从不让陶陶为难,令陶陶动了真情。陶陶自以为见惯风月场,看透了上海女人的精明和伎俩,在潘静、玲子面前都能全身而退,遇到小琴这个心机颇深又善于做戏的女人,也只能"就此上天入地,就要翻船"[②]了。《繁花》将当下的生活描述成一个浮华世界,充斥着繁花似锦、觥筹交错,而所有这些却只是一道道浮光,只是热闹喧哗的逢场作戏,看不到一点真心。相对而言,那个早已远去的,充斥着革命、运动、原始欲望、偷窥心理的时代却似乎透露出《繁花》世界中的些许纯真。绍兴阿婆疼蓓蒂,蓓蒂疼小兔子,一点小菜,篮子里、兔子洞里、厨房里、阿婆的碗里,蓓蒂的碗里来回转;蓓蒂的钢琴被一伙身份不明的人拖走,阿婆、阿宝、姝华、沪生、小毛为了找钢琴四处奔走;雪芝是电车售票员,阿宝常常陪着雪芝坐电车,一圈又一圈;小毛和春香先结婚后恋爱,春香难产临终之际告诫小毛不要忘记自家的朋友……

  不论是回望过往,还是直书当下,在金宇澄情态生动、真伪毕现的描摹下,人与人之间的体恤互助与拆台使绊、义气温情与偷窥乱伦、肝胆相照与隐瞒欺诈构成了小说《繁花》,也构成了世俗生活中"人情"。小说之于"声色"近乎原生态的呈现,是以一种不同于

---

① 金宇澄:《繁花》,《收获·长篇专号》2012年秋冬卷。
② 金宇澄:《繁花》,《收获·长篇专号》2012年秋冬卷。

严肃说教和道德批判的态度，对当代社会的人际关系，情感方式做出的一次集中而直接的表达。从某种意义上说，如果《天香》对世态人情充满诗意的倾诉接近《红楼梦》的传统，那么《繁花》可能更靠近《金瓶梅》。

器物和人情是世俗生活不可缺少、无法回避的具体内容，地理空间则是这些内容得以展开的场域。毕竟器物、人情只有置于具体的地理空间，才能演绎出摇曳多姿的世俗生活。

《繁花》热衷于对上海的弄堂、马路、电影院、饭店、包房、私人会所进行空间叙写。在回望过往时，金宇澄仔细交代了主人公们活动的区域，并辅以手绘地图，读者因此得以追随主人公们的足迹，体会那个动荡年代生活的变迁。对照地图，读者发现在解放初期，阿宝和沪生的活动范围有交集，而小毛为了帮邻居买电影票，坐着电车进入沪生阿宝的区域。小说中三个男主人公因此相识，故事逐渐展开。运动开始了，阿宝全家迁到曹杨工人新村，一家人一下子从几大间洋房挤进了十五平米的小间，几家人共用灶间和厕所；沪生革命家庭，平安无事，父母参加运动，沪生便常和姝华在街上漫无目的地溜达，看长乐路上天主堂被拆，看弄堂里斗四类分子；小毛出身工人，当了钳工，后来进了钟表厂，因为和邻居银凤的私情暴露，在小毛娘的安排下草草结了婚，搬到了莫干山路，也跟朋友们断了关系。显然，这种空间的动态转换和自然衔接，带着某种纪实性的企图，在某种程度上也复活了1960年代上海市民的生存场景，呈现出革命年代市民阶层充满烟火气息的日常生活。

至于《繁花》中对1990年代以后的上海书写则聚焦于各种茶室、咖啡厅、餐馆、饭店、私人会所，这些场所或场合属于公共空间，却带有私会的性质，主人公们穿梭于此类空间中的各色饭局，显现出1990年代上海世俗生活中浮华暧昧的一面。《繁花》分别在第28章和第29章写了两个大饭局，一个是梅瑞在至真园筹措的一场满是上层人物的"大型恳谈会"，一个是弄堂小百姓小毛设宴替春香还愿,邀请童年玩伴、邻居和五六个"讨生活"的女子吃酒。小毛的饭桌上,一群人打情骂俏、说东道西,语言粗俗、神情自在又散漫,尽管各自风月肚肠展露无疑,然而话语间不失温暖。梅瑞的饭局里,含有明显的功利意图,很有些食客你争我夺、唇枪舌战以至鱼死网破的气势。两相对照,觥筹交错间的众生相显现出现代都市世俗生活的不同面向。有趣的是,阿宝、沪生受邀出席了这两场宴会,小说极为巧妙地借助两位主人公的出场和各自体会,连接并透视了市民社会中"上层"与"底层"的多重生态。小说《繁花》中,数十家大大小小的饭庄酒店,星罗棋布,成为集生意与休闲、感情与权谋于一体的中心舞台,它们的存在改变了城市的地貌,也改变了世俗的心态,世俗世界因此显得簇拥、无序而混沌起来。

"空间从来就不是空洞的:它往往蕴涵着某种意义。"[1]除了作为人事活动的客观载体和见证者,《繁花》中以饭店包房为代表的地理意象还因其特殊的符号指向性,凸显了小说作者在日常生活叙事中的空间处理艺术。若以空间的公开性和私密性区分,《繁花》中以饭桌为中心的餐厅包厢两者兼具。当那扇通往外界的房门被作者关起,人们便只关注内室里的角角落落,专注于饭桌上的吃吃喝喝。斤斤计较、明哲保身、隔岸观火的众生以及隐匿在神侃、闲聊和"不响"之间的各种玄机都一览无余,这是一个相对封闭的、能够刺探个体欲望的小世界,又是一个关于人生和世相的大世界。打开包厢的房门,是传单乱飞的街道,是口号震天的广场,是革命时代奔涌而来的潮水。小说中剪裤腿、抄家、批斗、拆教堂、掘坟地……处处显现着世事变迁、革命流血的痕迹。与此同时,小说的结构设计也配合着这种空间处理,奇数章讲述革命年代的日常生活,偶数章描摹当下都市的光怪陆离,空间的穿插和拼贴已经无法再用李欧梵笔下

---

[1] 包亚明编:《现代性与空间的生产》,第125页,上海教育出版社,2003年版。

的"公共的和私人的，小的和大的"来诠释与形容[①]，而是超越了简单的空间概念，具有多维社会与线性历史并存的"时空体"意义，诚如巴赫金所言，"时间在这里浓缩、凝聚，变成艺术上可看见的东西；空间则趋向紧张，被卷入时间、情节历史的运动之中。"[②]倘若本雅明的"漫游理论"具备普适性，金宇澄的"漫游"主要在以至真园为代表的包厢中发生，透过这样一方远近皆宜的中间地带，我们自由穿梭于饭桌与街道、内室与广场之间，实现微观化的"地理漫游"。尽管同样作为"现代性"的象征标志，同样保持了对都市空间的有限介入和有限距离，波特莱尔口中的巴黎街道，张爱玲小说中的"阳台"，终究缺少了金宇澄"餐厅"内外的广阔视域，后者以一种结合了历史与个人、人性与"史意"的"时空漫游"，对"漫游理论"作出了新的回应和补充。

虽同在上海，同名为"园"，《繁花》中的至真园是汇集了声色犬马与众生百态的现代都市地标，《天香》里的天香园则成为古代江南贵族安身立命并实现人生旨趣的理想国。蓬勃的生气是读者对"天香园"以及上海一地最初也最直接的感受。杭州人吴先生初至上海，看到那些个寺庙宫观加起来也抵不上灵隐寺一个大雄宝殿，没有山，水也是横一条竖一条，还都是泥沙河塘，但也就因此，吴先生才觉得不凡，"一股野气，四下里皆是，蓬蓬勃勃，无可限量。似乎天地初开，一团混沌远没有散干净，万事万物尚在将起未起之间。"[③]而生活在天香园里的人们，不论怎样的事由，最终都是热火朝天，赶集似的，总有着兴致勃勃的做人的劲头，造园、设宴、裱画、唱曲、种花、养蚕、制酱、刺绣、制墨，甚至在院子里模仿市井中人摆小摊做买卖，仿佛什么都挡不住天香园里的好兴致和一系列的

---

① 李欧梵：《上海摩登》，第78页，北京大学出版社，2001年版。
② 〔俄〕巴赫金：《小说理论》，第49页，石家庄，河北教育出版社，1998年版。
③ 王安忆：《天香》，第146页。

异想天开。

天香园中女人们的兴致在于刺绣的推陈出新，男人们却不断地有着"出格"之举：柯海在天香园开出"一夜莲花"之后，又开始埋头钻研制墨之法；镇海日日苦读，原打算走科举之路，却在妻子病逝后决然遁入空门；镇海之子阿昉拾掇店铺，在市井里开了家豆腐店；阿潜原本乖巧，却在一个月夜，听过"弋阳腔"之后，跟着唱曲人隐没于人海……比之一般世家大族里混迹官场的男子，他们天分高明、性情颖慧，却缺乏上进心，对北方官场文化敬而远之，视做京官为苦不堪言的"职业"，颇类《红楼梦》中贾宝玉的文化人格。然而不同于宝玉终日沉溺在胭脂钗环、"姐姐妹妹"之间，申家男子或热衷实业或钻研佛法，于做官之外自有一番做人的劲头和兴味。事实上，不仅申家，沈家、徐家等家族中的贵族子弟也被塑造成道统之外的存在。《天香》专设《丁忧》《归去来》两节，集中描写了南方士人的的生活状态和江南一地的归隐之风："上海城里，多是居着赋闲的官宦人家，或悬车，或隐退，或丁内外忧。说起来也奇怪，此地士风兴盛，熏染之下，学子们纷纷应试，络络绎绎，一旦中试做官，兴兴头地去了，不过三五年，又悻悻然而归，就算完成了功业。总体来说，上海的士子，都不太适于做官。莺飞草长的江南，格外滋养闲情逸致。稻熟麦香，丰饶的气象让人感受人生的饱足。"[①]

吸引一众贵族男子舍弃功名利禄而复归隐逸传统的，与其说是天香园之勃勃野气、热闹人气，以及包括以上海为代表的江南一地的富庶便利、舒适惬意，不如说是涵盖了这些，并具有更广泛含义的民间的魅力。希昭与蕙兰谈及"天香园绣"的来历时说："莫小看草莽民间，角角落落里不知藏了多少慧心慧手，只是不自知，所以

[①] 王安忆：《天香》，第35页。

自生自灭，往往湮没无迹，不知所终"①。

柯海在解释市井俚俗时，道出了关乎俗世及其内在生命根基的"警世恒言"："你以为市井中的凡夫俗子从哪里来？不就是一代代盛世王朝的遗子遗孙？有为王的前身，有为臣的前身，亦有为仆为奴的前身，能延续到今日，必是有极深的根基，无论是孽是缘，都不可小视！"市井是在朝野之间，人多以为既无王者亦无奇者，依我看，则又有王气又有奇气，因是上通下达所贯穿形成。"②民间作为一方地理，虽在野，实则既在野又在朝，它沟通了庙堂和江湖，兼备了"王气"和"奇气"，因而民间智人只需远远观着亦能胸纳乾坤、心怀天下，这是民间之于个体入世抑或出世的"上通下达"。

对于生活和艺术、实用技艺与传统文化，民间亦有贯通连接、传承通达之用。"天香园绣"本是从民间而来，经申家诗词熏染，书画入绣，成为一门藏于贵族闺阁的高雅艺术，然后随同申家的没落再次回到草莽中，汲取天地人之精气，并不断在"物质不灭"与"能量守恒"中传承更新，直至自身成为一种文明。由此，中国传统文化与灿烂文明得以在这种循环往复中发扬光大继而称名于世，而"民间"也得以其广阔的空间和无穷的能量发挥着无可替代的作用：一方面，它关联艺术和审美，不断推动技艺与传统文化走向至臻境界；另一方面，它关注百姓生计，脚踏实地、紧接地气。

至此，两部长篇分别于器物、人情之外，向我们展现了世俗生活的另一个重要组成部分——地理空间，此"空间"并非静态的"处所"，而是超越了地理性、客观性的意义存在。在《繁花》中，"餐厅""会所"因其半公开、半封闭的性质见证了原始欲望与现代文明的暧昧纠缠，沟通了历史与现实，激情与庸常；在《天香》中，天香园中掺杂着民间或市井的世界则以一条理想之链连缀起生活和

---

① 王安忆：《天香》，第393页。
② 王安忆：《天香》，第161–162页。

艺术、实用和审美。于小说的叙事层而言，上述"空间"是意义流动和建构的场域；于故事层面，两者书写了世俗生活的不同面相和俗世美学。两者均从不同侧面展示了源自民间的人生哲学以及作者关乎世俗写作的内在"诗心"。

在《天香》中，王安忆选择性地汲取了《金瓶梅》《红楼梦》等明清章回小说的叙事资源，于白话中融入文言，于诗词引用时借用野史杂记和地方县志的写作笔法，将造园、设宴、刺绣、制墨、习字以及婚丧嫁娶、过节礼佛等日常生活情境通过细致白描一一展现出来。那些经过精心剪裁了的世俗图景，连同茶道、诗论、古典哲学的学理阐发一起，为小说营造出高雅又朴拙，妙趣而卓识的晚明小品般的韵味。不仅如此，《天香》创造性地突破晚明小品的体制局限，为主人公们注入了自觉的生命意识和生活哲学。柯海凡事总在意那个"得"，所以会让天香园开出"一夜莲花"；镇海看到的是那个"失"，所以有了出家的心，诸事不管，方才自在；阿昉终日读书，却觉着书中世界里的虚空，圣人之言衬出凡人人生的渺小和无常，于是在闹市开了个豆腐店……《天香》中，这些人物于器与道、物与我、动与止之间，以热火朝天的生存实践收获了现世的乐趣，即便在末世与逆境当中仍旧保持着始终飞扬的生命姿态，同时以一种"因是在入世的江南地方，所以不至于陷入虚妄"[①]的哲学式反省，填补了玄思冥想的空无。这份现世的来自市井的哲学，表达了王安忆关于俗世写作的叙述野心，也显现出她作为一名优秀的小说家难得的经典意识与当代意识。

与"不想写末世，而是要写一个更大的盛世"[②]的王安忆相反，金宇澄在文明飞速发展、资本快速流通的现代"盛世"安排了一场"繁花"的落尽。他以"苏州说书的方式"，将传统话本"讲故事"

---

① 王安忆：《天香》，第35–36页。
② 王安忆、钟红明：《访问〈天香〉》，《上海文学》2011年第3期。

的绝活发挥到极致，在此过程中，片段化、游戏化、无意义的世俗生活以及当下人的生活状态被随心所欲、不受拘束地"讲"了出来。翻开《繁花》，故事接故事，故事套故事，牵牵连连、吵吵闹闹着涌向读者。我们听到了由不同音高、音色、音质构成的各种"声音"，它们从一个瞬间到另一个瞬间，从一个平面到另一个平面，流动在日常交往的各个场景中。声音过耳即逝，夹杂着对话者各种原因的"不响"，在看似絮絮叨叨、漫无目的的叙述中，作者记录了琐碎的生活世相。用他的话说，便是："一件事带出另一件事，讲完张三讲李四，不说教，没主张；不美化也不补救人物形象，不提升'有意义'的内涵；位置放得很低，常常等于记录，讲口水故事，口水人。"[①]或许，这才是人生的真相。然而，《繁花》并非一场纯粹的关乎现代文明与世俗伦理的悲剧，文本中丰富的物质叠加、中西文化的碰撞交融毕竟昭示了社会进步的新气象，而马与黑白钢琴、鱼与野猫、荷花与玫瑰等等的意象呈现，以及绍兴阿婆与蓓蒂梦境一般的存在，浪荡子之间的兄弟情谊、男女风月之后的相互依偎与温情流露，亦不失为一种诗意的升华，只不过如此的诗意与新气象蕴含着暴力和残酷。可以说，《繁花》为我们展开的，是一个深刻沉重的思想场，它将有关人生的原始诉求和形而上的思考，都化为不动声色的文字和庸俗切实的日常。

阿城在《闲话闲说》中说"世俗既无悲观，亦无乐观，喜它恼它，都是因为我们有个'观'。它其实是无观的自在。以为它要完了，它又元气回复，以为它万般景象，它又恹恹的，令人忧喜参半，哭笑不得"[②]。从某种意义上说，所谓"无观"，便是不受外力因素的干扰，依然如故；所谓"自在"，便是生生不息、循环往复的多重实

[①] 金宇澄、张英：《不说教、没主张，讲完张三讲李四》，《美文》2013年第8期。

[②] 阿城：《闲话闲说：中国世俗与中国小说》，第12页，北京，作家出版社，1998年版。

在。《繁花》和《天香》也正是在此种意义上勾勒出世俗生活的底子。不过，这样一来，读者往往会因为《繁花》不论"悲喜"的叙事腔调和陌生化的效果而忽视其厚实复杂的思想内里，也会因为《天香》中大量传统技艺的展示、古典情怀的渲染而对作品之现实观照提出质疑。当然，也正是这种忽视和质疑的存在，体现出读者对世俗性的文学书写的阅读期待，并推动当代作家之于日常表达与俗情演绎的不断探索。这是"世俗"这一"无观的自在"的无限魅力，更是世俗性的文学书写的魅力呈现。

（本文原刊于《当代作家评论》2016年第4期）

俗世人心 自有庄严
——评陈彦的长篇小说《装台》

吴义勤 王金胜

陈彦的长篇新作《装台》是一部透视装台人生活状态和生命庄严的现实主义力作。作家以宽厚博大的人道主义精神，借助现实与人心、俗世与庄严、高贵与卑微的多重辩证，深入独到地开掘常人生命的宽阔深邃和灵魂的庄严面相，在当代中国复杂而沉重的现实中，突出地塑造了一系列性格鲜明、心理复杂的职业手艺人形象。小说中，具普遍意义的人间情怀、发自内在生命的凛然庄严、传统中国美学的绵长内蕴，经由作家沉静朴素、扎实严谨的叙述，得到了极富精神和艺术感染力的表达。作为2015年中国好书文学类第一名和中国小说学会年度小说排行榜长篇小说第一名，《装台》既继承了五四以来中国现实主义小说的优秀传统，又为中国当代小说创作贡献了新的艺术经验，代表了近年来中国长篇小说创作的最新成就与水平。

一、生活之"重"与艺术的可能

陈彦的《装台》是一部透析不为常人所知的特定底层人的生活和生命的小说。装台人的生活，在市场的、时尚的聚光灯下，处于暗处和阴影当中。成功者是生活戏剧的光鲜主角，他们的唱念做打，成功地吸引着人们或艳羡或惊奇的目光，而这些真正处在戏台"底层"的人众，在主角和观众的眼里却是陌生而边缘的。装台人已经习惯于这种被漠视的境遇，并在其中自得其乐。他们处于现实的暗角，而非死角。他们既在现实的底层，又在现实的表层。他们被强硬的现实逻辑所排斥，却又是现实的有力支撑。他们，从身体到精神、灵魂，都是实/虚、明/暗、强/弱、功利/道义、痛苦/欢乐、忍耐/享受的统一。

小说书写的主体内容是在强大的生存压力之下，装台人生命与情感的窘迫和破绽百出、自顾不暇。生活中的他们有各种不为人所知的困境和难处，这些困境和难处常被隐藏在纠结的内心，他们多数不善表达，不"讲理"而重情。在现代都市生活中，他们时常感到自己的隔膜与无知。他们可能也不无私心杂念，迫于生活压力，他们自然也会关注自身利益，也会偷奸耍滑、小奸小坏。他们的想法是现实的。在变化着的时代和规则面前，他们常显得不合时宜，却又合乎情，合于理——不是大的道理，而是做人做事的"规矩"。他们遵守职业道德，无时无刻不把现实的规则或潜规则以及那些常被看作"传统的"、过时的、守旧的人情事理，作为自己权衡和做出选择的重要因素。因此，他们往往活得不轻松、不快乐，却也知足和安心。一根火腿肠一个鸡蛋一个鸡腿，就能抵消额外的工作量带来的困乏。这是一群简单的人，"下苦"是他们的职业和本分。这是一群复杂的人，他们的生活总是纠缠着各种矛盾、缝隙、无奈和焦虑。清楚的道理，总是无法理清缠绕的生活和说不清道不明、斩不断理还乱的伦理关系和情感关系。

正是如此,《装台》以简单、纯粹与复杂、纠结之间的张力,呈现着生活的辩证法,心灵的辩证法。

小说的主人公刁顺子是一个集中体现着作者写作理想的人物。小说以他的行状为主线展开故事,刻画人物,关联起各类人群的生活、心理和精神状态。在职业中,为顺利开展工作,如为村委会主任老爹丧事搭建戏台、为寺院新年祈福晚会搭建舞台、为金秋晚会搭建舞台、为豫剧团搭建戏台,身为装台班子老板的顺子却只能装孙子,低三下四地求爷爷告奶奶,正如他的名字,既有着中国现实生存所需要的特殊智慧和头脑,也有着因生存艰难、地位卑下而造就的顺从和谦恭。顺子的口头语"都是下苦的,不好亏待人家",既是对这一没写进七十二行的新型职业人的低下地位的事实陈述,也是一种以退为进的生存策略,更是一种个人道德良心的天然表达。世事艰难,"看来谁活着,也都有自己的难肠"。

在饱受职业困扰的同时,顺子也在纠缠不清的家庭生活中备受煎熬。与装台相比,各种伦理亲情关系——顺子与大哥刁大军、顺子与亲生女儿菊花、与养女韩梅、与第三任妻子素芬的关系,菊花与韩梅、与素芬、与大军伯伯的关系,素芬与韩梅的关系,乃至终未被顺子明察而一直暧昧延续着的素芬与三皮的关系——更让他纠结、苦恼。作为继父、作为丈夫,他无力保护韩梅和素芬不受菊花的欺凌、侮辱。为化解矛盾、解决难题,在外面,他给剧务主任寇铁下跪,在家里,给女儿们下跪,忍受屈辱,怀抱对家人的歉疚。他觉得自己日子过得苦焦、窝囊,欠缺掌控家庭、处理父女和家里几位女性之间关系的能力。在菊花眼里,这个蹬三轮、装台的父亲,简直就是"窝囊废""臭流氓"。

为给装台队揽活,为着自己和弟兄们的利益,他点头哈腰地争取装台的机会,软硬兼施地讨要被欺骗或拖欠的"金秋颂歌晚会"、寺院祈福晚会和秦腔剧团演出的装台费。因为墩子亵渎神佛,他被迫顶香跪拜菩萨整整一晚,为着猴子手指骨折、中指被手术切除的索赔问题,为着大吊因带病坚持装台而猝死的索赔问题,他三番五次地与剧团交涉、谈判,狼狈不堪,却又执著如怨鬼。

小说通过装台队为各种演出活动装台、拆台的行踪,广泛地表现了市场消费与实利逻辑和权力对当下生活的控制和改造,深刻透视了历史转型时期,市场和权力对人们生活的渗透及其所引发的灵魂变异。冠冕堂皇、声势浩大的"金秋田野颂歌晚会"成为少数来路不明的权势者敛财骗钱的工具;城郊村主任老爹风光无限的出殡仪式,成了各级官员和富商巨贾云集之所和"孝子贤孙"展示后台和自身影响力的戏台。尤其滑稽的是,作为出殡程序的最后环节,歌舞晚会上红男绿女的艳俗表演,更显示了欲望被合法化公开化之后横行无忌对人心、道德的败坏和毁灭。在这里,生命、死亡应有的肃穆和庄严被彻底剥蚀,蜕变为某种实际需要的工具或流行恶趣的宿主,庄严与恶俗、死亡的肃穆与欲望的狂欢,形成了颇具荒诞反讽效果的错位。

与此相类的悖谬,同样出现在装台队为寺院的新年祈福晚会搭台一事上。原本六根清净的佛门圣地,同样被权势和金钱污染。主持大和尚趋炎附势,看人下菜碟儿,伪善而势利。他既以玷污佛门、亵渎神佛的名义,不依不饶地严惩代墩子受过的顺子,罚其在菩萨塑像前顶香跪拜整整一夜,却又对有脸面的排场人物露出一副毕恭毕敬点头哈腰的丑恶嘴脸,甚至掌掴、恶骂恪守佛门规矩的小和尚,至于演出中由演员扮和尚,多数节目是歌星唱流行歌曲之类,也就不足为怪了。除了不谙世事的小和尚能保持内心清静外,反倒是俗人顺子在受罚跪拜中,能心怀虔诚。这是又一重荒诞与悖谬。

《装台》有着广阔的现实视野和深切的现实情怀,色调缤纷、光怪陆离的西京都市生活,城中村的世事百态,以寺院和演出团体为中心的浑杂事相,尽收笔底。其中,秦腔剧团与顺子装台队联系最为密切,也因此小说对剧团中微妙的人际关系和微观权力机制的表现，对团长、导演、"角儿"（当红的或过气的）、剧务主任、舞美灯光各类工作人员，围绕着职称、工资、住房、奖金、津贴及是否头牌等貌似极不起眼却关涉到每个人切身利益的问题，所展开的你来我往、勾心斗角的描述，笔力举重若轻，刻画幽微剔透。

《装台》中的生活，客观地呈现着它的实然状态，有不幸有苦难，遍布着生活的扭曲和心理的非常态，甚至时常遭遇病痛和死亡。顺子第一个妻子田苗与人私奔，不知去向，第二任妻子赵兰香在家庭生活刚步入幸福时身患绝症离世，第三任妻子素芬也因无法解开家庭和情感的死结而无奈离家。大吊父母年迈，为给毁容的女儿整容常年在外打工，最终活活累死；大军终生以赌博为业，看似豪爽大气，最终却也死于贫病交加；猴子在装台时，手指骨折中指被截，此类惨事，不胜枚举。人物的命运仿佛被推到了极端，几乎承受了所有的苦难与不幸。从这个意义上看，小说充满了戏剧性，是一部关于生活的戏剧。

但与习见的"底层叙事"相比，《装台》的特别之处在于，你在小说中看不到伤痕累累的苦难展示。它的朴素的叙述方式和风格，赋予了小说某种生活的直接性、常态性。在这里，生活的真实质感，并不以对生活的阴暗化极端化、生命的本能化和灵魂的扭曲变态化处理为代价而获得。作家甚至没有太多直接的主观介入，没有对那些生活和情感经历各不相同的人，做简单的归纳概括、归类分析和道德评价。虽然小说写的是"装台"这个职业、"装台人"这个群体，但从文学意义上看，作家显然并没有强调他们的特殊性，而是通过一个个人物，一个个围绕着人物而展开的故事和事件，在故事、事件的每一个环节、场景和情境中，写出普遍性的人，或者在特定情境下，人的具共性的心理、情感体验和他之所以成为自己的个人化体验。所谓芸芸众生中的"这一个"。"这一个"在作家悲悯体贴的善意中，透出深沉久远的人文关切。

通常而言，文学对生命之"重"的表现往往带着沉重的氛围和格调，似乎对于任何生命的轻描淡写，是对生命的辜负和轻侮。但《装台》对生命之"重"的表现，却有其独特的"轻"与"重"的辩证。当生命的"心"与良知，被质朴本色地讲述，当广阔平凡的生活被如此坦诚、沉静地表现，你就会觉得那被不仁天地视为刍狗的世间万物，任谁都没有资格对这世界指手画脚、指点江山。作家自然也不例外。

在这个"意义"经由各种话语言说后，变得膨胀起来的世界中，在这个关于意义的言说成为各种嘈杂的声音，而几乎掩盖了"意义匮乏"这一事实的世界中，作家仍旧要别无他顾地找寻意义，用别人无法替代的方式，找寻和构筑意义世界，为自己也为更多的人。在高度整合的意义世界离析之后，这个被寻找的或被构筑的意义世界，并非来自某种外来的理念（即便如真善美这样的美词、大词）的刻意经营。在《装台》中，我们可以看到，作家显然愤怒于那些想做农民工的"吸血鬼""南霸天"的城里人或手握权柄者，但在叙述中，作家却也并不想站在道德高度做出截然的分判。他要做的是，将对某些令人不满的现实的批判和浓郁的道德意识埋伏起来，正如小说将"偶然""极端"埋伏起来一样，而端直提供给读者一份观感、一份听感、一份感同身受的体验，一份情感的潜行绵延，一份包容着至诚情感的道德意识的浸润。在其中，我们发现并把握生活、生命的内在意义，发掘文学之为自身的可能性。

二、由摹写现实到烛照生命庄严

作为一部将装台人推上前台，让其进行本色表演的小说，《装台》将现实感和文化感相交融，复杂人性和生命的庄严在其间获得有力的表现。

在整体性历史认知崩解之后，现实变成了无数事实的平面化——"事实"的无序游荡和平面化拼贴。装台队所引出的故事，与其说是"现实",不如说是"事实"——无所不在也无法否认的事实。事实也是现实。现实感的生成端赖事实。比如,"角儿"出色的演出是事实/现实,"角儿"之间的名利相争是事实/现实;宝马奔驰是事实/现实,三轮出租也是事实/现实;"洪常青"是事实/现实,"南霸天"也是事实/现实;城中村常年赌场是事实/现实,红汗淌黑汗流挣命也是事实/现实;"素心"是事实/现实,"荤心""黑心"也是事实/现实。事实/现实是缤纷的,也是分裂的。问题是,怎么把它们捏合到一块儿?进一步说,事实是如何成为现实的,或者,事实如何获得"现实感"。

目前汉语叙事文学处理这一问题的通常方式是,让生活中触目可见的事实直接作为现实置入文本,文本也就成了事实的无节制的繁衍、复制、拼贴。鸡毛蒜皮、鸡零狗碎、细节膨胀、絮絮叨叨扯闲篇儿或拉拉杂杂流水账式的路数,成了90年代直至新世纪文学普遍的美学风格。其强大的现实经验性和主体体验性,似乎让人无话可说无言可对:生活原本如此,你又要怎样?但也让人无法满足:如果文学仅仅以被动地摹仿现实(其实是"事实"),又有何益?人们通常以"视点下沉""接地气"来论证此类写作的合理性和合法性,这不能说没道理。人们对于眼光高高在上的写作,大多不再信任甚至反感、厌恶。那么,可以进一步追问的是,视点如何下沉、沉到何处,怎样接通何种地气。问题的关键就在于此,作为人/属人的实践,文学内在地体现着人对世界的认知和处置方式或模式。一种美学风格的建基,有其所处时代眼光的潜在塑造,是一种也许难以触摸的强大的现实认知模式在起着强大的引导和规约作用。亦步亦趋地紧跟经验、事实,意味着主体无法以强有力的文学方式,突破强大的现实逻辑。这是文学无奈的失败,而不应是其获取合理合法性的资本与徽章。

从这个意义上说,《装台》是一部溢出通行的现实书写美学规范、突破了强大现实逻辑的出色的汉语叙事文学。它的"现实感"

的获得，没有借助传统现实主义书写深层本质的方法，而是让巨大而含混的"现实"，在从理想主义的圣洁光辉跌入污泥浊水之后，再次得到文学与生命的双重拯救。正如作者谈起写作的缘由："装台人与舞台上的表演，完全是两个系统、两个概念的运动……反正上帝的归上帝，凯撒的归凯撒，装台的归装台，表演的归表演。两条线在我看来，是永远都平行得交汇不起来的，这就是我想写装台人的原因。"[1]通过对装台人故事的讲述，两条平行线交汇了，分裂的现实也借助作家情感和艺术的重构得以弥合。

应该注意的是，这种弥合不是硬性的理念强加和叙事焊接。小说突破强大现实逻辑的方式是，以切实逼真的细节、场景再现生活的原初本真面目为基础，而又不拘泥于美与真（所谓客观事实层面）的结合，走常见的写实路子，而是追求美与善（主体心理、灵魂、精神层面）的结合、真与诚的结合。小说所追求的真实或现实感，不是外部社会现实生活形态的真实性再现，而是以"人"为中心的思想、情感的真实。"真者，精诚之至也。""真在内者，神动于外，是所以贵真也。"[2]与其说小说在刻画现实，不如说是在感映世道人心。相对于历史的波澜汹涌，相对于现实的横流急湍，世道之移易何其缓哉，是"常"中之"变"，"变"中之"常"，是"常"与"变"的微妙辩证。人心，亦是如此，人心是世道的人心，是情境与场景的人心，是言谈举止的人心，它见于世道，显影于情境与场景，呈现为言行等日常细节。如此观之，《装台》毋宁说是一部"写心"之作，"见心"之作。

事实上，分裂、破碎的事实/现实之所以能够在叙述中得以弥合，根本原因在于，作家择取"人"的心理、情感逻辑为依据，而不是以"事实/现实"为中心的叙事策略。这种选择，不以展示历史转型

---

[1] 陈彦：《因无法忘却的那些记忆——长篇小说〈装台〉后记》，《装台》，第431页，北京，作家出版社，2015年版。

[2] 陈鼓应：《庄子今注今译》（下），第823页，北京，中华书局，1983年版。

期广阔的中国城乡现实生活画面为中心而进行史诗性书写为目的，而是注重讲述"人"的"故事"，"人"的生活故事、生命故事、人性故事。细节、场景和画面的精雕细刻紧紧围绕着"人"的故事旋转、衍展。对于笔下的人物及其故事，作家内心自有其情感偏好和价值标尺，但出之描述则一视同仁、绝不偏颇。他谦恭、谨慎地让人物自己出场亮相、登台唱戏，品性不同，各有声口，公道却自在人心。小说细致描绘各色人等的出身渊源、人际关联，言谈的用词、口气、声调，透视其心理的纹路和情感情绪的质地与色调，他们的饮食喜好、神态动作，说话的轻与重、曲与直、雅或俗……生活、生命之光与影的随时随刻的无穷变化，在作家笔下获得自主自然的缓慢生成，小说遂成微观物理学、情感学和心理学。生活，与对它的描述同时获得了自主性自然性。作家的沉静，造就了描述的舒缓节奏，让小说以其经验性、感受性，获得了贴身细察和绵厚地表现生活与生命之细部及其内在细节的扎扎实实的美学品格。

　　文学中的人性不是吃喝拉撒的琐屑铺展，不是美丑善恶的多元拼贴，不是某种抽象的理论演绎。《装台》的人性表现，根植于经验性体验性的生活，源自内心对生活和生命的深刻体认和倔强辨识，源自对受苦受难的弱者、不幸者的感同身受的体悟、理解和同情。因此，《装台》并没有如常见的叙述那般在"阶层"意义上，为鲜活的生命鸣冤叫屈，为之鼓与呼。它没有大悲大恸，大喊大叫。作家为他们的不幸与屈辱所触动所震撼，却并未出之以凛然义愤，也没有将他们刻画成被不义不公的现实扭曲了心理和灵魂的、绝望的个体或愚顽的反抗者、报复者。

　　面对复杂的现实、生活，作家有温和的时候，也有直面的时候，凡总带着一种设身处地的心境，不用一己的情感偏好做冷热分判的对待，皆因作者并不满足于做一个纯粹的道德审判官和正义使者，更不满足于讽刺者、嘲弄者或批判者角色。由理解而同情，因同情而注视，目光里少不了或温热、或冷郁、或关切、或谴责的神色，但作家的谦谨、含蓄与克制，使得情节的戏剧性悄然消融在坦然淡然的笔调中，叙述也就不再带着激荡冲撞的峻急表情，仿佛生活本然朴素的面目。

刁顺子，虽在别人甚至女儿眼里，活得促狭、窝囊，没有尊严，但在耿直端方的朱老师看来，这个唯一的每年都按时拜望老师的学生，不仅没活得窝囊、低贱、丢人、没出息，而是活得"钢梆硬正""靠自己双手吃饭，活得干干净净堂堂正正"，靠自己的脊梁，"撑持了一大家子人口，该你养的，不该你养的，你都养了，你活得比他谁都硬朗周正"。不以成败论英雄，不以财富和权力为衡量人的标准，"关键是人咋样。人不行了，挑个大粪，蹬个三轮车也不行。挑大粪，他会把大粪故意泼得满街都是；蹬三轮车，他会偷鸡摸狗、顺手牵羊，那才叫活得没名堂了呢"。[①]顺子是装台队的"灵魂"。他把装台工当人，当自己的兄弟看，带头干重活累活，他不贪心不乱拿，做事讲究分寸。正因此，他建立了装台班子的向心力凝聚力。他还用他的道行和"柔术"——说下话、服软、求情，凭他糅瓢的性子、知进知退、以退为进的智慧和策略，支撑起一个各有来路、性情各异的装台班子。

的确，顺子被动地接受了一个个无法逃避或不能回避的事实——三任妻子或私奔或病逝或离家，周桂荣携女进家门并将成为他的第四任妻子，养女不顾养父的惦念决绝地弃家而去，不安生的亲生女遭遇挫折再次回家……但真正的关键在于，他接受事实，却拒绝接受现实的通行规则。对此，他已能够做到坦然、淡然。对于他，无论是否情愿，生活还是要继续。

刁菊花是小说的又一主角。这个人物主要承担着两方面的叙事功能。首先，她的故事、行状，构成顺子之外的另一叙事主线，直接勾连起城中村及周围城市的场景与故事。小说尤其对村民、年轻

[①] 陈彦：《装台》，第296-299页，北京，作家出版社，2015年版。

人的生活方式、生活观念和价值趋向进行了剖析——随大流、赶时尚，无信念、无目的，心理迷惘、缺乏明确、久远的价值追求。对于他们来说，生活不过是填充着时尚流行元素的、纯属个体领域的、具有偶然性和身体性特征的欲望和实践这一简单的行为。其次，也是更重要的，作为刁家的大龄剩女，小说对其扭曲的心理、极端的言行，及其与顺子和其他家庭成员的关系，进行了饱满细腻而又透辟入骨的刻画。其中，父女间的隔膜、矛盾、冲突是表现的重点。这涉及到不同代际间生活方式、人生态度和价值观念等方面的差异，是两种不同精神、文化的对照式存在。但小说的重点显然不在这种带有"成长"意味的主题表现，而是将菊花极端心理和行为的形成，放在家庭罗曼史和顺子的三次婚恋史中，从更深层揭示菊花心理言行的极端扭曲、变态的成因，从而给予了宽厚的同情和理解。她的自私、狭隘和不包容，与其强烈的自我保护心理有极大关系，跟她容貌的平庸、丑陋及由此导致的感情伤害有直接的关系。卑微的出身、心灵的伤害，严重甚至毁灭性地挫伤她的自尊自信，而极度扭曲的自尊，导致极度的自卑感、虚荣感、嫉妒心，使其逐渐脱离、隔膜甚至对立于家人，后者成为她鄙夷、排斥的对象、对手甚或"敌人"。她的内心被仇恨、敌意所操纵，爱与善逐渐被湮没于黑暗的潮水。作家对此不无自己的价值衡量，但又以极大的耐心和善意，进入人物幽微曲折的内心生活，掘发出坚硬中的柔软、冷漠中的暖意。她对生病住院父亲的照顾，得到"过桥米线"谭道贵的求爱并获得去韩国整容的机会时的神情言谈，昭显着她被冻结的爱、善与父女之情，得以哪怕是短暂地、不自觉地复苏。对人性微光的小心翼翼的发现、呵护和深蕴悲悯情怀的表现，使作家超越了抱怨、审判，让这个给顺子、素芬、韩梅等家人带来深刻伤害，并造成家庭四分五裂的人物，获得了一个敞开自我、言说内心的宝贵机会：一个看上去狭隘霸道、蛮横恶毒之人，也有不为人知的可理解可宽恕的内心，也有自尊和良善之心。

素芬，一个承受着多重情理矛盾煎熬的、"地母"般的女人。为着自己的爱，也为着维持一个时刻可能崩溃的家庭，她极度忍耐着菊花变本加厉的刁毒挤兑，直至感到无望和生命威胁时，才放弃对爱的坚持。她对顺子的情感也是纠结矛盾的，既感激顺子对困境中自己的收留和爱，理解顺子的无奈、痛苦和尴尬处境，又埋怨和不满顺子"太窝囊、太瘪三、太扶不起的猪大肠"。这让她不由记起前夫的血性、蛮勇，尽管她也不满于后者的粗野、狭隘和鲁莽。她对三皮的死缠烂打心有余悸，有所疏离，但后者的真诚又使她陷入剪不断理还乱的情感漩涡。她的最终离去，既出于摆脱这漩涡的考虑，也为着维护顺子和自己的尊严。

疲于奔命的生活，千疮百孔的家庭，时时被袭来的隐痛折磨的灵魂，纠缠着长久苦痛和短暂快乐的复杂心境，仿佛刻镂在心灵巨石上的谶语，却都被以纯朴的本色笔致叙述着，坦然而神秘地喻示着生活内在的生机和自然性。"这就是人道主义的生活态度：人道主义者并不企望上苍的拯救。他们把自己的双脚坚定地踏在大地之上，而且，他们有着普罗米修斯的坚强意志，运用人文科学、自然科学、同情心、理智和教育，为自己和同胞创造出一个更美好的世界。"[①]《装台》那些人物、可感者、可敬者、可鄙者、可爱者、沉沦者、持守者、猥琐者、病态者、生路奔波者、苟且混世者，形形色色俗世生命的苦乐与悲欢，作家慧眼识之，宽厚待之，以栩栩如生的温润笔墨，将他们聚拢在一起，浸淫出生活的真意和生命的真味。作家赋予了他们真正的同情，以超越了居高临下姿态的高远，引领着他们对此在困境的超越。比广阔的生活画面更深邃、更生动、更动人的是人的内心，是浩瀚如海洋和星空的内心的尊严与庄严。小说再次重申了同情作为人类最高贵的美德，最圣洁的情感，对于文学的

[①]〔美〕保罗·库尔茨：《世俗人道主义与Eupraxophy》，徐爱华译，大卫·戈伊科奇等编：《人道主义问题》，第424页，杜丽燕等译，北京，东方出版社，1997年版。

本源性意义，即它不是一种外在的附加和施舍，它流淌自善良的心，并与此心同生共长。作家眼里的装台人，"不因自己生命渺小，而放弃对其他生命的温暖、托举与责任，尤其是放弃自身生命演进的真诚、韧性与耐力。他们永远不可能上台，但他们在台下的行进姿态，在我看来，是有着某种不容忽视的庄严感的"。[1]掘发生命深处不可磨灭的庄严，使小说获得了内在的庄严和敬畏。它不把庄严外在地赋予生命，生活不从生命的外部获取庄严和附加意义，庄严从生命自身获得能量，《装台》也从生命自身的内在获得庄严，获得能量和意义，作为自身文学生命不息的理由。

这部以尊严和庄严为主题的小说，从表面似乎看不到鲜明、强烈的精神力量和思想力度，作家带着沉默的善意，以极大的耐心、细心、诚心，剥丝抽茧，慢慢地梳理人的内心，细细地看取生活与生命的纹理，让被模式话语凝固的生活慢慢融化、积淀，庄严遂由此而生成和显影。当生活被纳入某种话语秩序而固化，当内心被各种诱惑搅浑时，我们尤其需要这种沉静而朴素的精神召唤力和艺术感染力。正如《装台》所告诉我们的那样。

三、俗世的庄严及其美学流脉

细读《装台》，文字间依稀有老舍、汪曾祺乃至张爱玲、赵树理的墨色慢慢洇染开来，仿佛沟通了20世纪中国文学的独特一脉。表面看，几位作家个性、风格如同泾渭，细察则有内在沟通，如"地方性文化"文化资源对小说思情、韵味的资助，现实勾画中的民间视角与意趣，安守本分的下层人像的塑造，戏剧曲艺等传统艺术资源的镜鉴等等。仅就后者而言，作为小说的《装台》偏有戏剧艺术

---

[1] 陈彦：《因无法忘却的那些记忆——长篇小说〈装台〉后记》，《装台》，第432页，北京，作家出版社，2015年版。

的滋润，以及对俗世人情物理的洞悉与体悟；它的戏剧笔法的化用，故事曲折，张弛有序，富画面感；它的戏剧般对人物、语言、对话的偏嗜与借重，人物鲜活，从平民百姓中汲取、提炼的语言，有民间的生机与活气，出自人物之口，则有呼之欲出的生动与神采。

老舍写北平，借胡同和四合院的色彩、声音、风景、人情、日常生活和茶馆的芸芸众生、民俗世相，在生命的体悟和古都文化的氤氲中，写出市井细民悲欣交集、苦乐交织的百味人生。而《装台》中的那一群，则如在底层挣扎、与命运抗争的车夫祥子，他们皆良善的劳动者，辛苦恣睢，凭自己的血汗挣取微薄的收入。他们自尊自重，却爱情无着，婚姻不幸，人格受辱。于他们，时时处处都是人生的关口。《装台》如同写江湖艺人的《断魂枪》《鼓书艺人》，皆书写现实中人性和美的闪光，让一种隐忍着的、未失底线和气节、拒与卑污同流的精神之美，透过生活的灰色熠熠闪光。顺子这些装台人，如同夜深人静时的沙子龙，至柔至润的人性与至刚至大的人格糅杂一处，其中亦有一种貌不起眼却神秘奇异的美。除此之外，两位作家的梨园资历，也使其作品饱蘸戏剧的五彩：在情节的曲折多变化、结构的淬炼与提纯，以人物内心、动作、对话来营构冲突、推进故事，对话的性格化、动作性和对节奏、声腔的着重，不一而足。

在装台人，装台不仅是一个谋生的手段，一桩苦而累、日夜不得休息的苦役，又是一门讲究技术的职业，一门"一般人无法来抢的手艺"。他们讲究职业道德，有强烈的职业荣誉感。一方面，制景、绘景、装台、搬景、打追光、拆台，他们的生命被机械地镶嵌在一道道严格到苛刻的工序中。在沉重器械的拆装搬运中，看不到关于原始强力的故事，看不到对于自由纯粹的理想化生命形式的赞颂和向往。《装台》奇异地揭橥了装台人的"复杂性"；一方面，他们的身体在重体力劳动中变得滞重、伤痕累累；另一方面，他们也在机械的程序中反复寻找艺术的感觉、"艺术的呼吸"。他们不是剧团的专业舞美队，而是一群常年以装台为生的普通农民工，但他们的舞台装置技术达到了庖丁解牛般炉火纯青的地步,"装台都快装成精了","有了艺术创造的含量"。于他们,装台"玩的是劳力,是配合,也玩的是艺术感觉"。对于完美无缺的追求,使他们进入"技进乎道"的境界。汪曾祺书写底层民间生活者的日常生活状态和工作状态,往往也从具体微小的细节入手,一丝不苟,缓缓道来,大巧若拙。《八千岁》中的米店老板,"每天的生活非常单调",但作家对八千岁"量米"过程的描述却不急不缓、从容流畅、严丝合缝,在细致入微中写出饱满蕴藉、兴味盎然的民间生活与生命状态。在平淡、简单、"单调"中,在似有意又似无意间,流溢着丰富的意味和趣味,艺术韵致于焉生成。

在小而充实的屋子里辗转劳作的车匠(《戴车匠》),摆摊卖薰烧的掌柜王二(《异秉》),放弃带来巨大荣耀的表演才能和事业梦想而选择爱情的杂技艺人王四海(《王四海的黄昏》),技艺娴熟的产科医生陈小手、敬业而要强的陈四、急公好义的陈泥鳅(《故里三陈》)……这些日常生活中的普通人,所作所为皆包蕴个人性情,有着蓬勃的生命力和朴实的倔强。无论手工如何简单如何单调,无论生存压力如何沉重,他们都秉持着对"职业""活儿"的执著和严谨的态度。"职业"中见性情,对"活儿"的细巧、用心,显现着一种出自个人性情和职业认知的生活态度。通过将日常生活、凡俗生命与职业、工作的联结,作家写出了人物的心理世界、灵魂世界和情感方式、生命信念。"人走到他的工作之中去,是可感动的"。[①]《装台》中的老骨干大吊、猴子、墩子、三皮,新成员素芬、桂荣,都是走入陌生城市挣苦钱的底层人,勤劳、质朴、善良、醇厚,卑微而本分,如同陆长庚(《鸡鸭名家》)、高大头、朱雪桥(《皮凤三楦房子》)、陶虎臣、王瘦吾(《苏寒三友》)、谈甓渔、高北溟(《徙》),

---

[①] 汪曾祺:《戴车匠》,《汪曾祺全集》第1卷,第141页,北京,北京师范大学出版社,1998年版。

其具体身份或可有异，但都是善良的无野心无恶念的弱小者。他们凭自己的体力和能力，本分做人，踏实做事。他们相互扶持、彼此体谅包容，在普通而贫瘠的生活中，葆有一种积极、美好的人生态度。顺子带着严重的病体和满目疮痍的家庭、情感四处奔波，大吊因劳累过度而猝死，墩子担心演出开幕搞砸，在胳膊受伤骨折的情况下，专门到剧场为布景鼓掌，手指伤愈的猴子总控剧团进京演出的灯光……

其余各色人等，如宽厚包容、善待装台人的瞿团，痴迷排戏、有真性情的靳导，演艺精湛却为名利困扰的各色"角儿"，是雅人，有雅趣，却也不在俗世之外的别一世界。剧务主任寇铁、顺子、素芬、大军，更是本然俗世之人。小说既写出雅人之俗，更在俗世里捕捉美的暗示，在幕后，在戏台舞台底下、在剧场不为人知或人所不屑之处，发现美，创造美。

作家眼里的装台，是一门手艺，装台人，亦是手艺人。这跟汪曾祺笔下那些在纷扰世界中艰难谋生的普通人（大多为手艺人）——如深谙艺术三昧的卖果子的叶三（《鉴赏家》），在菊影婆娑下专心修鞋的高大头（《皮凤三楦房子》），在日复一日年复一年的敲打声和锉刀摩擦声中劳作的金匠，还有那些皮匠、剃头匠、卖糖郎（《晚饭花·三姊妹出嫁》），酱园老板（《茶干》），卖眼镜的（《卖眼镜的宝应人》）——是同类。顺子自小爱看戏，多年浸淫其中，算是个摸着门道的老戏迷了。他对"角儿"的亮相、表演、唱，能品，能赏，进入戏中，心事皆忘。在秦腔剧团靳导这个"一排上戏，就爹娘六亲不认"的"戏虫""戏疯子"眼里，干粗活的顺子可算得上"半个艺术家"，"要是评职称，我觉得你拿个舞台主任技师，副教授级，比现在有些拿了这职称的人还称职"[1]。他会为剧情感动而流泪。他最佩服的是编戏的人，最喜欢苦情戏，对《铡美案》《窦娥冤》

---

[1] 陈彦：《装台》，第310-311页，北京，作家出版社，2015年版。

《赵氏孤儿》《雷打张继保》百看不厌。

苦情者,乍看之下,似与顺子的生活遭际和心境相贴合,细究则不然。所谓"苦情"戏并非纯然的悲苦,里面或有死亡、毁灭、不幸,但也有滑稽调笑的喜剧成分,"大团圆"的结局尤见喜乐元素之于"苦情"的不可或缺的有机性。"词之能动人者,惟在真切,故古本必直写苦境,偏于琐屑中传出苦情"[①],"苦情"戏于凡俗琐屑、伦理家常写苦情,实则苦乐交错、悲欢穿插复沓的传统中国的精神与审美。在《窦娥冤》演出中,顺子出场"演活了死尸",获得交口赞誉。为了扮好《人面桃花》中"狗"的角色,得到观众、导演和剧务主任的认可,顺子甚至悟出了"把握角色""创造角色"的含义。他可以在劳累七天七夜、疲惫不堪的回家路上唱秦腔《十五贯》中小旦的戏,可以在为村主任老爹出殡搭台唱戏时,蹲在舞台一侧,闭起眼睛跟着哼《祭灵》戏,可以连日哼唱《清风亭》中《盼子》一折老生和老旦的对唱,可以边干活边一唱三叹秦腔欢音慢板,可以在繁重的劳作中惊艳和震撼于艺术的绝妙境地。而在小说最后,菊花因男友造假酒被抓、整容手术半途而废,再次"凤还巢"时,在轮回的无奈中,顺子禁不住哼唱起《人面桃花》。古典戏剧"福祸相倚、祸尽福至"的情节结构体现着一种秩序感,它所包含的意义或者产生的意识形态效果是善与恶的因果报应。戏剧中的经验、经历,是个别的、具体的、可感知的,戏剧中人的生活和行为是完整的、统一的秩序结构——国家的、社会的、也是道德人心的秩序,如张爱玲所欣赏的申曲唱词"文官执笔安天下,武官上马定乾坤",是本身具有意义的存在。"苦情"戏彻入人心的哀婉调子和以果报形式体现的人物某种愿望的最终实现,是顺子悲郁心怀的舒缓流泻、无奈寄托和某种程度的补偿,也是他装台多年、长期劳作,浸淫积

[①] 祁彪佳:《远山堂品曲》,中国戏曲研究院编《中国古典戏曲论著集成》第6卷,第24页,北京,中国戏剧出版社,1959年版。

淀而成的生命体验和认知。如此才能理解，为何顺子能在演"狗"过程中享受到"高尚""重要"和"尊严"。这不能仅仅看作不敢正视现实缺陷、自我麻醉、安于现状、用以自欺且以欺人的"精神胜利法"，其中有着善必胜于恶的乐观信念和顽强坚韧的生命意志与抗争精神，蕴含着作家的博大良善的同情心。

从装台这一下卑苦微贱的营生中，他们以出色的劳动奠定美的基座，甚至劳动本身已臻艺术美的境界，这使他们的生活充满一种生命的满足与欢愉。戏，艺术，于他不是额外的欣赏和奢侈的享受，而是融为生命，如盐入水，不着痕迹，窘迫的生活由此多了些从容平和。"室雅何须大，花香不在多"，所言不虚。及至自我"退休"之后，顺子的读报观棋玩鸣虫，看似别扭滑稽，仿佛只是实现了童年少年时代对"退休干部"生活的憧憬，只是找到了与老西京居民共同的生活方式和节奏。但从更深层说，他只是寻回并接受了自己内在生命的另一部分。他对日常生活的享受，出自内心，不受规矩约束，也非刻意追求，而是那些在重重家庭和生活压力之下，无法自由裕如伸展的个人心性的自然释放而已。他既能在装台中得到成就感，体会到职业带来的幸福（虽然这种幸福和成就感，时常被生存压力所驱赶和排斥），也能够沉浸于世俗平民生活，品赏它所特有的舒散韵味。

雅人有俗心，俗人有雅兴；佛门未必清静，俗世自有庄严。《大淖记事》写的也是一个类似装台班子的锡匠群体。锡匠讲规矩、有职业感。当十一子受了权势者的殴打和欺凌之后，他们负担结成一支沉默的队伍，行走于街巷，表达着无声但不妥协的抗议："这是个沉默的队伍，但是非常严肃。他们表现出不可侵犯的威严和不可动摇的决心。这个带有中世纪行帮色彩的游行队伍十分动人。"[1]这是属于"弱者"的庄严，他们因自身力量的弱小，时有逆来顺受的消极，

---

[1] 汪曾祺：《大淖记事》，《汪曾祺全集》第1卷，第432页，北京，北京师范大学出版社，1998年版。

但在忍辱负重里也深蕴着巨大的爱、善良、勇气和道德力量,这内在于生命的力量使他们具有超越一切异己、障碍和限制的能量和感觉。

另有一例,可作进一步的注解。作家陈彦与张爱玲有着相近的对于中国戏剧曲艺的嗜好与深厚戏剧美学涵养。秉信自己文章里那些"不彻底的"小人物"虽然不过是软弱的凡人,不及英雄有力,但正是这些凡人比英雄更能代表这时代的总量"[①]的张爱玲,如此谈及中国现实中的悲剧和京戏:"中国的悲剧是热闹,喧嚣,排场大的,自有它的理由;京戏里的哀愁有着明朗、火炽的色彩。""它(按京戏)的美,它的狭小整洁的道德系统,都是离现实很远的,然而它决不是罗曼蒂克的逃避"。[②]由此观照《装台》,想来不会太过乖离。

更进一步看,却又不尽然。陈彦笔下的装台人,不是张爱玲笔下没落高门巨族的老爷少爷小姐丫鬟姨太太少奶奶——那些只是他们搭建的戏台之上出入的戏剧角色,而非他们自己。相比之下,身居幕后台下的他们,更具俗世俗人的质朴、简单和粗糙的心魂。蚂蚁,这数次出现于小说中的极具象征性的意象,既是顺子对自己作为生活主体的精神镜像和灵魂投射,也是作家对装台人的精神和灵魂的略显急切的现身表达。其中一处,写顺子在长梦中变身蚂蚁,搬运百足虫,队伍"行进得整齐庄严,他甚至还产生了一种身为蚂蚁的骄傲和自豪"[③]。

另一处是小说结尾,顺子看到负重数倍于己身的蚂蚁在忙碌而有序地行进时,"他突然觉得,他们行进得很自尊,很庄严,尤其是

[①] 张爱玲:《自己的文章》,止庵编《流言》,第187页,北京,北京十月文艺出版社,2009年版。

[②] 张爱玲:《洋人看京戏及其他》,止庵编《流言》,第11—12页,北京,北京十月文艺出版社,2009年版。

[③] 陈彦:《装台》,第348页,北京,作家出版社,2015年版。

很坚定。要是靳导看见了,说不定还会让顺子给它们打追光呢"[1]。

如此思想表达的文学性问题姑且不论,但其中隐含的俗世中国俗世人心的那种无奈、旷达、乐观,和洞悉世事之后的超然、豁然与随意,却是真切而贴心的。

喧闹的街市,潮涌的车流,路灯下常年的对弈者,烟气呛人的赌场,传言中豪入豪出的澳门,闲散杂乱的城中村,夏雨冬雪,寒来暑往,锣鼓喧闹,好戏开场,假戏真做,哀婉断肠,鸣虫轻唱,曲韵悠扬。偌大的世界,偌大的西京城,它的形、神、声、气,它的神情和风情,它的人与事,悲哀与幸福,被作家用温厚仁心去感受,获得一种智慧而超然的穿透。在这里,西京的古都色调被还原,俗世间的冷与暖、虚与实、爱与恨、疏与近,都是切己的存在,世间万物人世百态,在注目凝神中,自带着庄严本相,神秘地运行。这让人想起余华在结束《活着》写作之后的那句话:"作家的使命不是发泄,不是控诉或者揭露,他应该向人们展示高尚。这里所说的高尚不是那种单纯的美好,而是对一切事物理解之后的超然,对善与恶一视同仁,用同情的目光看待世界。"[2]或许将顺子与福贵、许三观们,将《装台》与老舍、汪曾祺们纳入同一文学谱系,难免有方枘圆凿的尴尬,但在他们之间是否可能共享着某种"中国小说戏剧中之中国心情"[3]呢?

小说的美学品格与此也是呼应谐和的。它是沉痛、苦痛的,却又不是撕裂、绝望的;俗世中的生命,经受着现实的折磨和命运的捉弄,却不能从根本上改变其内在性。在黑暗与阴暗中,在曲折坎坷中,生命如蚁般艰难而执着地行进,拖着他们自己的、连同伙伴的断肢残躯。在坚硬的现实、深不可测的生活断崖和隐伏着玄机的

---

[1] 陈彦:《装台》,第428页,北京,作家出版社,2015年版。
[2] 余华:《活着·中文版自序》,第3页,北京,作家出版社,2012年版。
[3] 此说出自钱穆《再论中国小说戏剧中之中国心情》一文,见钱穆:《中国文学论丛》,第179-189页,北京,生活·读书·新知三联书店,2002年版。

命运面前，生命似乎无路可退，但对内心的韧性守护、对善与爱的温柔呵护，使他们能够绝处逢生，能够在最普通最平凡的生活中获得慈悲与庄严的体认。心怀叵测的可怕的命运，并未将生命吞没，也未将其推入隔膜绝望的个体化境地，在朴素深厚的生活和生命土壤上，一株株看似孱弱的苗子在执拗地伸展着莫名的力量。

（本文原刊于《当代作家评论》2016年第5期）

重建写作的高度
——致敬李修文和《山河袈裟》

刘 琼

有人也许会问是不是在"写作"前面加个定语"散文",不,应该就是"为写作重建高度"。

它是散文吗?是!上架建议:散文。但许多人说它像小说。没错,它对人物细节的抓取描绘,它的曲折跌宕的故事讲述,都是小说的日常特征。简单地说,它是跨界。不简单地说,它建构了一个超级文本,产生了强烈的异质性、陌生感,让我们陷入了文学鉴赏的纯粹状态。什么是纯粹的文学鉴赏状态?被鞭挞,被同情,被刺激,感同身受,嘴舌生津,以至神游万仞、身心舒泰。纯粹的文学鉴赏状态,首先是文字层面的感官愉悦,其次才是意义层面的认知共鸣。

它,就是小说家李修文在文坛沉默十年后新近出版的这本《山河袈裟》。

清晰的面目和鲜明的蝉蜕

李修文十年磨剑,用33个篇章20万字记录的这些阅历、经验和体悟,其用力之猛、用情之深、用语之新,极如望帝啼血产生的鲜明极致的美学成果。作为阅读者的我们,仿若久陷雾霾之后突然看到湛蓝透彻的晴天,内心除了惊喜、恍惚、感动,还有不解、不信:这一个晴天从何而来?这个超级文本的面目实际上十分清晰,我们的不解和不信基本来自惯性和偏见。

《山河袈裟》面目清晰,主要表现为审美取向的明确。审美取向的模糊和暧昧是现代艺术的特征,《山河袈裟》是逆反。对于文学作品,审美取向包括社会学维度、伦理维度以及纯粹意义上的美学维度的取向,审美取向的具象表现是对人物形象的选择性塑造、对事件是非的价值臧否。

"是的,人民,我一边写作,一边在寻找和赞美这个久违的词。就是这个词,让我重新做人,长出了新的筋骨和关节……此刻的车窗外,稻田绵延,稻浪起伏,但是,自有劳作者埋首其中,风吹草动绝不能令他们抬头。刹那之间,我便感慨莫名,只得再一次感激写作,感激写作必将贯穿我的一生,只因为,眼前的麦浪,还有稻浪里的劳苦,正是我想要在余生里继续膜拜的两座神祇:人民与美。"[①]

开宗明义,李修文在《自序》里如此坦陈。我认识另外两类写作者:一类是即便内心深刻认同"人民与美",也会写"人民与美",但他们通常不会承认,会自我调侃,降低调子,以示没有超拔于现实生活中平庸的大多数,这是对审美取向的不坚定和不自信;另一

---

① 李修文:《山河袈裟》"自序",第2-3页,长沙,湖南文艺出版社,2017年版。

类就更多见了，出于各种各样的现实利益考量，他们把自己装扮成"人民与美"的代言人、书写者，一边说着大话、写着大词，把人民和家国挂在嘴边，一边整天行着蝇营狗苟的营生，"人民与美"在他们的内心毫无价值，不过是他们奔走名利场捎带脚的工具，这种人把写作的生态严重破坏了，看到他们的作为，人们开始耻于谈"人民与美"。

　　崇拜"人民与美"并能够坦率写出来者有没有？有，李修文就是一个。但李修文的这种坦陈因为罕见和直率，以至于许多人选择忽略，不肯正视，不去谈论。是呀，一个如此富有写作能力的曾经的"纯文学作家"，他为什么要去赞美"人民与美"，是投机吗？还是随便说说？

　　人民，是对关注和表现对象的圈定。美也是，不过，更宏泛，更开阔。没错，写爱情小说、以技巧见长的李修文，他的同辈或者他的上下辈，似乎还没有一个人像他这样高声而不是遮遮掩掩、真挚而不是矫揉造作地赞美"人民与美"。他让我们对被概念化和模式化了的"人民与美"另眼相看。

　　李修文这十年到底经历了些什么，以至于实现如此鲜明的蝉蜕？

　　"写下既是本能，也是近在眼前的自我拯救。"[①]具体的生活经历包括精神经历无从得知，但我可以肯定的是，这沉默的十年不是平静的十年，写作的取向以及写作的去向，对于写作的理想主义者李修文来说，恐怕是最主要的困扰之一。其他的困扰，比如生与死、存在与虚无，也会让他苦恼，甚至绝望，但这些困扰的起点应该都是写作。对于一个作家来说，"为什么写"意味着写作的终极意义。一个人的生命，要靠自己去完成。一个作家的写作方式，也要靠他自己去悟解。《山河袈裟》的完成，意味着李修文的文学观的修正和

[①] 李修文：《山河袈裟》"自序"，第1页，长沙，湖南文艺出版社，2017年版。

清晰化。

文学观包括写什么、怎么写和为什么写。写什么和为什么写，李修文在《自序》里说得很清楚。我们的另一重关注是，《山河袈裟》能把"人民与美"写得很清楚吗？李修文眼里和笔下的"人民与美"是什么样的？

有人说《山河袈裟》写的"人民"，不是我们的"人民"。也有人说《山河袈裟》主要不是写人，而是写一种神秘主义和浪漫主义情绪。这些话都对，也都不对。

为什么说都对？《山河袈裟》写的是清晰的人民，而不是泛泛而指的人民，这个人民不是模糊的被道德化的代词，而是一个可以亲近的芸芸众生的集合体，他们实实在在地生活在我们的周边，我们每个人都是这个集合体里的一分子。《山河袈裟》写这些常常被忽视的具象的个体的情感，写他们行走天涯的命途，写他们畸零岁月的常情，甚至写他们被甩出生活常轨后的坚持。对，写他们在生活的各种弯道里的行走。辩证唯物主义认为，生命是注定丰富和不完整的，是饱含各种意外的。《山河袈裟》就写不完整的现实生命里的真情，把人从具体的职业和身份外套里还原出来，还原成一个个赤子，锦缎也好，袈裟也好，跳动着的心是同样赤诚的真和善，真和善让我们的感官受到触动，这就是李修文对于"人民与美"的认定。他的表达方式，看起来是诗性的、浪漫的甚至是传奇的戏剧的，但我们又怎能随随便便就否定它的真实性和可靠性？我们对我们周边的人民又有多少认真的观察？躺在医院天台上的水塔边苦熬了一个通宵后的李修文，决定从此不仅要继续写作，还要用尽笔墨"去写下我的同伴和他们的亲人"[①]，经验是他的炼狱，也是天堂。

---

① 李修文：《山河袈裟》"自序"，第2—3页，长沙，湖南文艺出版社，2017年版。

三个关键词：山河岁月、人民和美

读李修文的《山河袈裟》，有三个关键词：山河岁月、人民和美。先说美。

大概在十几年前，一个大雪天，我坐火车，从东京去北海道，黄昏里，越是接近札幌，雪就下得越大，就好像，我们的火车在驶向一个独立的国家，这国家不在大地上，不在我们容身的星球上，它仅仅只存在于雪中；稍后，月亮升起来了，照在雪地里，发出幽蓝之光，给这无边无际的白又增添了无边无际的蓝，当此之时，如果我们不是在驶向一个传说中的太虚国度，那么，连我自己都不相信。

有一对年老的夫妇，就坐在我的对面，跟我一样，也深深被窗外所见震惊了，老妇人的脸紧紧贴着窗玻璃朝外看，看着看着，眼睛里便涌出了泪来，良久之后，她便对自己的丈夫，甚至也在对我说："这景色真是让人害羞，觉得自己是多余的，多余得连话都不好意思说出来了。"[1]

这是《山河袈裟》第一篇《羞于说话之时》开头。这种"羞于说话"情境，此后随时跃然纸上。

半年前，看完《山河袈裟》，我也写下一句话："有的人多年只出一本书，却让我看完，什么都不敢写了。"这是一种难以名状的绝望，所有自以为是的置喙可能都成废话。我也羞于说话，我若是聪明，便会"不要在沉默中爆发，要在沉默中继续沉默"[2]。天地有大

---

[1] 李修文：《山河袈裟》，第1页，长沙，湖南文艺出版社，2017年版。
[2] 李修文：《山河袈裟》，第1页，长沙，湖南文艺出版社，2017年版。

美而不言，原因或有二，一是不能言，一是不愿言。于我，是不能言，害怕转述将原义减分、打折。

《山河袈裟》是李修文在写完《滴痣泪》《捆绑上天空》后，积攒了十年的文字，散发出浓烈醉人、情真意切的大美。

这是怎样的一种浓烈的美？仅仅因为写到天地，写到生死，写到人心吗？

司马迁在《太史公自序》里说"究天人之际，通古今之变，成一家之言"，不错，写到天地，容易有浩荡之气。但是，在《山河袈裟》里单独写天地的篇目，只有一篇《青见甘见》。

自兰州租车，沿河西走廊前行，过了乌鞘岭和胭脂山，再越漫无边际的沙漠与戈壁，直抵敦煌；之后，经大柴旦和小柴旦，进了德令哈，再翻橡皮山和日月山，遥望着青海湖继续往前；最终，过了西宁城和塔尔寺，历时一月之后，我重新回到了兰州……这是应当从我注定庸常的生涯里抽离的时光，见了甘肃，再见青海，见了戈壁，再见羔羊，这青见甘见不是别的，就是刻在我魂魄里的迷乱"花见"。[①]

风暴肆虐，荒漠广大，生灵畏惧，闪电、流沙、庇护，这种抽离出日常的"天地"之美，是李修文的"神迹"，是珍藏，是稀罕，是不能常见也不能常言的敬畏。因为发自肺腑的敬畏，天地在《山河袈裟》里，是"羞于直接言说"的内容和对象。天地也即山河，在李修文的文字里，被隐藏起来，成为混沌和无处不在的底色、背景和屏风。李修文不是站立在那儿，平视着山河，审美式地指手画脚——这是平常书写的姿势。李修文是拜万物为神，山河即一神，是情感主体，是复活的生命。

---

① 李修文：《山河袈裟》，第70-71页，长沙，湖南文艺出版社，2017年版。

李修文不仅拜山河为神，还拜人民为"神"。山河混沌，面目清晰的是人，是人民。人在天地间生活、行走、爱恨，山河的岁月是人的岁月。发现人的传奇，发自内心地去体谅他们、热爱他们，眼前不只是苟且，眼前就有诗意。写到生死，是通达之情。写到人心，写读书人已丧失、只在屠狗辈留存的"深情""厚义"。

李修文为什么会这样写人和自然？庄子在《齐物论》里提出"天地与我并生，万物与我为一"的主观精神境界，安时处顺，提出万物平等观，提出与万物的差别相比，万物的一致性更明显，包括人。人民与"我"本来就同高，而不是"我"蹲下来，与人民取同高。

他们是谁？他们是门卫和小贩，是修伞的和补锅的，是快递员和清洁工，是房产经济和销售代表。在许多时候，他们也是失败，是穷愁病苦，我曾经意味我不是他们，但实际上，我从来就是他们。[1]

在《每次醒来，你都不在》里，电信局临时工老路对于父子亲情的表达方式犹如爱情一样煽情。在《阿哥们都是孽障》里，穷途末路的庄稼汉和穷途末路的文人一样，瞬间可以过命，结下千里万里的情义。李修文的"齐物论"、众生平等论是这样的纯粹、强烈，以至于他能从这些已经从日常生活轨道脱轨的人身上发现生命的力量和倔强，发现深刻动人的美好，比如，《长安陌上无穷树》里病房里的岳老师那压抑的激情，《郎对话，姐对花》里沦落风尘的烈女子，《鞑靼荒漠》里在荒岛上种植乌托邦的莲生，等等。众生平等，使李修文看清楚了周遭。能发现这些人，才是李修文能写出这些传奇和惊喜的关键。

但显然，李修文不仅受庄子的影响，也深受儒家文化积极入世、

---

[1] 李修文：《山河袈裟》"自序"，第2-3页，长沙，湖南文艺出版社，2017年版。

侠义恩仇的影响。这成就了他的深情和厚义。

真实的谋生成为近在眼前的遭遇,感谢它们,正是因为它们,我没有成为一个更糟糕的人,它们提醒着我:人生绝不应该向此时此地举手投降。[①]

我们可以先看《苦水菩萨》《看苹果的下午》,再看《夜路十五里》《扫墓春秋》《在人间赶路》,看到这个童年被寄养的男孩,怎么对生死有了过早的超然,怎么与佛结下缘,怎么学会抑制悲伤、学会忍耐、学会认命、学会反抗。李修文写山河岁月,吸引我的不是关于山河的抒情、对于山河的敬畏,而是与日常人生须臾不分、不假苟且的浩荡岁月。

怎么解读《山河袈裟》这四个字,其实只要看《未亡人》这一篇就可以了。

我实在是喜欢这个人,苏曼殊……但那笑容是慈悲吗?那难道不是绝望吗?多少人都看见过:笑着笑着,他便哭了。[②]

李修文为什么喜欢苏曼殊,他是"同病相怜"和"才子自况"。一个生下来便为弃儿,一个从小被寄养。"破禅好,不破禅也好","如果说他心里的确存在一种宗教,我宁愿相信,他信的是虚无,以及在虚无里跳动的一颗心","我愿见一场盛宴,别人奔走举杯,他兀自坐着,兀自对着酒杯发呆。南宋的杨万里早就写下了他的定数:未着袈裟愁多事,着了袈裟事更多。酒杯里盛着他的一颗心,那是上下浮沉的一颗心,好像红炉上一点雪:生也生它不得,死也死它

---

① 李修文:《山河袈裟》"自序",第2—3页,长沙,湖南文艺出版社,2017年版。
② 李修文:《山河袈裟》,第188—189页,长沙,湖南文艺出版社,2017年版。

不得。"①

　　这里的每一句话,都是李修文的自诉。所以,《山河袈裟》这本文集写了许多人、许多事,最重要的是它写出了这个时代的李修文。文字的力量最终来自真诚。

关键是跳跃的高度

　　说实话,虽然主观情感上李修文更倾向于苏曼殊,"曼殊要的并不是糖果,他要的,是和人的相亲,是不让别人将自己当成旁人。"②但语词结构上,李修文可真的像纳兰性德,古典文化包括古典诗词、传统戏曲的影响十分明显。这些影响,让李修文的思想有了景深,也让他的文字生发出香气。对于写作,文字本身就是内容。有的文字天生有色彩和香气。有的文字无论怎样加茴香大料,都不吸引人。李修文的文字意象繁复密度大,句式跳宕,善于远取譬,风格风流婉转又率性直陈,但文字不是吸引我的主要原因。

　　"姿势不重要,重要的是跳出高度、打破记录",散文家穆涛说,"跳高时谁管你是背跃式还是跨越式,关键高度是升到了2米18还是2米36。"

　　李修文跳出了怎样的高度?

一、认知高度

　　以"散文"为文体的写作,每年有大量的文字产生,洋洋洒洒者有,喊喊嚓嚓者也大量存在,主观抒情者有,描摹山水者也有,但是在大量的文字中,能够把人性和人情写得好的作家不多。有人

---

① 李修文:《山河袈裟》,第190-191页,长沙,湖南文艺出版社,2017年版。
② 李修文:《山河袈裟》,第192-193页,长沙,湖南文艺出版社,2017年版。

说，这是个时代悲剧，我们的文字匮乏把握现实生活的能力。其实，这可能是任何一个时代的悲剧，文字是后知后觉，永远无法完整地记录它的时代。今天，留存在经典里的作品，理论家从理论范式研究的角度，努力找出文本形式的价值，但是，当我们退还到纯碎的阅读角度，谁会在乎它的"范式"？我们只会在意它发现了什么，在意这种发现有没有打动我们。谁都知道，打动我们的一定不是泛泛的认知，一定是细微、细致、细密的发现，是能够沟通个体心灵的异常中的日常和恒常。这有点拗口，其实说的就是各种常情常态。常情常态，一是人的本性的内生和自带，一是后天的文化传统使然。它们的存在，被发现，会让我们震惊、释然，修改对生活和生命的认识。

人性和人情当然有常态，但我们认知的人性常常被各种外在的因素篡改，不复存在，我们叫"异化"。如果在各种复杂的篡改下，还能拥有这种人性和人情的本来，发现这个本来的人是多么幸运！他必须首先有心力、有识见，能够拨庸见奇，发现并能写出来分享，让不同的个体获得人性和人情的本来的慰藉和支持。这就是文学产生和存在的本来。写出人性和人情的作家，一定代入了自己的性和情，以性逆性，以情逆情，文字才能生发说服力、感染力。

在《山河袈裟》里，李修文表达了怎样的情与义，他的依仗或者是文化依据是什么？从《山河袈裟》里，我读到的字字句句，都是"共情同命"。《羞于说话之时》是对自然界美的共情，《枪挑紫金冠》是对"爱、戒律和怕"的共情，《每次醒来，你都不在》是对热烈的亲情的共情，《阿哥们是孽障的人》是对沦落之人的侠义的共情，《郎对花，姐对花》是对沦落之人的烈性和深情的共情，《鞑靼荒漠》是对沦落之人的坚韧的共情，许多人都喜欢的这篇《长安陌上无穷树》是对反抗和尊严的共情，《认命的夜晚》是对悲伤的命运感的共情，《青见甘见》写自然物象之威严宝相就不说了，《惊恐与哀恸之歌》显然是对惊恐与哀恸的共情。《夜路十五里》其实是典型的自传，是自己的故事、自己的体验、自己的悲伤、自己的反思，这种彻底的解剖式文字也贯穿了全书，只有把自己的真性情打开，把皮袍下真的"小"放出来，才能实现与生活中关注对象的共情，才能让读者信任文字，实现与读者的共振。

从《夜路十五里》开始，作家的"本我"越来越多。《苦水菩萨》一定要认真读一读，它写一个被寄养的孩子怎么获得与自然、与人、与佛的相处，是李修文的成长笔记。经历的痛苦和迷惘，对于成长中的孩子是疾风苦雨，但最终是滋养，当这些经历自然而然地融入一个人的生命底色，由此获得的命运感知，会让这颗成长了的心智具有理解和同情的能力，这就是"同命"之后的"共情"。《看苹果的下午》就很典型，一个弱小的孩子对于一个成年人的同情和宽宥，是令人耳热心跳的。《扫墓春秋》写到墓园里的疯子和迷狂，说，"我们每个人活在尘世里，剥去地位、名声和财产的迷障，到了最后，所求的，无非是一丁点安慰，即使疯了，也还在下意识地寻找同类，唯有看见同类，他才觉得自己是安全的，不必为自己的存在而焦虑，而羞愧"[1]，这段话有实指，也有泛指，李修文在此是对人活一世的孤独和不易的普遍同情。或许正是看到了普遍存在的"焦虑"和"羞愧"，十年之后的李修文已经可以放下自己的"焦虑"和"羞愧"，认真地拿起了笔，进入到纯粹写作状态中。

还有这段话，"只要时间还在继续，时间的折磨还在继续，寻找同类的本能就会继续，黑暗里，仍然希望有相逢，唯有与同类相逢，他们才能在对方的存在之中确认自己的存在；找不到同类，就去找异类，找不到人间，就去找墓地，找不到活人，就去找坟墓里的人，因为你们和我一样，都是被人间抛弃在了居住之外，聚散之外，乃至时间之外"[2]，这种飘零和寻找，这种离散感，简直就是莎士比亚

---

[1] 李修文：《山河袈裟》，第138—139页，长沙，湖南文艺出版社，2017年版。
[2] 李修文：《山河袈裟》，第138—139页，长沙，湖南文艺出版社，2017年版。

戏剧里的《李尔王》和《哈姆雷特》。

《把信写给艾米莉》是对精神偶像的一次表达，这类直接抒情在《山河袈裟》里不多见。《她爱天安门》讲述具有传奇性的人物和故事。《火烧海棠树》写一个女人命运多舛：孩子截肢，丈夫被撞死，她把恨撒在了一棵海棠树上，自己又被烧伤。这是一个弱者的反抗，怒气冲冲，却让人把眼泪流干。《失败之诗》更是写了各种各样失败的人、情境、因由。

"他们是不洁、活该和自作自受的"[①]，这是冷酷的现世对于畸零人以及困境中人不约而同的歧视。成王败寇，是现世实用主义信奉的美学。中国老百姓普遍不信宗教，生命对他们只有一次，抓住现世的成败得失便显得特别重要。生活中的没有终极感，体现在我们许多作家的文字中，苦难便真的是无涯苦海。

二、写作高度

同样是写失败甚至苦难，为什么我们不会把《山河袈裟》说成底层叙事或苦难叙事？这依然是价值取向和美学取向的问题。

《山河袈裟》为什么不觉得写得苦，而觉得写得美？这个美不是由文字的虚饰煽情而至，而与文字提供的经验和惊奇有关。它让我们惊奇于现实中存在这些真人。这是李修文的写实和记录，是他的取景框和编辑机。所谓真人，即经历各种煎熬之后还拥有珍贵的情义，这是一方面。另一方面，《山河袈裟》对于终极感的表达，说服了我们。"谁的一场尘世，不都是自己误了自己？"[②]

我们通过这些文字看到了什么？李修文曾说，他写作是发现、重温和回忆这三句话：一是"无为在歧路，儿女共沾巾"，一是"同

[①] 李修文：《山河袈裟》，第138-139页，长沙，湖南文艺出版社，2017年版。
[②] 李修文：《山河袈裟》，第168-169页，长沙，湖南文艺出版社，2017年版。

是天涯沦落人",一是"白茫茫一片真干净"。或许有人说这三句话都在表达一种虚无感,见仁见智,我看到的则是天涯羁旅。这与李修文成长的文化背景有关,如前所说,他的确受庄子的"齐物论"影响,但也受儒家的"民本论"的影响,儒家积极入世的观点对于李修文的影响非常明显,这才有他对人世的眷恋、不舍、不弃、不甘,这才有各种歧路彷徨以及仗剑天涯。我们也可以把这种取向看作古典主义的情怀的表达——对于生命本来意义的坚持和执念。

为什么会这样?很显然,与他李修文接受的中国传统戏曲的教养有深刻关联。李修文生在楚汉的中心——荆门,祖上曾搭班唱戏谋生,对于戏文的熟悉以及对于舞台的迷恋,影响了他的成长,包括写作。作为一个人,李修文的身上有着明显的害羞的色彩,这与他的敏感多情有关。试想,如果不是因为害羞,李修文也没准会成为一个文武小生,那是一个必须无羞无臊极度打开自己的职业,一种天生的害羞让他选择了以写作为理想职业。恰恰好,他在文字里把戏曲的背景包括舞台艺术的结构艺术用上,把山河岁月讲得真真幻幻,把散章讲成故事,我们听得如痴如醉。当下作家能写出这样的高度者,还会有几个呢?

(本文原刊于《当代作家评论》2017年第4期)

倾心营造小说的形而上世界

——毕飞宇的小说理论与创作

段崇轩

2017年毕飞宇出版课堂讲稿集《小说课》，让人们看到了一位思想丰沛、直觉敏锐的小说理论家形象。此前他留给人们的印象，是一个既有现代派精神又有现实主义功底的新潮小说家形象。他穿越在理论与创作之间，令二者水乳交融、出神入化，在小说上进入一种自由之境。在当代文坛上，不乏既有创作实绩、又有理论建树的优秀作家。但像毕飞宇这样，能够真正深入小说"王国"，把握其中深层规律和艺术真谛，并化为自己的理论思考和具体创作，进而形成自己独特的小说理论乃至小说美学的，似乎还不多见。作为起步于1990年代的"60后"作家，他的人生、创作与理论，具有"标本"的意义。我们从中可以窥见，"60后"作家在思想和艺术上的探索轨迹，多元化文学时期小说创作遭遇的困境与突围，以及未来小说发展的路径选择。

理论与创作的互动

　　文学史上有一个耐人寻味的现象，即作家与思想理论的关系。有的作家专注于小说创作，没兴趣甚至不屑于招惹理论，也写出了独树一帜的优秀作品；有的作家兼顾小说创作和小说理论，以两种形象展示给人们，同样写出了引领潮流的杰出之作。创作与理论，是两种不同的思维活动，有人只能"单挑"，有人可以兼顾，但一般说来，善于兼顾的作家，更容易写出新颖、丰厚的作品，更富有创作生命力。当代文学史上作家的理论建树，是一个值得关注和研究的课题。"新时期"文学以降，作家在思想理论特别是小说理论方面的建设才真正开始，涌现了一大批创作与理论并驾齐驱的重要作家。老一代作家中的王蒙、汪曾祺、林斤澜，中青年作家中的韩少功、王安忆、残雪、马原、格非、毕飞宇等，他们或发表创作谈文章，或与评论家进行对话，或解读经典作家作品，或出版讲座、课堂讲稿集辑，不仅促进和提升了作家自身的小说创作，同时也推动和深化了小说文体的发展。

　　毕飞宇是一位兼有艺术才华和理论思维的作家。他在一次访谈中低调地说："我没有什么理论素养，我能知道的都是一些常识性的东西。但是，我有理论兴趣，这个也是实情。如果我不搞创作，也一定会搞批评，无论是文学创作还是文学研究，都足够吸引我。说起理论素养，我觉得西方的作家要比我们强得多，这个绝对不是外国月亮与中国月亮的问题，而是一个实情。"[①]在"60后"作家群中，毕飞宇是一个独特的存在。他走上文坛的时间要晚许多，1991年才发表中篇小说《孤岛》，在此之前虽然写过诗歌、小说，但只是一种

[①] 沈杏培、毕飞宇：《"介入的愿望会伴随我的一生"——与作家毕飞宇的文学访谈》，《文艺争鸣》2014年第2期。

练笔。而那时与他同龄的余华、苏童、格非、迟子建等，已在文坛上名声赫赫。他志向高远，但生性淡泊，绝不急于求成，创作速度也慢，二十五六年时间发表文字二百余万，可以说是一位低产作家。但他的作品以独特、精湛的题材内容，鲜活、深邃的思想意蕴，雅致、超然的艺术形式，很快赢得了读者的青睐和文坛的关注。短篇小说《蛐蛐 蛐蛐》《地球上的王家庄》《哺乳期的女人》《是谁在深夜说话》，中篇小说《青衣》和俗称"三玉"的《玉米》《玉秀》《玉秧》，长篇小说《平原》《推拿》等，成为风行文坛的名篇，有的已进入经典文学的行列。毕飞宇的小说创作一步一个脚印，充满了对社会、人生、文学的探索和反思。毕飞宇的小说不仅密切关注脚下土地的真实情状，同时执著仰望星空一般的形而上世界，呈现出一种天人一体的艺术至境。毕飞宇短篇、中篇、长篇小说皆擅，但他最得心应手的是短篇小说文体，其代表了当下短篇小说的一种发展和高度。

在毕飞宇的文学生涯中，小说理论同样是不可或缺的双翼中的一翼。他发表有20余篇谈生活与创作的"创作谈"短文，还发表有40余篇与编辑、记者、评论家的访谈对话；新近出版的《小说课》，是他在南京大学文学院课堂上的讲座讲稿集辑。10篇文章解读的都是古今中外的经典作家和作品，其中蕴含了他对小说艺术规律的深入洞察和理性总结。如果从理论的严谨性、系统性来考察，毕飞宇的小说理论也许是"不合格"的，但他的理论来自研习经典的深入发现，来自创作实践中的艰苦探索，来自对当下文学的不断反思，用宏取精、融会贯通，因此是敏锐、鲜活、珍贵的。包括他那些创作谈和访谈录文章，共同构成了他初具规模的小说创作理论和小说美学理论。2013年毕飞宇正式调入南京大学文学院任教授，把更多的精力投入到了教学和研究中，相信他一定会建构起一种更完美、坚实的小说美学理论来。

理论与创作，由于特性的不同，在许多作家那里，常常发生"打架"现象，譬如理论制约了作家的感情和直觉，概念误导了作家的思维和判断等等。在毕飞宇那里，虽然也有议论失度、情理脱节的现象，但整体上看，二者处于和谐相处、互动互补的状态。在毕飞宇的创作历程中，思想理论始终推动着他的创作探索和前行。1990年代初期到中期，毕飞宇创作了一批解构、反思历史的新历史小说，如《孤岛》《楚水》《叙事》《祖宗》等，这是他借鉴当时国内的先锋派文学和西方的新历史主义思想，创作的成果。但到1995年，他开始检讨自己的创作，说："博尔赫斯曾经是我心目中的一个文学之神，但是，在那一个凌晨，我对博尔赫斯产生了强烈的厌倦……我对博尔赫斯的厌倦联带了我对自己的怀疑与厌倦。"[1]他要扔掉这柄大家都在依赖的西方的"拐杖"，重新寻找自己的路子，从历史回到现实，回到生活。此后1990年代中期到后期，他转移阵地，努力在"'文革'叙事"和"乡村叙事"两个领域开拓，创作了多篇直面现实的优秀作品，如《写字》《白夜》，如《生活在天上》《五月九日和十日》等等。他深入揭露"文革"的惨烈、荒诞，描绘各种人物的悲剧命运，书写乡村的自由、广阔，以及贫穷、落后等斑驳面貌，使他的创作向现实主义靠近了一步。2000年之后，毕飞宇放弃了题材上的"恋战"，而把注意力集中在了对更广阔、更深入的城乡生活的表现上，集中在了对现实主义和现代主义两种创作方法的融合、创新上，从而使他的创作进入一个爆发期、成熟期。这一时期的短篇小说《地球上的王家庄》《彩虹》《相爱的日子》《虚拟》，中篇小说《青衣》和"三玉"，长篇小说《平原》《推拿》等，轰动文坛，大受好评。同时，这一时期他对理论问题也作了更深广的思考，譬如重新认识现实主义，譬如现实主义与现代主义怎样融合，譬如中国文学的本土化问题，譬如小说的基本规律与写作技巧等等。小说创作丰富和深化着他的理论感悟，思想理论又调整和推进着他的创作历程。

---

[1] 毕飞宇：《轮子是圆的》，第1页，南京，江苏文艺出版社，2004年。

毕飞宇的小说理论是丰富而精微的，涉及小说的外部和内部、作家和作品、规律和特征、方法和技巧等等问题。其中有一个课题格外引人注目，那就是小说形而上世界的特征和建构。小说作为一种完整而有机的艺术生命体，自然会有形而下和形而上两个层面。长期以来，现实主义文学虽然也研究小说的内涵、理性、意境等问题，但往往浅尝辄止，难以全面深入，而更强调小说的故事、环境、人物、结构、叙事等等。致使小说形而上世界的探索和研究，成为一个神秘的"黑洞"。而众多作家的创作，也往往注重的是小说有形的、形而下世界的建造，或多或少忽视了无形的、形而上世界的创造。物质的东西总是有规可循，精神的东西总是虚无缥缈。也许正是这样一种文学理论和创作现状，促使毕飞宇在小说形而上世界问题上倾注了大量心血，在创作中倾力营构着一种形而上艺术世界，在理论上细心探索形而上世界的规律和奥妙。早在2000年，吴义勤就精辟指出："在迄今为止的小说创作中，毕飞宇虽然进行过多种多样的艺术尝试和探索，但他的作品所呈现出的总体风格却基本上是统一的，那就是感性与理性、抽象与具象、形而上与形而下、真实与梦幻的高度和谐与交融。他的小说有着丰满感性的经验叙事的特征，但同时他对于抽象的形而上叙述又有着更为浓厚的兴趣。"[①]吴义勤所阐释的毕飞宇小说中的矛盾交融现象，也许正是他的小说的奥秘、魅力所在，值得我们深入研究。

经典文学厚土上的生长

文学的继承与发展，是一个老问题。但在这一基本问题上，常常出现困惑、曲折。许多作家、理论家在这一问题上，都发表过观

[①] 吴义勤：《感性的形而上主义者——毕飞宇论》，《当代作家评论》2000年第6期。

点，但鲁迅的观点更精辟、到位："总之，我们要拿来。我们要或使用，或存放，或毁灭。那么，主人是新主人，宅子也就会成为新宅子。然而首先要这人沉着，勇猛，有辨别，不自私。没有拿来的，人不能自成为新人，没有拿来的，文艺不能自成为新文艺。"①这番话表明，文学创作必须从传统中有所"拿来"，没有这种继承就没有"新文艺"，作家也不会成为"新人"，同时这种继承和发展又要求作家有清醒的辨别能力，有勇猛的精进精神。经典文学是古往今来传统文学中的精华，因此对传统的继承与发展，也往往聚焦在经典作家作品上。但经典文学在当下的转型时代，正遭遇着一场严峻的挑战和重构。在多元化思想潮流的冲击下，众多经典作家和作品被颠覆、改写，经典文学传统和经验被怀疑、丢弃。一些青年作家，特别是"80后""90后"作家，他们更钟情的是通俗文学和网络文学，不再把经典文学当作一种资源和基点，他们的创作大抵是一种个人的、自发的、随意的"自由写作"。这种"去经典化"倾向，其实是在割断文学的历史。

"60后"作家毕飞宇，在人们的印象中，似乎是一个"先锋"、"现代"作家，但如果对他的创作和理论稍加辨析，就会发现，他是在研习了大量的经典作家和作品的基础上，逐渐地形成了自己的小说理论，蹚出了自己的小说路子。他说："……说到底，小说的审美能力是在一次又一次的阅读当中建构起来的，经典的意义就在这里，它们的内部存在着小说美学的标准与尺度。"②就拿毕飞宇的《小说课》来说，他解读的都是中外古今的经典作家和作品，涉猎的都是中国尤其是外国理论家的思想和著述，譬如中国古典小说有《红楼梦》《水浒传》《聊斋志异》等；现当代作家有鲁迅、茅盾、沈从文、

---

① 鲁迅：《拿来主义》，《鲁迅全集》第6卷，第40页，北京，人民文学出版社，1981年。
② 沈杏培、毕飞宇：《"介入的愿望会伴随我的一生"——与作家毕飞宇的文学访谈》，《文艺争鸣》2014年第2期。

张爱玲、汪曾祺、莫言、王安忆、苏童等；譬如西方的作家有哈代、莫泊桑、海明威、卡夫卡、博尔赫斯、奈保尔等；论及的理论家以及思想，譬如有西方的鲍姆嘉通的审美概念、布洛的"心理距离说"、别林斯基的悲剧观、福斯特的小说理论等；譬如中国孔子的"兴观群怨"思想、钟嵘的诗歌理论、金圣叹的小说评点等等。这些小说家、理论家以及他们的作品、思想，都是中外文学史、美学史上的经典、巅峰。毕飞宇立足于这样的厚土之上，潜心研读、运用于实践，才形成了自己厚积薄发的小说理论和小说作品。当然，严格说来，毕飞宇的小说理论并不规范、系统。他没有接受过完备的文学理论研究训练，也没有写过中规中矩的学术论文。但他有一种敏锐的理论直觉，对经典文学和理论一旦接触，就会抓住其中富有生命力的精华，融入自己的理论思考，化入自己的创作实践。打通理论、直觉、创作的壁障，化成一种鲜活、实用的小说理念和经验，这是毕飞宇独特的艺术天赋和才能。

在中国，任何一个作家，都躲避不开现实主义的巨大存在。作家的出路，关键在于"拿来"什么样的思想和方法，与现实主义融合，规避固有的"短板"，形成一种全新的创作方法和形式。毕飞宇是从西化的"先锋派""现代派"文学上起步的，但他很快意识到了这柄借来的"拐杖"，不切合脚下的土地，且是众多作家共用的。于是在鲁迅、汪曾祺等前辈作家的启示下，决心重新寻找自己的创作路子。他和众多新锐青年作家一样，开始是"鄙视"现实主义的，但后来意识到，现实主义是富有生命力的，就看你怎样改造、使用它。1995年之后，他多次谈到对现实主义的理解和认识。2000年他在一次访谈中说："我比以往任何时候都渴望做一个'现实主义'作家——不是'典型'的那种，而是最朴素的、'是这样'的那种。我就想看看，'现实主义'到了我的身上会是一副什么样子。"[1]2006年

---

[1] 毕飞宇：《沿途的秘密》，第49页，北京，昆仑出版社，2002年版。

他在另一次访问中说："我理解的现实主义就两个词：关注和情怀。……我指的关注是一种精神向度，对某一事物有所关注，坚决不让自己游移。福楼拜说过，要想使一个东西有意义，必须久久地盯着它。我以为，这才是现实主义的要义。简单地说，我所理解的'现实主义'，就是一颗'在一起'的心。"①但他同时又意识到，现实主义是求实的、开放的，鲁迅、汪曾祺不也写出了很了不起的作品吗？他还多次指出，现实主义就是要表现日常生活、"世态人情"，人们所受的"伤害"、内心的"疼痛"、情感中"柔软的部分"。他把现实主义拉回了最坚实的地面。毕飞宇坚持了现代主义注重个人体验、直觉把握，赋予哲理思辨、人文情怀的精神宗旨，又融合了现实主义文学关注当下、针砭时弊、直面人生、揭示人的情感"痛点"的求真品格。探索出一条切实的、自由的、包容的小说之路。这样一种创作方法，我们是否可以称为"现代现实主义"呢？

作为文学"重器"的小说文体，究竟要创造一个什么样的世界呢？是物质的？还是精神的？抑或通过物质世界看到更广阔的精神世界？其实小说中的物质世界只是一种物象或载体，它的指归是精神世界——形而上世界。波兰哲学家、现象学美学家罗曼·英伽登说过这样一段话："艺术特别可以使我们得到我们在现实生活中永远不能获得的东西，至少就微观世界和作为反映来说是如此：静观形而上学性质。"②这里所谓的文学作品的形而上学性质，就是指作品呈现出来的那种崇高、神圣、怪诞、悲剧性等精神特征，它构成了一个无形的但又强烈的形而上世界，成为一部伟大作品的标志。毕飞宇在《小说课》中，解读了鲁迅《故乡》、汪曾祺《受戒》、莫泊桑《项链》、海明威《杀手》等经典短篇小说。他发现在这些作品中，

---

① 张均、毕飞宇：《通向"中国"的写作道路》，《小说评论》2006年第2期。
② 〔波兰〕罗曼·英伽登：《文学的艺术作品》，蒋孔阳主编：《二十世纪西方美学名著选》（下），第262页，上海，复旦大学出版社，1988年版。

作家描述的故事情节是平淡的、简单的，但作品背后的世界却是浓郁、阔大、复杂的，构成一个让人遐想、深思的形而上世界。正因有了这样的理性自觉，他在小说创作中，特别注意形而上世界的营造。我们读他的《地球上的王家庄》《雨中的棉花糖》《平原》等作品时，往往会心神飞越，沉浸在一种更宏大、更瑰丽的无形世界中，同时触动我们的想象、思维、感情、意志等一系列精神活动。

经典文学代表了文学史上的一座座高峰，凝聚了丰富的艺术规律和创作经验。阅读和研究经典，就是要把其中的规律和经验提炼出来，变成作家自己的文学思想和写作能力。毕飞宇的小说理论，不仅有宏观上的理论问题探讨，如对文学如何介入现实社会的思考，如对现代主义和现实主义的比较，如对中国文学的本土化问题的思索，如对作家的人格、思想建构的反思等等。同时有微观上的艺术规律的研究，在这方面更表现了作家的直觉能力和艺术悟性。譬如小说故事情节的"逻辑与反逻辑"描写，他认为优秀的作家注重的是逻辑的严谨性，只有伟大的作家才敢于在反逻辑描写中隐含深层的逻辑性。譬如在人物塑造上，他认为短篇小说由于空间狭小，不利于塑造人物性格，而适宜刻画人物的情感和精神特征；而中长篇小说由于空间阔大，可以充分展开人物的性格发展。譬如在表现方法和形式上，他更偏爱象征、变形、荒诞等，他在小说创作中运用了这些表现手段，并形成了自己成熟的创作经验。譬如对中国传统的写实手法、白描技巧，他越来越情有独钟，真正认识到了它们的妙处，使他在语言上逐渐从华美向质朴靠近。毕飞宇对小说艺术规律和创作经验的把握和研究，是天才的、精微的，它可以引导读者深入经典作品，可以启迪作家领悟艺术真谛。

筑实形而下的基础

如前所述，一部优秀的小说，应该是由形而下的物质世界和形而上的精神世界交融而成的。用系统论美学观点看，这是一个大系统中的两个子系统，二者的互为互动，才生成了完整的艺术生命体。他们都是作家智慧和精神的创造，一旦形成就具有了社会和艺术属性，拥有了独立性和自主性。王安忆在长期的创作实践中，深切认识到小说既有现实属性又有精神属性，在她的小说讲稿《心灵世界》中说道："小说不是现实，它是个人的心灵世界，这个世界有着另一种规律、原则、起源和归宿。但是筑造心灵世界的材料却是我们赖以生存的现实世界。"[①]这段话揭示了小说中心灵世界和现实世界，即精神世界和物质世界的辩证关系。小说整个世界都是作家心灵的产物，而构筑和支撑这个世界的，却是来自现实世界的物质材料，如建筑一座大厦所需要的木料、钢筋、砖石、水泥等等。毕飞宇是一位具有现代观念和思想的作家，但他没有像一些"先锋派"作家那样，丢弃经典文学特别是现实主义经典文学的规律和经验，去搞什么"无情节、无人物、无主题"的"三无小说"，而是努力遵循现实主义的创作规律，在作品中编织故事情节、设置自然和社会环境、塑造人物形象，同时用心营造结构形式、探索个性化的叙事方式，使他的小说具有了深沉的现实主义底色，坚实的形而下基础。在这样的基础上，毕飞宇又倾注全力，创造了一种抒情、诗意、隐喻的形而上精神世界，使他的小说又呈现出一种浓郁的现代主义品格。

毕飞宇用"工匠"精神和方法，构筑小说的基础工程。

营造一种自由、变幻而又大体完整的故事情节。故事情节是一部小说的基石、平台，作品的内容、思想和艺术，都要由它来承载。因此，毕飞宇十分重视故事情节的选取、提炼、编织。读他的小说，读者总是惊叹其中的故事情节自然天成、出人意料，那是作家付出了辛勤劳动的结果。譬如《地球上的王家庄》里，描述童年的"我"，放鸭子中的有趣经历和冒闯乌金荡的惊险遭遇，故事完整巧

[①] 王安忆：《心灵世界》，扉页，上海，复旦大学出版社，1997年版。

妙，充满童趣和诗意。但毕飞宇又不像有些现实主义作家一样，把故事情节写得那样有序、完整、强烈，这种"戏剧化"情节其实是有违生活真实的，是窒息艺术生命的。他总是把故事情节打碎重组，体现出生活本身的偶然性、自然性来，而在情节自由、变幻的演进中，又让人们感受到生活底层中的怦然脉动。譬如《蛐蛐 蛐蛐》与蒲松龄的《促织》，写的都是捉蛐蛐斗蛐蛐的故事，但前篇显然不像后篇那样完整曲折，毕飞宇的小说只是写了"文革"时期的农村，人与人之间斗得你死我活，死后托生蛐蛐，继续搏斗撕咬。作家集中写了三个"异人"的非正常死亡，和两个"怪人"的捉蛐蛐行动。故事是破碎的，但通过想象就可以连成一体。作品只有九千余字，但它的社会人生内涵却是丰富而深沉的。传统现实主义小说，在描述故事情节时，大都采用叙述和描写交叉进行的方法。而毕飞宇的小说，则以叙述为主体，把描写融入叙述，竭力将叙述形象化，这样就使作品的篇幅可以大大压缩，作家的调度更加自由。

刻画细腻、深邃而富有思想寓意的人物形象。毕飞宇多次谈到对人以及小说人物的思考，说："在我的心中，第一重要的是'人'，'人'的舒展，'人'的自由，'人'的神圣不可侵犯的尊严，'人'的欲望。我的脑子里只有'人'，他是男性还是女性，还是次要的一个问题，甚至，是一个技术处理上的问题。"[①]他还说："当然，抽象的'人'是不存在的，存在的反而是人的'关系'。'关系'才是前提，根本。"[②]毕飞宇既认识到了个体生命的神圣性、人性的复杂性，也认识到了人的社会性，以及人与社会的矛盾性。他的人物观中显然有着五四启蒙思想和西方的人本主义思想。毕飞宇在他的短中长篇小说中，塑造了大量的人物形象，譬如短篇小说《哺乳期的女人》里的惠嫂，是一个勤劳、淳朴、聪慧而具有博大的母爱情怀的感人

[①] 汪政、毕飞宇：《语言的宿命》，《南方文坛》2002年第4期。
[②] 汪政、毕飞宇：《语言的宿命》，《南方文坛》2002年第4期。

形象，譬如中篇小说《青衣》里的戏剧演员筱燕秋，有一种与生俱来的孤高、哀怨、古典之美。她把自己的人生寄托和艺术追求，全部献给了舞台上的神话人物嫦娥，最终却身心崩溃倒在了剧场外的雪地上。在她身上寄寓了个体生命同现实环境的重重矛盾，人对艺术和精神的永恒追求。譬如长篇小说《平原》中的两位主要人物端方、吴曼玲。前者是一位坚韧、鲁莽、无知，但在权力面前卑躬屈膝、没有人生方向的回乡青年形象；后者则是一个诚实、泼辣、热情，迷恋权力而最后导致人生悲剧的插队知识青年。在他们身上，有青春的骚动、人性的幽暗，更有"文革"对人的扭曲和"异化"。

构筑多种多样而又灵动自然的小说结构形式。所谓结构，其实就是以什么样的小说元素为主干，组合成什么样的艺术样态。现代小说的结构模式是多种多样的，譬如故事型、人物型、意境型、复线型、心理型等等。毕飞宇在小说创作中，每篇作品都努力找到一种最佳结构形式，但又不会被某种结构束缚了手脚，而是又纳入自己惯用的结构模式中。这种结构模式是熔情节、人物、意境等为一炉的，再加上象征、荒诞、哲理、抒情等表现手法，显得格外自由、精微、丰富。这使他的每篇小说，在结构形态上既有个性特征，又有共性风貌。譬如《是谁在深夜说话》是一篇意境型结构小说，而情节、人物等安排得也很恰当，荒诞手法的运用可谓神来之笔。毕飞宇在小说结构上的探索、创新，提升了小说的表现能力和艺术品位。

探索多视角融合的新的叙事方法和叙事语言。现实主义在叙事理论上较为简单、粗略，现代主义在叙事理论上有了很大的拓展，但都是围绕"我""你""他"三种视角展开的。毕飞宇在创作实践中，意识到了这些叙事视角都有局限，开始探索一种新的"'第二'人称"叙事视角。他说："这个'第二'人称却不是'第二人称'。简单地说，是'第一'与'第三'的平均值，换言之，是'我'与

'他'的平均值。"①他认为"第一人称"视角不仅狭窄,而且太过主观;"第三人称"视角有点隔膜,高高在上。所谓"第二"人称视角,是"我"和"他"两种视角之间的"第二"种视角,是自己创造的另一种视角。这种视角融合了"第一""第三"两种视角,避开了双方的局限,兼有了"我"的贴近和"他"的开阔,使"我"——叙述者与"他"——小说人物同时在场,构成了二者之间的一种对话关系。可以更逼真、深入地描述生活和人物,可以更便捷、自由地表达作家的思想和感情。譬如除"三玉"之外,那些以写人为主的小说《彩虹》《家事》《虚拟》等,均采用了这种"我"、"他"交织的叙述视角。青年学者艾春明对毕飞宇这种叙事方法给予了很高评价:"……这些小说以'第二'人称叙述视角来看世界,介入文学,保证了叙述者、主人公的在场性特征,使叙述话语、审美距离、社会干预程度、价值的隐含判断以及情感传递程度等都产生了巨大的变化,具有了更为丰富的表现方式与更为深刻的表现力。"②其实,小说叙事视角、人称上的探索,在许多作家那里,都曾出现过,但他们都没有从毕飞宇这样的内在机制上,进行过理论上的解析。

给小说插上形而上的翅膀

毕飞宇在给学生讲课、解读作家作品时,常常津津有味地讲到自己的阅读感受。有一次讲到《红楼梦》,如是说:"这本书比我们所读到的还要厚、还要长、还要深、还要大。可以这样说,有另外的一部《红楼梦》就藏在《红楼梦》这本书里头。另一本《红楼梦》正是用'不写之写'的方式去完成的。另一本《红楼梦》是由'飞

---

① 毕飞宇:《玉米》,第276页,北京,作家出版社,2005年版。
② 艾春明:《毕飞宇小说创作研究》,第134、13页,北京,中央编译出版社,2016年版。

白'构成的,是由'不写'构成的,是将'真事'隐去的。它反逻辑。《红楼梦》是真正的大史诗,是人类小说史上的巅峰。"[①]这是在讲小说理论吗?当然不是。但他用形象的讲述,昭示了小说的艺术规律。这种感悟式的、启发式的教学,据说"效果奇好"。那么,小说的这一艺术规律是什么呢?就是:一部优秀的或伟大的小说中,总是隐藏着一个深广的无形世界,它不着一笔却赫然存在,它超脱世外而联通万物。面对这样的形而上世界,读者自然会像走进桃花源中那般"豁然开朗"、流连忘返的。

小说的形而上世界,根植于有形的、写实的物象世界,但却"神游物外",境外生象,衍生出一个虚幻、丰富、独特、深广的精神世界。这个世界是作家智慧和心灵的创造,是决定一篇作品艺术价值的关键。关于这个世界,中外作家、理论家多有探索、论述。譬如罗曼·英伽登用现象学美学的思想方法,把文学作品分成四个层次,依次为语言层、图式外观层、意义层、意象层。其中的意义层和意象层就属于文学作品中的形而上世界。譬如黑格尔给美下的那个著名定义:"美是理念的感性显现"。言简意赅地肯定了艺术要有感性因素,更要有理性因素,同时二者还要成为水乳交融的统一体。他揭示的同样是艺术美的深层结构。譬如王国维的"意境说"理论,认为作家只有把情感与景物有机地表现在作品中,作品才能"自成高格,自有名句"。这种情景合一的美的意境,正是文学中的形而上世界。当代文学理论家顾祖钊,构想了"艺术至境论",认为:"艺术至境,便是人类艺术理想的天国。当思想随着必然的逻辑升腾时,便可进入艺术至境的天国。原来,这里既非一峰插天,也非双峰对峙,而是三足鼎立——由意象、意境和典型三位美神三分天下。"[②]文学作品中的形而上世界,已经成为文学理论中的"哥德巴

[①] 毕飞宇:《小说课》,第47、179页,北京,人民文学出版社,2017年版。
[②] 顾祖钊:《艺术至境论》,第41页,天津,百花文艺出版社,1992年版。

赫猜想"。尽管人类已然轻骑突进,但还远远没有深入它、弄清它。毕飞宇对小说形而上问题没有做过专门的、系统的研究,但他的多篇谈创作、读经典的文章,都涉及了这一课题,他的小说创作,用心最多的正是文本背后的形而上世界。借鉴古今作家、理论家的思想观点,结合毕飞宇的小说理论和创作,我们或可撩开形而上世界的神秘面纱,窥见它的某种内在结构和规律。其实这个形而上世界是由感性、理性、神性三个层次构成的,它们之间交错、推进、化合,才诞生了美好而神奇的艺术世界。毕飞宇在小说创作中,特别着意这三个层次的营造,因此才有了卓尔不群的形而上世界。

首先是呈现丰富、独特的感性形象。一部小说给读者的第一印象,是作品显现的各种各样的具体形象,以及这些形象汇聚的整体形象。这些形象来自现实生活,具有原生性、物质性,但它们一旦进入作品,就带上了作家的个性色彩。是本真形象与作家个性的一种遇合。毕飞宇在创作生涯中曾经几次反思、改变自己的语言,说他一开始追求的是朦胧、华丽、"让人看不懂",后来执著的是恰当、还原、"得意忘言"。这里不仅仅是语言表达和修辞的问题,而是作家对人和物的理解与观念问题。大千世界是客观存在、沉默不语的,作家对它的描述既不能由我做主,也不能变客为主。最佳状态是打通物我,一面保持事物的本来状态,一面体现出作家的固有个性。在毕飞宇后来的小说中,可以明显看出作家在描述语言上的调整与努力。在小说作品中,构成感性形象的,是环境描写、情节演进、人物性格、细节刻画等。它林林总总,充塞在作品中。随着小说时空的推进,形象世界不断丰富、浓郁、扩大,把读者带进一个更高的艺术天地中。从毕飞宇笔下的村庄、小镇、河流、田野、城市、高楼、马路、车流,以及农民、市民、女人、男人、孩子、盲人中,我们看到南方城乡几十年来的世事沉浮,感受到了作家那颗真诚、细腻、忧郁的心灵。

其次是赋予新鲜、深邃的理性内涵。在小说作品中,随着感性形象的展开，必然会显示出某种思想来，倘若没有，作家也会竭力赋予。这就是所谓的主题思想。20世纪90年代以来，在文学回归本体的潮流中，作家忽视或说放弃思想探索，成为一种普遍现象，导致大量"无主题""轻主题"小说出现。毕飞宇创作的可贵之处，突出地表现在他对"意义"的寻找上，他说："追问意义是一个普世的行为，并不是作家所独有。可是，如果你是一个作家，我觉得你对这一点应该有更加清醒的认识，更加自觉的努力。这个不需要理由。这就是你的工作，你的职业。"[1]他把开掘主题置换为"追问意义"，更表现出一个作家的理性自觉和使命意识。他在小说创作中营造了一种新锐、丰盈、强劲的理性世界。他揭示"文革"的荒诞、强权的残暴，历史逻辑的虚妄、修补历史的荒唐；反思现代社会的种种弊端、人在现实中的生存和精神困境；彰显普通人特别是女人的真善美品格；批判人性的丑陋与灵魂的"异化"……毕飞宇小说的思想内涵，又往往是模糊、多义、矛盾的，给读者的欣赏和理解创造了广阔的空间。譬如《推拿》是一部思想内涵复杂的作品，正如有评论家指出的："《推拿》已经超越了简单的盲人生活的忠实记录，它已然包含着毕飞宇对现实中国的隐喻，对于所谓常人世界的映射与批判，令我们透过盲人的世界去反思自身的局限。"[2]在这些作品中，作家对现实社会的关注，对历史演变的反思，对社会人生、城乡自然的哲理思辨等等，凝聚、缠绕在一起，成为支撑形象世界的骨骼。

最后是孕育阔大、超拔的神性境界。丰茂的形象、有力的思想，还需要一种神性境界来提升、笼罩，才能构成理论家所说的艺术至境。它是整个小说形而上世界中的"珠穆朗玛峰"。毕飞宇说，他读不懂霍金的《时间简史》，把它当小说阅读，但却无端地进入一种圣

---

[1] 汪政、毕飞宇：《语言的宿命》，《南方文坛》2002年第4期。
[2] 艾春明：《毕飞宇小说创作研究》，第134、13页，北京，中央编译出版社，2016年版。

境："每一次读《时间简史》我都觉得自己在旅游，在西藏，或者在新疆。窗外就是雪山，雪峰皑皑，陡峭、圣洁，离我非常远。"[1]杰出的、伟大的小说中，都有这样一种神性境界。但这里的神性，并非人世中的宗教、有人格的神灵。而是指文学作品中的生命体验、艺术风格、审美化境等等。它是作品中全部的形象、思想孕育出来的，弥漫在无声的字里行间，悬浮在活跃的形象群之上。这种神性境界，对我们还是神秘的、难解的。譬如生命体验，这是一篇小说深切感人、撼动心灵的内在力量。作家把个体生命的现实困境、命运挫折表现出来，却升华为人的一种普遍处境和生命悲剧。如《婶娘的弥留之际》写婶娘生命的孤独、母爱的悬空，如《虚构》写祖父生前的期盼与死后的冷清，都深切地表现了一种生命的悲凉和虚幻。譬如艺术风格，这是一部小说体现个性、立足文坛的"资质"。毕飞宇在小说创作中，追求一种"轻盈与凝重"兼容的风格，这种风格成为他的小说的一种标志。譬如审美境界，这是一篇小说独特的思想内容和新颖的艺术形式的完美呈现，可以使作品抵达一种隐喻和象征的至境。毕飞宇的那些代表性小说，都具有了这种审美境界。

新时期文学已走过了40年历程，当下的小说发展面临着诸多局限与问题。梳理、研究毕飞宇的小说理论和创作，对于走出小说困境、实现文学转型等方面有着重要意义。

（本文原刊于《当代作家评论》2018年第4期）

---

[1] 毕飞宇：《小说课》，第47、179页，北京，人民文学出版社，2017年版。

一篇《锦瑟》解人难：《风声》的游牧诗学、重复叙事和物之抒情

余夏云

麦家的小说有心对话历史，这早已为识者所见。不过，其流利的文字和特殊的题材，似乎一再妨碍我们对此深耕议题。尤其是放置在80年代以来，苏童、莫言、王安忆诸位在写家史、家事的背景下，麦家介入历史、调停古今的动作，未免失之单薄，甚至过于主流、娱乐。与前述几位魔幻、缛丽、荡气回肠的民间叙事不同，麦家的小说不单语言清浅，而且故事常常徘徊在正史周围，查漏补缺，难以见出有"发愤著书"的迹象，更遑论嘲弄或者瓦解大写历史的决心。而且更甚者还在于，他非但不以大写为忤，反而一再暗示稗官野史其实存有自爆的可能。他苦心孤诣地调用各种技术（如访谈、实录）来铭刻证言、完备讲述，却也无法阻止故事中的叙事者常为各种质询、怀疑所干扰，从而自我折磨、苦不堪言。

在这一点上，他与王朔玩世不恭式的叙事拆解，有着天壤之别。尽管在《动物凶猛》里，王朔也同样让他的叙事者骤然意识到记忆的虚妄和讲述的暧昧，从而引出"元叙事"的问题，但毫无疑问，

这位叙事者远比麦家笔下的"我"来得更为主动。无疑，王朔笔下的叙述者也带有鲁迅式的高自标置，呈现了一种积极的介入姿态。

而相较于王朔而言，麦家的叙事者无疑显得被动。故事既没有被拦腰阻断，叙事也未能挑起对任一陈规的协商或改写。"我"老老实实地复述完一个故事，又被逼无奈去聆听另一个版本——这样耳闻式的接力叙事，以现代的眼光来看，自然保守有余而批判不足，而且还有重蹈晚清谴责小说步履的嫌疑——叙事者随波逐流，不够高瞻远瞩。

在本文里，笔者将追问这种拖延叙事的方法，是否真的只是暴露了叙事的平庸和被动？或者说，遏抑叙事高潮到来的做法，真的仅是通俗小说所预设的一种消费伎俩吗？麦家对于历史的理解和处理，是否可以放在一个新的观察脉络里来讨论？如果有，这个线索是什么？再进一步，如果我们非要强作解人，将麦家对话历史的冲动，和莫言、苏童等人的先锋实践等量齐观，那么，他又在什么意义上得以进入这一叙事序列，并提供了哪些新的特质值得我们为之瞩目、赋能？我将试以《风声》为例来展开讨论，并分辨这个故事极有可能回应或者说"引用"了李商隐最难索解的作品《锦瑟》。因为这首七律同样触及了时间以及对时间的认知问题。

重复美学

《风声》有着复杂的身世，这一点麦家已经做过夫子自道。他坦言故事的主核其实来自中篇小说《密码》，而在此之前，还有一个十万余字版本的《密密码码》。这部书稿曾经因为和《密码》过度雷同而被出版社拒收，认为是扩充之作，新意阙如。《风声》的诞生，应该说，是得益于对这两部作品的大幅改写，尤其是叙事方式的调整，更为之带来了关键性的转变。[①]熟知现代文学的读者，自然不会忘记

---

① 麦家：《接待奈保尔的两天》，第154页，杭州，浙江文艺出版社，2016年版。

张爱玲所进行过的一系列类似尝试。通过不断地征引、改写、翻译早期作品,张爱玲既显示了她难以割舍的上海情结,也暴露了童年的创伤是如何历久弥新,难于超越。王德威说,她转记忆为技艺,一面是有意挑战革命、启蒙的直线史观,用重复与回旋来自我消耗,同时也指正了历史粘滞、衍生的层次;另一方面,借着对旧事节外生枝式的再叙事,她也毫无疑问地瓦解过去是独一无二的假设,提供了一个以虚击实的批评界面来窥看历史、记忆与书写的辩证法。①

张爱玲的再生论述,横跨语言、时代乃至文化的鸿沟,步入晚年,这样的尝试更趋激烈,就表面而言,我们不难指正其中包蕴的题材症结和文化乡愁,但更进一步,我们似乎还要理解"重复",其实也指涉第三世界的文化困境。张爱玲以寓言化的方式,集中展演了伴随20世纪中国的重生热望。以文学为例,从清末的"新民"论述,到五四的"凤凰涅槃",再到世纪中期的"时间开始了",均历历可见其对脱胎换骨的革命经验的迷恋。在此,"重生"当有断裂、超拔,另起炉灶的意味。但是,于张爱玲而言,这样的再生缘,恐怕无法寄托她意犹未尽的折返之意。换言之,"重"的意思,当然隐隐指涉了一个晦暗不明的前文本,如何念兹在兹、幽魂不散,而且更甚者在于,其极致处恐怕不是"新"的可能盖过"旧"的面目,而是旧的面目始终停滞不前,令意义悬置(aporia)搁浅。

当然我们注意到,20世纪50年代以后的张爱玲其实已经来到一个全新的文化环境,也因此,她的重复势必让我们提出这样一种假想:即为了检验那些在中国受到欢迎的故事同样会拥有国际市场,或者反过来,为了试探所谓的世界性,到底在多大程度上包容了异质的地方经验和民族记忆,张爱玲重写了她心目中的"全球本土"

---

① 见王德威:《张爱玲再生缘:重复、回旋与衍生的叙事学》,《文学世纪》2000年第9期;《雷峰塔下的张爱玲:〈雷峰塔〉〈易经〉,与"回旋"和"衍生"的美学》,《现代中文学刊》2010年第6期。

（glocalization）经验，构造了一种全球格局里的文学"异乡记"。王德威以为，张爱玲晚年有心发展"易"的哲学，当中包含变易、不易和简易等相反相成的面相，足以显示其人重复美学的错综复杂。在一定意义上，重复是变异，但毋宁也是对"异"的警觉。无论是事易时移，还是人地两疏，凭借张爱玲对历史的慧敏判断，她当感到一种"惘惘"的文化威胁，以及对自我根源的反省。也因此，她的"易经"似乎也就指向了《色戒》中那个似有若无的易先生，以及由其所代表的背叛诗学（a lyricism of betrayal）[①]——她离开了懂她的上海读者，却不愿意背弃对他们的文字承诺，愿意在一个变更的时空里，持续讨好他们，证明他们的选择和目光如何毫厘不谬。同时，她用对世界读者的包容和博爱，毫不保留地将原本只馈赠给上海读者的故事和盘托出，慰藉其人的日常苦痛，从而为自己的去国离家，做了最崇高的抒情粉饰和寄托。

借着张爱玲的例子，我们要讨论麦家的重写叙事，其实未必抱持那么深重的家国伦理或读者视野。麦家的小说尽管同样炙手可热，但是一路走来却磕磕碰碰。换句话说，他并没有张爱玲式的对题材或读者的一贯期许，抑或负累。也因此，其人在谍战题材上的重复，其实应该是幽怀别抱。过去的讨论指出，《风声》与《罗生门》在叙事上存在类同。同芥川龙之介相比，《风声》应该更接近限制叙事的本意。说到底，这个故事虽然也触及黑暗世界里的人心起落问题，但用意却并不是要借此揭开语言的诡术，来探求道德本真。恰恰相反，它不断激励语言来发挥它智识的一面，放大理性运思的能量，来使讲述者脱险。换言之，叙述在芥川龙之介那里，是一种卷入行为，而麦家则视其为"逸术"，一种逃离的方法。故事里的人物（读者也同样如此）将就着十分有限的生存（阅读）资源，来最大化叙

[①] 见王德威：《史诗时代的抒情声音：二十世纪中期的中国知识分子与艺术家》，第285页，涂航等译，台北，麦田出版社，2017年版。

事的能量，讲出一个合情合理的故事。也因此，《风声》往往被视作新智力小说的代表。

但是，吴金李顾的斗智，毕竟只是故事的一个层次，跳出了"东风"，另有"西风""静风"。尤其是"东风""西风"之间所形成的"重复"关系，更预示小说所要处理的问题其实不唯是历史的，更是史学的。照专业的知识来看，历史"所要探寻的是客观历史过程的目标、意义、规律、动力等问题"，而史学"则对历史学的学科性质、尤其是历史认识和历史揭示的特性进行理论的分析和探讨"。[1]20世纪60、70年代以来，史学的发展在西方世界经历了至为著名的"语言学转向"，或者说修辞/叙事转向。也因此，在目前的情势里，史学所要重点分析的问题，乃是要厘清它与文学之间的家族相似性，或者说，某种重复性构造。这种形式主义的思路，无形中指明了"东风"和"西风"的关系，无论是互补，还是对立，其实都只是我们思辨历史的角度之一。由它们所组成的叙事整体，其实还有另一个潜在的对话文本，即其他类型的历史叙事方案。我们可以称之为复调对单音。

表面上，麦家的史观消极虚无，但考虑到这样的认知，其实得自他反复操演叙事的结果，那么，我们就应该憬悟：他实际上是要把叙事的困境作为一个问题，一次性地呈现出来，而不是像张爱玲那样透过多次重复的方式来消磨、遮蔽这种困境，甚至暗示重复有可能就是解决问题的关键，即她可以讲出一个完美的故事，来终结这种重复。相形之下，麦家对书写的看法，吊诡而暧昧，他试图通过讲述来讲出所谓的"不可讲"。或者退一步说，借由讲述来推敲讲述合法性的问题。这个重复的进程，描画了话语逐渐产出、立定的思想图谱。在某种意义上，这个过程是张爱玲探究用英文来讲述/翻

---

[1] 彭刚：《叙事的转向：当代西方史学理论的考察》，第1页，北京，北京大学出版社，2017年版。

译中国的合法性的一个镜像。它们均涉及了如何跨越政治意识形态的区隔，来达成对话的问题。尽管各自的答案殊异，但两位都追问了如何呈现中国的问题，并且还表明：所谓的差异多是意识形态的后果，而过分强调差异更会模糊事物之间的互动关联。易言之，重复美学的要义是互动，而非对立。这就好比《风声》马赛克式的拼图叙事，内部自有一条姻亲血脉的线索加以联系、维持，令不同政党以及民间的声音流动、彼此充实，成为一个复调型的整体。

"风"作为一种史观

在麦家看来，"风"所代表的自是叙事中最晦暗不明的层次，也因此它和芥川龙之介式的幽暗意识大有瓜葛，但是，就史学的认知而言，风未必不能展示历史的体貌，甚至表征某种体量化的趋势（如学风、政风、时风）。而在此视域下，"捕风捉影"当是把握历史的重要手段之一。"刘咸炘认为'史'不应该有定体，应该根据所要描述的'风'而创设新的史体。他认为能捕捉'风'的史体要能兼顾'上下'和'左右'。所谓'上下'，就是要贯穿……但他同时也讲'左右'，讲'横'观。"[①]换句话说，察势观风的本质乃是"汇聚"和"综合"。它反对那种定于一尊的单音独奏或一时一地的狭小视域，讲求通观全览，"宇宙如网"。

而在一般的论述里面，主流的历史讲述往往要替单音受过。其体例上的完备与行文上的流畅，均被看成是设定意图过于明显的表现。严丝合缝、从善如流的讲述，自然也少不了要操刀裁剪许多无用的"边角料"和"怪兽性"。也因此，万状无形的"风"，在大写的意念里，最终要被划归到公律、科学、思想等言之凿凿的概念范

---

① 王汎森：《执拗的低音：一些历史思考方式的反思》，第181页，北京，生活·读书·新知三联书店，2014年版。

畴里去，坐实历史的可感可知。一方面，大写历史姿态高蹈，备受挞伐反思，自在情理之中，但另一方面，那些假个人、家族之名而出之的小写历史，其实未必没有需要检讨的层次。陈思和早在他处指明：民间讲述生机勃发，却也藏污纳垢、泥沙俱下。①言外之意，这些起于对抗大写历史的叙事，在分庭抗礼之际，其实掺杂许多自由主义的思维，将个体的经验和家族的活动看成理所当然，不受质疑的存在。而实际上，在此二元的构造里面，"对抗"才是最为大型的书写符码。通过占据道德上的高位——代言民间、尊重个体、多元发声——"小写历史"因此一跃成为比"大写历史"更为崇高的意象。在一定意义上，小写反而是一种更为隐晦的意识形态。

当所谓的新历史主义，本着解构、反讽的初心进入文学场域之际，它应该早已料想到，有朝一日经过层层的试炼和重复，它终究会成为一种书写的技术和常态，性质由新而旧，或者说，逐渐抹平自身的先锋性和批评性。在这个意义上，我们理解到民间讲述其实也不过是在"大写"之外，提供了另一种单音而已。而与这种对抗的构造不同，我以为麦家的叙事，有意打开大小历史之间更为复杂的分歧和互动。透过并置东风、西风、静风，他等于取消或者说至少令那个总能在危机时刻能火速驰援、解决难题的机械神（deus ex machina），徒劳无功。传统叙事里面，一旦故事进入僵局，总有一个神从天而降，令一切困难迎刃而解。但在麦家这里，叙事开裂、前后对立，他均不加施救，甚至还扬言"我所了解的其实还没有被蒙蔽的多"。②讲完东风、西风，他本可见好就收，却又枝枝节节地牵出一些本该前置的背景材料，令叙事更趋漫漶无形。

但也正是在这种无法定形、收拢的叙事里面，我们读出了一种德勒兹（Gilles Deleuze）和瓜塔里（Félix Guattari）所谓的"游牧"

---

① 陈思和：《民间的浮沉：从抗战到文革文学史的一个解释》，《中国当代文学关键词十讲》，第128页，上海，复旦大学出版社，2002年版。

② 麦家：《风声》，第168页，北京，北京十月文艺出版社，2016年版。

之意。借镜这种以混沌和有限经验为观察要点的思路，我们不难说，麦家正是那个做"修修补补零活儿"的匠人。他当然知道，甚至深谙写好一本（历史）小说所需的各种技巧，"东风"就是一例。但是他说："卡夫卡靠做梦写小说，博尔赫斯靠读哲学书写小说，写小说的门道看来不止一个。我收集各个年代的地图、旅游册子、地方编年史，然后把胡思乱想种在合适的时间、地图上。我就是这样做小说的。"[1]熟读麦家的读者，当然还知道他笔下的叙事者常去采风、访谈，复印各种机密档案、私人日记，甚或留影存照，俨然要将整个写作的过程搬进小说，使之成为小说最重要的部分。"他"捕风、听风，看似目标明确，但又常常为材料所限，诉讼质询缠身。东风、西风、静风三足鼎立，看似兼听则明，可其实，他不妨已经暴露：偏听才是令人昭昭的最佳方案。如若我们要巨细靡遗地展示历史，最后的结果可能会使叙事变得一筹莫展，永远盘旋在所谓的"真实"外围。

这令人想起茅盾，他也曾受困于写实的限制。乍看之下，他和麦家毫无相通之处，至少在追求所谓的"时代性"上，他的执念无人能及。不过，也正是因为这种执念，他遭遇了叙事上的背反。为了能够容纳时代的全景细节，展示历史的必然，同时也为了维持艺术上必要的水准，茅盾避开了清末小说流水账式的记述方法，转而在巴尔扎克式的"科学"布局观中找寻灵感，但很快，茅盾发现：这种强烈的分类意识，使得本该客观的历史，全都带上了强烈的主观色彩，破坏了观察与阐释之间的平衡。[2]茅盾的本意是藉由文内的整饬来理顺文外的乱象与失败，却不想首先遭遇观念和形式上的矛

---

[1] 麦家：《风声》，第149页，北京，北京十月文艺出版社，2016年版。
[2] 〔美〕安敏成：《现实主义的限制：革命时代的中国小说》，第135页，姜涛译，北京，北京大学出版社，2001年版。

盾，导致历史被越描越"黑"，越写越暴露个人的无力和悲观。[1]

而既然见证了前辈言多必失的无奈，同时，也无心为历史的目的论背书，麦家自然可以好整以暇地重新布局茅盾的"布局欲望"（desire for plot），变废为宝，将写实的限制反转为一种关于修补的技艺或诗学，"游牧"地呈现出来。这样的"优游"，当然得益于麦家的处境，他从现在回望过去，而不似茅盾需从今日推敲未来，也因此，双方所持论或展示的其实是"诗学正义"与"正义诗学"的对话。对麦家来讲，大国肇造，当然要跳出一己政党的局限，转从民族国家的层次来再行理解，重新肯定各方力量在抗战中的作用，并为今时今日定义"全民"的概念提供参考。破裂、多歧的叙事形式，既代表历史本身的偶然多发，也揭示历史目前被接受、呈现的状态。诗的正义，恰恰不是去缝合裂罅，而是将这种裂罅症候式地展示出来，让"历史"乱象有一种非规训化的存现形态。简言之，以"风"的形式出现。

如上所言，"风"毕竟暗示"介面之间的永不间断，'不能以一瞬'的交互作用（reciprocal）"，[2]所以，它不必固化为一种二元的结构。这种交互的作用，既见诸文本之间（inter-textual），如与大写历史、民间叙事的对话关系，也可表现为文本内部（intra-textual）的"多重渡引"关系。"多重渡引"乃是作家兼艺术史家李渝在探讨小说技巧时所使用的一个重要观念。对她来说，小说家在作品中努力布置多重机关、设下重重道口、拉长视距，凡此种种并不是要活灵活现地反映人生，以写实的逻辑贯穿出一个有头有尾的故事。[3]恰恰相反，"多重渡引"讲求驴唇马嘴、引譬连类，以文本构造上的"意

---

[1] 王德威：《历史与怪兽：历史·暴力·叙事》，第88页，台北，麦田出版社，2011年版。

[2] 王汎森：《执拗的低音：一些历史思考方式的反思》，第201页，北京，生活·读书·新知三联书店，2014年版。

[3] 李渝：《夏日踟躇》，第44页，台北，麦田出版社，2002年版。

识流"集锦串联出一个"故事集"。她的作品《无岸之河》，从《红楼梦》讲到沈从文，再接入自己听来的各色故事，可谓琳琅满目。但因故事内部缺乏必要合理的联系，也就不由得不引起我们的好奇，并深感一种怪异（grotesque）的魅力正在发酵。至此，茅盾充满意识形态的"布局"意念，到了李渝这里，当另有一种宗教式的天启意味。她以"无岸之河"来召唤历史长河的形象，暗示此间人物的遭遇如何能够按部就班，一蹴而就。她投以宗教式的随遇而安，令时间的流动保持它游牧、偶然，充满褶皱的面目。或许，麦家并不熟悉李渝的作品，但一定会对她力图呈现的历史百般周折的模样，以及流转其间的人间伦理和宗教因素心有戚戚焉。《风声》的叙事方案本就照搬自宗教典籍，其中人物在关键时刻也常呼上帝、神灵。他以"东风"刺激"西风"，再回转到"静风"，亦或者我们还可以重新排列、置换三者的关系，令当中的"引渡"关系变得更为复杂，但无论如何，对麦家和李渝来讲，历史的这种突兀、扞格的组合方式，方才有助于我们理解它如风般的流动与偶然。甚至更进一步，相比起历史记述，小说的玲珑多变，其实更适宜捕捉时间的万千变化和"浑全之体"。

物之抒情

对萨义德（Edward Said）来讲，类如麦家、李渝这般任由作品中的突兀、停顿横生而不加调和，甚至想借力使力发展出一种风格或伦理的做法，"以 late（晚）、belated（迟）这类字眼形容他们，似乎无比贴切"。[①]换言之，"晚"总以一种比较的姿态存在，它既包含时间的提前到达，也兼容世代的完而未了。而如此境况里，"当下"

---

① 〔美〕萨义德：《音乐的极境：萨义德音乐随笔》，第335页，彭淮栋译，南京，江苏文艺出版社，2012年版。

则成了永远"在场的缺席者"（the present absentee）。与之相对，过去和未来则成为一种"缺席的在场"。

借镜上节所言的"游牧科学"，我们不难指认，这样混沌的时间结构，毋宁代表了一个持续开放、流变生成的过程。如果说，访谈、实录是《风声》生成的现实文本，其讲述的内容是"被历史无情前进脚步忘记或遗落的境域"之一，那么，萨义德所言的这个可以寄托归家之思的"境遇"，是否还存在一个文学的文本，来应对麦家对主题及人物命运等的思考？就好像它和《圣经》在叙事模式上形成的互文关系那样。在此，我们想到的是李商隐的《锦瑟》。

关于这首七律的聚讼纷纭，已无须我们多言。[①]麦家对这首古诗的搬用，延续了李商隐一贯引经据典的做法。诗中庄生梦蝶、杜鹃啼血、鲛人泣珠、良玉生烟的故事，早成吾辈常识。麦家以"庄生晓梦迷蝴蝶"一句来指涉顾小梦，当是对诗篇最明确的化用证据。庄生、蝴蝶互为镜像，而迷梦又惝恍流连，难分虚实，就如同顾小梦似敌似友充满暧昧，令人无尽揣想。也因此，后半句"望帝春心托杜鹃"等于坐实了，顾小梦不过是一个假托的幻形，她必以变化多端的形象来实践自己的志愿，为国效忠。颈联"沧海月明珠有泪，蓝田日暖玉生烟"，既暗含一个与"金生火"同构的"玉生烟"结构，也同时伏脉李宁玉背后必有"良人"（吾夫良明），但饶是如此，她无法逃开多舛的命运，必将如云烟消散，令人可望而不可及。想必慧心的读者早已识破藏在"李宁玉"名字里的机关——"宁为玉碎，不为瓦全"。谁是老鬼？其实麦家早已事先张扬，把谜底写于谜面。而如此，我们便不能草率地推断故事层层叠叠的猜谜叙事，纯是出于通俗文学的娱乐、消闲，而应另有蹊跷。至于鲛人泣泪，则可能暗示东窗事发、身份暴露的当口，李宁玉声泪俱下感化顾小梦

---

① 见刘学锴：《李商隐诗歌接受史》，第250-272页，合肥，安徽大学出版社，2004年版。

的情节，她以眼泪作为最后一搏的寄托和武器，来求得沧海月明，革命胜利。

麦家化用诗篇的颔、颈两联，来发展两位关键人物的命运，也或者说，分别开启"西风"和"东风"的主角叙事。而贯穿两者，当是尾联所谓的"惘然"之情。庄生晓梦是对人生虚幻的发掘，子规啼血是对归宿的迷惘，良玉生烟则是不可置于眉睫的视觉迷茫。而"惘然"之所以起势，实在肇因于锦瑟年华流逝。故此，首联五十华年或要回应"西风"中所讲的"经过了半个多世纪"这样的时间设定，亦或者和白小年的名字有涉。读者或要追问，纵然世事流转，可言说者仍能事无巨细，又何来"惘然"之说？实际上，"惘然"并非言"事"，而是为了说"情"。尤其当我们知道顾小梦和潘良明的夫妻关系之后，那么更应明了：革命加恋爱的故事，因为中间隔着历史和政党政治的迷障，毋宁更趋千回百转、摧折人心。表面上，东风、西风针尖对麦芒，可从另一个角度，"我"又如何不是扮演了时间的良媒。通过为人著书立说，竟暗中帮助这对天涯两隔的夫妻重续前缘、鱼雁传情。两人接力讲出的故事固然宏大可观，却无不牵扯个人的情丝万端，其极致处，更有可能使大小反转：革命的历史俨然成为恋人的絮语，或言诉之不尽的情爱话题。至此，那个表征公共意识的"第三世界寓言"，或要因此平添一份假公济私的嫌疑。既然小我和大我从来须臾不离，那么，我们就必须承认：大我也有可能被转为小我，而不会是一成不变的弃小我为大我。

是在这样的观察里，我们最后来到了王德威所言的"有情的历史"。他用这个概念来涵盖如下一种状况，即于政治剧变的世代里面，文人知识分子与时俱变，一方面既不得不直面来自革命与启蒙的征召，另一方面，也将不断触事兴咏，于崇高之中参入肉身化的七情六欲，乃至彷徨动摇。在此，"情"既代表内在自我的涌现，是情绪、情感，也指代人世实际的状况，是事情、情状。而与之呼应，

"'抒情'也涉及主体对人'情'与人'事'的双重介入"。[1]对王德威来讲,抒情的关键毋宁在"人",也唯有其在时间的流转里面,不断去触碰人、事,方能发皇情的可能,见证诗与史的对话。

而与王德威相比,麦家的叙事固然首肯有情主体的关键性,但同时也泄露对抒情容量或时限的担忧。毕竟随着人、事的代谢和消磨,由此所起的"情",也终将转入消亡不见,也因此,"惘然之情"必定转投其他的触媒来自我安顿,在各种废墟、遗迹中重整抒情的光景。由此我们注意到,故事中另有一个重要的角色——裘庄。它既是一个大型的时间装置,包罗清代以来时至今日的百年历史,见证土匪、黑帮、军阀、日寇以及红色政权在此更迭,也因此是一个巨大的欲望载体和记忆空间。作为一个时间性的(temporal)地景,裘庄兀自岿然,甚至反客为主,它不断地经验人事,发展抒情的可能。如果说,抒情之谓是启动人我的互动、物我的两观,是以人的主观主动去与世界结交,以动制动,那么,裘庄毋宁代表以不变应万变的抒情性方案。在此,我们领会李商隐虽在诗中不断指正万物的虚幻莫测,但他毕竟情有所起,是就瑟写情,而不是完全凌空蹈虚,无所依凭。由此,"裘庄"即为"锦瑟",它无端转入乱局,引起各种纷争,同时也见证各种人心鬼魅。是此,"静风"看似冗余拖沓,无关紧要,却着实代表一种抒情的动力学。由它作俑,引来各种人事,然后有抒情声起。麦家说,静风不静,只是吾人无察。有关、无关都不以人的意志为转移,有情的历史,也应是物的历史,这或许是《风声》要发出的声响?

(本文原刊于《当代作家评论》2018年第6期)

---

[1] 王德威:《史诗时代的抒情声音:二十世纪中期的中国知识分子与艺术家》,第45页,涂航等译,台北,麦田出版社,2017年版。

"雾霾"隐喻，或"构形"城市的方法
——《王城如海》的"北京叙述"

徐 刚

在《文学中的城市》里，理查德·利罕（Richard Lehan）将城市视为"都市生活加之于文学形式和文学形式加之于都市生活的持续不断的双重建构"，[①]这为我们打开了城市文学研究的新空间。沿此思路探索"文学中的城市"，张英进的研究表明，不是城市如何影响了文学，而是文学、电影如何通过对城市的"构形"成为现代中国一个重要的文化生产形式。在这个过程中，"作者有意绕开文学中的城市再现的真实性及其与现实城市的关系这一难题，而是强调文学与电影作为一种话语方式如何象征性地构筑'真实的'或'想像性'的城市生活，如何使城市成了一个问题"。[②]在他那里，"构形"成为解读文学与电影中的城市的核心词汇，它指文学艺术对城市叙述的

[①]〔美〕理查德·利罕：《文学中的城市：知识与文化的历史》，吴子枫译，第3页，上海，上海人民出版社，2009年版。
[②] 陈晓兰：《穿越时空、性别与城市——读〈中国现代文学与电影中的城市〉》，《中华新闻报》2007年9月26日。

结构方式——不仅包括作品中所呈现的城市形象,更指作者叙述城市时运用的感觉体验和话语修辞策略。这毋宁说是一种"以城市为方法"的文学/文化研究方式。在此意义上,探讨文本创作的意义在于,去追问"城市是如何通过想象性的描写和叙述而被'制作'成为一部可读的作品"[①]。

在长篇小说《王城如海》中,徐则臣尝试以小说的方式叙述北京,从而"构形"城市的现代意义。在此,作者通过"雾霾"的隐喻,将北京"制作"成"一部可读的作品"。其间,都市人群与阶级图谱的渐次展开,以及"黑暗记忆"所连带的历史纵深的开掘,分别从现实与历史两个层面展开对于"北京叙述"的深入阐释。而小说借助余松坡这个"构形"北京城市叙述的绝妙"中介",不仅探讨北京城市空间的复杂面貌,更要在现实与记忆的纠结缠斗中探索中国城市及其现代性的确切意涵。

一、都市人群与中产者的"雾霾"

徐则臣最早引起文学界关注的,无疑是他独树一帜的"京漂故事"。在他的《啊,北京》《跑步穿过中关村》《我们在北京相遇》等作品中,"外乡人""城市边缘人"和"底层奋斗者",指向的都是城市"看不见的风景"。他们的情感与歌哭、卑微的梦想和执著的探求,都曾长久遭受漠视。这些奔走于北京街头的各色人群,造假证的、卖光碟的,徘徊在合法与非法的模糊地带,过着"正常"或非正常的生活,他们在"故乡"与北京之间游荡挣扎。这些小说"对于北京城里'特殊'人群的关注",也正好"揭示着这个时代社会文化中被我们秘而不宣的那部分特质",而让那些"隐匿的人群"浮

[①] 〔美〕张英进:《都市的线条:三十年代中国现代派笔下的上海》,冯洁音译,《中国现代文学研究丛刊》1997年第3期。

现，正是徐则臣最突出的艺术贡献之一。

然而,《跑步穿过中关村》里办假证、卖盗版碟的敦煌与夏小容面对的到底是阔大浩瀚的北京城,扑面而来的沙尘暴令人猝不及防。到了长篇小说《王城如海》里,呼啸的沙尘暴终于演变为挥之不去的雾霾,生活中痛并快乐的艰险,开始让位于一种更加严峻的生存危机。如果说曹禺将话剧《雷雨》置于一种阴沉郁热,低沉潮湿的空气之中,从而获得一种情感表达、情绪爆发的契机,那么《王城如海》则成功地将小说笼罩在一片雾霾之中,这便在隐喻的意义上获得一种整体气韵,"雾霾无处不在,渗透进生活中的角角落落,影响着生活,也同时支配着生活于其中的人们的行为"。[1]雾霾这个"现代性的后果",既是城市工业发展的见证,也意味着严重的环境污染,不啻是"现代性的病症"。然而如徐则臣所言,"我在借雾霾表达我这一时段的心境:生活的确是尘雾弥漫、十面霾伏。"[2]饶有意味的地方在于,那些"看不见的人群"在其"浮现"的过程中,终于奇迹般地蜕变为中产阶级眼中的"雾霾"。而从更深层来看,人性的"雾霾"也考验着中产阶级外表光鲜的生活,揭示它无限风光背后内在的脆弱,这当然是更为致命也无法逃遁的危险。

《王城如海》的故事线索已然清晰,这部以北京为背景的长篇小说,实则围绕余松坡的双重困扰巧妙展开。一方面是当下的,即社会现实层面。这位海归先锋戏剧家的最新作品《城市启示录》因被误解"冒犯"了"蚁族"而令他苦恼不已;另一方面则是历史的,即个人记忆的层面,这便牵扯出他过往岁月里暗藏的人性污点。那个让他寝食难安的告密丑闻,随着事件受害者的重新出现而令他更加焦虑。这双重的困扰,顿时让余松坡风光无限的生活变得岌岌可

---

[1] 谢尚发:《撕裂的城市风物观察——评徐则臣〈王城如海〉》,《文学报》2016年8月25日。
[2] 徐则臣:《王城如海·后记》,第267页,北京,人民文学出版社,2017年版。

危。小说也意在由此提示我们，古老而现代的北京城在其繁华富丽的光鲜之外，存在着"更深广的、沉默地运行着的部分"，即这个城市无法摆脱的"乡土的根基"。

对于余松坡来说，最大的困扰正是来自于那些"雾霾"一般遍布各处的"城市的边缘人"。比如，从投怀送抱的鹿茜身上，我们看到了野心勃勃的奋斗者粗鄙而咄咄逼人的攻势。在这位庸俗的女大学生那里，要想成功就得不择手段，甚至将所谓的"潜规则"视为理所当然。而快递员韩山的故事，则是小说的另一条线索。他的同事彭卡卡之死是我们早已熟悉的底层遭遇的缩影，那些"被侮辱被损害者"的命运总是如此卑微而令人嗟叹。

某种程度上，韩山关于彭卡卡之死的震惊、哀恸，以及难以释怀的愤怒，都是他面对这座城市时注定需要领受的人性功课。这里暗藏着一种模糊的阶级意识的觉醒。死亡这种存在的极致，一度让韩山处于崩溃的边缘，物伤其类的悲痛左右了他此后的行动。他开始为自己的女友身陷中产阶级生活方式而忧虑不已并深感冒犯，而他的女友，那个已然深陷其中的小保姆，显然并不能感同身受地领会他的悲苦。两位天涯羁旅的恋人，或许都已觉察到彼此的生活裂隙在逐渐加大，这是让可怜的韩山万万不能接受的。他要把一腔怒火发泄到余松坡身上，而后者的无妄之灾从此降临。至此，余松坡誓死守护的"黑暗记忆"亦开始宣告裂解。

如果说韩山的愤怒终究让他屈服于报复的欲念，那么在大学生罗龙河这里，则是某种意义上的轻信，即那被毁弃的自尊，让他丧失了判断。而报复的意念所裹挟的快意，毫不犹豫地将故事引向了不可收拾的境地。在余松坡这里，正在丧失良善品质的底层，对中产阶级的日常生活形成了巨大冲击。尽管罗龙河的报复，韩山的愤怒与"冒犯"都各有因由，但这显然与徐则臣早期小说中这类人群的良善和内心的明亮大异其趣。这也就像负罪逃亡时，罗冬雨在她弟弟的眼神中所看到的，那是"一个成年男人才有的恐惧、坚硬和凶狠"。所有这些都是为了汇入徐则臣所声称的,对于城市"复杂"面相的开掘。

在此之中,只有罗冬雨作为理想的女性形象,成为余松坡"雾霾"世界里的一抹亮色。这位本分的农村女性,恪守着她的职业道德,艰难维持着小说伦理世界的平衡。如作者所言的,"她的本分是小说中其他人物的一面镜子,镜子在,才能让我们看见其他各色人等的表演"。[①]然而在罗冬雨的美好与纯朴之中,我们又能在阶级论的意义上清晰体会她在个体身份上的摇摆。她在勤恳与妄念之间显现着微妙的讽喻意义,这显示出徐则臣在底层的阶级性与中产阶级立场之间的徘徊。具体来说,罗冬雨这位被感性分配困扰的底层女性,已然分不清现实与幻象的边界。冥冥之中,她似乎惦念着某种不切实际的情感。为了这种惦念,她对男主人"在敬仰之外也生出了怜惜和悲哀"。也许正是因为这种情感的煎熬,她开始多少有些看不起送快递的韩山,她终究"发现自己要嫁的男人竟如此丑陋和陌生"。此时,"不管她是否愿意承认,她的确想到了余松坡",那个温文尔雅的文化人,尽管"她只用了百分之一秒就把这个念头从脑子里赶了出去",但这种人之常情的犹疑便已足够。

这些矫揉造作的"神秘崇高"让她心绪难平,而与此相伴的是,她居然饶有意味地看起了迈克尔·翁达杰的小说《英国病人》,她就这样不断混淆着生活与工作角色之间的界限,在卑微的梦想与不切实际的虚妄之间艰难游走。这不禁让人想起福楼拜笔下那位赫赫有名的艾玛·包法利。就像朗西埃所分析的,一种普遍的生活愿望,"那无数的渴求与欲望,它已经蔓延到社会的各个角落"[②],而"感性

[①] 张瑾华:《对话徐则臣——身处"王城如海"此心不安处是吾乡》,《钱江晚报》2017年2月19日。

[②] 〔法〕雅克·朗西埃:《为什么一定要杀掉艾玛·包法利》,《批评探索》(Critical Inquiry) 2008年冬季刊,另见雅克·朗西埃:《文学的政治》,张新木译,南京,南京大学出版社,2014年。

的广泛分配意味着,来自社会各阶层的人们都有可能获得文学享受的机会……他们想要一切享受,包括精神享受,他们还想'切实得到'这些精神享受。"①在这个流动的社会里,审美的民主化必将惠及每一个体,无论他出身高贵还是身份寒微。然而吊诡的是,这种超出阶层之外的审美需求,却会让人付出生命的代价。因而,就像《包法利夫人》中的艾玛必须为她不切实际的浪漫情感付出代价一样,勤勉与纯朴的罗冬雨也终究因她难以泯灭的良善而身陷囹圄,这或许便是作者疏解底层阶级性与中产阶级立场之间矛盾的想象性解决方案吧。

二、知识者的"梦魇"与"新北京"的虚妄

据徐则臣所言,《王城如海》并没有特定的主人公,北京就是其主角,他甚至一度要以"小城市"为这部小说冠名,这当然显示了作者囊括一切的雄心。在他过往的"北漂"系列小说中,北京被描述为假证制造者、盗版光碟贩卖者等从事非法职业的边缘人不断游走的空间,这种单调与偏狭显然难以令人满意。对于北京的浩大宽阔,徐则臣需要一个新的写作视角。"我这次要写写高级知识分子,手里攥着博士学位的;过去小说里的人物多是从事非法职业的边缘人,这回要高大上些,是先锋导演;之前的人物都是在国内流窜,从中国看中国,现在让他们从国外回来,是从世界看中国的角度;以前写的城市是中国的城市,这次的城市是世界坐标里的城市。"②如此一来,城市和乡村、历史与现实、全球化与现代感、阶层差异与社会矛盾等宏大命题便有了用武之地,小说也由此巧妙覆盖了诸多值得关注的社会热点,其现实的容量也骤然提升。

---

① 陈晓明:《感性分享与审美的民主化》,《文艺争鸣》2016年第12期。
② 徐则臣:《王城如海·后记》,第258页,北京,人民文学出版社,2017年版。

《王城如海》引人注目的地方，在于通过"戏中戏"的嵌套结构，展现主人公余松坡的作品《城市启示录》。借助这种戏剧嵌套，小说让我们看到了徐则臣在《耶路撒冷》中得心应手的"多文本"的美学追求。在那部长篇小说中，"到世界去"的专栏写作让小说内外的意义相互指涉，进而获得难得的文本张力，而《王城如海》与此相映成趣。更为重要的是，后者中的北京城市意义被空前突显出来。

　　小说《城市启示录》开头便是一幕在森林里种树抑或种草的寓言。当执著的种树每每宣告失败时，无奈之下的种草却意外获得成功，这里的寓意便耐人寻味。在这片"茂密的森林"里，任何"参天大树"的欲念都注定是虚妄的，而贴着地面的草原才是生活的意外之喜。它最大限度地象征着城市之"名"与"实"的分裂，既执拗得让人心酸，又处处充满转机，这其实也是主人公余松坡的命运写照。这位乡村青年是一位个人奋斗者的典型，他从乡村到城市求学，戏剧性的命运转折让他得以在纽约生活多年，哥伦比亚大学戏剧学研究生毕业之后回到北京做戏剧导演。这位"海归"的先锋戏剧家，原本是要以艺术的方式探索世界本质与人性真相，"但现在他回到中国，回到一个一直吸引他的复杂现实里，他不仅没能艺术地思考和处理好复杂的现实，他的艺术也被现实弄得无比复杂，难以把握。"[1]复杂的现实完全包围、影响着人们的日常生活，使得各种问题扑面而来，让人难以跳脱。他不得不放弃先锋的"高蹈"，转而在戏里做一个"无条件的现实主义者"。

　　在余松坡这里，北京这个"庞大固埃"成为新兴国际大都市的样板，充满了难以想象的活力与无限之可能性。就像《城市启示录》里教授太太所说的，"我看见了两个北京。一个藏在另一个里面。一个崭新的、现代的超级大都市包裹着一个古老的帝国"，这个崭新的北京，"开阔，敞亮，那巨大的、速成的奢华假象，充满了人类意志

---

[1] 徐则臣：《王城如海》，第144页，北京，人民文学出版社，2017年版。

的自豪感",而它的"浅薄与新变"也是"最有力的武器"。①这里的"两个北京"的叙述,也是《城市启示录》与整个作品形成互文关系的微妙所在。在余松坡身上,先锋戏剧与《二泉映月》,哥伦比亚大学与老干妈女神"陶华碧",以及《城市启示录》与抗议的"蚁族",这多重的对位关系恰恰构成了一种微妙的反讽。由此,"海归"戏剧家的水土不服,以及更为深层的,底层中国与国际都市之间的名实分裂,也突出地体现出来。

在《王城如海》中,《城市启示录》的剧中人对于"城中村"的探访所引出的社会现实话题,成为余松坡作品遭受质疑的缘由。年轻人不畏艰险,追逐理想,这本不成问题,毕竟任何时候,执著的理想主义者都不该遭受质询。然而,这些处境艰难的年轻人,却成为《城市启示录》里教授悲悯的对象,这种居高临下伤害着年轻人的自尊。在国际都市的大背景中,"蚁族"的个人奋斗,突然变得像"雾霾"一样让人无法忍受,而中产阶级叙事声音中流露出的"轻蔑与不信任",也被敏锐的阶级意识准确地捕捉。"在当下中国,一部现实主义的作品不可能仅仅是一部作品,它还是我们生活本身。"②这种"误会"当然是"海归"的先锋戏剧家"对当下的北京、当下的中国认知出现了致命的盲点"。正如教授所说的,"我对这个国家有各种怀念和不满,我清楚我距离这个国家万里迢遥。一旦回到中国,我发现,我所有的愤恨、不满、批评和质疑都源于我身在其中。"③"蚁族"的愤怒所引起的争议,深切体现了当下中国城市阶层状况的复杂性。有意思的地方在于,余松坡这位关注现实的先锋戏剧家,却以极为吊诡的方式被现实所伤。他以戏剧的方式介入现实,却遭逢意外的失效,这在某种程度上也是启蒙者位置的失效。就此,底层的风景像"雾霾"一样挥之不去,成为知识者的"梦魇"。

---

① 徐则臣:《王城如海》,第33页,北京,人民文学出版社,2017年版。
② 徐则臣:《王城如海》,第211页,北京,人民文学出版社,2017年版。
③ 徐则臣:《王城如海》,第49页,北京,人民文学出版社,2017年版。

这便涉及徐则臣有关城市想象与"北京叙述"的复杂性。在这部以北京为主人公的小说里，城市成为思考问题的基本方法。小说中的余松坡认为，诸如巴黎、伦敦等现代国际大城市的城市性是自足的，而与这些大都市相比较，正处于迅猛发展过程中的中国大城市却并非自足，"一个真实的中国城市，不管它如何繁华富丽，路有多宽，楼有多高，地铁有多快，交通有多堵，奢侈品名牌店有多密集，有钱人生活有多风光，这些都只是浮华的那一部分，还有一个更深广的、沉默地运行着的部分，那才是这个城市的基座。一个乡土的基座"。[①]小说中的余松坡，享受着城市中产阶级成功人士的一切浮华，却依然保留着难以磨灭的乡村记忆，这种身与心的分裂状态，恰是中国城市名实分裂的写照。因而，与其说徐则臣是在讲述一个现代都市的故事，毋宁说是在努力解剖这座城市的肌理与褶皱，以便揭示出它的真实面貌。在此，小说借助余松坡之口说出的对于中国城市的理解与判断，其实也正是徐则臣对于中国城市的一种基本看法。这个"沉默"的底层北京，正是小说通过阶级图谱的展示所呈现出的城市的复杂。这种复杂性，也顺理成章地打破了北京作为国际都市形象的虚妄。在徐则臣这里，像"雾霾"一样挥之不去的乡土与底层才是"新北京"的底色。

三、"黑暗记忆"与城市来路的"构形"

《王城如海》犹如一部计算精密的仪器，将诸如城乡差距、阶级分野等社会议题，与"雾霾"之中的压抑、人群间相互理解的难以实现，以及知识分子的愧疚、罪感与个人救赎等有效拼接，几组丰富的意象便构成了这座城市万花筒般的复杂表情。万人如海的"王城"里的芸芸众生，他们千差万别的来路与去路，共同汇聚成这个

---

① 徐则臣：《王城如海》，第66页，北京，人民文学出版社，2017年版。

雾霾下危机重重的城市，这是城市的幽深所在。而在历史的纵向层面，余松坡的创伤记忆所连带的则是他与乡村息息相关的个体罪孽。在此，告密者祈求内心的宁静，但也无法重新做回那个心无挂碍的善良人，而那些噩梦中的逃亡、忏悔与辩解则注定让他如此不安。这固然是"现在"与"过去"的博弈，是功成名就的浮华背后难以摆脱的尴尬，但其间罪与罚的写照，毋宁说是当代人悲哀与忧愁的折射，也直接拷问着自我直面现实的孤独与难堪。而遍布小说的深入骨髓的"雾霾"，则让我们有机会扪心自问，审视自我"内心的雾霾"。

以北京为方法，捕捉"雾霾"的隐喻意义，不只是在阶级图谱的层面叙述城市的现实维度，更重要的是获得一种历史的纵深感，对城市内心进行"深描"。这便涉及雾霾隐喻的另一层含义，即《王城如海》通过小说人物"内心的雾霾"来引出中产阶级的"黑暗记忆"，以此"构形"城市的来路，并获得有关"北京叙述"的清晰形象。这在很大程度上是通过余松坡这个人物生发出来的。小说中，余松坡的世界面临的危机，一方面来自底层的侵袭，即那些如"雾霾"般"看不见的人群"造成的诸多困扰；另一方面，更重要的则是自我的罪恶，即围绕某种"黑暗记忆"，从历史层面展开的知识者的不安与焦虑。关于后一点——余松坡愧疚的过往所投射的人物"内心的雾霾"——正是《王城如海》的重点所在。"我是一个帮凶，曾将一个无辜者送进了监狱"，这是余松坡多年后灵魂深处的自白。

由此可见，《王城如海》在愧疚与忏悔的结构模式上与《耶路撒冷》存在相似之处。《耶路撒冷》里的初平阳、杨杰、易长安和秦福小在花街共同度过童年，长大后不断游走于"世界"，无论走到哪里，他们始终被童年的可怕事件支配着：他们曾目睹儿时的玩伴景天赐自割静脉而死，却无法提供任何救助。混杂着死亡、愧疚与不安的黑暗记忆，随时间不断发酵，极大地改变了人物命运及生活中一切因素所具有的意义。终归有一天，这群有着共同记忆隐秘的同盟者重回故乡，他们要为当年的罪孽求得救赎，为了天赐，也为了他们自己。在这个意义上，我们看《王城如海》与《耶路撒冷》中人物"到世界去"的共同理想，就不再是单纯的逃离与生存的法则，分明能够从中辨认出有关历史与心灵、良知的逃避性和救助性策略等多重情感元素。

当然，《王城如海》也会不断塑造几乎每个人都有的一闪而过的恶念，鹿茜、罗龙河，甚至罗冬雨都概莫能外。小说最有意思的莫过于韩山的那段并不光彩的记忆：他曾偷过一件"掌心大的小闹钟"，这段偷窃的插曲并不是有意将人物"抹黑"，而是表明每个人都有其不可告人的尴尬。这种汉娜·阿伦特意义上的"平庸者之恶"，是人性无法根除的弱点。因而分析余松坡的所作所为，我们大可认同评论者所分析的，"一生被一桩罪恶追赶的余松坡，他的罪并不比在生活现场的我们中的任何一个人更大"①。不过，相对于底层小人物而言，中产阶级体面人士的"黑暗记忆"终究更加令人惊心。小说中的余松坡情愿承受梦魇的折磨也不愿吐露心扉，甚至对他老婆也守口如瓶，只有当戏剧性的"死亡"骤然降临时，他才在"临终忏悔"的虚惊中仓皇开口，中产阶级的虚伪在不经意间暴露出来。

某种程度上看，余松坡的"黑暗记忆"其实象征着城市的内心。在此，城市不仅有其乡土的底色，更有雾霾一般挥之不去的罪恶性。徐则臣也曾谈到，驱赶内心的雾霾更为重要。相对于他过往小说中的小人物，《王城如海》展现的正是余松坡这位正经的、体面的人内心的幽暗。这让他赫然发现，过去写的一堆不体面不正经的人其实做了一堆好事，他们的生活有让人非常感动的地方；而如今的正经之人虽看似风光体面，却蕴藏着深切的罪恶。"我们看这一群违法乱纪者，活在阴影中的人，回到家里面是非常好的儿子、丈夫。他们的喜怒哀乐跟我们一样，活得坦荡。但是我写体面的人的时候，发

---

① 刘琼：《徐则臣的前文本、潜文本以及"进城"文学》，《东吴学术》2016年第5期。

现他们内心的阴影可能比小人物大得多,他们心里可能有很多不可告人的东西。"徐则臣认为,更可怕的其实是内心的雾霾,这个如果治不好,会影响你的一生。"写到这帮人发现,他们体面,但是在体面的背后有一些难言之隐,这个东西的伤害,未必不比在路边卖假证的更大。"①这里可以隐约看到一种"卑贱者更高贵"的朴素逻辑,但也并非全然如此。雾霾就像人性的"平庸之恶"一样肆意蔓延,不体面之人的内心也未必坦荡。这也似乎象征着作为国际都市的"新北京",需要刻意隐瞒自己并不光彩的过往,通过这样的方式,徐则臣得以窥探城市浮华背后的真相。

小说中,当余松坡与余佳山在天桥上相遇时,余松坡当然明白,大家都是为了心里的那个结,才变成如今的模样。小说中反复提到北京作为一种精神吸引的重要作用,即通过"教化"所塑造的向往,以及那根本不存在的"金光闪闪的天安门"的蛊惑,他们都对北京心存执念。余松坡的精神困境来自个人奋斗中的残酷史,对他人不择手段的伤害。在此,城市终究是个牺牲良善品质的场所,那些从乡村来到城市的逐梦者,带着各自的过往,奔波在京城的大街上,向着未知的方向前行。而那些寥寥的成功者,却又带着永难磨灭的罪孽与愧疚,独自咀嚼着恐惧和"梦魇","因为怕死,他的焦虑变本加厉。在很多梦里,他在逃亡、忏悔、辩解、嘘寒问暖"。②而最终的结局在于,无数人奔向梦想,却又悲苦地摔落在地。在万人如海的"王城"这个大舞台,在这个淬火炼金的地方,所有人都注定孤苦无依,因为这"既是一个充满希望的逃城,也是一座充满迷魅的罪恶之城"③。

---

① 沈河西:《徐则臣长篇〈王城如海〉:用减法写,越写越浓缩》,澎湃新闻2017年4月10日。
② 徐则臣:《王城如海》,第172页,北京,人民文学出版社,2017年版。
③ 李丹:《弃乡与逃城——徐则臣"京漂"小说的基本母题》,《文艺争鸣》2011年第11期。

就此看来，北京这座建城两千多年、建都八百多年的中国传统城市，在从"乡土北京"向"现代北京"的转变中所呈现出的现代性繁复内涵，其实都极具隐喻性地集中到了余松坡这个人物身上。当然，这里所说的传统，不是抽象的能指，或来自遥远乡村的可笑而愚昧的乡下人固守的信念，而是渗透于这个城市的空间形态，其居民的日常生活、行为方式和精神构成当中。即是说，北京从城市文化到居民性格，都指涉着一种从中国乡土社会内部产生、发展和逐渐完善的城市类型，而这是与西方城市迥然相异的。或许正是因为这个原因，小说中无论是余松坡，还是《城市启示录》里的教授，都无法与其身处的城市和谐共处。在此，余松坡这个叙事的"中介"，他的"发迹史"其实高度象征着北京城市的惊人发展变迁。这个当年的乡村男孩，他惊心动魄的个人奋斗史不禁让人唏嘘。而他从其乡土本色中拼命逃离，非喝洋墨水不足以平息他在这个世界"向上攀爬的欲望"，也令人如鲠在喉。他的愧疚，那些绝难掩藏的人性污点始终如影随形。不过好在，他最后终于得偿所愿地走向世界，成为声名远播的先锋戏剧家，而这个艰难却不无戏剧性的过程，正好与三十年来中国城市的全球化进程步调一致。历史的机缘让这个被人投注诸多情感的"乡土北京"，终于在某个合适的契机下蜕变为"现代城市"，并积极向着"世界文明之都"迈进。其中的艰辛自不待言，然而就像小说中的余松坡那样，在剥离了这个看似高贵的"海归"知识分子虚伪的"画皮"之后，围绕在他身上的光环瞬间消失，小说也在这个层面顺理成章地落实了我们孜孜以求的所谓"新北京"的虚妄。因而在此，小说在洞悉了文明的浮华之后，终于让我们得以看清城市的来路，它的实质，以及那不应忘却的素朴本色。

（本文原刊于《当代作家评论》2019年第5期）

"善在那里，自家却去行他"
——论冯骥才的民间"史记"

胡传吉

冯骥才文艺皆能，是全才，也是奇才。文学之"文"，绘画之"艺"，以情为信，以美为善，以智为力：由情、美、智等因素孕育而成的文艺良知，促使这位理想主义者成长为知行合一的行动主义者。冯骥才之"记述文化五十年"〔《无路可逃》《凌汛》《激流中》《搁浅》（暂未出版）《漩涡里》〕，是惊心动魄的民间"史记"，也是冯骥才历经劫难之"五十年精神的历史"。

以情为信：冯骥才的文学"列传"

司马迁"列传"之例，可喻冯骥才"文化五书"（目前为四书）的文学之道。司马迁之《史记》列传，作"伯夷列传"第一，其由在"末世争利,维彼奔义;让国饿死,天下称之"①,里面有微言大义。大时代,"无路可逃"。"一条大河浪涛激涌地流过去,你的目光随着它愈望愈远,直到天际,似乎消失在一片迷离的光线与烟雾里;然后你低下头来,看看自己双脚伫立的地方,竟是湿漉漉的,原来大半的河水并未流去,而是渗进它所经过的土地里。它的形态去了,但它那又苦又辣又奇特的因子已经侵入我们的生活深处和生命深处。这决不仅仅是昨天的结果,更是今天某些生活看不见的疾患的缘由"。②即便"无路可逃",但只要人在,文学就可以在,文学是跟着人走的。文学能让人在绝境中自救,能以自我烛照他人,很大程度是基于人有情感这个常识:人之成为人的最低限度是有情感。

  文学"列传",是识别自我、辨别集体中的个体之有效办法,也是借个人命运反思历史的重要途径。冯骥才的文学"列传",始于对"自我"的认知与发现。《无路可逃》里的"墙缝里的文学",是冯骥才的文学自述。好友刘奇膺从牛棚里放出来之后,感慨一番:"将来我们这代人死了,后代人能知道我们现在的处境吗?我们的痛苦、绝望、无奈,我们心里真实的想法,他们会从哪里知道呢?"③庄严感与使命感,使冯骥才拿起了笔,"我的文学油然而生"④。但这种写作,只能秘密进行,连妻子都要隐瞒。"唯一使我能够如此写作的原因是我的独门别院,没有人知道我一个人埋头做这样的事。当然,我还要分外谨慎,万分小心。我尽量找小纸块,写小字,体量小,易藏。写完之后藏在墙缝里、地砖下、柜子的夹板中间、煤堆后边。有时藏好之后,又觉得不够稳妥,找出来重新藏好。藏东西的人常

---

① 司马迁:《史记·太史公自序》,《史记》第10册,第3312页,裴骃集解,司马贞索隐,张守节正义,北京,中华书局,1982年版。
② 冯骥才:《自序:五十年并不遥远》,《无路可逃》,北京,人民文学出版社,2016年版。
③ 冯骥才:《无路可逃》,第64、69页,北京,人民文学出版社,2016年版。
④ 冯骥才:《无路可逃》,第64、69页,北京,人民文学出版社,2016年版。

常会觉得自己所藏的地方反倒是最容易被发现的,于是不断取出再藏"[1],东藏西藏的过程,加剧了恐惧感,"最后被逼出来的一个办法是——我用最小的字,将手稿中最重要的内容浓缩并集中抄写在一些薄纸上,毁掉原稿,再把这些薄纸一层层叠起,卷成卷儿,外边裹上油纸,用细线捆好,然后藏进一个谁也想不到的地方——拔掉自行车的车鞍,把纸卷儿一个个塞进车管中去,然后将车鞍重新装上去。这样,心里便感觉牢靠得多了"[2]。恐惧感如果是人的天性,那一定首先是来自死亡的威胁,死亡的威胁直接引发生理上的不适,这些恐惧感跟"自然"紧紧相连。恐惧感如果是被驯化而成,那一定跟人害怕失去尊严、自由、独立、自我、人格有关系。勇敢心与恐惧感相生相克,人类在鼓励勇敢心的同时,也不断增强恐惧感。社会制造的恐惧,常以灾难和不幸预言等恐吓方式实现。有如被宗教尊为圣者的预言家,"他们基本上都以未来的各种灾难和不幸预言吓唬人民","所有这些恐惧当时使人们更加害怕上帝,因为恐惧产生听话和崇拜,没有恐惧,任何一个宗教也不能存在"[3]。恐惧感是实实在在的:肉身无处可逃,精神备受羞辱,惩罚连带亲友,死后也不得安宁。社会制造的恐惧,远远大于"自然"条件下死亡带给个人的不幸。

在一定的历史时期,公共情感得到了最大限度的释放,看上去,基本人伦关系下的私人情感被压抑。但就常识而言,公共情感与私人情感所共用的是同一个身体,私人情感并不必然完全被公共情感所吞没,只要人还要吃饭,还能遇到现代意义上的爱情,还要结婚并生育下一代,人的基本私人情感就不可能完全泯灭。身体感官被公共情感最大限度地开发,个人情感也很难终身被压抑。正如斯达

---

[1] 冯骥才:《无路可逃》,第64、69页,北京,人民文学出版社,2016年版。
[2] 冯骥才:《无路可逃》,第7页,北京,人民文学出版社,2016年版。
[3] 〔俄〕谢尔巴特赫:《恐惧感与恐惧心理》,第38页,刘文华、杨进发、徐永平译,徐永平校,北京,华文出版社,2007年版。

尔夫人所说,"对生活的厌倦,当它还没有达到令人沮丧的程序,当它还容许一个可喜的矛盾——对光荣的爱存在的时候,它可以启发崇高美好的情操。那时,你对一切事物都能站在一定的高度予以考虑,一切事物都以强烈的色彩呈现在你面前"①。对个人而言,恐惧心越强烈,那一点点美好的孤独与情感就越鲜明,文学让那一点点美好的孤独与情感更为明确。发自内心的强烈求生欲与尊严感,在暗地里坚定了个人对"幸运"的期待与相信。于是,在交织着恐惧感、孤独感、自由感、神圣感和崇高感的秘密写作中,冯骥才实现对"自我"的认知与发现,"我第一次感受到的文学写作,是一种情感的宣泄与直述心臆;有任何约束与顾忌,也没有任何功利,它无法发表,当然也就没有读者","这是多奇妙的写作,我才开始写作却享受着一种自由——绝对的自由!"②

　　当冯骥才在现实中找不到出路时,他回到历史去探索。20世纪70年代中后期,他着手《义和拳》(前身为《天下第一团》《刘十九》,与李定兴合作)的写作,幻想像历史小说《李自成》那样获得出版机会。但下笔之际方知道,情感的"自由"对意志的自由,并无实质的帮助,虽有"文学的良心在",势单力薄的个人,难逃异化的命运。但天津这个地方,又老又新,耐看耐写,"中西精神文化在天津这里的冲突极具思辨的价值,此外还有众多历史人物与历史事件,以及宗教意义上的神秘色彩"③。这一面向历史的文学试探,也许为冯骥才将来把情感之"爱"、以美为善之"善"、以智为力之"力"放在民间文化传统这里——在古典符号里嫁接现代元素,提供了前提。《神鞭》是摆脱"异化"、放下"伤痕"的重要转折点,冯

---

①〔法〕斯塔尔夫人:《从社会制度与文学的关系论文学》,徐继曾译,伍蠡甫、胡经之主编:《西方文艺理论名著选编》中卷,第36页,北京,北京大学出版社,1986年版。
② 冯骥才:《无路可逃》,第68页,北京,人民文学出版社,2016年版。
③ 冯骥才:《无路可逃》,第179页,北京,人民文学出版社,2016年版。

骥才熟悉天津的"历史、地域、风物、俗规、节庆、吃穿、民艺、掌故、俚语"等，[①]"市井的传奇、民间的段子，《聊斋》和《西游记》荒诞的笔法、博尔赫斯和马尔克斯的魔幻、武侠小说和章回小说的招数，由我信手拈来"，"这样，我觉得我已经有了自己的现代小说"，[②]也即"以地域性格和集体性格为素材，将意象、荒诞、黑色幽默、古典小说手法融为一体的现代的文本写作"。[③]《神鞭》之后，文学思潮便再难将冯骥才归类。得益于天津历史上的"中外冲突"，他的写作在古典与现代之间进退自如：当人们沉迷于形式主义时，冯骥才看到唐宋传奇、笔记体小说及《聊斋志异》等古典文学的现代审美价值；当众生迷恋复古时，冯骥才看重现代精神对古典再生的意义；当人们怯懦失语时，冯骥才推出他的民间"史记"。不趋时、不从俗，疏离于时代，冯骥才得以保住自己的文学敏感与文学良心。

文学"列传"不仅有冯骥才之"叹曰"（自述），也有那些集体中的个人"列传"。三楼的女主人孙大娘、李家的二妈、二妈的老保姆、"我"的母亲、"我"的女友、刘奇膺、同昭的二姨、顾以侪等，还有疯狂的少年们、贪污公款的苑会计、王姓同事等，他们的故事，是太多故事中的一个。时代剧变，"给我留下深刻印象的是一个白发苍苍的老人站在团结里那一侧的街边失声痛哭，呜呜地哭出声来。他一定有一个痛切难言的故事，这样的故事真是太多太多了"，"记得我还听到鞭炮声中有人嗷嗷地叫，叫得狂喜，也叫得哀伤"。[④]也有很多人，再也没有机会"狂喜"并"哀伤"了。情感的自由，并不必然到达意志的自由。文学的良心，所能做的，就是为这些无名的人事立传。冯骥才把个体的面貌从宏大的集体中辨别出来，为民间的无名者立传。这种做法，正是以"无数偶然"以及无数的个人

[①] 冯骥才：《激流中》，第95页，北京，人民文学出版社，2017年版。
[②] 冯骥才：《激流中》，第96页，北京，人民文学出版社，2017年版。
[③] 冯骥才：《激流中》，第101页，北京，人民文学出版社，2017年版。
[④] 冯骥才：《激流中》，第215页，北京，人民文学出版社，2017年版。

命运，印证时代的无情与历史的残酷。在"借调式写作"中，冯骥才遇到许多文学同路人，如严文井、李景峰、王笠耘、王鸿谟、许显卿、张木兰、李庶、谢明清、邢菁子等编辑家，①同时见证许多老作家的"隔世重生"。冯骥才笔下的韦君宜，尤其能让人过目不忘。背地里，人们把"君宜同志"亲热地称呼为"韦老太""老太太"，"她很低调，不苟言笑，人却耿直善良。后来读了她的《思痛录》才更深刻地了解她是个'思想性'的人物。"②韦君宜识才、爱才、护才，但从不谈私谊。五十五万字的《义和拳》初稿，韦君宜逐字逐句地细看，仔细修改。韦君宜担心冯骥才修改书稿被累垮，为"冯大个"特批一个月十五块钱的饭费补贴，却从未当面说起。冯骥才的中篇小说《铺花的歧路》引起争议，"1978年冬天在和平宾馆召开的'中篇小说座谈会'上，韦君宜有意安排我在茅盾先生在场时讲述这部小说，赢得了茅公的支持"，"此后这么多年里，我与她很少见面。以前没有私人交往，后来也没有"。③沧海遗珠，惊鸿一现，今日不复有。还有足以改变文学方向的"四只小风筝"事件（《激流中》），也值得立传。这些往事都带有不可复制的历史荣光。光芒一闪而过，极其珍贵。没有民间"史记"，这些荣光，必将被时光湮灭。没有对历史真实的追忆与正视，沧海遗珠也就永难再现。

为文学与人立传，冯骥才的"文化五书"有其不可替代的价值。回望历史残酷，最难抑制的是激情：因恐惧而生的激情，因受难而生的激情。由激情获取延续生命的快感，没有多少写作者能逃脱这激情的咒语。冯骥才做到了，他的"文化五书"，语言始终克制，在细节处懂得适可而止，在修辞方面化繁为简。事到史成，意及理到。不啰唆，不沉溺，不骄傲（有许多写作者视受难为骄傲的资本，进

---

① 冯骥才：《凌汛》，第9页，北京，人民文学出版社，2014年版。
② 冯骥才：《凌汛》，第11页，北京，人民文学出版社，2014年版。
③ 冯骥才：《记韦君宜》，《凌汛》，第124页，北京，人民文学出版社，2014年版。

而消解施虐者的邪恶与不可饶恕），行文非常有智慧。"文化五书"的整个气派，有如辛弃疾所叹的，"少年不识愁滋味，爱上层楼。爱上层楼，为赋新词强说愁。而今识尽愁滋味，欲说还休。欲说还休，却道'天凉好个秋'！"①语言可以去到的最高境界，莫过于"欲说还休"。历史恩怨，休止于古典审美趣味，这是中国式的史家笔法。

以美为善：冯骥才的绘画"自序"

王国维在《人间词话》里谈"有我之境""无我之境"："有我之境，以我观物，故物皆著我之色彩。无我之境，以物观物，故不知何者为我，何者为物"，"无我之境，人惟于静中得之。有我之境，于由动之静时得之。故一优美，一宏壮也"。②文学再怎么简洁，也是要说很多话的，藏得再深，"我"还是躲不过去，语言是文学逃不脱的咒语。绘画则不然，"我"不需要借助太多的语言，就能去到"回首亭中人，平林淡如画"之无我之境（元好问《颖亭留别》）。③

冯骥才的绘画之路，既自然而然，又充满传奇色彩。传统中的某些技能，既能养人，也能养心，绘画便是其中之一。高中毕业，冯骥才通过中央美院初试，但出身不好，复试被拒绝。所幸，学院不是唯一的绘画成才通道，而是勤奋加个人际遇。冯骥才与妻子顾同昭在同一个书画社工作过，他们都从事古画临摹，"她（同昭）喜欢花鸟和仕女，习画时师从天津美院的两位老画家溥佐和张其翼；我长于山水，老师是惠孝同和严六符。我俩都从宋画入手，临摹也

---

① 辛弃疾：《丑奴儿》，《辛弃疾词集》，第96页，崔铭导读，上海，上海古籍出版社，2013年版。
② 王国维：《人间词话》，第5-6页，黄霖、周兴陆导读，上海，上海古籍出版社，2013年版。
③ 王国维：《人间词话》，第6页，黄霖、周兴陆导读，上海，上海古籍出版社，2013年版。

多是绢本，在书画社里都算是高手，靠画画吃饭应该没什么问题"①。从宋画入手，入门很准，起点非常高。"一般说，宋画的画面气象万千，是生活之美的集中，是一部交响乐章"。②可惜时代发生变化，吃饭问题面临考验。但绘画，尤其是中国画，常能去到无我之境，甚至是无人之境，这是由其技法所决定的。"中国绘画是从笔墨为基础的"，"反映在具体的表现技法上，就形成了没骨、重彩、淡彩、白描——从色彩到水墨、从纯争到无色、从多色到单色的多种多样的表现形式"，③"我个人还有一个偏见的看法，中国人如果永远不放弃山水画，中国人的胸襟永远都是阔大的"（傅抱石）。④没骨、重彩、淡彩、白描等表现形式，可在"写生""写意""写真"⑤之间来去自如，有我、无我、有人、无人，不同境界，可回旋的余地很大。谋生困难，"触发我的自救之谋的还是红袖章"，书画社改行为线印作坊，"专印袖章和各种旗帜"。⑥热闹散去之后，丝印版画成为新的活路，生活中总是需要画的，"太阳、葵花、海浪"这些图案，放在任何版画上，都合宜。以技法为生，以画工为业（放下文人身份，回归手艺人身份），"我"与"人"，接近于"无"。1972年以后，被冻结的书画社"老业务"有了缓解，书画社接了外贸工艺品公司的

---

① 冯骥才：《无路可逃》，第45、47、149、151、138、148页，北京，人民文学出版社，2016年版。

② 傅抱石：《傅抱石谈艺录》，第8页，徐善编，郑州，河南美术出版社，1998年版。

③ 傅抱石：《傅抱石谈艺录》，第70页，徐善编，郑州，河南美术出版社，1998年版。

④ 傅抱石：《傅抱石谈艺录》，第73页，徐善编，郑州，河南美术出版社，1998年版。

⑤ "中国绘画以写实为基础，针对不同的主题内容提出了不同的基本要求。对于花卉、翎毛的要求是'写生'；对于山水的要求是'写意'；对于人物的要求是'写真'（传神），见傅抱石：《傅抱石谈艺录》，第69-70页，徐善编，郑州，河南美术出版社，1998年版。

⑥ 冯骥才：《无路可逃》，第45、47、149、151、138、148页，北京，人民文学出版社，2016年版。

画鸭蛋（彩蛋）业务，"我们以前没有画过鸭蛋，蛋壳不容易画，如同画瓷器，不是画在平面上，是画在圆圆的凹面上，必须悬笔立腕，笔锋随着弧面转动。我们书画社确实有些能人，很快就把这技能掌握了，所画鸭蛋十分精美"。①为说明画彩蛋不是"四旧"，不是"帝王将相，才子佳人"，冯骥才向主事者解释说，"只是些山山水水、花鸟鱼虫，婴戏图上的人物都是古代劳动人民的小孩"②，这才过关。由此，书画社的人们，得以重拾笔墨丹青。手艺与绘画，历经波折，殊途同归，最终还是得在"美"这里寻求答案。

"不管在任何地方都让美成为胜利者"③，也许是天性所致，也许是精神所求，冯骥才的"唯美主义"一直都在。书社画的手艺，对应的是生计。家里画的"伤感的水墨"，对应的是绘画的本质，"尽管我的画仅仅属于个人，但它从属于一己和自由的心灵"④。70年代，冯骥才的画风发生改变，"我走过的道路就像由宋到元的中国绘画，从原先画师们的写实与具象，改变为文人一己的抒情与写意"。⑤绘画是另一种"语言"，甚至可以说是比文学更困难更难习得的"语言"。冯骥才以宋画入门，基础好，对线条的把握极有悟性，由写实与具象转抒情写意，不算困难。60年代至70年代，他的一些居家生活系列速写，如"新房"速写，画出简陋之"美"：干净整洁，有生活的味道，这大概是在"简陋"生活里，人能自守的仅有的美。冯

---

① 冯骥才：《无路可逃》，第45、47、149、151、138、148页，北京，人民文学出版社，2016年版。

② 冯骥才：《无路可逃》，第45、47、149、151、138、148页，北京，人民文学出版社，2016年版。

③ 冯骥才：《无路可逃》，第45、47、149、151、138、148页，北京，人民文学出版社，2016年版。

④ 冯骥才：《无路可逃》，第45、47、149、151、138、148页，北京，人民文学出版社，2016年版。

⑤ 冯骥才：《无路可逃》，第45、47、149、151、138、148页，北京，人民文学出版社，2016年版。

骥才的《北山双鸟图》（老夫老妻系列之一），[①]线条密集，风格粗粝沉郁，画家借风雪巧妙处理光影、留白存虚，双鸟相依为命，有乱中求生之感。树法乃山水画最基本的手法之一，此图最出彩的是树法，立干不算新奇，但其穿枝手法果断而大胆，点叶有时密集，有时疏淡，双鸟附近略有生气，离双鸟稍远处密集（沮丧），立干、穿枝、点叶、双鸟之分布，繁复的景，衬托出深厚的"情"。冯骥才的文人画，画风多变，能于简繁之间，变化自如。不少画家，能至简，但难至繁（繁意味着要处理更复杂的空间、更多的线条等，对技法及时间的要求更高），冯骥才是两者皆可。能有此境，很大程度是得益于对古画的临摹。冯骥才曾花一年多的时间，为温斯顿·洛德的夫人包柏漪"一笔不苟地临摹了这幅巨型的《清明上河图》的全卷"[②]，工程之巨，耗时之长，令人震撼。原作艺术价值之高，无须赘述。临摹者之临摹，在结构及技法方面所得益处，不可尽书。山水草木、房屋楼阁、人物、动物、各种生活场景，可谓应有尽有，能一笔不苟地临摹出来，基本上就可以说，这个临摹者，到自己创作时，在技法上，能去到随心所欲之境。精细处丝毫不为难，大格局不会走偏，这是临摹《清明上河图》的好处。文学语言去不到的地方，文人画里的抒情写意也许可以去到。这个文明的语言文字在原创之初，线条的哲学"设计"过于严密——如以线条指向卦象，实为极其严密的哲学"设计"，文字借线条建构的秩序，有边界，有设限。有时候，想要"说"出语言文字秩序以外的内容，还是得靠"画"来"说"，毕竟，画先在于文，它有文不可替代的"指事""会意""象形"功能。能兼得文学与绘画之美，只能说，历史大势中，有个人的小幸运。"在中国传统思想中有一种倾向，'美'和'善'往往是联系在一起的，'充实之为美'是指得到了一种高尚享受的精

[①] 冯骥才：《无路可逃》，第45、47、149、151、138、148页，北京，人民文学出版社，2016年版。

[②] 冯骥才：《无路可逃》，第167页，北京，人民文学出版社，2016年版。

神境界"（汤一介）。①冯骥才之以情为信与以美为善的境界，正是借助文学与艺术的"情景合一"来实现的。

知行合一：行动的知识分子

"情景合一"，以情为信，以美为善，可以修自我之身，是属于"知"的范畴。冯骥才借助文艺，先去到"知"情、"知"美的境界。"至于'善'，虽然各个不同的阶级或阶层、集团的看法不同，所立的标准各异，但在中国传统哲学中重要的哲学家大都认为'知'和'行'必须是统一的，否则就根本谈不上'善'"，②"朱熹之所以重'行'，则是因为他把'知'与'行'问题从根本上视为道德修养问题，所以他说：'善在那里，自家却去行他，行之久则与自家为一，为一则得之在我。未能行，善自善，我自我。'③'善在那里'是'知'的问题，'自家却去行他'是'行'的问题，是一个道德实践问题，必得'知行合一'，才可以体现至善之道德"④。

在道德实践层面，"知行合一"，是通往"至善"的办法。冯骥才在文化遗产保护方面做出的巨大努力，正是"知行合一"的体现。领悟过情感与美感的人，必有不忍之心：不忍情与美毁于一旦，不忍"力"对"古旧"进行没有经过充分论证的"改造"。"改造"是20世纪以来的重要历史关键词，譬如思想改造、劳动改造等。90年代以来，另一种"改造"汹涌而至，"任何过往的历史事物都有可能

---

① 汤一介：《论中国传统哲学中的真、善、美问题》，《中国社会科学》1984年第4期。

② 汤一介：《论中国传统哲学中的真、善、美问题》，《中国社会科学》1984年第4期。

③《朱子语类》卷十三"学七"之"力行"，参见《朱子语类》汇校一，第238页，黄士毅编，徐时仪、杨艳汇校，上海，上海古籍出版社，2014年版。

④ 汤一介：《论中国传统哲学中的真、善、美问题》，《中国社会科学》1984年第4期。

被丢弃和废除的可能"[1]。全因那"情景合一"（情与美）而成的"不忍之心"（善），冯骥才开始其文化遗产保护之路（知行合一）。"卖画救文化"是冯骥才走上文化遗产保护之路的重要"第一步"[2]：90年代初，冯骥才在上海办画展之际，到周庄一游，得知"迷楼"（曾是"南社"成员茶聚议事之所）可能不保，冯骥才决定卖画保楼，房主连连涨价，后来周庄的管理人员传话说，"你们一个劲儿非要买，已经把房主闹明白了，他知道这房子将来可能会值大钱，不卖了，也不拆了"[3]，"迷楼"保住了。冯骥才明白了一个道理，那就是可以"卖画救文化"[4]。之后，冯骥才卖出许多精品，全力推动文化遗产保护。宁波画展中，"在画展最后边也是画幅最大的那部分挑选了五幅，都是六尺对开的山水，全是我的精品"，又将"余下的画交给宁波市政府全部卖掉"，[5]宁波的贺秘监祠得以保存。之后的文化遗产保护路上，冯骥才被迫卖画救文化的事情还很多。比如，为成立基金会筹款，冯骥才拼命画画，"我不能太自我，必须回到这次创作的缘起与原点——民间文化在向我们紧急吃救。这时，我感到这次卖画有如卖血"[6]，在南京公益画展卖掉自己的力作《心中十二月》，"这些心爱的画全卖了，一时我有家徒四壁之感"[7]。这样的事例，数

---

[1] 冯骥才：《漩涡里》，第15、19、197页，北京，人民文学出版社，2018年版。
[2] 冯骥才：《漩涡里》，第15、19、197页，北京，人民文学出版社，2018年版。
[3] 冯骥才：《漩涡里》，第15、19、197页，北京，人民文学出版社，2018年版。
[4] 冯骥才：《漩涡里》，第15、19、197页，北京，人民文学出版社，2018年版。
[5] 冯骥才：《漩涡里》，第15、19、197页，北京，人民文学出版社，2018年版。
[6] 冯骥才：《漩涡里》，第15、19、197页，北京，人民文学出版社，2018年版。
[7] 冯骥才：《漩涡里》，第15、19、197页，北京，人民文学出版社，2018年版。

不胜数，但一个人靠卖画怎么救得了文化遗产，说来说去，这只不过是以精卫填海之精神，来推动有识之士、志愿者及政府力量一起参与文化遗产的抢救工程。这个工程极其浩大，单靠个人之力不可能有持久的成效。由抢救历史遗址开始，冯骥才与同道者倡办杨柳青年画节，以民间年画节的方式办文化艺术节，展示地方民俗、民艺、工艺、戏剧与曲艺等城市传统文化。在"旧城改造"的浪潮中，关于老城的"坏消息"接连而来，老城说没就没了。冯骥才与志同道合者，所能想到的办法就是收集专家意见，编撰老城影像集，把意见转呈给城市的决策者，推动城市老城博物馆的建设等。慢慢地，"我已经不知不觉从甜蜜的自我中走了出来，一步步走向一个时代的巨大的黑洞般的漩涡"[1]。

在这个过程中，有成效，亦有失败，有欢欣鼓舞的时刻，更有孤立无援、绝望无助的时刻，"历史不断表明，文明常常被野蛮打垮"[2]。到了后来，冯骥才更自觉地从国际视野及科学应对方法来反思文化遗产保护的可延续性，他在"建立国家文化遗产保护体系，古村落保护，少数民族文化保护，传承人保护等方面"有持续的思考，[3]并尽可能地付诸实施。对文化遗产的抢救，功德无量。冯骥才之事功，不可尽书。

冯骥才把他的文学、绘画及文化遗产抢救事业，归之于情怀。"作家的情怀是对事情有血有肉的情感，一种深切的、可以为之付出的爱。我对民间文化的态度不完全是学者式的，首先是作家的"。[4]这个情怀，是感性的，也是美学的，"美学以至美感要解决的正是把

---

[1] 冯骥才：《漩涡里》，第73-74页，北京，人民文学出版社，2018年版。
[2] 冯骥才：《漩涡里》，第113页，北京，人民文学出版社，2018年版。
[3] 冯骥才：《漩涡里》，第211页，北京，人民文学出版社，2018年版。
[4] 冯骥才：《漩涡里》，第40页，北京，人民文学出版社，2018年版。

人的感官从生物性升华为社会性，升华为优秀人性"[1]。由情与美塑造而成的"不忍之心"与"优秀人性"，也许挡不住时代浪潮的各种冲击，但知行合一是通往至善的"德"（也可视为优美感与崇高感的合一），"人生艰难，又不仰仗上帝，只好自强不息，依靠自身的力量去创造自己的生活。天行健，人也行健，这种依靠自身的肩膀、承认悲乐全在于我的本体精神，才是强颜欢笑和最为深刻的悲剧"[2]。冯骥才的文化五书，有游于文艺的自由"至乐"，更有中国士人的深刻悲剧意识。

（本文原刊于《当代作家评论》2020年第1期）

---

[1] 刘再复：《李泽厚美学概论》，第28—29页，北京，生活·读书·新知三联书店，2009年版。

[2] 刘再复：《李泽厚美学概论》，第54页，北京，生活·读书·新知三联书店，2009年版。

论苏童小说的季节美学

周新民　余存哲

陆机在《文赋》中说："遵四时以叹逝，瞻万物而思纷；悲落叶于劲秋，喜柔条于芳春"，钟嵘在《诗品序》中言："若乃春风春鸟，秋月秋蝉，夏云暑雨，冬月祁寒，斯四候之感诸诗者也"，刘勰在《文心雕龙》中也提及"岁有其物，物有其容；情以物迁，辞以情发"。上述文论思想都指向"季节感深植于古典诗歌的抒情特性之中"的文学传统。[①]季节美学传统在当代文学发展过程中，从未中断。苏童就是一位热衷且善用季节元素的小说家。他曾坦言自己对季节时令的偏爱："我把创作短篇小说的时间放在一年中最美好的季节，暮春或深秋，这种做法未免唯心和机械，但我仍然迷信于好季节诞生好小说的神话。"[②]苏童确实是这样创作小说的。他的第一部中

[①] 张晓青：《中国古典诗歌中的季节表现——以中古诗歌为中心》，中国社会科学院研究生院博士学位论文，2012年版。

[②] 苏童：《我的短篇小说"病"》，《寻找灯绳》，第134页，南京，江苏文艺出版社，1995年版。

篇小说《一九三四年的逃亡》"写于一九八六年秋冬之际",[1]他的第一部长篇小说《米》"写于一九九〇年与一九九一年的冬春两季"[2],他的《妻妾成群》历经了春、夏、秋三季的打磨才得以出炉。[3]这些作品对苏童来说,都有着重要意义。在小说的命名上,诸如《肉联厂的春天》《八月日记》《祖母的季节》《七三年冬天的一个夜晚》等明显突出季节意味的小说标题不少。其实,季节对苏童小说的影响远不止于此。从美学意义上来说,苏童善于从多个角度充分发掘季节的意义,彰显了季节这一时间性概念在自然时间、故事时间、叙事时间上的内涵和特色。

一

春分、夏至、秋分、冬至等二十四节气与大自然的节律息息相关,它们是古代先民在农耕社会时期生产生活的时间指南。受此影响,中国古典诗词中经常出现与季节相关的诗句。以唐诗为例,有学者曾统计过《唐诗三百首》中四季出现的次数,结果是"春,76;秋,59;冬,2;夏,1"[4]。从高频的数字中可以看到,古代诗人习惯于在诗词中描摹季节;而从四季出现频次由高到低排列的顺序上可以发现,春秋两季出现的比例远高于冬夏。其实,不仅是唐诗,即便是统计其他中国古典诗词中"季节"出现的频率和所占的比例,结果或许也不会有多少出入。这是因为,寓情于景、寓情于物的表现手法是古典诗词最常用的抒情方式,统摄景、物的自然季节也就

---

[1] 苏童:《世界两侧》自序,《苏童文集·世界两侧》,第2页,南京,江苏文艺出版社,1993年版。

[2] 苏童:《米》自序,《米》,第7页,北京,台海出版社,2000年版。

[3] 苏童:《我为什么写〈妻妾成群〉》,《苏童随笔选·纸上的美女》,第166页,北京,人民日报出版社,1998年版。

[4] 周发祥:《意象统计——国外汉学研究方法评介》,《文学遗产》1982年第2期。

成为诗人们的写作重点，因而"伤春"与"悲秋"成为中国古典诗词最为经典的文学母题。"伤春"与"悲秋"之所以成为经典母题，是因为"春""秋"已经不是简单的自然时间，而是沉淀了作家主观情感的感性时间。这种自然时间与主观情感之间的联系在历史长河之中慢慢固定下来，形成了独特的文学表意方式。

苏童频繁地在小说中设置四季的自然情境，就是在有意识地营造与春夏秋冬相匹配的情感氛围。中国本土话语中的"春"大多与性相关，"思春""叫春""发春""春闺""怀春""春情"等词语都带有强烈的性意味。苏童小说中的春天也充斥着性意识，它既是躁动的，也是悲情的。青春少年的形象常常出现在苏童小说中的春天里。在小说《一无所有》中，苏童将春天称为一个"特定的时间"。在这个特定的时间里，少年李蛮先后经历了性启蒙、性妄想、性压抑与性释放。他陷入性爱的臆想中无法自拔，因此他"知道自己逃不过那个春天了"。"逃不过的春天"有两层内涵，它既是指李蛮生命终结的时间，也是指少年无法摆脱的懵懂情欲。与此相似，小说《祭奠红马》中的春天也充斥着这种躁动而又危险的荷尔蒙。小说中的"一切都跟春天的下午有关"，在那个下午，男孩锁与穿着红草裙的娴在野地里缠绵，但不久后，娴便因难产而亡。此后"锁在春天的下午就是个牧马神。牧马神在春天的下午需要哭泣"。标题"祭奠红马"所祭奠的不仅是少女逝去的生命，更是消减的春日欲望与远去的爱情记忆。《黄雀记》讲述了由少年情欲引发冤案的故事，小说分为上中下三个部分，其中"保润的春天"是小说的第一部分。在整个春天，保润迷恋于小仙女的美色，在欲望的驱使下，他用狗链捆绑了小仙女，情欲得到宣泄的保润当时感觉到，"整整一个春天的欲望……找到了最后的出路……别人的春天鸟语花香，他的春天提前沉沦了"。尽管保润并未对小仙女实施进一步的侵犯，但他的性幻想依然使他阴错阳差地付出了入狱十年的代价。春情的鼓噪与囚禁，构成了少年保润的青春生活。关于苏童小说中的少年与春天，我们可以从两个方面进行分析。从自然时间序列上来说，少年在人生中的起点位置与春天在四季中的起始定位是相同的；从审美意义层面来讲，少年与春天也有着相似的特点：充满激情、生机与躁动。自然时间序列与审美意义空间的有机融合，使得苏童小说中的春天充斥着凄婉懵懂的情欲。

苏童小说中的夏天常常是闷热的、绵长的。这种燥热往往是小说人物焦躁内心的外化表现。在《我的棉花，我的家园》中，灾年的夏天一直是"闷热而绵长的"。它之所以"闷热"，是因为灾后家园的破败让"我"感到压抑；它之所以"绵长"，是因为旱灾痛苦的时光让"我"感到煎熬。闷热的夏天不仅是小说环境中的实在描写，更是人物情感的隐在表达。在《西窗》中，当"我"听说红朵的祖母兜售孙女洗澡的春光时，"我记得那是一个初夏的黄昏，临河的小屋里潮湿闷热"，这里"潮湿闷热"更多是"我"对红朵的祖母和偷窥者的鄙夷，另外还夹杂着自己欲语还休、敢怒不敢言的纠结与自责。

秋天在苏童的小说中已经初现冬日的冷冽，它暗示着人物内心的失落，也营造着让人不寒而栗的氛围。在《舒家兄弟》中，已经14岁的舒农因为尿床而遭到哥哥嫌弃，在这个"被人遗忘的秋夜"，"舒农的苦闷像落叶在南方漂浮"，香椿树街的寂静秋夜与舒农内心的煎熬相映成彰。在小说《樱桃》中，邮递员尹树在秋天结识了白衣女孩樱桃，在长长的秋天里，女孩樱桃一直等待着母亲的来信，而尹树则享受着他的秋日暗恋。初次遇见樱桃时，"秋风一天凉于一天，枫林路一带的蝉鸣沉寂下去，枫树的角形叶子已经红透了，而梧桐开始落叶，落叶覆盖在潮湿的地面上，被风卷起或者紧贴地面静静地腐烂"；在听到樱桃的呜咽声时，"秋天是湿润的落叶之季，雨水往往在夜间洗刷这个城市，城市的所有落叶乔木也在夜雨中脱下它们的枯叶"；当尹树进入医院寻找樱桃树时，他"走在一片无尽的落叶残草上，走出秋天的花园就走进充满消毒药水气味的回廊式病房，如此循环往复"；最后，尹树在停尸间找到了樱桃的尸体。原来在夏天就已死去的樱桃直到秋天也无人认领。阴凉的秋风、潮湿的地面、腐烂的落叶和骇人的人鬼恋贯穿全文，阴冷的秋季氛围油然而生。

苏童小说中的冬天常常会发生死亡事件，呈现出凋零凄冷的气息。在《平静如水》中，主人公李多感到"冬天很寂寞很无聊"，为了寻求刺激，李多试图通过跳楼的方式来"尝尝死亡的滋味"。或许在苏童看来，在冬天这样万物凋零的时节，唯有死亡才是应景的。所以，在他的小说中，人物在冬日里消亡是普遍的艺术现象。《舒家兄弟》中的舒农在一个冬日试图烧死父亲和兄弟，杀人未遂后，舒农自己最终坠亡；《仪式的完成》中的民俗学家在一个冬天展开田野调查，却不料被车撞死在雪地上……如此种种，无不呈现出苏童小说阴郁、冷漠的冬季氛围。

为了增加小说的感染力，苏童常常摄取和季节相关的色彩与意象，来表达季节和情感之间的联系。首先，我们来看季节与颜色之间的紧密联系。红色和蓝色是苏童小说文本中出现频率较高的两种颜色。猩红色意象常常出现在春天，它带有着浓烈的血腥气息。在小说《飞越我的枫杨树故乡》中，幺叔不明不白地死于猩红色的春天，神秘女子穗子也总是在春天被男子们挟入猩红色的罂粟花丛中媾欢。小说中所写的"望不到边的罂粟花随风起伏摇荡，涌来无限猩红色的欲望"，恰如其分地道出了春天所透露着的危险的欲望。《肉联厂的春天》更加直接地通过红色赋予春天以血腥气息。苏童别有意味地把春天描述为"生猪的丰收季节"，小说中充斥着的红血、猪头、腥臭、苍蝇无不让人感到这也是一个猩红色的春天。在金桥和徐克祥两人冻死在冷库后，苏童写道："肉联厂的红色围墙外是一个鸟语花香的春天，朋友们都说这个春天本来是越来越美好的，不知在哪里出了差错，五月的鲜花和阳光突然变成了寒冷和死亡的记忆。"猩红色与寒冷、死亡的对应关系不言自明。

蓝色意象经常出现在冬天，它往往与死亡相生相伴。在《仪式的完成》的开篇，苏童写道："民俗学家到达八棵松村是去年冬天的事。他提着一只枕形旅行包跳下乡村公共汽车，朝西北方向走。公路上积着薄薄的绒雪，远看是淡蓝色的。"除此之外，民俗学家眼中的锅缸里的冰水也微微发蓝。民俗学家看到的大雪和冰水不是白色的，而是淡蓝色的，这使得冬日刺骨的寒冷更加彰显出死亡的恐怖气息。不出所料，民俗学家最后死于车祸，从淡蓝色的雪地上被撞飞到了微微发蓝的冰缸里。在《蓝白染坊》中，蓝白相间的花布实际上指的是丧布，小说更加直接地表露了蓝色与阴冷死亡之间的关联。"在这年的梅雨季节里，绍兴奶奶殁了"，盖在她身上的是90块蓝白花布，大人孩子们也都穿上了蓝白花布做的丧服。如果说《仪式的完成》中冬日的淡蓝色还旨在建构刺骨的氛围，从而暗示生命消亡的话，那《蓝白染坊》中作为丧布的蓝白花布则直接地捆绑着死亡。可以说，每当蓝色出现在阴冷的季节，死亡与破灭便会随之而来，这已经成为苏童小说文本的一种规律性存在。

另外，苏童还善于选取和季节相联系的意象来表现季节所传达的主观情绪。罂粟花、向日葵等意象在苏童的季节书写中出现频率较高。罂粟花经常和春天联系在一起，表达了生命的绝望之感。在小说《罂粟之家》中，盛开在春天的罂粟花让刘氏子孙三代维持着错杂的伦理关系，儿子与后母乱伦、哥哥与弟媳偷情、长工与女主人通奸。不仅如此，小说还通过罂粟揭露了弑兄、弑父的扭曲人性，哥哥刘老侠对弟弟刘老信的死活不管不顾；作为弟弟的沉草在迷幻中杀死了哥哥演义，作为儿子的沉草更是杀死了自己的生父陈茂。这些故事情节无不是通过代表邪恶的罂粟花联结起来的。《飞越我的枫杨树故乡》中也充斥着相似的罂粟意象。主人公幺叔的一生与春天的罂粟花结缘，他在罂粟花地里神出鬼没、疯疯癫癫，也在"罂粟花最后的风光岁月"里死去，"自从幺叔死后，罂粟花在枫杨树乡村绝迹，以后那里的黑土长出了晶莹如珍珠的大米，灿烂如黄金的麦子"。向日葵是苏童常用的夏季意象，意味着火热与激情。在小说《向日葵》中，少女项薇薇俨然是夏日向日葵的代言人。她的实习作品是向日葵,穿的裙子印有向日葵图案,与男友相识在向日葵盛开的夏天,最后也消失在向日葵花地里。面对他人的偏见,项薇薇毫不在乎,她像一朵面向太阳的向日葵一样,对生活充满着期待与激情。故事的最后,"葵花杆子被纷纷折断",被摧残的项薇薇也不知所踪,夏天不再充满活力,只剩下无止尽的烦闷压抑。

总体看来,苏童借鉴了伤春悲秋的古典文学传统,同时,通过具体的情感表达和氛围的营造,表现了生命的哀叹主题。因此,苏童的小说所呈现的情绪要比伤春悲秋复杂得多、现代得多。可以说,寻找现代情感与古典方法之间的有机融合,是苏童探索季节美学的重要方式。

二

从故事时间的层面来看,季节在苏童的小说中承担着三重时间功能:静态的季节描摹呈现出的是文本意义上的故事时间节点;季节的转换凸显的是隐喻意义上人物的命运转变;而带有浓厚主观色彩的季节时间表达,则展现出的是苏童个体化的历史观念。

首先,苏童的小说善于通过季节来标注故事时间。小说《妇女生活》暗含着两条时间线索:公元纪年和季节。不难发现,以公元纪年为轴的线索是祖孙三代故事的时间标记,小说通过公元纪年将故事分成了三个部分:1938年娴的故事、1958年芝的故事、1987年箫的故事。公元纪年的记叙方式将娴、芝、箫祖孙三代的故事线性地串联了起来,但它的作用也仅仅停留于此。而挖掘人物命运的事件,基本是以季节作为故事时间标记的。《妇女生活》中以季节为轴的时间线索细致地标注了娴、芝、箫三人命运转变的时间点:娴在初春被孟老板包养,在春末被孟老板抛弃,在夏天搬回了母亲的住所,在秋天生下了女儿芝;芝在夏天嫁给了邹杰,在秋天自杀未遂,在冬初患上抑郁症,在冬末收养了女婴箫;箫在夏天发现了小杜出轨,决定在深秋杀死小杜,但行凶前夜,箫早产生下了女儿。《妇女生活》弱化了公元纪年作为故事时间的功能,而把人物命运发生变化的故事时间以具体的季节来标明,体现了苏童对于季节作为故事时间的独特理解。

将季节作为小说的故事时间脉络,在长篇小说《米》中体现得更为极致。我们可以以季节为时间线索,勾勒出整部小说的故事梗概:秋末冬初的一天,五龙坐着运煤车来到瓦匠街,成了大鸿米店的伙计;在一个"深秋清冷的天气",六爷性侵了年幼的织云;"从冬天的这个夜晚开始,五龙发现了织云与阿保通奸的秘密",他通过告密的方式让阿保横尸江中;在这个冬天,五龙与织云成了亲,但五龙却差点遭到岳父冯老板的"暗杀";"秋风又凉的一天",织云为五龙生了一个胖儿子,但孩子在当晚就被六爷抢走;此后的春天,织云嫁到了吕公馆,绮云嫁给了五龙,"这个春天寒冷下去,这个春天黑暗无际";多年后的梅雨时节,五龙成为了当地一霸;战事来临,"夏天灼热的太阳悬浮在一片淡蓝色之中",长期嫖娼的五龙确认自己染上了梅毒;"炎热的天气加剧了五龙的病情";"秋天正在一步步地逼近……而他(五龙)的病情却丝毫不见好转";当"第一场秋雨"降临时,五龙命丧黄泉。纵观整部小说的时间叙述,包括年历时间在内的其他时间形式几乎荡然无存,季节成为整部小说唯一的故事时间线索,人物命运和季节所体现的情绪高度耦合,使苏童的小说叙述浸润在诗性弥漫的氛围之中。

其次,苏童小说中的季节更替形成了人物命运转变、人物关系分合的暗线。《祖母的季节》的时间脉络从春天开始,至秋天结束,春去秋来不仅标注了故事发展的线性时间,更隐喻着祖母由盛转衰的生命。"春天的时候我祖母还坐在后门空地上包粽子",身强体壮的"祖母坐在后门空地上不停地包粽子,几乎堆成了一座粽子山",祖母似乎早就知道了自己命不久矣,拼命地包着又大又多的粽子;而到了秋天,祖母就去世了。事实上,苏童已将季节诠释为生命的时光,所谓"祖母的季节"就是祖母生命的最后年华。《祖母的季节》更强调季节演进与个体生命消弭之间的同构关系，而《遥望河滩》则意图呈现季节演进与爱情关系发展之间的暗合。从夏天到冬天，"我"叔叔和大鱼儿的爱情也由合转分。在热火朝天的夏天，"我"叔叔与生活在船上的大鱼儿暗生情愫，两人爱情的火花在炽热的夏天迸发；当"夏天的河泛滥了"的时候，大鱼儿的母亲对"我"叔叔和大鱼儿的情感大加阻拦，两人的感情也不得不从明面转为私会；在"长长的秋天里"，"我"叔叔常常私下夜宿鱼船，致使大鱼儿怀孕；然而，两人并未因此结婚生子。到了冬天，大鱼儿怀着三个月的身孕嫁到了邻庄。从夏天火热的情欲，到秋天静默的幽会，再到冬天凄冷的分别，由夏至冬的时间变化俨然与爱情的发展嬗变暗合。以《祖母的季节》和《遥望河滩》为代表的两篇小说具有着相似的结构，它们都借用四季的时间属性来标注故事的发展演进，在此基础之上，个体生命的盛衰、情感关系的分合又巧妙地与四季的盛衰暖冷相结合，形成了别具一格的同构性隐喻。

最后，季节化的时间策略实质上隐含着苏童个体化的历史观，这种历史观在《武则天》《我的帝王生涯》等新历史主义小说中体现得最为明显。《武则天》试图强调宏大历史洪流中的个体经验，它常常将主观的感受与客观的时间相调和，使小说中的时间叙述更具有个体感知的印记。在《武则天》中，故事的主要时间大都出自小说人物之口。苏童通过这种方式来表达时间对于个体的重要意义。在描述武媚娘被天子宠幸的时间时，小说这样写道："媚娘记得天子召幸是一个春雨初歇的日子……她怀着一种湿润的心情静坐卧榻之上，恍惚地期待着什么。"武媚娘初入宫中、首次被召幸，她对宫中的一切都感到新奇，而"春雨初歇"巧妙地将武媚娘内心的这种新鲜感表达了出来。从历史的角度看，武媚娘被天子召幸的那一天是否是"春雨初歇"，我们无法得知，但透过苏童的小说，我们却感受到，那一天对于她而言一定是终身难忘的。在描述武则天被册封为皇后的日子时，小说明确交代了这一天的具体时间是"公元六五五年十一月一日",三岁的李弘对这一天所发生的空前盛况都"了无记忆",但李弘却说:"我想那应该是一个寒风萧萧太阳黯淡的冬日。"苏童饶有意味地通过李弘之口,重新对武则天封后的时间进行描述,"寒风萧萧""太阳黯淡""冬日"与李弘的内心是暗合的,因为从某种意义上来说,武则天的封后奠定了李弘日后的悲惨命运。不难看出,客观的历史时间在苏童的小说中并不重要,重要的是个体记忆中的时间。在苏童看来,因为《武则天》讲述的是"人们所熟悉的一代女皇武则天的故事,不出人们之想象,不出史料典籍半步",所以他将这部小说视作"中规中矩的历史小说"[①],但从小说的故事时间表述上来看,《武则天》化用了个体化的季节时间策略,强调了个体经验的重要性。

《武则天》发表仅一年后,苏童紧接着就发表了《我的帝王生涯》。他曾坦言,《我的帝王生涯》"是我随意搭建的宫廷,是我按自己喜欢的配方勾兑的历史故事,年代总是处于不详状态,人物似真似幻"[②]。的确,小说通篇使用第一人称的叙述方式,客观的历史时间被隐匿了起来,取而代之的是带有浓厚主观色彩的季节故事时间。在小说中,一切时间都来源于"我"的感知。小说开篇就写道,"我"感觉到"秋深了,燮国的灾难也快降临了",随后父王就在这个"霜露浓重"的秋天驾崩;"我最初的帝王生涯里世事繁复……对于我来说,记忆最深的似乎就是即位第一年的冬天",这年冬天,"我"又一次感觉到"燮国的灾难就要降临了";随后,灾难果然降临了,"这年春天燮国南部的乡村田野遍遭蝗灾";当叛军攻打至"我"的王宫时,"我看见一只灰鸟从头顶飞掠而过,奇怪的鸟鸣声响彻夏日的天空。亡亡亡"。诸如此类带有个体感知色彩的季节时间表达,在小说中不胜枚举。从某种意义上说,《武则天》和《我的帝王生涯》两部作品构成

[①] 苏童:《后宫》自序,《苏童文集·后宫》,第1页,南京,江苏文艺出版社,1994年版。

[②] 苏童:《后宫》自序,《苏童文集·后宫》,第1页,南京,江苏文艺出版社,1994年版。

了内在的对话，它们都讲述了一代帝王的起起落落，也都以季节作为小说的主要时间序列。对于历史和文学的关系，苏童曾说："什么是过去和历史？它对于我是一堆纸质的碎片，因为碎了我可以按我的方式拾起它，缝补叠合，重建我的世界。"①换言之，苏童认为历史是相对的，相对于"我"这个个体而言，所谓的历史就是"我"所建构的世界。苏童的新历史主义小说追求的真实历史并非是事件的真实，而是"细节的真实、人性的真实"②。在具体的文本操作上，苏童的书写与他的小说观、历史观是相吻合的。他选择用季节作为小说的主要故事时间，进而串联起每一个虚构或非虚构的世界，以此实现了对小说世界的"缝补""叠合"与"重建"。可以说，季节化的故事时间有效地呈现了苏童所秉持的个体化的历史观念。

苏童以季节作为小说的故事时间，自有他的匠心所在，"在苏童看来，并不存在单纯的固定的故事时间，小说最重要的只是主观情感在叙事层面的流动"③。季节变化的必然性昭示了个体人物命运盛衰的必然性，人物在特定季节所经历的事件看似充满偶然，实则早已在季节的神秘规定性下暗示了生命的必然走向。这种叙事安排使得苏童的小说凸显出神秘而细腻的季节美学特征。

三

叙事包含故事和故事的讲述两个层面。故事有发生的时间，这是毋庸置疑的。但是，叙事从哪一个时间的节点上来展开，却是有

---

① 苏童：《写作，写作者的生命》，兴安编：《蔚蓝色天空的黄金·当代中国60年代出生代表性作家展示·小说卷》，第370页，北京，中国对外翻译出版公司，1995年版。
② 段崇轩：《新历史小说的探索与建构——评杨少衡长篇小说〈新世界〉》，《中国当代文学研究》2020年第1期。
③ 周新民：《论先锋小说叙事模式的形式化》，《湖北师范学院学报》（哲学社会科学版）2003年第3期。

着特定考量的。因此,叙事从故事的哪个地方开始讲述,历经什么样的叙述顺序,就构成了阅读上时间的先后顺序。于是,故事的讲述顺序也常常称之为叙事时间。也就是说,从叙事层面来讲,小说的时间包含故事时间和叙事时间两个层面。热奈特曾说:"叙事是一组有两个时间的序列……被讲述事情时间和叙事时间(所指时间和能指时间)。这种双重性不仅使一切时间畸变成为可能……更为根本的是,它要求我们确认叙事功能正是把一种时间呈现为另一种时间。"[①]现实主义的小说一般是按照故事发生的先后顺序来讲述故事,借此给人造成逼真的审美效果。而先锋小说却不一样,它们以营造叙事时间为艺术上的圭臬。苏童也是营造叙事时间的高手,他常常借助季节这一特定的时间标记来达到叙事的目的和审美诉求。

以一年为时间单位的话,春、夏、秋、冬是线性演进的,呈现出鲜明的线形特征。而从更长的时间段来看的话,春、夏、秋、冬构成了时间的循环,冬去春来,周而复始。苏童的小说善于抓住季节循环的时间特点,来构筑叙事时间。

《妻妾成群》从颂莲被抬进陈佐千家大院做小妾开始叙述。这是夏末秋初一天,是小说故事叙述的开端。接下来,小说按照自然时间的顺序,展开颂莲的命运书写。在长长的秋天里,颂莲享受着陈佐千的宠爱;秋末冬初,颂莲在与其他太太的争风吃醋中失宠;深冬,饱受摧残的颂莲精神失常。夏末秋初、秋天、秋末冬初、深冬,这是小说的故事时间。不过,至此还是看不出苏童的匠心所在。苏童在小说结尾别有意味地写道:"第二年春天,陈佐千陈老爷娶了第五位太太文竹。"于是,我们可以看到《妻妾成群》的叙述时间起于夏,历经秋、冬,终于春,构成了一个完整四季的时间线条。苏童把春天作为小说叙事时间的终点,颇具意味。一年四季之中,春季

[①] 〔法〕热拉尔·热奈特:《叙事话语 新叙事话语》,第9页,王文融译,北京,中国社会科学出版社,1990年版。

是开头，然后四季开始更替，循环往复。春天进门的第五位太太文竹的命运，只是开头而已，她最终也是要重复前面几位姨太太的悲剧性命运。这才是苏童最终要表达的意思。至此，我们才会体会到苏童沿着夏、秋、冬、春的顺序来安排故事叙述的独到匠心。

与《妻妾成群》利用四季的循环来构筑叙事时间不同，苏童还有一些作品，叙事的开头和结尾都是同一个季节，例如《烧伤》《已婚男人》。《烧伤》讲述了火鸟和他的诗人朋友的故事。故事的时间起点是"洁净而湿润的初秋"。随后小说按照自然时间的顺序，讲述了这样一个故事：火鸟的诗人朋友笃信诗歌拥有神奇的魔力，但火鸟并不认可。在火鸟眼中，"他不知道诗人为什么要动情于火、火焰、火光这类事物，什么狗屁诗歌？"他们因此产生了分歧，火鸟被诗人朋友烧伤毁容。小说的叙事时间终点是"两年以后的一个秋风朗朗的日子"。那个失踪了的诗人朋友在这一天到访赔罪。像两年前的秋天一样，两个久别重逢的朋友坐在公寓的窗前喝酒。叙事时间的起点是秋天，叙事时间的终点也是秋天。叙事时间构成了一个封闭的循环。叙事时间的循环，苏童在叙事时间上的精心设计，使小说具有不可捉摸的神秘感。

《已婚男人》把所有故事发生的时间都安排在秋天，自始至终围绕秋天来叙写杨泊的命运。杨泊第一次遇见冯敏"是秋末冬初的日子"，此后他们坠入了爱河。在此后的一个秋天，杨泊向冯敏求了婚，他说"秋天了，我们该有个家了"；婚后，事业失败的杨泊与冯敏在生活中产生了矛盾，冯敏也在秋天两次离家出走。不仅如此，杨泊的创业故事也都发生在秋天：在两年前的秋天，杨泊忙于筹备他的经济信息公司，以至于"到了秋天，杨泊的身上仍然穿着夏天的衣服"，而在两年后的这个秋天，杨泊的公司倒闭、家产被抵债。于是，我们可以发现，小说的叙事时间起于秋天，也终于秋天。当苏童把杨泊所有的生命活动都安排在秋天时，小说的叙事就有了特殊的意义："虽然从物理属性来看，时间是历时的、一维的、不可逆的，但在作家的精神世界里，它又是共时的、多维的、可折叠的。"①通过叙事时间的巧妙安排，苏童表达了生命某种无法言说的诡异性。

总体来看，苏童借助季节的循环性来构筑叙事时间的叙事技巧，彰显出的是他对宿命轮回意识的哲学思考。"一种小说技巧总与小说家的哲学观点相关联。"②正如苏童自己所言："人物的循环、结构的循环导致了主题的、思想方面的宿命意味的呈现。"③小说是关于时间的艺术，从根本上来说，苏童之所以能够在小说中设置"人物的循环、结构的循环"，或许正是因为他的很多小说在叙事时间上都利用了季节的循环性。

季节在苏童的小说展示出了不同的功能：作为自然时间的季节承载着小说的情感与氛围，作为故事时间的季节标注着小说情节的发展与人物命运的嬗变，而作为叙事时间的季节则展示着苏童在叙事技巧上的形式实验。可以说，情感上的深刻表达与形式上的独到探索共同构成了苏童小说的季节叙事特征。有人说苏童的小说是先锋的，也有人说苏童的小说是传统的，似乎先锋和传统处于一种无法调和的状态。当我们着重探讨苏童小说中的季节美学时，可以发现，苏童的小说既是传统的，又是先锋的。作为自然时间与故事时间存在的季节书写汲取了传统文学的养分，而作为叙事时间存在的季节书写则吸纳了西方文学的营养。传统文学与西方文学的共同影响，构筑了苏童小说别具意蕴的季节美学。

（本文原刊于《当代作家评论》2020年第6期）

---

① 张元珂：《寻根、对话、识见与大文体实践——论夏立君〈时间的压力〉的精神品格与当代意义》，《中国当代文学研究》2019年第4期。
②〔法〕让-保罗·萨特：《关于〈喧哗与骚动〉·福克纳小说中的时间》，《萨特文学论文集》，第22页，施康强等译，合肥，安徽文艺出版社，1998年版。
③ 林舟：《永远的寻找：苏童访谈录》，《花城》1996年第1期。

科学与人文张力之下的叙事
——以刘慈欣《三体》系列为中心

计文君

一

2007年，《三体》出版后，刘慈欣与江晓原有过一次广为人知的对话。刘慈欣声称自己是个"疯狂的技术主义者"，他坚信"技术可以解决一切问题"。江晓原据此认为刘慈欣是"科学主义者"，但江晓原认为科学并不能解决所有的问题，譬如"人生的目的"。刘慈欣的回答是："科学可以让我不去找人生的目的，譬如说，利用科学的手段把大脑中寻找终极目的这个欲望消除。"[1]

刘慈欣在这次对话中提到了正在创作的小说内容，"假如造出这样一台机器来，但是不直接控制你的思想，你想得到什么思想，就自己来拿"。后来我们知道，他指的就是《三体》第二部中面壁人比

---

[1] 刘慈欣、江晓原：《人类为什么还值得拯救》，《新发现》2007年第11期。

尔·希恩斯的"思想钢印"。刘慈欣在现场和江晓原做了"为了人类文明存续下去是否吃人"的思想实验,在《黑暗森林》中,他将此安排成了"青铜时代"号舰队成员在"黑暗战役"之后的真实选择。江晓原向刘慈欣发问:"在中国的科幻作家中,你可以说是另类的,因为其他人大多数都去表现反科学主义的东西,你却坚信科学带来的好处和光明,然而你又被认为是最成功的,这是什么原因?"刘慈欣回答:"正因为我表现出一种冷酷的但又是冷静的理性。而这种理性是合理的。你选择的是人性,而我选择的是生存,读者认同了我的这种选择。套用康德的一句话:'敬畏头顶的星空,但对心中的道德不以为然'。"[①]

引用作家的传记资料用以阐释作品是要谨慎的,即便是夫子自道,其权威性和准确性也需要辨析和界定。2018年,刘慈欣在另一场对话中,说自己"不算是科学主义者。因为我觉得作为一个写科幻小说的人,应该让自己的世界观处于一种飘忽不定的状态。如果有太明确、太坚定的世界观的话,写出一个作品来是不好看的。因为科幻小说它本来就是表现一种人面对宇宙的迷茫"[②]。

作为类型文学的一种,科幻小说有其文体自身的规定性,"天然"要展现"科技"的力量。但刘慈欣在《三体》系列作品中,整体性地思考人类文明命运的叙事企图清晰可辨,因此动用的思想资源必然非常复杂。必须看到,他在叙事中,一边凸显科学技术成为决定文明生死存亡的力量,一边也始终让人文的力量在场生效。第二部《黑暗森林》中,罗辑的内在动机是对妻女的爱,他的爱人庄颜是其小说创作时拟想的"梦中人"化身,两人定情的地点是卢浮宫,在那幅文艺复兴的象征物《蒙娜丽莎》前面。第三部《死神永生》中,那位被众多读者诟病的程心,却被小说家一直保护着存活

[①] 刘慈欣、江晓原:《人类为什么还值得拯救》,《新发现》2007年第11期。
[②] 刘慈欣、潘石屹:《人类正活在技术的安乐窝里》,引自 https://finance.sina.com.cn/china/2018-10-12/doc-ihmhafir1878673.shtml。

到"宇宙的尽头",留下了叙事文本《时间之外的往事》作为人类文明存在过的记录……

与其去逼问"大刘本意",不如认真观察小说提供的纷繁多姿的"思想景观"。诞生在21世纪初的这三部作品,在世界范围内引发了广泛的兴趣,获得巨大肯定,因为它构成映射当下人类文明困境的"镜域"。进入21世纪20年代,人类处在人文与科技的张力拉扯之中,这是最为重要的现实之一。我们的人文学者开始研究人如何逐步"丧失了主体性",如何从"机器"带来的"理性荒诞中突围",厘定"人学是文学"。[①]但我们能够看到直接呈现这一张力的叙事文本并不多,《三体》系列小说,应该是个罕见的例外。刘慈欣让科学与人文两种向度的力量在他的"叙事实验室"中形成具有巨大不确定性的耦合力场,间接指向一个重大且颇具现实性的问题:当人——个人乃至人类——作为意义生成的来源开始变得可疑之后,叙事该怎么办?

二

人成为意义之源,是人文主义得以确立之后发生的。在此之前,无论东方还是西方,在各自的文化体系中,人的意义是由某种超越力量赋予的。无论是作为神的选民,还是天地之间的"一才",人在不同的"宇宙故事"中占据一个位置,且因为承担了那个位置赋予自己的使命,因而获得了意义。无论这个使命是让"神的道行在地上犹如行在天上",是笃行教义进入天国,还是"奉天承运"统一六合,是"致君尧舜上",抑或只是春种秋收传宗接代。

进入现代社会之后,无论意识形态和文化形态有着怎样的不同,

[①] 黄平:《人学是文学:人工智能写作与算法治理》,《小说评论》2010年第5期。

人文主义思想已经成为人类通约的文明共识：人拥有自由意志，人是道德主体，人同时也是艺术、市场、政治的主体，人是一切的出发点和目的。自然，人也成为现代叙事的意义生成的根源。虽然人文主义思想在发展过程中产生了各种分化，这个"人"，可能是指第一人称单数的"我"，也即个人；也可能是指第一人称复数的"我们"，作为历史主体的"人民"。现代叙事分别在"我"和"我们"的身上生成意义。

人文主义思想的这一胜利，与现代科学与理性的兴起是同时的。某种意义上，科学进步与理性崛起有力支持了人获得"大自然的主人与所有者"的地位，也为以"人"作为价值标准的人文主义思想扫清了道路。我们曾经以为：科学处理的是与"物"相关的问题，生成描述事实的各种知识；人文处理的是与"我"相关的问题，生成关于人与人以及人与世界的各种关系及意义。我们可以让科学的归科学，人文的归人文，这显然是一种误解。

科学塑造了人的认知观念，带来了海量的知识，尤其到了20世纪，知识与知识之间的学科壁垒越来越高，人们因此变得更加"盲目"，既"无法看清世界的整体，又无法看清自身"，掉进了海德格尔所谓的"对存在的遗忘"那样的状态。胡塞尔在1935年发表演讲，认为欧洲科学造成了"欧洲人性危机"，这个"危机"可以一直追责到伽利略、笛卡尔那里。

米兰·昆德拉谈及胡塞尔的这次演讲时说："将这一如此严峻地看待现代的观点看作是一种简单的控诉会很幼稚，我倒认为两位伟大的哲学家（指胡塞尔与海德格尔）指出了这一时代的双重性：既堕落，又进步。"[1]昆德拉是小说家，他认为"现代的奠基人不光是笛卡尔，还有塞万提斯"，"现代小说从现代的初期开始，小说就一直

---

[1]〔捷克〕米兰·昆德拉：《小说的艺术》，第5页，董强译，上海，上海译文出版社，2004年版。

忠诚地陪伴着人类。它也受到'认知激情'（被胡塞尔看作是欧洲精神之精髓）的驱使，去探索人的具体生活，保护这一具体生活逃过'对存在的遗忘'，让小说永恒地照亮'生活世界'"。①

自现代以来，叙事从各个层面充当着人性的呵护者和捍卫者，这里的叙事不仅指昆德拉谈及的以展现存在复杂性和人的可能性为使命的作为艺术的小说，即我们通常所谓的严肃文学，而且也包括各种大众文化叙事，如各种类型小说，影视叙事等。但随着时代的发展，我们发现在人文主义大框架内完成意义生成，变得越来越困难，也越来越无力。机械复制时代，越来越"贫乏"的经验使得人这个意义之源呈现出"枯竭"的态势，世界和人都被科学和技术实质性地改变了，尤其是信息技术和生物科学的发展，把"人何以为人"这样的根本性问题，推到了叙事者的面前。

但人文主义原则依然颇为有力地约束着我们的叙事。科幻叙事是可以完成某种"越界"实验的理想场域，但事实上我们收获的却是大量"反科学主义"的作品，有对人性的批判，但更多的是对技术"越界"的恐惧，叙事给出的可以依赖的对抗性力量，还是人类自身。最为典型的例子就是电影叙事中"人与非人"的"战争"想象，如《黑客帝国》三部曲、《逃出克隆岛》《AI》等，最终都是一曲人的颂歌：因为人有爱、忠诚、勇敢、尊严、主体性、自由意志……

科学虽然没有替代人文成为意义的基础，但科学思维却对人文思想构成了制约和限制，开始动摇这一基础。以阿加莎·克里斯蒂的经典侦探小说《东方列车谋杀案》的三次电影改编为例：1974年版的设定与原著基本一致，据说是克里斯蒂生前看过最为认可的电影改编，波罗的愤怒在于自己遭受了愚弄，12人陪审团的"形式"

---

① 〔捷克〕米兰·昆德拉：《小说的艺术》，第6页，董强译，上海，上海译文出版社，2004年版。

改变了血亲复仇的性质，谋杀成为审判，最后道德和智力握手言和，波罗给出一丝释然的微笑；2010年版剧集中，波罗天人交战，在"不可杀人"的宗教戒律、"法律的信念一旦崩塌，文明社会将无栖身之所"的坚持和"正义复仇"之间无法抉择，最后面色冷峻的波罗在沉默中紧紧攥着自己的念珠，而杀人者则有充分的自省与道德边界——不能因为要掩盖秘密而再次杀人；2017年版电影中，波罗在揭秘之后，毫不困难地做出了选择，因为他看到的不是陪审团，也不是"复仇者"，而是"病人"，他们需要的"不是惩罚，而是治疗"。①

从这个例子中，我们可以清晰地看到技术理性对于人文精神的入侵。叙事从完全信任"人"的情感和道德判断，到认知到人的有限性而陷入自我挣扎，最后我们发现，原来科学真的可以"让问题消失"：PTSD（创伤后应激障碍）构成了对戕害行为的动力阐释，这使得叙事毫无意义，如同"抑郁症"会消解叙事中一切悲伤的思想价值与审美价值。

80多年前胡塞尔敏锐地发现科学把世界变成了一个简单的、科技与数学探索的对象，引发了"欧洲人性危机"；40多年前昆德拉还认为可以信赖"伟大的欧洲小说的传统"，杰出的叙事里有着对抗"简化"的力量；到了21世纪，面对彻底被科技"祛魅"的世界，就连人文学科本身，都开始略带不安却难掩兴奋地拥抱数字技术了："算法"出版诗集，介入文学批评，"数字人文"作为一种新的研究方法对传统人文研究发起了全方位挑战。②

---

① 这三部根据克里斯蒂原著改编的影视剧分别是：1974年英国G.W.Films 2.EMI Films Ltd出品的电影《东方列车谋杀案》；2010年英国ITV出品的系列剧集《大侦探波罗》中的同名剧集；2017年，二十世纪福克斯公司出品的同名电影。

② 邵燕君等：《数字与文学的对话——"数字人文规范对传统文学研究方法的挑战"研讨会纪要》，《中国现代文学研究丛刊》2020年第5期。

本该最具思想生产力的严肃文学，似乎还陷在碎片化的个人经验泥潭里，拽着文化冲突的藤葛探出头来，呼吸一下后现代虚无的悲凉之雾，看着万马奔腾的现实，一筹莫展。这种朝向自我和微小化的趋势，也出现在科幻小说这样的类型文学创作中，那些宏大的"太空歌剧"，诞生也都几十年了。严锋说刘慈欣"竟以太空史诗的方式重返历史的现场"，"在当今这个微小化、朋克化和奇幻化的世界科幻文坛，相当不与时俱进"。[①]

刘慈欣的异质性不只表现在将自己的科幻叙事嵌入了真实的历史时空，同时又延展到了宇宙尽头，建立了恒星际的"社会学"，更具价值的是他放弃了很多叙事者都有意无意遵循的"政治正确"，以一个"零道德"的宇宙作为实验空间，整体性地审视现代以来的人文思想，重新讨论人的位置和价值生成。

三

第一部《三体》的叙事设定中，小说时间与真实历史时间是同构的：从20世纪60年代中期到21世纪初。小说的整体架构是侦探小说，中文版全书分为36个章节，以警察史强所代表的地球官方力量侦破物理学家自杀之谜案进入故事，以"科学边界"成员物理学家汪淼介入"三体"游戏进而加入ETO（地球三体组织），从而破获这一组织谜案作为主线索，叶文洁和伊文思的往事是以回忆的形式进行插叙，辅以红岸基地揭秘档案这样的拼贴文本补充信息。《三体》英文版在结构上做了一些调整，分为三部分："寂静的春天""三体"与"人类的落日"。[②]除了将插叙部分内容前置作为序曲性质

[①] 严锋：《心事浩渺连广宇：〈死神永生〉序言》，刘慈欣：《死神永生》，第3页，重庆，重庆出版社，2010年版。

[②] Cixin Liu, The Three-Body Problem, Translated by Ken Liu, NewYork, Tom Doherty Associates，LLC，2014, p.8.文中引文为笔者翻译。

的第一部分,其余内容一致,并未改变侦探小说所规定的信息释放原则。

  无论在中文版中作为插叙,还是英文版中作为序曲的第一部分,《三体》对"文革"的描写,营造的都是图景式的"历史感",而非真正的历史书写。我们当然不能苛求刘慈欣在科幻小说中进行深入的中国当代史书写,"文革"在《三体》中呈现为降临在个体身上的社会性灾难,这恰好对应了我们通用描写"文革"的语汇"十年浩劫"。这一无法追责、无人忏悔的灾难,成为叶文洁对人类绝望的直接原因。随后,经济发展带来的生态灾难与"冷战"格局因核武器带来的"末日"威胁,使得"人的本质"被叶文洁定义为"丑恶与疯狂"。

  对人类本质的思考,使叶文洁陷入了深重的精神危机。她首先面临的,是一种奉献目标的缺失,她曾是个理想主义者,需要将自己的才华奉献给一个伟大的目标,现在却发现,自己以前做的一切都全无意义,以后也不能有什么有意义的追求。这种心态发展下去,她渐渐觉得这个世界是那样的陌生,她不属于这里,这种精神上的流浪感,残酷地折磨着她……[①]

  创伤性经历与意义感缺失,是类型叙事中"大反派"诞生的经典原因。无论叙事者赋予此类角色怎样的性格特征和行为呈现,可能是嚣张疯狂,也可能是冷峻隐忍,但对其精神世界的定性都是扭曲、病态的,由此滋生的邪恶驱使其犯下"反社会"甚至"反人类"的罪行,最后通过设定忏悔或惩罚性情节来完成意义生成。刘慈欣的叙事抛开了这个人文主义框架,给了叶文洁这个"科学女性"完全不同的设定:"拒绝忘却","用理性的目光直视那些伤害了她的疯狂与偏执"。不仅如此,刘慈欣还让她把自己的思考放在了古今中外的哲学和历史的经典著作里去进行衡量和判断,从而完成了自觉且

[①] 刘慈欣:《三体》,第201、200页,重庆,重庆出版社,2008年版。

理性的选择。①

当"人"不能成为意义之源,叶文洁回到了"神",向想象的"他者"和超越性力量求助。来自四光年外的一丝信号,使她再度拥有了理想——将宇宙中的更高文明引入人类社会。她判断文明高低的标准简单粗糙:技术水平等于文明程度。叶文洁做出的"超级背叛",是当代叙事中少有的对人文立场的彻底背离。但离开人文立场之后,叶文洁的立足之地却是混合着多种主义和目的的ETO(地球三体组织)。刘慈欣显然并不认为这些"思想资源"是有价值的选择,但作为叙事者,他对叶文洁的处理非常特别,他小心地维护着叶文洁的"体面",这是一种怀着特殊的尊重和理解的"悬置"。这一点对比那位ETO的实际创立者和操控者伊文思的情节设定可以看得更为清晰。这位"物种共产主义"者,不只反对人类中心主义,而是直接把人类看成了地球上需要消灭的"害虫",刘慈欣毫不留情地让他在"古筝行动"中被切成三截,死无全尸了。

否定显然是更容易的选择。但刘慈欣始终没让叶文洁说出一句带着忏悔甚至自我否定的话,叶文洁被捕后,坦白了曾经杀人的罪行及所了解的三体方面的信息,更是平静地表达了自己的观点:拥有跨越星际的技术能力、科学昌明的三体世界,必然拥有更高级的文明和道德水准。审讯者问她:"你认为这个结论,本身科学吗?"叶文洁没有回答。此处刘慈欣让审讯者"冒昧地揣测"了一下叶文洁的思想来源,其父亲深受祖父科学救国思想的影响,而她又深受父亲的影响。叶文洁不为人察觉地叹息了一声,回答:"我不知道。"②在获悉了"三体世界"的真相之后,叶文洁更加沉默。

这份沉默里有着叙事者有意为之且内蕴复杂的"悬置"。正如埃科所说,侦探小说在所有的叙事模式中最具"形而上"意义,"哲学

---

① 刘慈欣:《三体》,第201、200页,重庆,重庆出版社,2008年版。
② 刘慈欣:《三体》,第261页,重庆,重庆出版社,2008年版。

（精神分析也一样）的基础问题和侦探小说是同一个，谁之错？"①

侦探小说的结尾，人物固然可以"死不认错"，作者却不可以不给出判断。但刘慈欣没有让这个判断轻易落下来。他甚至在"尾声"中安排了雷达峰、红岸遗址、夕阳如血云海浸染这样优美、壮丽的背景，让暮年的叶文洁远眺云层下面的齐家屯——人性的美好与温暖在这个小村庄里曾把她冰原般的心融化出了一汪水，让她意味深长地完成了一次宣告："这是人类的落日……"

这样的叙事设计很难在人文主义的框架内生成确定的意义，反而在立场腾挪的缝隙间造成错综的张力，构成一个敞开的思考空间，悬置给出的不是陈腐的答案，而是一系列崭新的问题：人类文明的基础原则，是否该变一变？如何变？我们能信赖的力量和改变的目的是什么？

四

第一部《三体》中抛出的问题，在第二部《黑暗森林》和第三部《死神永生》中，刘慈欣以"毁天灭地"为代价，进行了彻底而全面的实验。

《黑暗森林》从叙事的角度来看，采用的是我们最为熟悉的个人英雄成长史的模式。小说的设定进入未来时间，以"应激"状态的人类社会为大背景，男主人公罗辑，一个虚无的个人主义者，有着小布尔乔亚的多愁善感与玩世不恭相混杂的气质，随着叙事展开，在外界压力和内在情感的合力驱动下，他靠着对"黑暗森林法则"的参悟，以个人生命为骰子，把两个星系文明中的所有生命，放在了"宇宙的赌桌"上，最终建立起威慑平衡，从而暂时拯救了"三

---

① 〔意大利〕翁贝托·埃科：《玫瑰的名字》，第55页，沈萼梅、刘锡荣译，上海，上海译文出版社，2010年版。

体"危机之下的人类,成为救世英雄,并且迎来了与妻子女儿的团聚。

在《黑暗森林》中,刘慈欣用两类诞生于这段未来时间的"新人类"继续着第一部中的叩问。第一种新人类是"二次文艺复兴"之后的人类主体。"三体"危机爆发之后,人类经历了在战备高压之下经济萎缩民生艰难的"大低谷",人口锐减至公元时代的一半,人类领悟到应该"给岁月以文明,而不是给文明以岁月","活在当下"带来了技术的进步和文化的繁荣。"末日之战"来临之前,刘慈欣描摹了"新人类"沉浸在夜郎自大的进步幻觉和文化优越感中,还戏谑地通过来自公元世纪的冬眠者之口,把准备接纳三体人进入人类社会的"阳光计划"推行者叫作"东郭族"。一位"东郭族"议员躲避着反对者投来的西红柿,一边坚持演讲:

> 我请大家注意,这是第二次文艺复兴后的人文主义的时代,这个时代对各个种族的生命和文明给予最大的尊重,你们就沐浴在这个时代的阳光中……这个原则不仅在宪法和法律上得到确认,更重要的是得到了所有人发自内心的一致认同……阳光计划不是慈善事业,是文明人类对自身价值的一次确认和体现![1]

接下去,刘慈欣便在小说中用"强互作用力"技术铸造的"水滴",将这个脆弱的"人文主义时代"击得粉碎,"阳光"新人类陷入了导致社会失序的精神崩溃与末日癫狂之中。

另一种新人类则与之相反,这些少数的"例外",是由于章北海驱舰"叛逃"、丁仪的先见之明而从"水滴"屠杀下幸存,后来组成"星舰地球"的舰队成员,他们在争夺生存资源中互相残杀,胜出者成为太空"黑暗怀抱中哺育出"的"黑暗的新人类",但"黑暗是生

---

[1] 刘慈欣:《黑暗森林》,第358页,重庆,重庆出版社,2008年版。

命和文明之母"。①也正是这部分"星舰地球"上的"黑暗新人类",将人类文明延续到了宇宙的尽头。

刘慈欣无情嘲讽了信奉人文主义的"阳光新人类"在精神上的"幼态持续",但也没将他的英雄罗辑放进生存至上的"黑暗新人类"行列中。罗辑手握叶文洁转交的"人类胜利的钥匙",在与妻女别离后的孤寂里独自"面壁",饱受误解、诋毁和伤害,最终成长为"伟大战士",既有宇宙公理赋予的"霹雳手段",又怀着人文主义的"菩萨心肠",只手扶起了孩子般挨打后只会倒地大哭的"阳光"新人类社会。《黑暗森林》的结尾,一家团圆的罗辑与最初向叶文洁发出警告的三体人对话,表示愿意为"爱"冒险,"我有一个梦,也许有一天,灿烂的阳光可以照进黑暗森林"。②

前两部构成了叙事上的完整性,刘慈欣通过罗辑这个人物,某种意义上回答了第一部通过叶文洁抛出的问题。但这个回答显然抒情性大于思想性,如同罗辑建立的"威慑平衡"一样,"爱的力量"生效,完全依赖个体英雄的人格特质。于是在后来得以完成的第三部中,刘慈欣进行了更进一步的思想实验。

第三部《死神永生》有着"史诗"叙事的架构,将近50万字的规模,分为六部分,扉页是纪年对照表,几个主要角色程心、云天明、维德所占篇幅都相对有限,刘慈欣把叙事重点放在宇宙图景的描绘和更多带着明显思想实验性质的极端情境的设计上。罗辑兼而有之的"霹雳手段"与"菩萨心肠",在第三部里被分别赋予了维德和程心,前者的有效性遭到了后者一次又一次地破坏。

在刘慈欣的叙事设定中,人类社会始终处在一种夸张的幼稚状态,肤浅、脆弱,自以为是且无比自恋。三体世界在向人类输出技术的同时,也输出了模仿人类文化艺术的作品,人类将此现象称为

---

① 刘慈欣:《黑暗森林》,第423页,重庆,重庆出版社,2008年版。
② 刘慈欣:《黑暗森林》,第470页,重庆,重庆出版社,2008年版。

"文化反射"。三体世界的反射文化甚至"取代了在颓废中失去活力的地球本土文化，在学者中成为新的文化思想资源和美学理念的源泉"，[①]对着"镜子"顾影自怜的人类显然忘记了，这短暂而虚假的美好，不过是"威慑平衡"庇护下的"幻影"，也忘记了，被迫转向后的三体第一舰队，正在必死的绝境中坚忍地等着求生的机会。

张维迎在分析人类非理性"陷阱"时指出：决策需要信息，但大部分决策信息是不完备的，存在缺失。特别是，越是重大的、一次性的决策，信息缺失越严重。这就是哈耶克讲的"无知"（Ignorance）……无知使得决策变得非常不容易，而更大的麻烦是，许多人不仅不知道自己的无知，甚至认为自己无所不知，而结果就出现了哈耶克所讲的"致命的自负"（Fatal conceit）。致命的自负常常导致灾难性的决策。[②]

人类这次导致"地球失落"更换执剑人的决策，并非三体人"欺骗"的计谋得逞，更本质上是人类有意无意"自欺"的结果。在《三体》三部曲中，也有少数清醒的智者，譬如苦心孤诣的"独立面壁者"章北海驾驶"自然选择"号"叛逃"，物理学家丁仪让"量子"号与"青铜时代"号提前进入"深海"状态，他们之所以在关键时刻做出了正确的决定，不是因为他们比别人拥有更多的信息，而是因为他们对自己的"无知"有着足够的警惕与明智的判断。

在刘慈欣设计的"零道德"宇宙中，人的各种有限性被一再放大，人文主义精神被折射为"爱的童话"成为生存的最大障碍。然而被人类选择或者裹挟的"爱的化身"的程心，虽然"一错再错"，但被叙事者保护到了宇宙尽头，爱人且被人爱，洞悉宇宙无比黑暗的真相之后，依然愿意为新宇宙诞生而牺牲自己可以安享的"小宇宙"。这显然是一个更具思想广度的回应。虽然不是答案，却指出了

[①] 刘慈欣：《死神永生》，第104页，重庆，重庆出版社，2010年版。
[②] 张维迎：《不可高估理性的力量》，《读书》2020年第10期。

方向，人类文明只有在更为宽广的思想框架下，才有可能完成更新和发展。

五

刘慈欣在为《三体》英文版写的后记里回忆了自己少时在故乡河南农村的经历，他坦言并不是要通过自己的小说批评现实，而更想把科学讲述的关于宇宙和万物的瑰丽诗篇用叙事"翻译"给大众，不过他接着又说：

但是，我无法逃避现实，就好像我不能离开自己的影子。现实在我们每个人身上烙上了难以磨灭的印记。生活在任何时代，人们身上都会套上那个时代隐形的桎梏，而我只能戴着自己的镣铐跳舞。在科幻小说中，人类经常作为一种整体被描写。而在这本书中，一个名为"人类"的人遭遇了一场灾难。面对存在和湮灭，他表露的一切毫无疑问都可以在我经历过的现实中找到根源。科幻小说的奥妙在于，在假想的世界设定中，它可以将那些在我们现实中邪恶和黑暗的事物变得正当和光明，而反之亦然。这部书以及两部续集旨在于此。但是，不管现实如何被想象扭曲，归根结底它还在那里。①

成功的叙事作品一定具有广阔的阐释空间，但我认为刘慈欣最值得敬佩的一点是，作为罕见的例外，直面了今天最大的现实：科学与人文的张力使得人类文明的基础框架正在扭曲开裂。科学技术并不是人文精神的"敌人"，它只是把一个没有目的的宇宙放在了人文面前，强迫它讲述一个新的"宇宙故事"，生产出新的对于人类有

---

① Cixin Liu, The Three-Body Problem, Translated by Ken Liu, NewYork, Tom Doherty Associates, LLC, 2014, p.668. 文中引文为笔者译。

效且有力量的"意义"。

通过上文对于《三体》系列作品的叙事梳理，可以清晰地看到刘慈欣虽然挪动了"人"作为唯一意义之源的位置，通过设置力量相反的叙事"暗物质"，凸显、放大了人的种种有限性，如果对客观世界和人类社会发展规律缺乏深刻的洞见，人文主义很可能是具有"腐蚀性"的，但他并没有放弃人文精神，始终把它当作人类珍贵的文明成就，期待着它能与新的思想资源的产生耦合，完成更新、超越和重生。

相比之下，沉浸在个人话语营造的"主体性幻觉"中的严肃文学，显然与今天最大的现实产生了距离。科学与人文对于人类来讲，都是无比重要也无比珍贵的成就，每一点进步都来之不易。原本人类左手执黑，右手执白，在下两盘棋，但棋至中盘，不断延展的两个棋局混在了一起。我们习惯依赖的思想资源正在失去阐释能力和对人的影响力，这是今天整个人类社会——无论生活在哪个文化场域中——的叙事者，都不得不面对的现实难题。人类文明走到了需要自我更新的历史节点，直面这一现实的叙事，必须更具想象力、创造性和思想生产能力。

（本文原刊于《当代作家评论》2021年第1期）

空间·古典·自我

——贾平凹《暂坐》与《废都》中的美术书写

李徽昭

贾平凹长篇新作《暂坐》[①]以茶庄空间为舞台,串联起诸多女性与作家羿光的故事。小说中,与美术有关的空间与行动成为故事演进、形象深化、时代呈现的核心元素,这也是贾平凹称之为城市题材小说的重要原因。考量贾平凹另一长篇《废都》,其与《暂坐》相似的善书能画作家形象以及书画交游、美术陈设等内容,结合贾平凹本人的书画创作、器物收藏经历,可以辨析出贾平凹城市题材小说与美术书写、自我表达的内在关系。从《废都》到《暂坐》,从1993年到2020年,通过书写有特定审美意味的美术陈设、书画生活,贾平凹袒露与追问了自我,揭示了都市人始终难以安妥灵魂的当代处境,从而与其《极花》《带灯》等乡村题材小说形成反差,也与叶兆言、王朔等城市书写拉开距离。他以多维美术书写实现了对文学

---

① 贾平凹:《暂坐》,北京,作家出版社,2020年版。文中引文均出自此版本,不另注。

的审美超越，也实现了时间艺术（小说叙事）与空间艺术（美术书写）的汇合沟通，开拓了城市叙事的新境界。因此，美术既是贾平凹两部长篇叙事的能指，也是其城市题材的所指，更是贾平凹文学超越的精神所在，在此意义上，《暂坐》《废都》与贾平凹的书画生活及当代美术形成了多重互文，也具有美术史的丰富意义。

空间陈设的美术意味

贾平凹早年长篇小说《废都》标题即彰显空间性，《暂坐》更以茶庄为核心空间，可见其特别重视空间的营构与书写。空间既是人类存在的本源属性，也是美术等空间艺术的核心元素，因此，场所空间、视觉呈现中的美术陈设、物品等，便成为小说叙事要素和人物活动背景。《暂坐》中的茶庄就是以美术为主要表征的时代精神空间，也是贾平凹美术趣味、叙事指向的特殊体现。小说起笔于俄罗斯女子伊娃回到西京，来茶庄找海若，茶庄便成为人物行动、故事腾挪的核心场所。贾平凹以现实主义手法极尽细节刻画了这一场所，从"绿底金字""一笔一画都格外醒目"的茶庄牌匾，到供奉茶祖陆羽，仿明式桌椅几案及其上玉壶、梅瓶、瓷盘、古琴、如意、玛瑙、珊瑚、绿松石和形态不一的插花等，还有长案上的汉白玉佛像、香炉，罗汉床堆着的手链手串，无不昭示着现代语境下的中产美学趣味，也是美术学重要的考察研究对象。"艺术存在于场所中"[①]，如此细节化的美术陈设既是贾平凹城市叙事的空间背景，也是海若等女性和作家羿光的古典趣味所在，显示出艺术与城市、与中产的隐秘关联。不仅如此，小说还极尽铺张地叙述了四面墙绘制的力士、山林、舍利塔、释迦牟尼、飞天等佛教壁画图像，并指出这是海若开

[①] 〔美〕罗伯森、迈克·丹尼尔：《当代艺术的主题：1980年以后的视觉艺术》，第176页，匡骁译，南京，江苏凤凰美术出版社，2012年版。

辟的"独自清净的空间",也即女子们日常聚会隐秘的美学场域与话语空间。从美术摆设到墙壁绘画布置,这些凸显佛教与传统精神的美术陈设与经济独立、自我意识强烈的现代女性形成了强烈反差,也推动茶庄场所与诸多女性形象达成了精神、审美的多重契合,为海若、夏自花、冯迎等女性命运走向定下了难言的基调,达到了空间与人物、个体与时代等多维度的审美反向式汇通,从而与贾平凹所固守的秦岭乡土叙事构成反差,达成了小说叙事的城市空间意味。

茶馆本是城乡常见的公共场所,也是一种私密(人与人沟通)与公开(外在于家庭)相交集的现代媒介空间,老舍的《茶馆》正是借由这一多向能指的小空间检视着时代与命运的大变化。21世纪以来,随着社会发展变革,茶馆开始在大小城市兴起,渐成彰显社会话语和时代美学的新兴公共场所。在美术学意义上,"场所是一种人类行为的背景,是浸透着某种精神的环境。场所代表和映射了其居住者和其他人的观点和视角"[①]。《暂坐》中,茶庄中有形的仿古家具、美术饰品寄寓着海若等现代女子特定的精神向度,映射了这些女性与时代的隐秘关系,即在物质之外有着更为迫切的精神欲求,反衬着这些表面经济独立女性内在精神的缺失。在此意义上,茶庄是叙事形象精神认知与审美认同的场域,隐含着海若等都市女性的历史、命运、审美等精神向度的迷茫,因此结尾冯迎、夏自花故去,海若被纪委带走,茶庄爆炸成一片废墟,凸显了精神困顿的后果。小说对茶庄诸多美术物品、绘画等细节描写,以多元方式呈现了现代人的精神样态,投射出城市中产身份、中产趣味背后的空洞虚无,为故事发展铺设了空灵黯淡的宗教背景。

小说不仅聚焦茶庄场所空间,还以美术视觉思维对城市空间进行了有效的审美转化,如应丽后看到的香格里拉饭店山水画,西涝

---

① 〔美〕罗伯森、迈克·丹尼尔:《当代艺术的主题:1980年以后的视觉艺术》,第168页,匡骁译,南京,江苏凤凰美术出版社,2012年版。

里白灰墙的"拆"字,羿光拾云堂的空间布置,曲湖街道不断变幻图案的广告灯箱,城中村的纷乱景象,伊娃离开时的花街,都是美术视觉元素营造出的场所空间,也是具有特殊精神认知的城市氛围。和《暂坐》一样,《废都》也彰显了类似的视觉审美空间,如鼓楼旁、孕璜寺周边、城墙根鬼市、大雁塔灯会、庄之蝶书房、清虚庵等。这些场所空间无不带有美术感知的丰富视觉性,"场所可能是个人身份的一个核心层面"[1],细节化的美术空间烘托出人物形象的特殊情境,凸显了现代人的魅惑性、颓废感。《废都》里庄之蝶的苍凉、迷茫、虚无情绪,内在契合着鬼市、废弃城墙、清虚庵的氛围。《暂坐》中,伊娃与羿光在拾云堂的情欲纠葛既传导着身体的感性,也与拾云堂魅惑的美术氛围有关。从《废都》到《暂坐》,贾平凹着力以美术视觉元素凸显古都西京的颓废、迷茫与荒凉,在空间美学意义上接续了波德莱尔等西方现代城市叙事。这种空间场域塑造着居于其中的各色人等,如《暂坐》中被病痛折磨的夏自花、独自带孩子的海若、求人办事的陆以可、绘制壁画的未出场就已死的冯迎,都与魅惑的城市空间达成了精神一致,尤其是《废都》之"废"及庄之蝶的空虚迷茫,无不与美术视觉审美中的城市相吻合,显示出空间即人,也就是贾平凹对现代城市与人的困顿状况的特殊思考。

从《废都》到《暂坐》,贾平凹跨越近30年再度聚焦城市,从书画特定视角呼应城市书写,隐含着他特有的书画生活感受与视觉空间认知。在西安,贾平凹的书画艺术身份是被彰显的,他自陈"对书画家、戏剧家生活之熟悉,可以说比作家还要熟的"[2],他收集陶罐汉罐古物,出版12本书画集,与西安书画家交游往来,这些行为毫不逊色于其文学行动。美术趣味、书画实践和城市生活一起影响

---

[1] 〔美〕罗伯森、迈克·丹尼尔:《当代艺术的主题:1980年以后的视觉艺术》,第167页,匡骁译,南京,江苏凤凰美术出版社,2012年版。
[2] 贾平凹:《与田珍颖的通信(二)》,《关于小说》,第72页,北京,生活·读书·新知三联书店,2015年版。

了贾平凹对西安的特有感知，在大雁塔、钟楼、鼓楼、街巷庙宇、城墙古碑中，贾平凹自觉涵养着视觉审美意识，形成了对现代生活与废都旧城的双重认知。由此，西安以经年习焉不察的空间方式塑造了贾平凹，也对其《废都》《暂坐》的写作产生了无形影响，成就了两部城市题材小说，堪称对现代城市空间的新开掘。与王朔的北京、叶兆言的南京等城市空间叙事明显不同，贾平凹笔下的西安显示出迷茫、颓废、困顿，寄寓着贾平凹从乡村到城市空间流动中的不安与迷茫，也暗含着他对中国乡土社会现代变革的深度思考。而王朔、叶兆言成长于、亲近于北京、南京，他们对各自表现的城市有着内在的从容，可以深入城市精神肌理，安详地发掘城市空间的现代性。就此而言，《废都》《暂坐》显示了贾平凹城市书写的特殊意义，也可认为是当代中国城市叙事的独有向度。

贾平凹城市叙事的独特性主要表现在美术书写上。在大美术视域中，"美术"包含陶瓷、家具、园林、城市空间等诸多内容。现代社会中，作为文化形态的美术"有着非常明确的政治性和'现代性'"。[1]因此与美术相关的内容便产生了"不断变化着的内涵"，与"该时期与地区的文化、政治、社会及意识形态密切联系"。[2]美术在不同层面上昭示着社会思潮与文化发展，逐渐演变成精英文化的主要对象物，茶馆、画廊、美术馆、博物馆等无不是其表现。而乡土乡村美术其实是缺位的，仅存留着相对朴素的民间工艺美术（大多已失去生活功能，因此贾平凹《带灯》《山本》等秦岭乡土叙事便罕见美术书写），即便进入城市也只是点缀性的商品，如《废都》中，原本生活气息浓郁的牛皮影、剪纸、枕顶等悉数在庄之蝶画廊出售，已完全失去其乡土生活价值。从《废都》到《暂坐》，贾平凹以丰富

---

[1] 巫鸿：《美术史十议》，第5页，北京，生活·读书·新知三联书店，2008年版。

[2] 巫鸿：《美术史十议》，第5页，北京，生活·读书·新知三联书店，2008年版。

的美术书写聚焦城市,其中包含精英美术向度的城市空间认知,即只有通过精神与审美向度上的美术书写,才能深度追问自我、城市与时代的关系。

现代城市中,美术陈设是消费主义主导下直观而首要的视觉因素,也是当下社会热衷的视觉消费、视觉经济的焦点所在。《暂坐》中,借由茶馆、大酒店、甜品店等中产阶级视觉审美空间,凸显了城市中产生活的异质性,这是20世纪90年代初的《废都》所没有的,《废都》中只有不断出现的家庭等私密空间,公共空间与现代视觉是相对缺位的。贾平凹曾自陈其"内心深处厌恶城市,仇恨城市"[1],正是这一纠结心理,让其承受着废都西安诸多视觉空间潜移默化的审美影响,让贾平凹能成为贾平凹。这与莫言形成了对照,尽管莫言书法造诣不浅,但其小说始终扎根乡村,少有的城市题材(如《红树林》)也自认不成功,其小说城乡背景也鲜有美术化的空间书写,只是以内化的视觉审美感受呈现在《红高粱》等小说中,这与贾平凹明显不同,说明了两人思想资源与精神样态的显著差异。

古典与现代的美术纠缠

《暂坐》和《废都》聚焦城市人、城里事,这是贾平凹两部长篇的核心所在。城市是现代文明产物,20世纪80年代以来,改革开放以不可忽视的力量改变着中国城市,西安也概莫能外。从庄之蝶游走的黯淡没落的废都来到近30年后的西京,一切似乎都在变,《废都》中周敏、孟云房、庄之蝶日常聚会的家庭空间、私密房间转换为《暂坐》中的火锅店、茶庄、大酒店、国际商厦、能量舱馆、甜品店等。而与《废都》彰显家庭私密空间不同,作为《暂坐》叙事

---

[1] 贾平凹:《〈高兴〉后记一》,《关于小说》,第175页,北京,生活·读书·新知三联书店,2015年版。

的核心空间，茶庄、咖啡馆是现代标志物，是交流往来、谈天论事的现代场所，但又和庄之蝶一样，羿光依旧是能书善画的城市名人、著名作家，一众男女也如《废都》中人，热衷书画艺术、古典物什、古玩物品，这均是《废都》与《暂坐》一以贯之的聚焦对象。现代空间、现代生活与古典物什、古典情绪如此暧昧地纠缠于人物行动、空间场所，代表传统的古物、旧城与当下都市人、喧嚣社会不断交叉往复，这在《暂坐》《废都》中特别明显。

从茶庄开始，《暂坐》着力通过佛像壁画、几案摆设等营造视觉审美的古典趣味，随后众人往来、故事行进始终离不开古典美术事物的不断介入。如送给伊娃的锔了银钉的七星杯；应丽后加了珍珠扇坠的素文扇；徐栖家的冯迎花鸟画；拾云堂的羿光能书善画，喜欢洋酒和咖啡，房间却布满古董；艺品店的寺庙廊鱼；海若的铜锣、古琴、《芥子园画谱》；曲湖众姐妹给乌龟放生；为夏自花写的古典趣味挽联；搞书画装裱、开古玩店的夏自花男友；海若烧的宣纸、翻阅的《妙法莲花经》。叙事中穿插的这些元素无不具有古典审美取向，古典事物代表着传统精神趣味，又集中而缺乏深度地在当下生活中不断浮现，显示出现代生活中别有意味的古典文化反刍现象。古典美术物品代表着对现代社会的审美反抗，即现代社会生活给予海若们的更多是不圆满与残缺，诸如海若离婚、儿子不争气乱花钱；夏自花爱情不顺而独自抚养不懂事的孩子；陆以可年幼负气离乡、与父亲梦幻中相见；司一楠与徐栖的同性之爱；辛起和香港老板彼此算计的情欲破灭。离婚、情欲、同性恋、算计等现代人的精神困惑成为小说关注审视的焦点。尽管海若、陆以可等一众女子经济早已独立，但现代生活不圆满或残缺并非经济所能解决，日常精神空洞、孤独寂寞只能借古典趣味的美术物品达成视觉或心理上的稍许慰藉，这也是善书会画有名头的羿光成为女子群落核心人物的关键所在。《废都》的古典美术趣味则更胜一筹，画家汪希眠仿制古代名家作品，借此发财；城市招牌皆是龚靖元题字；孟云房雅好气功；

城墙根庄之蝶捡拾的汉砖；赵京五家门楼雕刻着山水人物；庄之蝶爱好书画、陶瓷、钱币、砚台等；庄之蝶送给唐宛儿的铜镜；法官司马恭喜好书画收藏；龚小乙转卖的精品字画。一系列古典气息浓郁的美术物品不仅是小说人物的爱好或职业，也是现代人迷茫困顿中寻找精神方向的浅层审美行为，这些浮泛于现代生活表层的古典美术事物象征着一种虚假的传统，隐含着对现代生活的不安与不满，表露出中国现代城市某些角落尚存的颓废气息，映照着庄之蝶、海若们虚无空洞、企求破缺的精神状态，成为小说结尾庄之蝶出走、海若陷入牢狱之灾的潜在背景。

  众所周知，贾平凹一直爱好收藏古玩文物，有着明显的中国古典文化认同趋向，无论是天地人感应的文学观、泼烦琐碎的散文化叙事模式，还是白话与文言混杂的语言风格、巫鬼文化意象的时常介入，[①]都似乎与现代社会生活格格不入，尽管其中蕴含着对中国古代文化与民族主体性的认同，但古典趣味（及其包蕴着对往昔中国的感怀与寄托）恰恰也成就了贾平凹。在其乡村题材长篇小说中，古典取向多与自然人文等神秘意象相关，美术书写很少直接介入，如《古炉》《高兴》《极花》《带灯》等小说，核心意象始终切近乡村现实，带有视觉审美与精神向度的美术书写是缺位的。即便《高老庄》中偶有美术书写，也仅是孪生兄弟从卡通、科幻中受益进行绘画，小石头以独特慧眼穿透人体，画出怪诞图画。只有到了《废都》《暂坐》等城市题材小说中，贾平凹才大量集中展开带有古典趣味的美术书写。这些美术书写集中、自然而贴切，映照着贾平凹自身的书画生活与收藏爱好。应该注意的是，贾平凹以古典化的美术书写嵌入现代城市生活，美术陈设、书画收藏等代表历史过往与精神指向的事物，与城市生活、城市人形成了表层协调而内在冲突的文化现象，寄

---

  ① 林建法、李桂玲：《〈当代作家评论〉视阈中的贾平凹》，《当代作家评论》2013年第3期。

寓着贾平凹从美术生活出发对现代情绪与自身处境的特有认知，即代表文化趋归的古典审美接轨世界的现代之路也无法平稳安定。

20世纪初，"文学革命""美术革命"继起，纷纷以启蒙现代意识向古典文化开战。白话文和写实主义昭示着"文学革命"的巨大成功，而"美术革命"则流于纸面，"大部分画家仍固守传统，陈师曾、金城等传统派画家依旧占据重要位置"，并"有异于新、旧文学之间的营垒分明，新文学与传统绘画的关系呈现出一种多元交错的局面"。[①]其缘由在于古典绘画与文学表达的时间属性不同，美术可见可感的空间化、物质性涵纳着不可替代的直观视觉效果，这种空间化、物质性的视觉文化古典趣味恰好成为趋向现代的新文学作家们的精神慰藉（鲁迅、沈从文等现代作家都葆有古典绘画兴趣）。从这一视角来看，青年时代即开始受到美术影响的贾平凹经年收藏汉罐古玩、热衷传统书画，已自觉形成了特定的古典视觉审美意识，《暂坐》《废都》展现的诸多古典美术物品即是作家的精神意象，也是贾平凹不满城市生活、厌倦现代趣味的内在审美呈现。正如贾平凹所说"须得从世界的角度来审视和重铸我们的传统，又须得借传统的伸展或转换，来确定自身的价值"[②]。趋向古典的审美心理呼应了"美术革命"后仍热衷传统书画的新文学作家们，成为贾平凹在古典与现代纠缠中确立的精神风向标，也是认知贾平凹写作风格的文化符码之一。

自我与时代的美术映照

古典与现代的纠缠最终映照着自我与时代的多重困境，突出表

---

① 张森：《沈从文的中国画意识与"美术革命"之思》，《文学评论》2020年第3期。
② 贾平凹：《〈商州：说不尽的故事〉序》，《关于小说》，第77页，北京，生活·读书·新知三联书店，2015年版。

现在《暂坐》《废都》中的美术书写上，其原因与贾平凹对书法绘画、古物文玩多年研习有关。众所周知，传统书画及古物是贾平凹文学之外的重要爱好。贾平凹自陈"爱好比较广泛，其中之一是收藏秦、汉、唐年间的陶罐"[1]，其"书房当庭摆放的那一个巨大的汉罐里，日日燃香，香烟袅袅"[2]。上千年的陶罐、汉罐蕴含着中国古典文化精神，其包蕴的审美精神在贾平凹意识深处不断延宕伸拓，汉陶罐、古墙砖、书画等不仅被直接纳入叙事题材视域，而且还通过创作主体的审美思维化入小说叙事结构，成为贾平凹以城市叙事表达自我意识的确实体现。直观层面上，古代美术物品自觉映照着贾平凹现实的文学生活，也在羿光的拾云堂和庄之蝶的书房得到一一呈现。如《废都》中柳月看到书架上"西汉的瓦罐，东汉的陶粮仓、陶灶陶茧壶，唐代的三彩马、彩俑"。内在审美中，书画爱好消解了贾平凹文学创作的乏累，写作《秦腔》寂寞难熬时，贾平凹就以"写毛笔字和画画"[3]来解乏。如《暂坐》中羿光为伊娃画像达成对写作生活的调解，和伊娃聊天时，羿光说"写作和绘画的境界都是一样的，只是各有各的表达语言"，自己只是"安时处顺地写写文章，再做些书画，纯粹是以养鸟而养鸟也，非以鸟养而养鸟也"，表达了书画之于羿光文学创作的关系，这不妨说是贾平凹的夫子自道，恰是贾平凹书画生活与文学创作的关联表达。由个人日常爱好出发，贾平凹将其呈现在《废都》《暂坐》城市题材作品中，实际是以小说写美术人、美术事，反衬出与作家自我息息相关的另一个形象。

传统书画是中国人安慰灵魂、抵达精神深处、调节身心的一门

---

[1] 贾平凹：《〈怀念狼〉后记》，《关于小说》，第113页，北京，生活·读书·新知三联书店，2015年版。

[2] 贾平凹：《〈秦腔〉后记》，《关于小说》，第155页，北京，生活·读书·新知三联书店，2015年版。

[3] 贾平凹：《〈秦腔〉后记》，《关于小说》，第156-157页，北京，生活·读书·新知三联书店，2015年版。

艺术，也是文人自我完善的有效途径，贾平凹热爱书法绘画的起点正源于此，但现代场域下，资本驱动下的书画艺术逐渐异化，消费特征日益彰显。贾平凹深知当代艺术背后不可忽视的资本驱动及消费性，他曾质问："如果排除经济利益，你看还有几个人爱书法、绘画？"[①]正是深谙当代书画突出的消费特征，贾平凹才受益于传统书画良多。在西安乃至中国，贾平凹书画行情一直高于不少专业书画家，以致出现不少假冒作品。书画给贾平凹带来丰厚收入，使其写作"没有了经济的压力"，让其"安静地写"。[②]这一艺术消费现实在《暂坐》和《废都》中得到了细致呈现。《暂坐》中，羿光书法作品行价十万一幅；捐客范伯生为羿光拉客户，老板一次买20张书法；陆以可用羿光书法作礼品求许少林办事；市政府以羿光书法为礼品去北京办事；马老板托海若买羿光书法，海若留下数额不菲的费用，将羿光赠予的三幅作品卖给对方。《废都》中的书画消费描写甚至更胜一筹，画家汪希眠专以经营假名人字画为生；书法家龚靖元则赌博成性，鲜见其尽心书艺；为开画廊，庄之蝶设局骗取龚靖元精品书法致其死去；庄之蝶为赢官司，不惜以字画贿赂法官。贾平凹正是透过这种剖析，表达了对资本消费驱动下当代艺术精神缺位的忧伤与痛楚，小说叙事由此构成对现实生活的有力反讽，也是1993年《废都》出版后引发风波的重要因素。

对资本驱动下的书画过于市场化的消费现象，贾平凹其实有着一定的警惕性认知和现实化考量。贾平凹认为，不少画家只画两种画，"一是商品画，一是参加美展的画。商品画很草率，不停地重

---

① 贾平凹：《沈从文的文学——在西安建筑科技大学的讲座》，《关于小说》，第142页，北京，生活·读书·新知三联书店，2015年版。
② 贾平凹：《〈古炉〉后记》，《关于小说》，第218页，北京，生活·读书·新知三联书店，2015年版。

复，而参加美展的又是特大的画幅，又都去迎合政治和潮流"[1]，因此"想到这些画家，就难免替自己担心"[2]。这种担心不无道理，近30年来，资本以其不可企及的力量改变着中国，美术受到的影响特别明显。《废都》中的美术消费细节相当典型，如画家汪希眠以制作经营假名人字画为生；庄之蝶画廊将未售出的书画标为已售，以激发人们的购买欲；原本生活气息浓郁的牛皮影、剪纸、枕顶等在画廊专柜出售。异化的美术消费书写点明了中国书画艺术的当代境遇，也就是本应传递情感、表达心性的美术，受资本驱动影响，其艺术性、精神性、审美性正慢慢弱化甚至消失，消费性则不断强化，大多沦为社会交易的筹码，成为中产阶级等特定群体炫耀的工具。书画创造主体也发生了巨大转变，《废都》中的画家不再作画，反而制造假画售卖；书法家沉迷赌博而很少进行书法创作。到了《暂坐》，书画消费相对更为自然而习见，羿光书法行情尽人皆知，胖子不遵守行价，说只带九万来买书法，羿光不满而罢写，直到胖子再奉上一万，羿光方才写毕。范伯生以二十万劝羿光为秦酒发布会写一篇文章、一幅字，羿光不同意，说自己的"书法作品本身就是钱"。书画艺术和书画家共同沦为资本驱动下的消费异化物，20世纪90年代初到当下不仅没有改变，反成为惯例而不足为怪。这些美术消费性书写既是当代城市生活的异化体现，表达着贾平凹的忧虑与反思。

《暂坐》与《废都》中的美术书写多层面映照着贾平凹自我的书画生活体验，这种映照在小说写作的意义上可能会冒犯虚构的意义，但正是由个体经验出发的冒犯才赋予两部小说极强的思想力。于贾平凹而言，无论什么现实"都是营造我虚构世界的一种载体，载体

---

[1] 贾平凹：《关于写作——致友人信五则》，《关于小说》，第196页，北京，生活·读书·新知三联书店，2015年版。
[2] 贾平凹：《关于写作——致友人信五则》，《关于小说》，第196-197页，北京，生活·读书·新知三联书店，2015年版。

之上的虚构世界才是我的本真"。①从贾平凹自身书画生活体验、古玩收藏出发去审视书画交易、名人消费，不仅寄寓着作家对日常生活的无奈、虚空、茫然的思考，也投射出现代社会的精神病态与消费异化状况。陶罐、汉罐、书画等古典艺术积淀着时间与历史的多重价值，其收藏鉴赏应具有一定的知识文化门槛，因此才可以成为当代人寻求自身文化艺术位置的对照物，世人无非要借由这些物品展现个体的精神审美或物质生活层级与位置，从而在社会坐标中定位。《暂坐》中海若等女子们热爱这些带有中产品位的美术收藏品，也与能书善画的城市名人羿光往来深交，实现精神上的安慰。她们在茶庄、红木家具店、房产、广告等行业求得自己的社会身份、建构自己的事业理想，经济似乎完全独立。但在城市消费的异化环境中，她们能真正独立吗？显然没有。海若的生意得依靠秘书长关系的庇护，陆以可为求生意得送上羿光的书法作品，最终海若被纪委带走，陆以可则承受着许少林的冷落。正如羿光所说，这些人"升高了想着还要再升高——还想要再生高本身就是欲望，越有欲望身子越重"。在此意义上，贾平凹从自我书画生活体验出发，借由美术陈设、书画艺术等美术书写介入时代的精神隐喻，指出欲望是当下城市所有男女痛苦之源，即便那些貌似经济独立的女性们。所以海若请的佛始终未曾来到，茶庄及其内部的美术陈设、壁画佛像最终灰飞烟灭，庄之蝶也官司失败、出走他乡。如《暂坐》《废都》标题表达的是在时间洪流中，每一个个体都是暂时居留停息，困顿而迷茫，一切终究都是过眼云烟。借助美术书写，贾平凹从自我出发的城市叙事表达了时代之痛，从而抵达了个人痛苦与时代精神双向追问的汇合。

---

① 贾平凹：《〈高老庄〉后记》，《关于小说》，第142页，北京，生活·读书·新知三联书店，2015年版。

结　语

　　1993年，人到中年的贾平凹以《废都》来安放自我灵魂；2020年，年近七旬的他重写城市题材。从《废都》中荒凉苦痛虚无，到《暂坐》中烦躁焦灼欲望，跨越近30年，其城市叙事与美术书写始终寄寓着传统与现代、自我与时代不断纠缠的痛楚沉思。借助与现实有着较高契合度的自我来书写时代，贾平凹传达了深刻的社会思考。贾平凹认为，"社会情绪和个体生命的情绪。结合到一起，写出来就是好作了"[1]，他无疑是借助艺术化、精神性的自我袒露来表达时代痛楚。《废都》的自我袒露是成功了，无论当时风云如何，今天庄之蝶确已成为"知识分子的镜鉴"[2]，庄之蝶身上发生的一切，以预言方式在当下被随处印证。近30年后，庄之蝶化身《暂坐》中的羿光，不断审视这个时代，观照欲望中无法解脱的迷途者，在她们身上，又揭示了时代及人类本身的欲望之苦。这一切都借由城市空间、古典意识、美术书写来实现，美术以其特有审美向度为庄之蝶、羿光、海若们营造了古典器物与现代精神交会而又焦灼的气息，使小说人物形象不断被深化、思想主题不断被彰显。

　　两部小说中，美术并非一般意义上的叙事资源与故事氛围，美术是重要的叙事指向乃至叙事目的，是贾平凹由古典情结来审视现代生活的特殊标符。如果没有中产阶级意味的美术陈设，没有书作标价高昂、名气极大的作家形象，没有那些佛教绘画、美术物件，小说主题还是否能撑得住？如果庄之蝶不是善写能画、名动西京的才子形象，唐宛儿等女子又怎会与他有情感纠葛，如果庄之蝶周围不是那些颓废的画家、书法家，《废都》之废还能否得以彰显呢？显

---

[1] 贾平凹：《沈从文的文学——在西安建筑科技大学的讲座》，《关于小说》，第134页，北京，生活·读书·新知三联书店，2015年版。

[2] 李敬泽：《庄之蝶论》，《当代作家评论》2009年第5期。

而易见，抽空《暂坐》《废都》中的书画家形象、美术陈设、艺术消费、美术交游，即便《废都》依旧有那么多诱惑性的圈圈，人物情绪、主题指向、小说意蕴等也会黯然失色，时代批判性也会大打折扣。《暂坐》《废都》中古典化的美术书写寄寓着对现代生活的种种不满，通过特定审美意味的美术陈设、书画生活，贾平凹袒露与追问自我，揭示了都市人始终难以安妥灵魂的当代处境，从而与《秦腔》《极花》《带灯》等乡村社会题材小说拉开了距离，也与叶兆言的南京、王朔的北京等城市叙事拉开了距离，他以多维度、多视角的美术书写实现了对文学的审美超越，也实现了时间艺术（小说叙事）与空间艺术（美术书写）的汇合沟通，开拓了城市叙事的新境界。因此，美术既是贾平凹两部长篇叙事的能指，也是其城市题材的所指，更是贾平凹文学超越的精神所向，在此意义上，《暂坐》《废都》与贾平凹书画生活及当代美术形成了多重互文，也具有美术史的丰富意义。

（本文原刊于《当代作家评论》2021年第2期）

"秘史"之外的"天时·地利·人和"
——《白鹿原》中的农业地理与地方记忆研究

樊 星

在传统乡土小说的研究文脉里，以农事活动为书写对象的"农业话语"是文学叙事的舞台布景，承担着辅助功能，补充着"农民"的身份建构，呈现了农村的生活万象。作为农业地理学所研究的重要对象，"农业活动的地域差异和变化"，特别是"农业生产的多样化与其强烈的地域性是划分农业生产类型的基础"，[①]因此，农业生产与地方知识亦深化着乡土小说的"现实感"。由农业地理引申的"三农"研究与地方乡土文学所依托的地域农业文化交相呼应，互为补充。在《白鹿原》中，"农业"延续着其在传统乡土小说中的使命，它是这一地理单元中人与环境互动的直接体现，是白鹿原人安身立命的根本。同时，它又不再仅仅是文本中点缀性、辅助性的要素，还承担着推动情节发展的重要叙事功能，勾连起虚构的艺术与真实

[①] 刘彦随、龙花楼：《中国农业地理与乡村发展研究进展及展望——建所70周年农业与乡村地理研究回顾与前瞻》，《地理科学进展》2011年第4期。

的历史。尽管《白鹿原》叙述了特定时代里一段跌宕起伏的地方"秘史",但它无论是与近代以前的关中历史还是与绵延至当下的关中农村种种文化现象都有着千丝万缕的关系,因此,"农业地理"作为研究《白鹿原》的一个剖面,能够为文学作品赋予除了艺术本身之外的价值——将之嵌入地方记忆的版图中,成为区域社会史的新注脚。

古巴作家卡朋铁尔对现代派文学的宣言给陈忠实带来了"必须立即了解我生活着的土地的昨天"[1]的念头,他细读甚至手抄地方志、回到白鹿原上的故乡与当地故知深入交流、搬回村中老宅里潜心创作……这些令《白鹿原》拥有了与"田野调查法"相似的文化意义。对陈忠实来说,他抄写县志里那些起先认为是"明知无用的资料",后来发现这种心理上的需要,使他"进入一种也已成为过去的乡村的氛围,才能感应到一种真实真切的社会质地"[2]。人与自然的关系是关中农村生活的主题之一,其中最重要的表现就是人类利用自然条件所从事的农业活动和基于这种生产方式而衍生出的、本地区独特的农业文化,这无疑又是这部小说的"史"之所在。

《白鹿原》中的大量笔墨聚焦于农事活动,并以之探索进入作为"地方"的"白鹿原"的方式。"无论白嘉轩或是鹿子霖,最熟悉的可能不是自己的手掌而是他们的土地。他们谁也搞不清自哪一位皇帝开始,对白鹿原的土地按'天时地利人和'划分为六个等级征收交纳皇粮的数字;他们对自家每块土地所属的等级以及交纳皇粮的数目,清楚熟悉得准确无误绝不亚于熟悉自己的手掌。"[3]此处"天

---

[1] 陈忠实:《寻找属于自己的句子》,第20页,北京,北京大学出版社,2011。本文所引《寻找属于自己的句子》皆出自此版本,只注明页码。

[2] 陈忠实:《寻找属于自己的句子》,第25页,北京,北京大学出版社,2011。本文所引《寻找属于自己的句子》皆出自此版本,只注明页码。

[3] 陈忠实:《白鹿原》,第35页,北京,人民文学出版社,1993。本文所引《白鹿原》内容皆出自此版本,只注明页码。

时""地利""人和"三类土地的划分由白鹿原自然条件和农业生产状况决定,反映了这一地理区位中的气候特征、水利灌溉、耕作方式,不同农作物的种植状况,以及由此产生的农村社会组织模式等。它既源自传统文化典籍,更是白鹿原上独有的土地标记方式。文本中穿插的"大历史"事件不仅令地方自然史辅助建构了主人公的日常生活,特别是一些与农业社会紧密相关的自然"突发事件",如干旱、瘟疫等事件,还使其承担起推动情节转折与作为人物命运隐喻的功能。

一、时间与秩序：农业叙事中的自然更替与人类活动

白嘉轩的父亲白秉德去世在"麦子扬花油菜干荚时节"（第5页）；在丧事过后的两个月,"当麦子收割碾打完毕地净场光秋田播种之后的又一个仅次于冬闲的夏闲时节里,他娶回来第五房女人"（第11页）；"原坡地上的麦子开始泛出一层亮色的一天夜里落了一场透雨"（第38页）的临近天明时,白嘉轩梦见被淋湿的亡父后发现父亲的墓道进了水,之后将坟迁至从鹿家算计来的"风水宝地"。婚丧嫁娶和神秘事件的发生与农业耕作的节律在叙事中紧密结合,农作物的生长状况和农事活动的周期成为辅助叙事"时间感"的推力。

农业活动的秩序性为小说情节的展开赋予节奏感,小麦、棉花、包谷、罂粟和豆类等作物在白鹿原的田野里被人们播种下时,便注定了它们在这块土地上所拥有的每一轮生长周期也被融入人类生命的韵律中。"与其说时间是可以赋予人类生活一种维度的抽象观念,不如说它是一个实际经验的序列"[①],特别是对于受外部自然环境的影响而劳作的农民来说,无论是时间观念还是季节概念大都具象为

---

① 〔法〕H. 孟德拉斯：《农民的终结》,第48、32页,李培林译,北京,社会科学文献出版社,2010年版。

农作物的生长状态，进而作用于农民的日常生活。就作家而言，陈忠实在创作中"对乡村生活的自信"在于他"不是旁观者的观察体验，而是实际参与者亲历的体验"。[1]作者笔下的乡村书写与他本人所亲历的生命体验高度融合，这使"农业"成为这部小说中与乡村史诗所重合的主题之一。

关于《白鹿原》"史诗性"，丁帆指出当下现实意义也是作品"史诗性"的标准之一，同时，他也通过陈忠实在《白鹿原》留下的可以让后来者不断重识和重释的思考"黑洞"来形容这部小说在今天的价值，这种"作家本人并没有意识到的'历史的必然'"却让其在"文学创作的无意识层面中发掘出了中国历史发展的必然性"。[2]而赓续的农业文明作为这种"历史必然"的重要载体之一，是人寓于自然中生存繁衍所诞生的结果。正如卡尔维诺所言，"个人、自然、历史：在这三个元素的关系当中，存在着我们可以称为现代史诗的东西"。[3]

在小说中，农业话语所强调的"自然"首先是指该区域的自然环境条件。靠天吃饭的农民依赖的是农作物的收成状况。人类于一万多年前对"不脱落的小麦和大麦麦秆的无意识的选择"是人类对植物的一次重大的"改良"，[4]作为农作物的植物开始被人类驯服。粮食的出现令人口稳定增长，逐渐孕育了人类的农业文明。位于黄河流域的关中地区作为中华文明的腹地，人类的农业生产生活史源远流长。"农业是'地方性的艺术'"，同时，"一种新事物要想顺利地

---

[1] 陈忠实：《寻找属于自己的句子》，第17页。
[2] 丁帆：《〈白鹿原〉评论的自我批判与修正——当代文学的"史诗性"问题的重释》，《文艺争鸣》2020年第3期。
[3] 〔意大利〕伊塔洛·卡尔维诺：《文学机器》，第30页，魏怡译，南京，译林出版社，2018年版。
[4] 〔美〕贾雷德·戴蒙德：《枪炮、病菌与钢铁：人类社会的命运》，第111页，谢延光译，上海，上海人民出版社，2006年版。

进入具体的农业区域,首先要适应那儿的气候"。[1]因此,"靠天吃饭"的"天"在农业发展与自然环境的语境里同耕作与气候紧密相关。《白鹿原》中第一次写到"朱先生被当作神在白鹿原上下神秘而又热烈地传颂着",正是因为他对本地气候的经验而推测出的天气状况与农事活动。

有一年麦子刚刚碾打完毕,家家户户都在碾得光洁平整的打麦场上晾晒新麦,日头如火,万里无云,街巷里被人和牲畜踩踏起一层厚厚的细土,朱先生穿着泥屐在村巷里叮咣叮咣走了一遭,那些躲在树荫下看守粮食的庄稼人笑他发神经了⋯⋯正当庄稼人悠然歇晌的当儿,骤然间刮起大风,潮过一层乌云,顷刻间白雨如注,打麦场上顿时一片汪洋,好多人家的麦子给洪水冲走了⋯⋯

有天晚上,朱先生诵读至深夜走出窑洞去活动筋骨,仰面一瞅满天星河,不由脱口而出:'今年成豆',说罢又回窑里苦读去了⋯⋯伏天里旷日持久的干旱旱死了包谷稻黍和谷子,耐寒的豆类却抗住了干旱而获得丰收。(第23—24页)

气候的脉动[2]影响着农业的生产秩序,塑造了农民的生活节律。居住在白鹿原上的关中人承袭着祖上沿袭至今的对该区域自然环境的丰富经验,这片古原上稳定的降水量与气候规律同样使千百年来白鹿原上的农业法则和乡村生活方式源远流长,相对稳定。作为"气候脉动"中的关键因素,降水量的周期性变化显然对前现代的农

---

[1] 〔法〕H. 孟德拉斯:《农民的终结》,第48、32页,李培林译,北京,社会科学文献出版社,2010年版。

[2] "亚里士多德指出,就像冬天会每年准时到来一样,极冷的天气和大降水也会在经过长时间后再次发生。换言之,他明确了气候脉动变化理论(Theory of pulsatory change of climate)。但是,在过去的两千年中,这一理论鲜被提及。很多人更愿意喋喋不休地争论地球是在逐渐变干,还是逐渐变冷,抑或是逐渐变热。然而,那些争论都是基于这样一个概念,那就是气候遵循着缓慢的有规律的变化趋势。"见〔美〕狄·约翰:《气候改变历史》,第3页,王笑然译,北京,金城出版社,2014年版。

业发展模式有着决定性的影响,降水量过多或过少皆会引发关中平原的旱涝灾害,这对传统农业具有毁灭性的打击,而作物歉收所造成的粮食短缺往往会给人类带来一系列社会问题,甚至造成改朝换代、政权更迭。《白鹿原》中笔墨最多的"天灾"是旱灾,也是这块土地上最频繁的自然灾害。第18章以"一场异常的年馑降临到白鹿原上。饥馑是由旱灾酿成的"为开头,尽管对白鹿原这一区域的气候特征来说,干旱自古就是最为常见的灾情,但那一年的干旱来得早,并且一直持续到本该播种冬小麦的中秋节(第305页)。小说所描写的旱情与史实吻合,曾发生在民国十八年(1929年)的关中大旱灾给人们带来沉重打击。[1]

这场年馑被彼时关中大地上无数个与白家、鹿家有着相似遭遇的家庭熔铸于地方记忆中。苦旱已久,土地无收,已经分了家的白孝文向父亲借粮失败。为了得到粮食,他先后将分得的八亩半旱水地和房屋全部卖给鹿子霖,而鹿子霖派人来拆房的行为在白家人看来无疑是在"揭族长的脸皮",是"在白姓人脸上尿尿"(第317页)。最终,白孝文去乞讨这一事件成了怀恨已久的鹿三去杀死田小娥的情节推力。

随后,气候异常摧毁了稳定的农业秩序,其带来的自然灾害与疫病,进而对农民的生存产生巨大冲击,并推动着故事的情节发展。在第25章的开篇,"白鹿原又一次陷入毁灭性的灾难中。一场空前的大瘟疫在原上所有或大或小的村庄里蔓延",这场瘟疫甚至夺去了仙草的生命。白嘉轩并不知晓干旱、饥饿与疫病通常具有因果性,干旱造成饥荒,挨饿体弱者又很容易感染疫疾。此时,田小娥的鬼魂

---

[1] 1929年的《中央周报》刊登的《陕西旱灾情况》一文中引用于右任视察陕西旱情后的文字:"截至现在为止,陕西人民饿死者,已达五十余万之多,潼关道上,妇女儿童之被卖出关者,每日不计其数,谁无骨肉,谁非人子,此时百无生路,我亦只有忍痛视其以免堕苦海耳。"见《陕西旱灾情况》,《中央周报》1929年第69期。

附在鹿三身上的神秘书写，令她命丧黄泉后才迎来真正意义上悲剧的谢幕。她被视作造成这场瘟疫的"替罪羊"，被白嘉轩建造的镇妖塔诅咒"永世不得超生"。

二、土地与耕作：农事活动演进下的叙事情节

在《白鹿原》创作期间，陈忠实将目光聚焦于这块生于斯长于斯的土地，又受到"文化心理结构"带来的理论滋养，这里的耕地与农具触发了他对历史的咀嚼，"和封建帝制一样久远的铁铧木犁继续耕地，自种自弹自纺自织自缝的单衣棉袄轮换着冬天和夏天……那帧决定碗里稀稠的木犁犁过两千多年的白鹿原的土地和时空，让我这个曾经也用它耕过地的作家，直到把眼光盯住这道原的时候，才发生了一点小小的感叹"。[①]千百年来的历史变迁与王朝更迭都未曾撼动白鹿原人的以农为本，繁衍生息，由之触发的思考在《白鹿原》中也时不时由小说中的叙事语言或人物对话所呈现纸上。

清廷被推翻后，白鹿原新上任的县长史维华在"青黄不接，去年秋里遭了旱，村里多半人吃食接不上新麦"（第99页）的情况下要按照人头收印章税，白鹿原上因此事积压已久的民怨被白嘉轩命鹿三秘密进行的"鸡毛传贴"点燃，众人纷纷响应起事，这次"交农"事件激荡起小说中的一次叙事高潮。白鹿原上的农民自然对这与粮食有关的一切格外敏感，相比权力的博弈和朝代的更迭，最能触及他们敏感神经的终归是地里的作物与碗里的食物。

"交农"风波过后，"牛拉着箍着一圈生铁的大木轮子牛车嘎吱嘎吱碾过辙印深陷的土路，迈着不慌不急的步子，在田地和村庄之间悠然往还，冬天和春天载着沉重的粪肥从场院送到田里，夏天和秋天又把收下的麦捆或谷穗从地里运回场院"（第109页）标志着白

[①] 陈忠实：《寻找属于自己的句子》，第132页。

鹿原恢复了从前的生活秩序。当多方权力在白鹿原上进行角逐，面对白嘉轩对局势的困惑时，朱先生大笑："我可不管闲事。无论是谁，只要不夺我一碗包谷糁子我就不管他弄啥。"（第198页）从叙事节奏层面，由"紧促"复归"平静"的标志则是笔锋回转至对土地与日常生活的书写。日光之下，无论时代中激荡人心的"新事"在白鹿原上产生多么强大的影响，终究无法长时间地将农民聚焦在土地上的目光转移。

对土地的所有权是农民安全感的来源，尽管反复出现的天灾对农业生产带来致命打击，但只要土地还在，农民依旧有希望沿袭已有的稳固生存方式活下去。土地在《白鹿原》中既是人们的谋生之处、栖息之所，也与权力、地位、财富和身份紧密相连。这里的土地首先是被赋予观念的地方，"地方是一种特殊的物体。它尽管不是一种容易操纵或携带的有价值的东西，但却是一种价值的凝结物"[1]，《白鹿原》中的土地承载了包括耕作方式在内的古老生活模式，是农民日常生活中最熟悉的部分。同时，土地的传承也意味着它是连接世世代代血脉关系的重要枢纽，它以有形的载体传递着无形的观念，并塑造着白鹿原人的价值观与行为准则。"白嘉轩从父亲手里继承下来的，有原上原下的田地，有槽头的牛马，有庄基地上的房屋，有隐藏在土墙里和脚地下的用瓦罐装着的黄货和白货，还有一个看不见摸不着的财富，就是孝武复述给他的那个立家立身的纲纪。"（第300页）

对农业生产来说，土地最直接的表现为可耕之地，耕地的土壤为农作物提供营养、氧气、水分等最基本生存要素。"只有当一个文明拥有足够多的可耕土壤来养活其人口时，它才能够存续。"[2]《白鹿

---

[1]〔美〕段义孚：《空间与地方：经验的视角》，第9页，王志标译，北京，中国人民大学出版社，2017年版。

[2]〔美〕戴维·R. 蒙哥马利：《泥土：文明的侵蚀》，第23页，陆小璇译，南京，译林出版社，2017年版。

原》书写的正是那些围绕着耕地的或身在耕地中的人。第六房女人死后，白嘉轩在去请阴阳先生的路上于鹿子霖家的地里发现一株被朱先生看来像是一只白鹿的"宝物珍草"。他将这看作是天降吉兆，并开始算计鹿子霖家的这块"风水宝地"。尽管白家后来并非一帆风顺，但在小说结尾，白嘉轩仍然将白孝文当上县长这件事看作是"这块风水宝地荫育的结果"。

耕地中生长的作物是农民生存的根基，农作物的种类也影射了近代关中区域社会发展史，"凡是适宜麦子生长的土地和气候也就适宜种罂粟"，在岳父的指点下，白嘉轩开始种植罂粟和炼制鸦片。"连续三年，白嘉轩把河川十多亩天字号水地全都种上了罂粟，只在旱原和坡原地里种植粮食。"（第49页）

数年后，当旱灾与饥荒如鬼魅般笼罩着白鹿原时，在饿殍遍野的白鹿村里，包括白嘉轩在内的幸存者直面这一灾难，除了将这一切归结于那年诡谲的气候之外，这"罪与罚"的源头大概还应追溯至他们早年种植罂粟获利、打开那个"潘多拉魔盒"的至暗时刻。纷纷效仿白家的众人令白鹿原在那时成为"罂粟的王国"，小麦反而成了大片罂粟之间的点缀。那时，除了能够带来暴利之外，罂粟的生长在短期内并不会威胁到普通农家维系日常生活所需的口粮，甚至还会在风调雨顺的年月里换得更多的粮食。"鸦片的种植与收割，其所费时间，至为短促。农民每于收割后，继种谷物或其他秋粮。因为烟地施肥甚多之故，谷与秋粮，均易长成而不必再追加肥料。既省经费，且加生产。"[①]种植罂粟带来的财富令白家的日子蒸蒸日上，白嘉轩修建了四合院和马号，从耕地到屋舍，以农为本的生产模式让农民从耕地中生长的作物获得财富的积累。陈忠实以"白嘉轩在自己的天字号水地里引种罂粟大获成功之后的好多年后"引入了斯诺的文字，斯诺提到了美国红十字会调查人员将西北发生的大

---

① 成柏人：《禁烟问题之面面观》，《秦风周报》1935年第1卷，第10期。

饥荒导致三百万人丧命的原因归咎于鸦片的种植。在同时期对关中灾荒的研究与论述中，也有"陕民遇灾即待毙，咸坐鸦片遍地之害"①的观点。

最后，农业用地上的空间划分符号暗含了人对土地的权力与认同。除了将土地划分为六个等级的传统之外，"我"与"他者"的概念也被深刻地写在土地上。白鹿两家的土地买卖完成后，鹿家父子做的第一件事就是挖掉白家的界石。

沿着界石从南至北有一条永久性的庄严无犯的垄梁长满野艾、马鞭草、菅草、薄荷、三棱子草、节儿草以及旱长虫草等杂草。垄梁两边土地的主人都不容它们长到自己地里，更容不得它们被铲除，几代人以来它们就一直像今天这样生长着。（第37-38页）

作为一个复杂的有机体，土地具有多样功能，农作物的种植是人类与土地互相作用的一个环节，同时，土地上生长出来的其他植物也被农民视作划分耕地空间的符号，成为土地所有者们之间"楚河汉界"的标志，既宣告了主人对土地的所有权，也体现了小农生产模式的封闭性和家族性。

三、行为与认同：农业地理之于人物的身份问题

"白嘉轩后来引以为豪壮的是一生里娶过七房女人。"《白鹿原》这句"马尔克斯式"的叙述开篇通常是探讨这部作品艺术特征的起点。"作者总是先声夺人地抢占故事叙述的制高点"，而形成这样一种"逆时针回流"②般的叙述手法。在小说尾声处，白嘉轩面对"已经丧失了全部生活记忆"的鹿子霖，想起从前以卖地的形式作为掩

---

① 王伯平、李鼎：《农村中之毒品问题》第3卷，《乡村建设》1933年第13期。
② 王仲生编：《陈忠实的文学人生》，第350页，西安，陕西师范大学出版社，2012年版。

饰换来鹿家风水宝地，他说："子霖，我对不住你。我一辈子就做下这一件见不得人的事，我来生在世给你还债补心。"（第680页）这句与开篇形成呼应，"豪壮"与"见不得人"的鲜明对照成为将白嘉轩这一人物"立体化"的点睛之笔。

　　如果说娶七房女人是为了血脉繁衍的"生"，那么换来所谓的风水宝地则是对"活"的需求。"这个地理概念上的古老的原，又具象为一个名叫'白嘉轩'的人。这个人就是这个原，这个原就是这个人。"[1]以农为生的农民也被农业活动塑造了其社群模式和世界观。"'农民性'是人的个性发展史中的一个阶段，农民学因此也是经济学、社会学、历史学、文化人类学等一切人文学科的重要构成与交叉领域。"[2]因此，文学中对农民的研究理应注意到这个群体生存背景与生产生活状况，特别是他们所从事的农耕活动在农民这一身份建构中所起的关键作用。

　　诞生于农耕文明的乡村具有"人和"的理想，但在《白鹿原》这部书写动荡时代乡村"秘史"的小说里，这个理想模式在人物关系的"变"与"不变"中通过不同方式呈现：变化的是白鹿原在外界的冲击下，不同人物，特别是白嘉轩和鹿子霖的下一代们在面临不同人生节点时的反应以及走上各自迥异的人生道路；不变的是传统关中乡村的生活模式，无论是经历战乱、灾荒或是疾病，依旧以顽强的生命力绵延赓续。即便在小说尾声，白鹿原迎来了新的时代，但对原上人来说，他们依旧过着"太阳照常升起"的日子。因此，《白鹿原》中的"变"根植于"不变"中，绝大多数人物的经历与情节描写几乎都是"平静—波澜—复归平静"的叙事基调，即便是死亡，在这里也是回归平静的另一种形式。因此，这种可以将波澜内化为平静的自然节律不仅是《白鹿原》中乡土生活模式的基础，也

---

[1] 陈忠实：《寻找属于自己的句子》，第127页。
[2] 秦晖、金雁：《田园诗与狂想曲》，第6页，北京，语文出版社，2010年版。

是关中农业文明的社会根基。

在传统的乡村农业模式所孕育出的社会关系中，除了以血缘为纽带的家族关系之外，最普遍且相对稳定的便是白嘉轩和鹿三这样的地主与长工间的雇佣关系。然而，无论是白嘉轩、鹿三，还是白鹿原上的其他人，本质上都是从属于农民群体的，他们所形成的关系绝大多数都是自祖辈那里沿袭的社会纽带。关中是一个"小农经济区域，农村中自耕农占绝对优势"[①]，尽管民国期间陕西频发的天灾人祸曾给小农经济带来巨大冲击，但从小农生产模式中孕育出的乡土社会模式却相当稳固，并具地方性，而"地方性是指他们活动范围在地域上的限制，在区域间接触少，生活隔离，各自保持着孤立的社会圈子"[②]。

这样的小农经济所促成的乡村社会模式也深刻地反作用于土地与自然，"对关中来说更重要的是传统宗法共同体对土地所起的凝固与调节作用"[③]。在《白鹿原》里，作为地主的白嘉轩和作为长工的鹿三像家人一样相处，白嘉轩称呼鹿三为"三哥"；他让白灵认他为"干大"；他关爱着鹿三的儿子黑娃，为了让原本在白家割草的黑娃去读书，主动提出"秋后把坡上不成庄稼的'和'字地种上苜蓿，明年就不用割草了"（第68页）。同时，鹿三也兢兢业业地对待一切自己分内的事情。这不仅出于作家对人物形象、故事结构等方面进行铺陈的创作需要，从更深层面来看，这种社会关系以及其所展现的情感联结，更是乡土社会赖以生存、发展的基础。

与白嘉轩对鹿三的深厚情谊形成对比的是白家与鹿家家族矛盾的纠葛，小说所展现的家族斗争的错综复杂，写出了农村中家族矛

[①] 行政院农村复兴委员会编：《陕西省农村调查》，第1页，上海，商务印书馆，1934年版。

[②] 费孝通：《乡土中国》，第13页，北京，北京大学出版社，2012年版。

[③] 秦晖：《"关中模式"的社会历史渊源：清初至民国——关中农村经济与社会史研析之二》，《中国经济史研究》1995年第1期。

盾的根深蒂固，从而与"人和"理想形成难以调和的矛盾。这样的矛盾一旦与党派斗争、军阀混战交织在一起，便足以将传统农业社会的理想冲击得七零八落，成为《白鹿原》这部"乡村史诗"的显著艺术特色。

此外，关中地区内部包括地形、灌溉、光照等不同自然因素令农作物的收获大体在同一时节内也有先后之分，关中小麦成熟的时差使这样的农业生产模式催生了"麦客"这一流动群体的出现，每年农历五月，麦客如候鸟一般出现在关中平原的各个角落。

作为关中平原的主要农作物，小麦"种植面积广，产量大，成熟期短，如果不及时收割，大量麦粒会炸裂在地里，而且收获季节多雨水，未能及时收割的麦子遇雨水会长芽，当地人因此要雇请大量麦客抢时间割麦，正所谓'龙口夺食'"。[①]麦客在关中平原上的流动已有数百年历史，直到20世纪90年代初期，关中的县、镇在夏收时节还设有"麦客接待站"。[②]

在关中，麦客是生活艰辛的一个群体，大多由底层农民组成。黑娃因带田小娥回家而被鹿三赶走后，为了生活也去做过麦客。黑娃"先去原坡地带，那里的麦子因为光照直接加上坡地缺水干旱而率先黄熟；当原坡的麦子收割接近尾声，滋水川道里的麦子又搭镰收割了，最后才是白鹿原上的麦子。原上原坡和川道因为气候和土质的差异，麦子的收割期几乎持续一个月"（第169页）。作者细致地描写了自然条件导致白鹿原及其附近小麦的收割时差绝非闲笔，正是这样的时间差给了黑娃更多谋生的机会，也以区域内的人口流动铺垫着后续情节的展开。

黑娃一年下来便攒够了可以购置一块"九分六厘山坡上的人字

[①] 中国地理百科丛书编委会编著：《中国地理百科·关中平原》，第101页，广州，世界图书出版广东有限公司，2016年版。

[②] 胡武功：《藏着的关中：秦人百相》，第145页，西安，西北大学出版社，2014年版。

号缓坡地"的积蓄。在他和田小娥的生活逐渐稳定,"显示出一股争强好胜的居家过日子的气象"时,平静的叙事基调被鹿兆鹏派来的小学生打破。黑娃接过鹿兆鹏抛来的"革命"的橄榄枝,便注定了这个破旧窑洞里原本已经几乎重新扎根于土地的小家,又被裹挟进时代的潮流中摇摇欲坠。

　　黄土地上的自然景观被农民"添加了自己富有表现力的作品"[①]。在地势起伏相对平缓的关中地区,大多数农民住在以地面造房为主的村落中,与之相对的是住在附近土窑中的主要是"或因遭遇变故经济状况极差的本地人或外乡人"[②],黑娃和田小娥被赶出白鹿村后只好买下这座破窑作为栖身之所,而他"居然激动了好一阵子,在开阔的白鹿原上,终于有自己的一个窝一坨地儿了"(第168页)。这座破窑与白鹿村的居住群落有一定距离,但它却与村庄有着不可切断的联系,它是整个村族中变异的一个单元,却仍是家族的一部分,亦如小说中黑娃的一生。

　　白嘉轩在祠堂里修建学堂时,作者叙述了祠堂与村庄一样悠久却没有任何典籍保存下来的神秘感,并引出白鹿原频发的自然灾害与村庄人口间的关系:"……至于蝗虫成精,疫疠滋漫,已经成为小灾小祸而不值一谈了。活在今天的白鹿村的老者平静地说,这个村子的住户永远不超过二百,人口冒不过一千,如果超出便有灾祸降临。"(第62页)

　　在农耕社会中,乡村人口是自然环境承载量的重要一部分,陈忠实以这样的细节塑造了《白鹿原》中的多线死亡叙事。传统农业社会中落后的医疗条件是高死亡率的重要原因,而在那个动荡的时代与多灾的环境中,人之生死犹如蝼蚁。可即便如此,农民面对自

[①] 〔美〕段义孚:《神州》,第196页,赵世玲译,北京,北京大学出版社,2019年版。

[②] 刘俊凤:《民国关中社会生活研究》,第97页,北京,人民出版社,2011年版。

然界中不可预见的变动时，也能产生与其朴素世界观所自洽的解释。

白鹿村相对稳定的人口数量，在历史的发展中所沿袭的财东与长工之间稳定的社会关系，以及区域内部像"麦客"那样的流动人口，都能被视为乡土中国"闭合性"与"开放性"循环发展的体现，"这种循环使得乡村的边界围绕着其自身象征符号所确认的核心，时而扩张，时而缩小，由此而构成了一个处在不断变动循环中的自我生产的世界"。[1]这样的宏观农业地方史框架被《白鹿原》这一文学作品赋予厚重的故事情节，在"大历史"中增加了更有温度的微观记忆与个体经验。

（本文原刊于《当代作家评论》2021年第2期）

---

[1] 赵旭东：《闭合性与开放性的循环发展——一种理解乡土中国及其转变的理论解释框架》，《开放时代》2011年第12期。

论汪曾祺故里小说的气氛审美

余岱宗

汪曾祺称自己的小说作品为"散文化的小说",其"谈生活"的小说创作观颇值得深究:"我要对'小说'这个概念进行一次冲决:小说是谈生活,不是编故事;小说要真诚,不要耍花招。小说当然要讲技巧,但是:修辞立其诚。"[①]的确,汪曾祺的小说创作已经不再倚重情节、故事作为小说叙事的推力。"故事"在汪曾祺小说中依然存在,但不是以悬念的方式进行布局,而是化为叙述者或主人公的谈资。一波三折的情节并未在汪曾祺小说中了无影踪,但闯荡天涯的传奇性情节往往以背景化的铺垫在文本中获得容身之地。对于故事传奇的"克制"与"节制",不是因为汪曾祺不会讲故事或"编故事",相反,其小说中"收藏"了大量的故事,他的小说并不缺乏"编故事"的传奇性价值。他是有意识地弱化其小说的"故事性",将"故事"引导到"谈生活"的层面上创造其风格。

---

① 汪曾祺:《桥边小说三篇》,《汪曾祺全集》第3卷,第48页,北京,人民文学出版社,2019年版。本文所引该书内容皆出自此版本,只注明页码。

汪曾祺小说所谓"谈生活"之"生活",是寻常百姓不起眼儿生活中的平淡与曲折、充实与缺乏、欢欣与悲哀、希望与恐惧。写日常生活,写"举目可见的小小悲欢"[①],汪曾祺的小说是"静默化"的小说,少见爆发性的激情和连续升级的冲突,更多呈现卑微的普通人在周而复始的日常环境中不事张扬的生活形态。这就是汪曾祺小说所认可的"安静的艺术"[②]。

所谓"安静的艺术",是一种自觉追求平淡的小说艺术。虽然风格可以平淡,但是小说的具体行文又不能完全平淡。完全平淡的小说行文,难免流于枯瘦。汪曾祺小说的平淡是从平淡中见出躁动的艺术。他善于在平淡中为奇崛创造机会。然而,即便平淡中生成奇崛,奇崛也是含蓄的奇崛,是防止突兀的奇崛,是避免显山露水的奇崛。汪曾祺小说不会由于某种奇崛的"冒失"而导致文本风格的内在分裂。

汪曾祺诸多小说文本的相当篇幅是没有事件的。这些没有事件的篇幅,多是叙述人物的生活状态。往往是到了小说临近结尾,方"翻转"出某一事件。这样的事件又多以隐蔽含蓄的"突变"来收笔。汪曾祺显然有意识地延宕人物进入"事件状态",让其小说人物一开篇就活动于某种"气氛状态"中。这样,人物多数时候不是"行进"在事件的链条上,而是"沉浸"于种种气氛之内:让气氛的叙事推动小说的行进。

让人物在气氛中多浸染,而不是"逼迫"人物完成一连串事件,是汪曾祺小说的一大特色。如此,气氛的特性、人在气氛中的感知变幻,便成为不可忽视的审美对象,甚至是主要审美对象。

---

① 汪曾祺:《谈谈风俗画》,《汪曾祺全集》第9卷,第289页。
② 汪曾祺:《小说的散文化》,《汪曾祺全集》第9卷,第391页。

一、故里气氛还原:"梦里频年记故踪"

汪曾祺在《〈矮纸集〉题记》中言:"我写得最多的还是我的故乡高邮,其次是北京,其次是昆明和张家口。"[1]以故乡高邮为背景的部分篇目已是汪曾祺小说的代表作,如《异秉》《受戒》《岁寒三友》《大淖记事》《徙》《八千岁》《故里三陈》《小嬢嬢》等。

汪曾祺于1980年之后创作的故里小说,不是以启蒙者的视角对待故里小说中的人与物。相反,哪怕有所揶揄,他给予故里人物更多的是宽宥与欣赏;哪怕十分清楚故里人物的局限,他笔下"古旧"的故里人物依然为类似本雅明所言的"灵晕"之氛围所笼罩。

事实上,汪曾祺早年小说创作就已经涉及故里题材。不过,这些早期故里小说与他1980年之后创作的故里小说对故里人事的态度差异明显。早期故里小说不乏面对故里社会问题所形成的严峻性,1980年以后创作的故里小说,对于故里往事的审美化的"颂"多于追究是非的"责",其叙事态度温暖了许多,柔和了许多。汪曾祺故里小说中,故里往事的各色人等首先是作为既往的生灵被邀请到历史舞台的聚光灯下获得审美的光晕。他为故人往事搭建时代布景,还原时空氛围,勾勒活动轨迹,描摹生活习性,诠释器物功用,让故里人物在深宅大院、街道巷陌、店铺作坊、学校寺庙、客栈茶馆、近郊远村获得审美的"复活",从而构造高邮故里的叙事博物馆。

"乡音已改发如蓬,梦里频年记故踪。"[2]汪曾祺在文章中回忆:"从出生到初中毕业,我是在本城度过的。这一段生活已经写在《逝水》里。除了家、学校,我最熟悉的是由科甲巷至新港口的一条叫作'东大街'的街。我熟悉沿街的店铺、作坊、摊子。到现在我还

---

[1] 汪曾祺:《〈矮纸集〉题记》,《汪曾祺全集》第10卷,第370页。
[2] 汪曾祺:《回乡书赠母校诸同学》,《汪曾祺全集》第11卷,第170页。

能清清楚楚地描绘出这些店铺、作坊、摊子的样子。我每天要去玩一会的地方是我祖父所开的'保全堂'药店。我认识不少药,会搓蜜丸,摊膏药。我熟悉中药的气味,熟悉由前面店堂到后面堆放草药的栈房之间的腰门上的一副蓝漆字对联:'春暖带云锄芍药,秋高和露种芙蓉。'我熟悉大小店铺的老板、店伙、工匠。我熟悉这些属于市民阶层的各色人物的待人接物,言谈话语,他们身上的美德和俗气。这些不仅影响了我的为人,也影响了我的文风。"[1]高邮故里的药店、米店、布店、香店、豆腐店、肉案子、熏烧摊子、酱园店,以及银匠店、车匠店、绒线店、炮仗店、铁匠店乃至棺材店,这些店铺作坊的人与物汪曾祺全都涉笔。各种器物、食物、植物、饰物亦不只是故事的道具,而是直接作为审美对象放置于小说之中。汪曾祺故里小说,可以开列出一系列物性气氛的清单。局部地看,单篇故里小说只是刻绘了单一空间的气氛,若将其系列连串起来阅读,会发现各个空间的人物往往彼此熟悉,相互联络,各色人物带着各自的身体气息与气氛痕迹在高邮故里的不同空间游走着。汪曾祺故里小说的各个空间亦相互贯通,汇聚成具有苏北古风的市井氛围。

当代德国美学家格诺特·波默在其著作《气氛美学》论及气氛中物与人的关系:"气氛是空间,就气氛被物的、人的或周遭状况的在场,也即被它们的迷狂给熏陶了而言。气氛自身是某物在场的领域,是物在空间中的现实性。……气氛是似主体的东西,属于主体,就气氛在其身体性的在场中是通过人来觉察的而言,就这个觉察同时也是主体在空间中的身体性的处境感受而言。"[2]气氛若没有"某物在场",忽略气氛的物性,这样的气氛便无物的依托。同样,气氛如果没有知觉者,如果没有人的觉察和体验,气氛感知也无从传达。"气氛终究是某种主观性的东西:为了说明它是什么东西,或更准确

---

[1] 汪曾祺:《我的世界》,《汪曾祺全集》第10卷,第305页。
[2] 〔德〕格诺特·波默:《气氛美学》,第22页,贾红雨译,北京,中国社会科学出版社,2018年版。

地说，为了确定它的特征，人们必须向气氛献出自身，人们必须在自己的心境状况中来经验气氛。舍此感受着的主体，气氛就是无。"①气氛之中的感知者同时也是被感知的对象，因为人本身也参与了气氛的营造。所谓人本身向"气氛献出自身"②，既包括人的身体，也包括人的感知。物性、人的感知与人的身体同时参与气氛审美的建构。

汪曾祺故里小说的气氛审美方式，可分为三类，既有以单纯的物性为主的气氛审美，亦有物性与人的感知交互混杂的多样复杂的气氛审美。第一类以物作为气氛的主要依托对象，无人物，也无故事，如《幽冥钟》。此类作品写气氛，不写人物，亦不涉故事，气氛本身就是审美对象。此类作品数量很少。

第二类是以人与物的简单关系构成空间的气氛。这一类作品几乎无故事，文本中的人物数量较少，有时少到只有一位人物。此类气氛审美，以感知的同质性与物性的单纯性见长，虽不乏特色，但不代表汪曾祺气氛审美小说的最高成就。第一、二类作品虽冠以小说文体，其实更接近散文。以人与物的简单关系构成气氛审美，汪曾祺的《茶干》颇有代表性。

《茶干》中唯一有姓名的人物是酱园店的连万顺老板。酱园店生意兴隆的景象，由过节时孩子们敲锣打鼓的喧闹，以及平日里老板、店伙计待人接物的姿态构建气氛："连老板为人和气。乡下的熟主顾来，连老板必要起身招呼，小徒弟立刻倒了一杯热茶递了过来。他家柜台上随时点了一架盘香，供人就火吸烟。乡下人寄存一点东西，雨伞、扁担、箩筐、犁铧、坛坛罐罐，连老板必亲自看着小徒弟放好。有时竟把准备变卖或送人的老母鸡也寄放在这里。连老板也要看着小徒弟把鸡拎到后面廊子上，还撒了一把酒糟喂。这些鸡的脚

---

① 〔德〕格诺特·波默：《气氛美学》，第91页，贾红雨译，北京，中国社会科学出版社，2018年版。

② 〔德〕格诺特·波默：《气氛美学》，第91页，贾红雨译，北京，中国社会科学出版社，2018年版。

爪虽被捆着,还是卧在地上高高兴兴地啄食,一直吃到有点醉醺醺的,就闭起眼睛来睡觉。"①"待人"与"接物"同时营造"连万顺记"酱园内外的气氛。带着"连万顺记"印记的货物的质量、分量、色彩、形状以及物品的包装、递送,城里老板与乡下主顾之间充满诚意与善意的主顾关系,让酱园气氛既有买卖的兴隆,亦有走亲戚的欢快。文本甚至有兴趣关心一只老母鸡吃酒糟吃到醉醺醺的高高兴兴的模样。这样的描述似乎分泌出这样的言下之意:主顾寄存的老母鸡尚且受到如此厚待,何况主顾本身呢?从审美气氛的构造而言,捆住脚爪吃到"醉"的老母鸡,无疑为酱园画面更添几分喜气。写酱园的气氛,光是货品的充盈与实在是不够的,乡下主顾、老板、店伙计之间琐碎、散淡却友善和睦的表情、语气与行为,才可能为酱园召唤来朴拙实用却充满淡淡喜感的生活气氛。

再如《戴车匠》,小说是这样描述戴车匠的:"车匠店有点像个小戏台(戴车匠就好像在台上演戏)。""戴车匠踩动踏板,执料就刀,镟刀轻轻地吟叫着,吐出细细的木花。木花如书带草,如韭菜叶,如番瓜瓤,有白的、浅黄的、粉红的、淡紫色,落在地面上,落在戴车匠的脚上,很好看。住在这条街上的孩子多爱上戴车匠家看戴车匠做活,一个一个,小傻子似的,聚精会神,一看看半天。"②此篇小说的特色在于将车匠日常劳作涂抹上演戏的感知。作坊成了戏台,作坊与街道也成了观众席。"百工居于肆以成其器",还顺便"以成其戏"。戴车匠做成的器物"琳琅满目,细巧玲珑",都"悬挂在西边的墙上"。③这还是静态的展览,唯有让戴车匠的身体动作如"演戏"一般让街上的孩子"小傻子似的"看得痴迷,唯有此种入微,着迷,方能让空间气氛生动起来,活泼起来。车匠店周而复始的日常劳作,是由于"戏迷"们集体的"看",注入足够的好奇感

---

① 汪曾祺:《茶干》,《汪曾祺全集》第3卷,第45页。
② 汪曾祺:《戴车匠》,《汪曾祺全集》第3卷,第16页。
③ 汪曾祺:《戴车匠》,《汪曾祺全集》第3卷,第16页。

知，方能流淌出如此欢快的气氛。

物性，终究要有人性尤其是人的特异感知的映射，方能形成有趣味、有意义的气氛。

到此，汪曾祺对于故里街市某种单纯性的空间气氛的建构还未完成。《茶干》的结尾道："连老大的儿子也四十多了。他在县里的副食品总店工作。有人问他：'你们家的茶干，为什么不恢复起来？'他说：'这得下十几种药料，现在，谁做这个！'一个人监制的一种食品，成了一地方具有的代表性的土产，真也不容易。不过，这种东西没有了，也就没有了。"①《戴车匠》的结尾亦类似："一九八一年，我回乡一趟（我去乡已四十余年）。东街已经完全变样，戴车匠店已经没有痕迹了。——侯家银匠店，杨家香店，也都没有了。"②时光的流淌，空间中人与物的消逝，让既有的故里空间气氛再添一层亲切而凄婉的感知特性。故里空间在汪曾祺的追忆中再次被感伤化的气氛"美化"或"雅化"。

汪曾祺是以类似李贽所言的"穿衣吃饭即是人伦物理"③的立场去看待"百姓日用"的合理性，这些作坊店铺构成的故里气氛，其浪漫性可能远不如普鲁斯特那笔下的玛德莱娜糕点那般具有开启记忆的神奇性。故里平凡的人与物，是因为叙述者对这种平凡生活有了"爱意"，方能获得诗意的挽留和描绘，从而让高邮故里流淌出"辛劳、笃实、轻甜、微苦的生活气息"④。

托多罗夫的《日常生活的颂歌》对于十七世纪荷兰风俗画题材的画作研究发现："十七世纪荷兰画家的画中人似乎对他们所做的事充满了爱意。但更值得一提的是，画家本人似乎也对他们描绘的人物及他们周围的物质世界充满了爱意。因此，他们对画中的一

---

① 汪曾祺：《茶干》，《汪曾祺全集》第3卷，第47页。
② 汪曾祺：《戴车匠》，《汪曾祺全集》第3卷，第17页。
③ 李贽：《焚书·续焚书》，第65页，北京，中华书局，2011年版。
④ 汪曾祺：《自报家门》，《汪曾祺全集》第5卷，第105页。

切——不仅仅是主要人物——都给予了高度关注，而且能够将细节提升至主角的地位，仿佛对日常生活——也就是对生活所有方面所倾注的全新的注意力也改变了绘画的风格。"[①]与此类似，汪曾祺故里小说中的气氛空间，是叙述者和故事中的人物对"所做的事充满了爱意"，方能由此"爱意"派生出种种感知，让平凡的、单一性的气氛空间浸染市井生活的乐趣与情趣。

至于汪曾祺故里小说的气氛审美方式的第三类，则不局限于由某种"爱意"去成就单一空间的气氛感知体验，而是由更多变的非同质化的人物感知和更多样的空间性质去建构更具叙事深度感与层次性的气氛审美。此类汪曾祺故里小说作品，人物数量多且个性殊异，人物之间的交流更隐蔽也更具纵深感，其连续性的气氛变幻之叙事，伴随着人物的命运起伏，更让汪曾祺小说艺术的特殊美感形成风格化的艺术标识。这一类作品，方能标识出汪曾祺以气氛写人物的特殊艺术功力。

二、"杂语气氛"："人在其中，却无觅处"

气氛的"杂语化"，是汪曾祺故里小说刻绘人物的重要方式。此类汪曾祺故里小说，不仅通过物的在场建构气氛，气氛构建更出自人物的感知，出自各色人等不同视野、不同意识、不同话语所构建出的气氛空间来完成人物塑造与主题的浮现。这类故里小说，我们不妨称之为汪曾祺故里题材的"杂语气氛小说"。

汪曾祺"杂语气氛小说"中气氛的形成与改变，多是在静默状态下发生的。汪曾祺写气氛，不是让气氛膨胀到极度饱和的境地迫使人物发生急剧偏转，而是经由各色杂语所形成气氛的层层洇染，

[①]〔法〕茨维坦·托多罗夫：《日常生活的颂歌》，第161页，曹丹红译，上海，华东师范大学出版社，2012年版。

渐次烘托,以"安静的艺术"让人物的精神世界发生幅度不大的微妙震荡,在这起伏不大的感知与情感的震荡过程中构建人物的个性与叙事的主题。表面上看,汪曾祺的小说晓畅易懂,不复杂,不尖锐,甚至也不是很深刻。然而,深入到文本的肌理,则会发现其小说文本充溢着杂语、杂色、杂味以及杂趣。正是各色人等的杂语、杂色、杂味和杂趣所组成的世界,让他的小说在紧凑的篇幅所描摹的世相不仅生动,更有种种生命状态交互叠加,交相辉映,由此呈现出一种安静与喧嚣、单纯与多样、含藏与浅白相得益彰的艺术格调。汪曾祺故里小说表面上很平静,细察之,却发现很"热闹"。

汪曾祺小说中作为"杂语"的语言面貌和言语姿态温和、平淡,各类"杂语"不会引向激情化的陀思妥耶夫斯基式的话语辩论和冲突,而是通过气氛的渗透力而非话语逻辑的求真力来调和"杂语"之间的关系,并将这种调和转化为沉默的顿悟或诗意的遐想。这种顿悟或遐想,"包裹"在情境化的特定气氛之中,是以气氛的特性去映射不同思想、不同视野的交织与传递。

汪曾祺故里题材的小说作品,如《异秉》《岁寒三友》《鉴赏家》《王四海的黄昏》《八千岁》《金冬心》《小姨娘》《忧郁症》《薛大娘》《名士与狐仙》《小孃孃》等,都具备了"杂语气氛小说"的特性。

《异秉》由王二与陈相公的有限度的"交集"形成故事。王二生意发达的欢快气氛,陈相公学徒生涯的压抑气氛,经由见多识广的张汉轩一手"导演"的戏耍气氛的"缝合",上演了一出令人捧腹又有几多酸楚的小人物们"自测异秉"的情景剧。《异秉》的大部分篇幅,伴随这两位主人公的,不只是故事,不只是事件,而是性质各异的一连串生活处境与空间气氛,由此勾勒出他们的生存形态与个性特征。这些处境、气氛,由各种杂语、杂色、杂味、杂趣以及杂艺组成。主人公是作为被这种种杂音和杂味环绕着的人,作为被种种杂物相伴着的人,作为被各种杂色所映照着的人,作为被各种杂语所包围着的人,作为被这些感性因素组织起来的"处境中的人"

"气氛中的人",被读者体验着、认识着并理解着。

《异秉》的前半部分,写王二的熏烧摊子可谓不吝笔墨:"他把板凳支好,长板放平,玻璃匣子排开。这些玻璃匣子里装的是黑瓜子、白瓜子、盐炒豌豆、油炸豌豆、兰花豆、五香花生米、长板的一头摆开'熏烧'。'熏烧'除回卤豆腐干之外,主要是牛肉、蒲包肉和猪头肉。这地方一般人家是不大吃牛肉的。吃,也极少红烧、清炖,只是到熏烧摊子去买。这种牛肉是五香加盐煮好,外面染了通红的红曲,一大块一大块的堆在那里。买多少,现切,放在送过来的盘子里,抓一把青蒜,浇一勺辣椒糊。蒲包肉似乎是这个县里特有的。用一个三寸来长直径寸半的蒲包,里面衬上豆腐皮,塞满了加了粉子的碎肉,封了口,拦腰用一道麻绳系紧,成一个葫芦形。煮熟以后,倒出来,也是一个带有蒲包印迹的葫芦。切成片,很香。猪头肉则分门别类的卖,拱嘴、耳朵、脸子,——脸子有个专门名词,叫'大肥'。要什么,切什么。"[①]王二的"精气神"倾注在煮、染、抓、浇、切的动作中,逗引出经由美食诱惑所散发出的味蕾与食欲庆典化的欢快气氛。这还没有完,更有主顾们的人气来捧场。主顾们"拥着"摊子,形成了更具向心力的气氛"漩涡":"每天晚上到了买卖高潮的时候,摊子外面有时会拥着好些人。好天气还好,遇上下雨下雪(下雨下雪买他的东西的比平常更多),叫主顾在当街打伞站着,实在很不过意。"[②]王二对主顾们饱含歉意的得意投射进气氛之中,与主顾们的人气构成积极的感知循环,方能让"两盏高罩的煤油灯"照亮的熏烧摊子弥漫着美食与人情互渗之气氛光晕。

汪曾祺写王二,让他接受各种气氛"浸泡"。描摹气氛的文字一路铺展开来。王二租用源昌烟店的一半空间,小说便"撇下"王二,有声有色地介绍刨烟师傅的"刨烟"工艺;王二爱听书,小说不写

---

① 汪曾祺:《异秉(二)》,《汪曾祺全集》第2卷,第81页。
② 汪曾祺:《异秉(二)》,《汪曾祺全集》第2卷,第82页。

王二如何听书，更在意茶馆内说书的报条以及跑堂茶房"明日请早"的一声高喝；王二过年下注娱乐，某位下注人的外号以及下注规则似乎更吸引叙述者的注意力。

再如故里小说中的名篇《八千岁》，围绕着八千岁的人物可谓层层叠叠。宋侉子、虞芝兰、虞小兰、八舅太爷皆是伴随八千岁的一系列人物，这杂多的人物便是小说背景化的气氛环绕者。这些环绕者在情节层面自然是要发挥作用，但他们又不只是情节的推动者，他们同时还是各种空间气氛的主导者。八千岁便是在各种相异的气氛空间的环绕包围中固执地过着他的节俭生活，尽管他十分富有。除了这些有名有姓的情节推动者和气氛环绕者，汪曾祺更为八千岁的一连串生活情境提供种种驳杂的气氛要素，这些气氛要素如流动的微粒环绕着八千岁。小说中言及八千岁米店租用夏家的祠堂作为仓廒，似乎一笔带过即可，小说却为此不吝笔墨。如此闲笔，却另有深意："夏家原是望族。他们聚族而居的大宅子的后面有很多大树，有合抱的大桂花，还有一湾流水，景色幽静，现在还被人称为夏家花园，但房屋已经残破不堪了。夏家败落之后，就把祠堂租给了八千岁。朝南的正屋里一长溜祭桌上还有许多夏家的显考显妣的牌位。正屋前有两棵柏树。起初逢清明，夏家的子孙还来祭祖，这几年来都不来了，那些刻字涂金的牌位东倒西歪，上面落了好多鸽子粪。这个大祠堂的好处是房屋都很高大，还有两个极大的天井，都是青砖铺的。那些高大房屋，正好当作积放稻子的仓廒，天井正好翻晒稻子。祠堂的侧门临河，出门就是码头。"[1]高大的房屋，合抱的大树，铺青砖的大天井，尽是当年夏家排场。残破的房屋，牌位的鸽子粪，凋敝衰败已无世家气象。同一空间，既是祠堂，家族血脉的祭祀场所变易为米店买卖的经营场地。世家的衰弱成就了经商市民的发达。这样的气氛勾勒，于夏家这样的大族无疑是凄凉的反

---

[1] 汪曾祺：《八千岁》，《汪曾祺全集》第2卷，第301页。

讽，那么，对于八千岁而言，这种气氛的环绕，是一种无声的警示，还是一种值得得意的幸运？小说中未出现八千岁对夏家故事的感想。夏家当年如何鼎盛，为何衰败，小说同样未交代。世家败落是汪曾祺故里小说反复涉及的主题，《徙》《忧郁症》《小嬢嬢》等篇目涉笔世家衰微之后的贫困、凋零乃至于绝望和疯狂，这些文本都可能作为想象夏家境遇的互文传导到《八千岁》之中。夏家祠堂是沉默的，安静的，夏家故事是以不在场的气氛环绕为建构八千岁的生活情境和气氛。《异秉》中王二熏烧摊子租赁了走下坡路的源昌烟店的半个店铺，式微与发达近在咫尺，十分直观。夏家故事只是隐隐地伴随着八千岁的米店，以其败落的气息映衬八千岁米店的兴旺，以其凋零提示着盛衰兴替的无常。夏家祠堂、夏家的故事所形成的"气氛微粒"，与八千岁殷实店铺的关系既紧密又遥远，既隐蔽又公开，既无关又相关。如此，夏家家族的故事不明写，不铺展，却"嵌入"八千岁的日常生活场景之中，作为一种日常环境的气氛环绕在八千岁周围。夏家祠堂的气氛只是《八千岁》的"杂语气氛"的一小部分，此类无声的杂语化的"气氛微粒"往往以闲笔的方式"逗留"在汪曾祺故里小说中。汪曾祺便是如此"纵容"种种看似离题的"闲笔""杂语"一同构建主人公将沉浸其中的性质各异的杂多生活场景与空间气氛。

汪曾祺小说就是如此之"杂"，如此爱"离题"，如此爱"闲聊"。

"离题"是大大方方让小说的局部尽情"逗留""流连"于趣味盎然的各种话题各种气氛空间中而不受制于情节布局的"整一性"的摆布。

"闲聊"同样是让趣味的惊奇高于悬念的精巧或情节的跌宕。

"写小说，是跟人聊天，而且得相信听你聊天的人是个聪明解事，通情达理，欣赏趣味很高的人……"[①]汪曾祺视读者为知己，兴

---

① 汪曾祺：《漫评〈烟壶〉》，《汪曾祺全集》第9卷，第310页。

之所至，无所不谈，漫不经心，又有所用心，既能显示生活的散淡质地，又能将叙述"兜转"到既有脉络。

当然，"离题"对于汪曾祺小说来说，更有艺术风格方面的深度考量，那就是不让小说主人公过于"抢眼"，过于"出众"，避免主人公时刻处于叙事聚光灯的焦点位置。

汪曾祺小说不赋予其笔下的普通人以"大写的人"的感知特权，而是让其接受杂多的他人感知与纷杂的环境特性所形成的"气氛微粒"的环绕，再从气氛的环绕中水到渠成地"浮现"人物的感知、情感与思想。

汪曾祺经常提及沈从文的一句话："要贴到人物来写。"[1]汪曾祺对这句话的理解是："作者的笔随时要和人物贴紧，不要漂浮空泛。"[2]不过，汪曾祺塑造人物的艺术，善于"贴紧"是一面，懂得"松开"亦是其另一面。汪曾祺小说甚至还不时"丢下"人物，再适时"捡起"人物。原因在于他写人物，是用气氛去烘托和浸润，而不直接深入人物的内心底部去"挖掘"其感知与思想，更不以内心独白去表达人物的潜意识内容。汪曾祺小说写人物，在于灵巧地调度人物，人物的言语与行为不写得"过满""过实"，不将人物的手脚"捆紧"，也不将文本的脉络拘束于单一主人公身上。他写人物的感知或心态，时而近距离"贴紧"，简约刻绘人物的言语行止；时而"松开"人物，让人物的感知在气氛浸润中"浮动"而出。如此既"贴得紧"，又"松得开"，其人物叙述既能详明写实，又能悠然意远。

这种写法，不免让人物"偏安一隅"，不那么"突出"，却提供了足够丰富多样的气氛信息洇染人物，去间接地表达人物的感知、情感与思想。汪曾祺言及《岁寒三友》中的陶虎臣与小说中的气氛

---

[1] 汪曾祺：《我是一个中国人——我的创作生涯》，《汪曾祺全集》第9卷，第428页。

[2] 汪曾祺：《我是一个中国人——我的创作生涯》，《汪曾祺全集》第9卷，第428页。

空间的关系，便有此种见地："我是有意在表现人们看焰火时的欢乐热闹气氛中表现生活一度上升时期陶虎臣的愉快心情，表现用自己的劳作为人们提供欢乐，并于别人的欢乐中感到欣慰的一个善良人的品格的。这一点，在小说里明写出来，是也可以的，但是我故意不写，我把陶虎臣隐去了，让他消融在欢乐的人群之中。我想读者如果感觉到看焰火的热闹和欢乐，也就会感觉到陶虎臣这个人。人在其中，却无觅处。"①"别人的欢乐"让陶虎臣收获精神的愉悦，但小说中恰恰不"明写"陶虎臣的感受，而是让人物"消融"在气氛之中。气氛刻绘中不见主人公，但读者感受到了气氛，也就感受到了主人公的心境。这便是汪曾祺"人在其中，却无觅处"气氛刻绘之艺术特色。汪曾祺创造的气氛艺术，不是激情化的气氛渲染，而是散淡化的气氛"浸润"。汪曾祺小说的"人在其中，却无觅处"气氛审美是中华传统隐逸美学与含藏艺术在当代小说艺术中的出色发挥，是虚实相生的中华传统美学意境于当代白话文小说叙事语境中的独特创造。

汪曾祺故里小说中的"人在其中"，这"其中"是处境中杂多的人与物的"簇拥"，是他人话语与感知的互渗混杂；"却无觅处"，是人物不直接以其形象特点的渲染来达到所谓形象"鲜明"的效果，亦不以主人公感知与情感的直接呈现来传达其内心世界的波动，更不为气氛与人的关系做任何"点题"式的抒情或议论，而是通过一连串不同特点的气氛环境的次第环绕含蓄地显现人物的感知、情感与思想。

异曲同工，《岁寒三友》结尾，历尽劫波后的"三友"在空荡荡的如意楼喝酒，没有任何对话或内心活动话语，微茫惨淡的气氛将他们的酸楚融化在漫天大雪中。《忧郁症》文末，龚星北"试了试笛声，高吹了一首曲子，曲名《庄周梦》"。②小说不直接叙述龚宗寅的失妻之痛，而是借龚星北一曲《庄周梦》的笛声所形成的气氛去承

---

① 汪曾祺：《谈谈风俗画》，《汪曾祺全集》第9卷，第300页。
② 汪曾祺：《忧郁症》，《汪曾祺全集》第2卷，第188页。

载这一家人的哀恸。再有,《王四海的黄昏》的结束部分,王四海"沿着承志河,漫无目的走着。夕阳把他的影子拉得很长"。[①]这怅惘的气氛,诠释着王四海英雄无用武之地却又无可奈何的情感内幕。

"人在其中,却无觅处",不是完全不见主人公的身影。所谓"无觅处",是感知、情感变化轨迹的"无觅处"。不过,感知、情感不被"点明",虽"无觅处",回溯到"人在其中"的"杂语气氛",却能找到依据。这便是汪曾祺《异秉》等作品以虚白负荷感知,以虚白负荷深意的叙事艺术之独特性所在。

"人在其中,却无觅处",这样的空间气氛审美之艺术创造,让人与空间融为一体。人物与处境、气氛浑然融化,小说叙事不经由情节的通道,而是通过人物感知与空间气氛的体合为一来表现其人物的感受、情感与思想。这是一种以气韵生动为艺术理想的叙事艺术,是将人物的感知、情感与思想寄托于杂语与杂物构成的气氛审美之叙事表达法。这种气氛审美叙事艺术,人物内心感受及情感脉络虽"无声化",但空间气氛特性的层层渲染却能通过气氛的"折射"暗示人物之心迹。这种"无声胜有声"的气氛审美,便是汪曾祺"气氛即人"之小说叙事艺术观的精妙所在。

三、故里拼图:"顾盼有情,痛痒相关"

汪曾祺故里题材的系列小说作品可视为一个整体,一个各种各样的气氛空间相互贯通、彼此呼应的气氛整体。汪曾祺用其故里小说系列为家乡建筑了一座叙事博物馆。他的故里小说亦可认为是一种以故里为对象的博物馆化的小说创作。

汪曾祺故里小说中,有些人物在某篇小说中是主人公,到了另一篇小说,则以次要人物露脸。有些人物在某篇小说中没有"名

---

① 汪曾祺:《王四海的黄昏》,《汪曾祺全集》第2卷,第294页。

气",却在另一篇小说中"成名"。有别于汪曾祺以北京、张家口、昆明为背景的系列小说,其高邮故里题材的系列小说是一个充满故里风趣和故里气息的"互嵌式"文本关联体。这种"互嵌式"的文本关联体中,小说文本内部具有多个的"入口"与"出口",人物通过这些"入口"与"出口"相互"串门",空间气氛亦能经由"入口"与"出口"相通流转。

汪曾祺笔下的高邮传统文化的风雅与俗趣交切互渗,其"古旧"的故里气氛中,恬淡中跃动着热情,欢欣中掺杂着苦涩,入世中藏匿着隐逸,微茫中存有着希望。这种"古旧"的气氛特征决定了汪曾祺故里小说系列的"互嵌式"小说之"互嵌"不太可能是"外向型"的开放式互嵌,而是"内向型"的"互嵌",是在相对封闭的地域空间内形成人情往来、故事互通与气氛融和的"互嵌"。

以汪曾祺故里小说中出现频率较高的保全堂药店空间为例。《异秉》中那位令人印象深刻的张汉轩是保全堂夜谈时段最有才华的"主播",是汪曾祺故里小说中想象力最发达的"说书人",是本雅明所言那种"讲故事的人"。只要这位见多识广又神秘有趣的张汉轩出场,"轩粉"便聚拢到保全堂内,"讲故事"的气氛也因此浓厚起来。张汉轩将命运物语与精怪奇闻"拉进"小县城的夜晚世界,亲历与想象相混淆,纪实与虚构被模糊。张汉轩创造的这种"故事气氛"集休闲、娱乐、迷信、消息传播与解读为一体,为凡俗生活"加魅",亦为平淡的县城开启新奇的想象空间。《名士与狐仙》中杨渔隐去世,杨妻小莲子与花匠同时失踪,杨家厨子老王晚上到保全堂聊天,拿了泥金折扇上小莲子的字给大家看,张汉轩慢条斯理道:"小莲子不是人。小莲子学作诗,学写字,时间都不长,怎么能到得如此境界?诗有点女郎诗的味道,她读过不少秦少游的诗,本也不足怪。字,是玉版十三行,我们县能写这种字体的小楷的,没人!老花匠也不是人。他种的花别人种不出来。牡丹都起楼子,荷花是'大红十八瓣',还都勾金边,谁见过?""是狐仙。——谁也不知道他们是从哪里来的，又向何处去了。飘然而来，飘然而去，不是狐仙是什么？"①表面上，张汉轩此番"高见"是在"志异"，渲染狐仙的法力。然而，从另一角度看，亦可认为小莲子聪慧奇异早已超出了凡人可及的范围，非用狐仙的想象不足以形容小莲子的诗情才气。如此，张汉轩在保全堂内创造出的奇异化故事空间的存在合理性，是通过"超自然故事"的讲述暂时摆脱日常实用性事务话语的羁绊，建构另一套故事秩序寄寓普通人的情感依托与价值诉求。

保全堂高朋满座的"夜谈时段"是县城里兼具趣味性与游戏感的一个休闲化的公共空间，那么，此时段还有何方人士会在张汉轩"开讲"时位列其中呢？《兽医》主人公姚有多"晚上到保全堂药店听一个叫张汉轩的万事通天南地北地闲聊"。②我们才知道原来有位兽医亦是常客，且保全堂的卢管事还做了兽医姚有多与顺子妈的媒人。还有一位卖眼镜的宝应人日落时分常到保全堂歇脚，用饭，"没有生意时和店里的'同事'、无事的闲人谈天说地，道古论今。他久闯江湖，见多识广，大家都愿意听他'白话'"。③王宝应虽能说会道，但不如张汉轩儒雅，江湖气重。《卖眼镜的宝应人》中未交代王宝应与张汉轩是否闲聊过，是否听过张汉轩的"开讲"，想来他在张汉轩面前也只宜充当配角。不过，从《卖眼镜的宝应人》中可知，保全堂这样的药店对于走街串巷的小买卖人并无歧视，为其提供免费茶水以及临时用饭的处所似是很自然的事体。除了《异秉》中的王二的摊子，《薛大娘》中卖菜的薛大娘的菜筐也歇在保全堂药店的廊檐下，每天到保全堂来，和保全堂上上下下都很熟。后来，保全堂新来的管事吕三竟与薛大娘有了婚外恋，外头议论纷纷。老姐妹劝薛大娘不要再"偷"吕三，薛大娘回答很干脆："不图什么。我喜欢他。他一年打十一个月光棍，我让他快活快活，——我也快活，

---

① 汪曾祺：《名士与狐仙》，《汪曾祺全集》第3卷，第271页。
② 汪曾祺：《兽医》，《汪曾祺全集》第3卷，第247页。
③ 汪曾祺：《卖眼镜的宝应人》，《汪曾祺全集》第3卷，第212页。

这有什么不对？有什么不好？谁爱嚼舌头，让他们去吧！"①小说的叙述者称赞道："薛大娘身心都很健康。她的性格没有被扭曲、被压抑。舒舒展展，无拘无束。这是一个彻底解放的，自由的人。"②如此，一个保全堂药店空间，各色人物的各种故事"互嵌"勾连，各种故事气氛互渗"串味"。

汪曾祺故里小说中，所谓"互嵌"拼图，有的以空间为中介，有的则通过人物相关联。比如，邑中名士谈甓渔在《徙》中有相当篇幅的刻画，让读者知晓谈甓渔这位教育家为人处世格高韵雅且极为仗义，"经他教过的学生，不通的很少"③。到了《岁寒三友》中，王瘦吾亦是被告知是谈先生教会了他作诗。再如季匋民，他是"全县第一个大画家"④。这位大画家在《岁寒三友》《忧郁症》《小孃孃》都露过面，此三篇小说中季匋民给人的印象便是他人急于出手字画古玩都会找到他。这种收购的行为谈不上对错，买卖应算公平合理，但他若与《钓鱼的医生》的王淡人医生比较，格调上似乎低了些。然而，《鉴赏家》中的季匋民却"画风大变"，其"人设"有了根本性改观。大画家季匋民与果贩叶三的友谊是一出现代版俞伯牙与钟子期的故事。《鉴赏家》中，见不到季匋民经营字画古玩的行为，反而多了文人雅士的才气与傲气。那么，这是姓名都叫"季匋民"两位不同的小说人物，还是同一位季匋民在不同处境中导致其性情、习性乃至格调有了大变化？看来，汪曾祺故里系列小说文本中人物之"互嵌"，即便是同一个人物，不同文本中亦能表现不一样的性情与面貌。此种"互嵌"，可谓同一人物于汪曾祺不同故里题材小说的错位化"互嵌"：身份虽然一致，性情的差异化处理让一个人物于不同文本中表现出不一样的面貌和个性。这种"混淆"平添几分疑惑，却不

---

① 汪曾祺：《薛大娘》，《汪曾祺全集》第3卷，第262页。
② 汪曾祺：《薛大娘》，《汪曾祺全集》第3卷，第263页。
③ 汪曾祺：《徙》，《汪曾祺全集》第2卷，第219页。
④ 汪曾祺：《鉴赏家》，《汪曾祺全集》第2卷，第276页。

乏让同一个人物于不同情境中"变身"的错位感所形成的独特风趣。

汪曾祺故里系列小说，其空间与人物的"互嵌"是松散化的"互嵌"，而不是精雕细琢式的拼盘式"搭配"，是没有布局的布局，是"漫不经心"的"苦心经营"。①

汪曾祺的故里小说，是在故里整体气氛笼罩下，各种人物于各色气氛空间中彼此"顾盼有情，痛痒相关"。②"顾盼有情"是故里杂语化的各类气氛空间中各色人物于乡土差序格局中因家族、血缘与地缘而形成的感知、情感与思想关联，不同空间中人物于各个独立篇章中相互致意，彼此勾连，浮现出故里人物之间或隐或现的乡土情感网络。"痛痒相关"是经由大大小小的事件，汪曾祺故里小说的人物系列形成了休戚与共、息息相关的感知、情感与思想的共同体。汪曾祺故里小说中的人物感知与空间气氛既独自旋转，又相携共舞，既不时地偏离"中心"，又常常同心汇聚。故里人物在局部的气氛中活动着，为故里整体气氛所环绕。故里人物于局部气氛中感知着，这些个体感知亦不断传递到故里的整体气氛之中。整体气氛、局部气氛与个体感知的交互循环，共同建构汪曾祺笔下高邮故里内与外的气氛特质：近处是平凡生活状态举目可见的小小的欢乐与哀愁所构成的俗世的喧嚣，

远处则是故里山川的云山烟景的苍茫无边。这虚实相生的艺术创造，让各种故里人物的"私人世界"的小气氛在故里整体气氛之中相互周旋，彼此渗透，以此成就了平静的欢欣、恬淡的古旧与忧伤的超脱混杂互渗的气氛美感。

（本文原刊于《当代作家评论》2021年第3期）

---

① 汪曾祺：《思想·语言·结构——短篇小说杂谈》，《汪曾祺全集》第10卷，第11页。
② 汪曾祺：《中国作家的语言意识》，《汪曾祺全集》第9卷，第438页。

不见色，无字书

——评黎紫书《流俗地》

刘诗宇

马来西亚作家黎紫书的《流俗地》，是近年来难能一见的汉语长篇小说。黎紫书以自己的出生地"锡都"怡保为背景，写出了久违的绵密、氤氲的人情世故。小说洋洋洒洒，篇幅接近500页，但那种人生海海的密度感，又让阅读这篇作品的过程有了远超500页的宽广之感。故事情节在"现在"和"过去"之间反复跳跃，生生死死、来来往往，时间在这里未必按照线性流动，反而像是星球运转时周而复始的圆，或石子落入静水后激起的一圈圈波澜。

小说写的是"盲女"银霞从少年到中年的故事，作者的语言充满诗意、氛围感极强，在盲人的感觉、听觉、嗅觉世界中，我们能从另一种角度感受到生老病死、悲欢离合、爱恨情仇中的文学性。而在银霞所处的小社群背后，又隐然有更宽广的社会与时代，那些像浮萍一样的人物、情绪、命运因此落地生根，给人以无限的唏嘘之感。

一、形象：那些沦落或超然的人们

《流俗地》塑造出了太多迷人的人物形象。平静包容一切命运的银霞、柔弱平凡又有着自己信念的细辉、善良正义的拉祖、英姿飒爽的马票嫂、隐忍丈夫大半生的梁金妹、外貌英俊但行事糊涂的大辉、苦恋大辉的蕙兰等一众精彩形象，串联了整部作品。但我最想讨论的是一个容易被忽略的形象，即银霞的父亲老古。

老古是一名德士司机（出租车司机），三个最明显的性格特点是自私、刻薄、好色。老古似乎有永不满足的色心，他喜欢忍受熬夜的辛苦、冒着被抢劫的危险开夜班，只因为在夜里"投怀送抱者有，酒醉后半推半就的也有，常有艳福从天而降"[1]。用无耻来形容老古一点不为过，他甚至当着二女儿银铃（五官健全的正常人）的面与副驾驶上的变性人动手动脚。好色且不顾颜面，等同于无视家庭，因此妻女与老古虽在同一屋檐下却形同陌路，老古独自赚钱独自花，从不为妻女考虑，变得极为自私，进一步又因为自私、好色而成了一个可鄙的存在。即使同为华人的邻居朋友，也没人拿老古"当回事"，老古也对周围人刻薄待之。邻居孩子成绩优秀，照片登报，他便羞辱人家"笑得像炝熟狗头"[2]；邻居喜欢"宅"在家里，他便说邻居"不是同性恋就是个和尚"[3]。老古不关心任何人，也没有任何人关心他，随着年龄渐老、世风日下，老古开着破旧德士像鬼魂一样游走在黑暗的街巷时，除了猎艳，他似乎更没法在别处实现人生的价值，只能寻找一点可怜的满足感。

好色、自私、刻薄，很难说哪一重性格较先出现，却在老古身

---

[1] 〔马来西亚〕黎紫书：《流俗地》，第443页，北京，北京十月文艺出版社，2021年版。本文所引《流俗地》皆出自此版本，只注明页码。

[2] 〔马来西亚〕黎紫书：《流俗地》，第180页。

[3] 〔马来西亚〕黎紫书：《流俗地》，第199页。

上形成了闭环。老古是十恶不赦的人吗？在作者的笔下显然不是。当妻子梁金妹与两个女儿银霞、银铃终于攒够了钱，举家换了属于她们的房子后，老古几乎变成了一条寄宿的"流浪狗"；妻子死后，两个女儿当面说留父亲住不过碍于伦理而无情分，老古恼羞成怒却无可发泄；随着经济下行、电召德士行业衰落，肮脏油腻的老古也被扫入时代的垃圾堆，按摩院的洗脚妹骗了老古无数顿夜宵吃，却一声不吭就离开锡都，临走前还照常奚落老古人穷志短。然而在作者那因为没有价值判断而显得温情且宽容的笔触下，老古这样的角色也有惹人叹息之时：当我们看到坐在德士里的老古孑然一身，似乎也看到锡都的深夜里有无数和老古一样失落的人。可鄙、可怜、可叹的老古，在黎紫书的妙笔下获得了美学的意蕴，他到底是一个具体的人，还是某种典型环境的化身？他的遭际或许也是大时代的一个组成部分，也是宏阔画卷中一个醒目的符号或形象。

与"上梁不正下梁歪"截然相反的是，老古的女儿银霞身残志坚，冰雪聪明，她静若幽兰，忍受、包容着世间的一切。王安忆在序言《之子于归，百两御之》中写拉祖、细辉和银霞的关系仿如"罗汉护观音"，银霞的身上确实体现出某种超然的、神性的因素，但这个形象又显得极为平凡甚至有些可怜的卑微。银霞因为目盲无法接受正常的教育，只能做一些最简单的手工糊口，然而在与小伙伴细辉、拉祖下象棋时，却展现出了能下盲棋的惊人记忆力与计算能力。少年、青年时期的银霞大多时间只能裹足家中；当她终于有了去盲人学校学习的机会，邂逅了心爱的伊斯迈老师，却在这里被人性侵。银霞看不到施暴者的面孔，却留下了埋藏一生的伤痕。直到小说的后半段，作者才利用盲人院庆祝节日，银霞第一次认真打扮的契机，向我们揭示出原来银霞不仅冰雪聪明，更是美丽动人。

"你看啊银霞，迦尼萨断一根牙象征牺牲呢，所以那些人生下来便少了条腿啊胳膊啊，或有别的什么残缺的，必然也曾经在前世为别人牺牲过了。"①

这是好友拉祖经常提起的一段话，银霞视此为人生哲学，解释自己人生的残缺、劫难。好友细辉曾咨询她应该怎么给女孩写情书，银霞只说了一句话："难得木讷是君子，难得静默是良人。"②银霞的命运恐怕很难纯粹地用现实逻辑解释。是什么让她经历了诸多苦难与不公，却仍能保持那种可贵的平静？是什么让她遭遇了别人的恶意之后，却没有像他的父亲老古那样，沦落成一个充满动物性的人或披着人皮的动物？在小说的序言和后记中，王德威和董启章都说这部作品难得回归到了"写实"的路径上，从写作的技巧来看确实如此，但小说达到的效果却远远超乎现实。且不论整体，至少在小说的多个瞬间里，银霞是现实中不存在而只属于艺术作品或宗教范畴的形象。

后来银霞找到了一份很适合自己的工作——在电召德士台当接线员。除了聪明、美丽之外，银霞还有一副天籁嗓音，在这个不需要"看见"的工作里，银霞成了德士台的象征。她用超群的记忆力，将整座城市所有的街巷搬进脑海，无一遗漏，一时间成了电视台争相报道的人物。那段时间银霞外出吃午饭，一路有人主动引她到茶室，替她端茶倒水，陌生人像见到明星般与她搭讪，附近茶室饭馆的店主都颇感脸上有光。

二、关系：氤氲流动的情愫

然而马来西亚经济趋势整体下行，银霞的遭际如梦幻泡影，如露亦如电。银霞这个形象有很明显的"两面性"，一面是超越性的，一面是世俗的。前一面，譬如宽容、淡然、聪明、博大，无须借助外在即可发光发热；后一面则在她是女儿、是朋友、是恋人时才能

---

① 〔马来西亚〕黎紫书：《流俗地》，第186页。
② 〔马来西亚〕黎紫书：《流俗地》，第200页。

273

显现，必须在社会关系中才能展现润物细无声的力量。超越性的人物总是有限的，否则作品就会显得虚假，《流俗地》杰出的文学性和银霞那份超然有关，更和她与书中那些人发生的互动以及互动下氤氲流动的情愫有关。

银霞和华裔男孩细辉青梅竹马，两人共同度过了青春岁月。细辉从小哮喘，外号"孱仔辉"，长相普通、资质平庸，面对兄长、母亲、妻子、朋友，细辉永远是相对软弱的那个人。这类人在现实中比比皆是，他们总是顺从、老实，但人格内里涌动的真实状态，随时要胀破这种表象。在极个别时刻，他们会展现出强大甚至唐突的主观能动性。强烈的反差来去倏忽、稍纵即逝，无法从根本上改变外界对他们的评价，但巨大的文学性和戏剧性俨然从中生发。

在《流俗地》漫长的叙述中，"孱弱"的细辉，对每个相对重要的人都有过一次"主观能动"时刻。例如细辉与兄长大辉时隔五年重逢，突然拒绝再当"小弟"跑腿；母亲何门方氏死在家中，为了避免母亲的财产被冻结，细辉与妻子"秘不发丧"，先奔赴银行取钱；朋友拉祖总是在各方面都胜细辉一等，但在细辉脑海中总有一幕虚构的记忆是他和银霞联手击败了拉祖。细辉不是那种"卧薪尝胆"的人，在人生的绝大多数时间里，他都是被动者，但就是通过捕捉这些微妙的瞬间，作者写出了细辉的"心气"。

细辉对银霞的反常瞬间尤其精妙。在外人眼中，银霞再优秀也是个盲人，而细辉再普通也是"健全人"，但在细辉心里，银霞的天资远在自己之上。无论在世俗层面还是细辉的主观层面，自己都"不能"也"不配"和银霞在一起。盲人院节庆之时，银霞第一次认真打扮，细辉惊讶于她的美丽，产生了爱慕之心。

目睹了一份朝夕相处却绝不属于自己，也绝不容占有和伤害的美好时，平凡、弱小的细辉会做何感想？其实在某一瞬间，在细辉心里，聪明、美丽、纯洁的银霞与性幻想的对象微妙重叠。他从未向任何人吐露心曲，因为这是只属于细辉而与银霞本人无关的瞬间，所以这也是超越了道德、伦理、友情、现实之外的瞬间。直到小说接近尾声，银霞历尽劫波找到如意郎君，早有家庭的细辉真心实意地为她高兴，说出恭喜，但那一刻他身边的景物却突然变得空旷、遥远，所有喧闹的声音归于虚无。此时读者会想起曾经属于细辉这个平凡男人的臆想瞬间，他对童年好友获得幸福的欣慰、对青梅竹马另嫁他人的失落，前者显、后者隐，跨越几十年的人生，背后有无限既简单又复杂的情绪。

　　黎紫书的叙述语调哀而不怨，隐而不发。面对像老古那样可鄙的人，作者不做批判，而是从一种窝心、委屈的角度，写他的沦落和悲哀；面对细辉这样外柔内刚、挣扎生存的人，作者又"狠心"将他的念念不忘完全隔绝在银霞的世界之外。银霞的前半生总共经历了三段感情，分别是与童年好友拉祖、盲人院教师伊斯迈、邻居顾老师，这其中并没有细辉。

　　拉祖也与银霞一同长大，他天资聪颖、成绩优异，是"土窝窝里的金凤凰"，曾受到首相接见；后成为律师，专门为穷苦人争权益，不惜与黑道结仇。《流俗地》全书近500页，银霞与拉祖之间的情愫直到小说过半才点明，当时银霞记下了锡都所有街道，登上电视节目，拉祖与细辉一同打电话祝贺，拉祖说话时银霞突然悸动着说"我好想念你"，之后才补充似地加了一句"我也好想念细辉"；拉祖听到银霞的话，是"顿了一顿"，良久后才说，"我也很想念你"[1]。两个人是青梅竹马，同时也是才子佳人，但这段关系发乎情止乎礼，一切只停留在美好的想象中。

　　银霞与拉祖彼此欣赏、相互扶持，这段感情反而因为没有结果而显得格外纯真、美好。当拉祖英年早逝、血溅街头，当银霞遭遇强暴却只能独自咽下苦果，两人那段感情都会重新浮现，仿佛有一个平行的、充满希望的未来，勾起读者的哀伤与共情。

---

[1]〔马来西亚〕黎紫书：《流俗地》，第267页。

  银霞与伊斯迈的感情同样无疾而终，但相比与拉祖的感情则浓烈得多，是全书的高潮段落之一。《流俗地》的叙述并不按故事时间有序推进，作者的笔调非常跳脱，各角色的中年、童年、青年穿插出现，因此后发生的事不一定后出现。小说中的重要人物关系几乎都在小说开篇就已交代，而银霞与伊斯迈的感情段落却在小说的后三分之一才突然出现，不得不说作者的安排非常"大胆"。这段感情之所以美妙，令人读来难以自拔，毫无突兀生硬之感，首先在于银霞这个形象吸引了读者的关注和爱怜，之后起到作用的才是这段情感描写中，作者精准地抓住了情感世界中那些耐人寻味的细节，并使用了恰如其分的表现方式。

  伊斯迈是盲人学校的英文教师，同时教银霞使用盲文打字机，他比银霞年长，但比大多数学生年轻，这使两人的关系在环境中显得特殊。传授打字机使用方法时，伊斯迈常与银霞十指交叠，这种"肌肤之亲"在盲人间再正常不过，但在健全、年长的伊斯迈与目盲、年轻的银霞之间则显得暧昧。伊斯迈有家庭，但银霞的美丽、聪明、温柔明显打动了他；而银霞从小深居简出，除了同龄的拉祖、细辉，接触最多的男性就是粗鄙的老古，因此这样一位温文尔雅、循循善诱的老师也让银霞怦然心动。

  与学习打字时的亲密相反，两人真正的情感交流隐秘而曲折，全在两封信中。银霞从小说汉语，但打字机只能将英文转换成盲文，她用这种方式，将一切要诉说的感情打印成不会寄出的信件，而即便是在那封信中，她对伊斯迈的感情也表现得节制、卑微：

  ……尽管我明知自己不会有勇气将信交给你，却因为心里晓得你能读懂，写的时候便总是多了些考虑，深怕有一天它会曲折地流落到你手上。你一眼便看出这满纸的病句，以及字里行间的漏洞，你会见笑。

  你一定会忍不住笑的。即便没弄出声音来，老师你笑的时候，我能感受到空气中的变化，也会被你的笑传染；心跳会加速，身体会发热，脑子会被抽空，世界会滑向一边，逐渐倾斜。

唉，你早日回来吧，老师。快回到这里。你知道的，我已经在想念你了。①

这封信被伊斯迈意外读到，他用口授的方式，请银霞打出了一封回信。

我记得我已经在班上告诉过大家了，我是个有妻室的人……我在一种混沌的，不是那么纯粹的黑暗中，用指头触摸你的文字，感觉好像摸上了你的脸，你的唇，你的轮廓。它们那么实在，像是经由指头上的神经，传输到我的脑里，再刻印到心上……我每天来到院里，总是不自禁地寻找你的身影，而你总不叫人失望，在憧憧人影中排众而出，像一朵灿烂辉煌的大红花在绿叶丛中冒现。

我知道这样不妥，然而——②

伊斯迈在信中说到了他对生活、对盲人院、对盲文的感受和理解，更回应了银霞含蓄的爱意。伊斯迈口授时，就扶着银霞的椅背，信中的话温柔、深情，让人面红心跳，有说不出的亲密；然而伊斯迈开篇就说了自己的家庭，后面又有"不妥"二字，使得这份感情再润物无声、哀婉动人，一出口也成了"遗憾"；更令人拍案叫绝的是，一切事情即将出现转折，"然而——"二字出现后，这封信却被突然出现的院长打断了，再无后续。银霞仍然日复一日在打字室学习、工作，直至横遭陌生人性侵，永远离开盲人院。两人无疾而终的感情画上了一个令人扼腕、难以释怀的句号。

---

① 〔马来西亚〕黎紫书：《流俗地》，第343页。
② 〔马来西亚〕黎紫书：《流俗地》，第346-348页。

最后银霞与邻居顾老师走入了婚姻殿堂，这段感情或许正是因为修成正果、归于日常，相比前两段感情在文学性上显得有些乏善可陈。相比之下，黎紫书更善于写那种"有问题"的感情关系，除了银霞与拉祖、伊斯迈之间隐而不发、戛然而止的感情，像老古与正妻梁金妹之间的紧张关系，或老古出轨洗脚妹又被无情抛弃时的寥寥数笔也相当精彩。在这其中大辉和蕙兰的感情关系又值得一说，作者对大辉的描写可谓浓墨重彩，在"近打组屋"（银霞一众人曾经的居住地）的邻居们口中，大辉的相貌分别与这四个人相似：《三国演义》中的周瑜、香港漫画《龙虎门》中的王小龙、《风云》中的步惊云，以及香港影星邓光荣。他无论走到哪里都桃花不断，还曾有女孩为他跳楼自杀。蕙兰的家世、相貌、资质都平平，她与大辉的结合充满偶然，这对"痴情女"与"负心汉"的故事注定悲剧收尾。无论受了多少苦累与委屈，看着风流倜傥、衣冠楚楚的大辉，蕙兰都觉值得。后来大辉抛妻弃子，杳无音信，蕙兰忍气吞声，拉扯着几个孩子艰难度日。作者用"明眼人"蕙兰一次次的自我安慰、满足、欺骗，写出了建立在相貌之上的爱情的妄诞，写出了人性与人生的荒唐。

三、现实与形式：流"俗"的两层意义

《流俗地》这个题名让人耳目一新。在这个传统文学追求"雅"化的时代里，谁又愿意自己的作品是"俗"呢？当"俗"在今天的文学评价体系中，越来越有价值判断意味之时，我们应该回想起这个概念最初的意思。

《汉书·地理志》中这样说："凡民函五常之性，而其刚柔缓急，音声不同，系水土之风气，故谓之风；好恶取舍，动静亡常，随君上之情欲，故谓之俗。"《风俗通义》中说："风者，天气有寒暖，地形有阴阳，泉水有美恶，草木有刚柔。俗者，含血之类，象而生之，故言语歌讴异声，鼓舞动作殊形，或直或邪，或善或淫也。""百里不同风，

千里不同俗。"这个字在一开始就承载了太多的意义，但其中唯独没有艺术角度的高下之判。它既和各地原初、自发的状态有关，象征着一种"丰富性"；又反映中央、官方意志在到达各地后引发的变化，充满"流动性"与"历史感"。大概直到魏晋之时，随着文人从仕途短暂回退到自己的精神空间，一边进行精神探索一边自娱自乐时，"雅"或"俗"才有了文学性、艺术性上的判断意义；而在大多数时候，所谓雅俗，既是政治概念，也是道德概念，最后才是文学概念。[1]

黎紫书笔下的流俗，应该是还原到了"俗"最初的意义上，即写那些生活在世界角落，却又被大时代风云席卷的人，写他们的人情冷暖、悲欢离合。黎紫书作为马华作家，创作中似乎天然有"马华族群对华文文化存亡续绝的危机感"[2]，"先天负荷了重大命题"[3]。《流俗地》中有一强一弱两个主线，银霞的成长、生活是强主线，而马来西亚世风日下，形势带着人"向下走"则是弱主线。银霞从少女行至中年，串起了一众人等；但让人们聚散的另一个关键原因，则又是当地的经济和政治。

也许是近打组屋的名气打响了，有许多生无可恋的人慕名而来，各随己意选了个心水楼层一跃而下，每一个都顺利而决断地当场死去……选择到近打组屋来跳楼的，大多是华人，而且十之八九都是女性。这些死者化作鬼魂，似乎也像活着的时候一样，都腼腆内向，不善于与友族打交道，因而一般只对楼上楼的华裔同胞现身。

……那是楼上楼建好七年来的第十八桩跳楼事件了。组屋里的人没有一丝惊慌，而且也都知道会在这儿跳楼，对近打组屋小区没

---

[1] 见王齐洲：《雅俗观念的演进与文学形态的发展》，《中国社会科学》2005年第3期。

[2] 王德威：《盲女古银霞的奇遇——关于黎紫书〈流俗地〉》，《山花》2020年第5期。

[3] 王安忆：《之子于归，百两御之》，《山花》2020年第10期。

有一点公德心和爱护之情的，都是外面来的陌生人。[1]

是什么让跳楼者相聚？相比个人悲欢，肯定是社会、时代层面的因素起了更大作用。从老古到银霞，从拉祖到大辉，从莲珠到何门方氏，小说中几乎每个人的悲喜剧，都与时代直接相关。"近打组屋""美丽园"这些在大陆读者看来陌生的名词背后，是马来西亚真实的市民社会赋予的空间意蕴。跳楼的人会在近打组屋"相聚"，一如让小说一头一尾相互扣题、让所有在世角色聚在一起的，是马来西亚的大选，华人们纷纷回到故乡，铆着一股劲要用投票选举的方式"改天换地"。面对泥沙俱下的现实，作者就像一个经验丰富的淘金者，无边无际的形象、事件、情感从指间滑落，只有那些切中历史与现实肯綮的选择，才能让"流俗"还原至原初意义上的"俗"，而不是艺术水平、价值判断上的"俗"。

从小地方、小人物入手，实现对历史与现实的把握，这是流"俗"的第一重含义。第二重含义则指向小说与通俗的视听艺术之间的关系。

作者在后记中说："《流俗地》在很大的程度上，用的是写实手法，而且里头写的又是许多锡都坊间的草民众生。这让小说读来'朴素'。"[2]但看小说通篇的结构安排，以及"叙事时间"与"故事时间"的关系，《流俗地》那种跳脱、穿插甚至带有"兴之所至"色彩的叙事形式明显是属于现代主义风格的。使用这种风格有好处，比如拉祖年纪轻轻就因为得罪黑势力，在家门前被人砍死，在故事时间中他已经"死"了，但在故事时间的不断溯回中，更年轻的拉祖还是能经常出现在后文中，仿佛"没死"。于是《流俗地》中生死都有了一种自由状态，人物离世的悲伤感和对叙事的影响程度相应降低。

---

[1]〔马来西亚〕黎紫书：《流俗地》，第100页。
[2]〔马来西亚〕黎紫书：《流俗地》，第471页。

但对于普通读者来说，这种叙事风格或许弊大于利，它太容易让人一头雾水，而不知作者到底意欲何为。现代主义风格的叙事形式，对于如今大多数追求文学性、追求艺术性的纯文学作者而言，几乎不是一种"选择"，而是一种无意识。但在这个娱乐方式过于多元的时代里，任何一点点"故弄玄虚"都有可能让读者放弃阅读。而《流俗地》之"俗"在形式层面的优长，就体现于声音、光影等艺术形式与文学结合后产生的氛围感，中和了现代风格的晦涩和拒斥感。

除上文列举过老古眼中锡都深夜的黯淡景色、与大辉争吵又和解的蕙兰在童年幻忆中昏昏入睡、银霞在母亲的灵堂上接到拉祖的电话等，《流俗地》中经典的场面描写其实数不胜数。得益于银霞的盲人感官角度，《流俗地》中听觉、嗅觉、视觉、触觉形成通感，共同铸就了《流俗地》极为引人入胜的情景氛围。

举例而言，在伊斯迈为银霞口授情信开始之前，作者写道：

那个下午异常闷热，有一场豪雨已经酝酿许多天了，却只是偶尔挤出一两响闷雷。即便头上的风扇呼呼作响，这样的天气仍让人颈背沁汗，心绪不宁。[1]

寥寥数语同时提供了听觉（雷声、风扇的声音）、视觉（远景中的阴天、雷电，近景狭小空间中飞速旋转的扇叶）与触觉（闷热中出不透的汗、风扇的熏风），使伊斯迈即将点破对银霞感情前的紧张感以及师生恋的暧昧意味呼之欲出。

又比如"美丽园"附近有个"罗刹一般模样"的女邻居，[2]每天下午准时在家中唱KTV，曲目经年不变、水平毫无长进，但就是这样的歌声，成为小说中多个关键段落的背景音。《苦酒满杯》《昨夜

---

[1]〔马来西亚〕黎紫书：《流俗地》，第345页。
[2]〔马来西亚〕黎紫书：《流俗地》，第358页。

星辰》《无言的结局》等苦情歌,虽然纸上的文字没有旋律,但却为读者带来了一种荒腔走板的苦涩与释然之感。《流俗地》以银霞为第一视角,很多场景从声音角度展开,但这许多声音充满画面感,属于马来西亚热带雨林气候与市民社会时而明艳、时而昏暗的丰富色彩,就蕴藏在《流俗地》的文字背后。

阅读《流俗地》,大概很难不想到观看电影时获得的那种综合性审美体验。在我看来,这是黎紫书在大的现代主义语境中,用一种整体而言属于"雅"范畴的讲述方式,结合了电影、歌曲等"俗"化的艺术手段后达成的效果。小说中出现的一些漫画、电影、流行歌曲名称,作为内容的组成部分,暗示着这些艺术形式对作者写作的影响;在文字之外听觉、视觉(对文字的阅读与对静态或动态画面的想象构成了两个层次上的视觉体验),以及嗅觉、触觉,都从不同方面吸引、维持着读者的注意力。

总而言之,《流俗地》之"俗"在形式层面的意思,就是指当下更容易被大众接受的视听艺术,在与文学叙事结合的过程中,让《流俗地》变得更引人入胜。即便它的叙事形式是相对小众、具有精英气质与现代主义味道的,但它仍然有着吸引更多普通读者的可能,使更多与书中人有近似身份、命运的读者深入其中,让《流俗地》描写的"草民众生"与文本之外的普通读者形成对位,让所谓"流俗"真正落到实处。

结　语

在《流俗地》的后记《吾若不写,无人能写》中,黎紫书对华语长篇创作进行了一番综合评价。作者直陈其弊,认为大陆长篇小说的主要问题在于"这些长篇不少都写得东拉西扯,或是充斥了作者自以为是的小聪明,其实都是花言巧语,却一点都舍不得删去";台湾的小说则"重描写而拙于叙述……故事性相对较弱,有不少作品流于资料的拼凑,却也可以写得很长,翻开来很容易会陷入审美疲劳,逼得人不得不跳着读"。①

不能说《流俗地》完美无缺,或马华文学就一定在华语文学界做到了排众而出,但《流俗地》确实以近年来难得一见的面目,为我们反思文学尤其是长篇小说从何处来、到何处去提供了切口。在评论《流俗地》这部作品时我一度陷入困惑,当我尝试从大的理论或谱系进入作品时,发现无从下笔,很难触及作品的内核;思来想去,也许《流俗地》最突出、最值得称道的,正是作者在写人物、场景、语言、情节方面,展现出了极为优秀的"基本功",因此最适合的评论方式可能就是"文本细读"。而与此同时,又有多少作品,虽然能做上天下地的阐释、花团锦簇的评论,但却经不起最基本的细读呢?

《流俗地》整体上与香港或台湾文学的风格更接近,因此多少也有一些黎紫书自己所说的"语言华美""重描写而拙于叙述""故事性相对较弱",让人忍不住想"跳读"的问题。这些或许见仁见智,但小说对于市井小民的关注,对世俗生活中平静、坚韧、超然境界的追求,对于时代与现实的扎实把握,对于当下身处文学之外、广为人欣赏的艺术形式的包容,却实实在在体现了一种难得的"真诚"态度。"真诚"看上去简单,但当"真诚"意味着做好作家应该做的基本功,睁开双眼学习、了解这个世界,并让自己的作品产生一定的精神力量,恐怕就变成了一件困难的事,一件值得文学创作者、研究者认真思索的事。

也许有的时候文学创作也像银霞替细辉写的那句话一样——难得木讷是君子,难得静默是良人。

(本文原刊于《当代作家评论》2021年第6期)

---

① 〔马来西亚〕黎紫书:《流俗地》,第475页。

《回响》：多维的回响

南 帆

对于一个成熟的作家说来，轻车熟路往往是一个隐蔽的负面诱惑。无论文类还是叙事模式，轻车熟路可能不知不觉地遮蔽独到的发现，甚至封锁这种冲动的出现。东西显然清晰认识到这种诱惑的危险性。他宁可自寻烦恼，毅然闯入种种荒芜地带——长篇小说《回响》可以视为开疆拓土的产物。《回响》的"后记"表示，这一部小说打开了一个深邃而纷杂的领域，坚硬、明朗的现实世界背后突然显现出一个既熟悉又陌生的空间，各种日常现象闪烁出令人惊讶的意义。这一切迫使作家重新认知相识已久的人物。开疆拓土绝非轻松的工作，东西甚至饱受折磨，几度辍笔。但是，他并未退却或者避重就轻，而是以坚韧的写作姿态正面接受挑战。《回响》21万字，创作历时四年，作品的分量令人刮目相看。

《回响》的问世产生了持续的"回响"。许多批评家的强烈兴趣表明了这部作品的诱人内涵。在我看来，《回响》的内涵之中包含一些富于启示的话题。这些话题不仅涉及叙事的架构、文本的肌理，而且进入文学的纵深处，挪用印在这部小说封底的话说，这些话题还涉及如何"勘破人性"。也许，更为准确地说，《回响》涉及的恰恰是叙事、文学与"人性"之间的复杂关系。

这时可以说，《回响》隐含了带动理论命题的潜力。

一

《回响》的情节围绕一个案件的侦破展开，人们通常命名为"侦探小说"。

许多人将西方"侦探小说"的鼻祖追溯至爱伦·坡。时至如今，"侦探小说"业已发展成为一种著名的文类，具有数量庞大的拥趸。一些带有专业精神的读者仅仅愿意充当侦探小说俱乐部成员而对于其他文学作品不屑一顾。与这种状况极不相称的一个事实是，众多侦探小说几乎无法入选文学史认定的经典名单。哪怕"福尔摩斯"名声再大，没有哪一个批评家敢于将柯南·道尔列入伟大作家的行列，与莎士比亚或者托尔斯泰这些文豪相提并论。也许，一个重要的原因是：那些让人眼花缭乱的侦探小说太简单了。尽管离奇的案情或者云谲波诡的破案手段显现了作家的高超想象力，然而，这些作品对于"人性"——尤其是人物"内心"——的认识与发现乏善可陈。

作为一种表象，侦探小说似乎展示了冷静的理性洞察力：剖析错综的案情，发现因果关系，推断犯罪动机并且预测未来的路径，如此等等。然而，全面的分析可以显示，这种理性洞察力仅仅回旋在一个狭小而封闭的逻辑架构内部。一具无名尸体突如其来地出现，一个著名或者无名的侦探应声而出。侦探目光如炬地追踪各种隐晦的蛛丝马迹，见他人之所未见，以至于读者往往没有意识到，他的活动半径相当有限。侦探虽然吃五谷杂粮，拥有七情六欲，可是，侦探小说要求删除侦破之外的各种乐趣，例如到哪一个朋友的寓所悠闲地喝咖啡，或者在郊外的山坡上看一看日出。侦探往往只能涉足案发现场，譬如神秘的单身公寓或者抛弃尸体的荒郊；跟踪罪犯的时候，也许他还可以出入酒店大堂或者穿过繁闹的街头。总之，侦探如同被铐在案件之上，没有理由如同常人般四处闲逛。即使愿意谈一场无伤大雅的恋爱，他的精神轨迹必须迅速返回那一具无名尸体，而不能忘情地沉浸于结婚之后的蜜月，甚至庸俗地繁衍后代，子孙满堂。除了这些明显的限制之外，侦探小说的另一些约定似乎较为隐蔽，譬如侦探不会身受重伤躺在医院里，更不会英勇殉职，从而让案件难堪地搁浅——无论如何，擒获罪犯的结局始终如一。狭小而封闭的逻辑架构可以使侦探小说如同一张绷紧的弓，不枝不蔓，严密而紧凑，但是，紧张的悬念通常无助于揭示人物的性格纵深——这已经成为侦探小说的文类缺陷。

现实主义小说的一个精湛功夫即是对日常生活的再现。这不仅表现为物质环境或者自然景观的逼真描绘，更重要的是，利用日常生活细腻显现人物性格的丰富层面。或许，这个事实还没有获得批评家的充分阐述：高度紧张的情节往往与人物性格的丰富程度成反比。这个事实的原因并不复杂：千钧一发的时刻，多数人物的选择大同小异。一个平淡无奇的早晨，有的人散步，有的人遛鸟，有的人奔赴菜市场，有的人匆忙上班——平淡无奇恰恰为每一种性格铺开表现的机会，然而，紧张却疾速收窄了选择的空间。例如，空袭来临的时候，几乎所有的人都愿意进入防空洞。侦探小说通常并未给人物性格留下多少游离情节中轴线的出口。不论粗犷、豪放还是尖刻、机智，所有的侦探都不会改变自己的初始动机：破案。更为深刻的意义上，所有的侦探都不会改变职业守则背后的价值观念：弘扬正义，惩罚罪犯——所谓的正义必须以法律为准绳。当然，正如许多侦探小说显示的那样，侦探之中的败类可能被金钱或者美色收买，继而与罪犯沆瀣一气。但是，令人放心的是，肯定有另一个侦探挺身而出，继续案件侦破遗留的未竟工程。换言之，不论那个具体的侦探遭遇了什么，侦探小说的侦探是一个固定的"角色"，他会始终执行这个"角色"的基本功能。

相似的开端与结局，相似的逻辑架构以及角色功能——如此之多的相似可能形成文学所忌讳的"公式"。很大程度上，这恰恰是人们对于侦探小说的诟病。对于结构主义文学批评说来，侦探小说时常成为称心如意的分析素材。批评家可以轻而易举地从一批侦探小说之中破获相对固定的结构图式与角色设置。"公式"亵渎了文学天马行空的想象，层出不穷的侦探小说不断地试图打破陈陈相因的格局。例如，许多侦探小说开始向惊险小说转移——侦探对于罪犯居高临下的各种特权遭到削弱，他们可能遭受威胁与伤害，甚至命悬一线；同时，侦探与罪犯之间的角逐远远超出静态的智力博弈，汽车追逐、比试枪法乃至拳击格斗比比皆是。尽管如此，这个文类的基本轮廓并未动摇，人物内心的缺失仍然是一个结构性的缺陷。

但愿如此冗长的背景叙述不至于多余——这些叙述有助于表明，东西的《回响》脱离侦探小说的传统背景之后走得多远。

二

如同许多侦探小说，《回响》的情节始于一具无名尸体，尸体的右手掌被残忍地砍掉。案件的侦破一波三折，预想、猜测等等沙盘推演带有很大程度的推理小说成分。推理小说是侦探小说的一个分支，严谨的智力演绎构成延展情节脉络的重要动力。许多时候，过分严密的逻辑环节甚至绞干了浮动于情节缝隙的真实气息，以至于整个故事如同塑料制造的人工产品。然而，《回响》保持了细致入微的纹理。这种纹理并非显现为日常景象的物质构造，而是全面开启人物的内心维度。如果说，侦探小说的长期苦恼是无法在双方的激烈较量之中匀出容纳人物内心的空隙，那么，《回响》的情节则拥有超常的心理含量。哪一个人内心没有埋藏些什么呢？只不过坚硬的生活躯壳从未允许这些内容无拘无束地表露出来。侦探小说的紧张情节是生活躯壳之中最为粗砺的一面，人们时常以命相搏。刀尖与枪口面前，种种微妙的思绪或者感慨、抒情、反思消失得无影无踪。然而，东西不仅察觉种种表象背后的弦外之音，并且成功地将人物之间或显或隐的内心角力转换为情节的演进，从而替代侦探与罪犯之间种种外在冲突产生的戏剧性。的确，从被害者夏冰清开始，无论是徐山川、吴文超、沈小迎、刘青、易春阳还是慕达夫、洪安格、贝贞、卜之兰，口是心非几乎是所有人物的共同特征，或者用精神分析学的术语形容，所有的人都处于意识与无意识的搏斗之中。意识是无意识的压抑与伪装，无意识隐秘地控制意识进行巧妙的或者拙劣的表演，二者的互动也可以作为"回响"的一种解释。许多人物那里，口是心非已经从危机的应对转变成理所当然的习惯。"人一旦撒了谎就像银行贷款还利息，必须不停地贷下去资金链才不至于断。"这一句不无睿智的比喻来自《回响》的主角、刑侦大队长冉咚咚。《回响》的最大成功显然是对这个人物的塑造——精通心理学的冉咚咚迟迟未能意识到，她自己也在不断地撒谎，撒谎的对象恰恰是她自己。

我们可以用"不屈不挠"来形容冉咚咚艰苦的侦破工作。断断续续的线索，证据不足，案件之中许多沉没的环节由冉咚咚的猜测给予填空，这些猜测很大程度建立于过往的经验、智商和训练有素的心理知识之上。作为正义与法律的代表，她意志坚定，大义凛然，不擒真凶绝不罢休。然而，与传统的侦探小说相异，《回响》并未为冉咚咚的办案开辟一个纯粹的斗智斗勇空间，家庭以及个人感情纠纷的大面积卷入耗费了冉咚咚的很大一部分精力。《回响》赋予这一部分情节的分量绝不亚于案件的侦破，不少批评家将"回响"一词视为二者纠缠的巧妙比喻。

与通常的预想不同，围绕冉咚咚丈夫慕达夫展开的社会关系与案件线索不存在有机的交集。《回响》之所以将两方面的情节衔接在一起，是因为冉咚咚的内心以及精神状态架设起过渡的拱桥。侦破夏冰清案件的时候，冉咚咚同时发现丈夫慕达夫的酒店开房记录。这迅速导致恩爱夫妻之间的巨大裂痕。慕达夫反复申辩无效，两个人几经曲折终于离婚。然而，《回响》以精神分析学心理医生的口吻宣告了一个令人震惊的结论：冉咚咚之所以如此固执地怀疑慕达夫，甚至以不近人情的蛮横屡屡拒绝慕达夫的示爱，恰恰因为她隐秘地喜欢另一个年轻的警察同事。由于强烈的道德愧疚，她的内心从未正视这个秘密，对于丈夫的苛责与其说是这个秘密试图突破无意识状态的症候——冉咚咚坚信丈夫的出轨，毋宁说是为自己摆脱婚姻制造一个堂堂正正的理由。

对于精神分析学说来，这种颠倒是非的案例不足为奇。然而，当遭受压抑的无意识与一个专注破案的侦探联系起来的时候，一丝不安可能悄然掠过。侦探的自信、手中的权柄乃至武器会不会遭受无意识的潜在支配？对于冉咚咚说来，这不是多余的疑问。无形之中，她开始按照审讯技术犀利地侦查和审问丈夫，家中的书房犹如审讯室。她似乎主张纯粹的爱情，可是，她自己仿佛无法察觉，这种爱情已经被她熟练地制作为一副坚固的精神镣铐。

偏执与过激——慕达夫已经意识到冉咚咚的精神疾病，只不过他将这种状况归咎于侦破受挫带来的压力。压力突破了理性与意识的表层之后，童年的创伤经验悄然浮现——童年的创伤经验是精神分析学的标准答案。孩童时期，冉咚咚不断怀疑父亲与邻居阿姨存在暧昧的亲密，担心父母关系破裂而遭受抛弃是她密不示人的情结。这个情结转换为她对于夫妻关系的忠诚近于病态的苛求。然而，侦破案件带来的一个意外发现是，几乎所有的人都存在相似的创伤经验。

冉咚咚侦破的案件内容几乎俗不可耐，种种八卦新闻纷纷披露大同小异的情节：夏冰清以身体作为交易筹码，向富豪徐山川索取不劳而获的生活。不管两个人之间的秘密协议如何，夏冰清还是无法安于情人的身份而谋求登堂入室的婚姻。这终于带来杀身之祸。

徐山川当然不愿意亲自动手，于是，谋杀夏冰清的事业如同击鼓花一般从徐海涛、吴文超、刘青转到易春阳。所有的参与者都明白游戏的危险性，所有的参与者都不想终结游戏——直至定时炸弹传到易春阳手中炸响。这些参与者的性格与职业各不相同，他们组成同一根链条的共同原因是渴望钱财；所以，富豪徐山川理所当然担任链条的起始一环——他仅仅负责付钱买单。如果说，钱财的匮乏显现了外在的社会境遇，这些人物的另一个相似之处来自家庭的创伤经验。或者由于经济窘迫，或者由于家庭分裂，他们的父母无法给予足够的关爱。一些父母不仅没有履行基本的责任，甚至以冷嘲热讽为能事。这些创伤经验深藏于无意识，酿成巨大的心理扭曲，"爱"的饥渴症成为诱发种种异常行为的秘密动机。冉咚咚攻陷嫌疑人与罪犯心理防线的策略几乎如出一辙：将"爱"——包括"爱"的感化与"爱"的要挟——作为开启的钥匙。冉咚咚破案之后会不会发现一个令人意外的事实？——五花八门的生活表象背后，真正的"爱"如此稀缺，传统的家庭框架如此脆弱，童年创伤经验的影响如此久远。这个事实的发现甚至比擒获罪犯更具意义。当然，这种结论必将从精神分析学转移到社会学。

《回响》的末尾提到了一个概念"疚爱"：因为深深的负疚而产生的强大爱意。这个带有强烈精神分析学意味的概念可能赋予绝望者一丝暖意：深重的伤害背后或许尾随更为深重的"爱"。伤害才会真正展示爱的意义。但是，仅仅"或许"——并不是所有的深渊都藏有引渡行人的独木桥。这个概念的背面同样令人伤感：没有负疚就没有"爱"。幸福而宁静的日子里，爱会像烈日之下的水渍迅速被烘干。生活的真理如此残酷吗？

三

现在可以重提一个事实：《回响》之中多数人物的表象与内心存

在很大距离。号称深度心理学,精神分析学不再将内心视为外部世界的一面镜子;相反,无论是意识与无意识或者本我、自我、超我,内心包含各个层次结构的相互作用。作为案件的嫌疑人,吴文超或者沈小迎不得不制造各种伪装保护自己。他们以所行掩盖所思,同时,内心的无意识作为理性"所思"背后的另一个层面无声地涌动;另一些人物儒雅风趣,文质彬彬,可是,只要气候适宜,他们会立即摘下面具敞开内心的另一面,例如贝贞的丈夫洪安格。他们的伪装如此脆弱,仿佛时时在等待抛弃的那一刻;相对地说,"被爱妄想症"已经远远超出了伪装的范畴。冉咚咚与易春阳——两个如此不同的对手——共同发生了完全失真而且栩栩如生的记忆虚构,同时,慕达夫与贝贞之间也出现选择性记忆与事实的相互混淆。

这些描述不存在褒贬的意味,即使是所谓的"伪装"。我想涉及的话题是另一个常见的概念:自我。暂时不必引证各种艰深的哲学表述,"自我"至少表明一个稳定的主体。所谓的稳定,既包含一整套精神、身体的内在认知,又包含社会角色的认定。纷杂的社会关系之中,称之为"自我"的那个主体拥有固定的基本内涵以及社会位置。然而,精神分析学对于这种主体观念形成巨大的冲击。"自我"丧失了稳定的性质。如果意识、理性以及围绕"超我"表现出来的各种言行代表了传统意义的"自我",那么,所谓的无意识、欲望、创伤经验乃至"被爱妄想症"等诸多遭受压抑的内容是否也是"自我"?遭受压抑表明意识与无意识的对立与分裂。这时,前者还是后者更有资格代表真正的"自我"?譬如,对于冉咚咚或者易春阳说来,代表"自我"的是社会性外表还是蛰伏于内心的强大渴望?

真实与否几乎无法作为这个问题的衡量标准。通常的语义之中,"真实"往往表示某一个事实曾经发生。可是,如果内心的强大渴望以虚构的形式存在,如果这种渴望产生的精神与身体能量远远超过了曾经发生的事实,何者更适合充当"自我"的基础?——尽管可能构成一个偏执乃至谵妄的"自我"。

　　一个令人安慰的事实是：尽管笛卡尔式理性主义传统遭到了精神分析学的深刻挑战，但是，社会意义上的"自我"并未真正崩溃。日常生活之中，每一个社会成员仍然拥有可供辨认的独特面目，张冠李戴的现象十分罕见。精神分析学的内在图景仅仅是认识"自我"的坐标之一，而且并非最为重要的坐标。多数场合，人们启动外在的社会坐标作为"自我"的定位。张三之所以被视为一个独特的"自我"或者主体，很大程度上因为张三异于李四、王五、赵六等等来自外部的衡量，这种状况称之为"主体间性"。换言之，主体的内在结构仅仅部分地塑造"自我"的性质；诸多主体之间的关系网络提供了"自我"赖以参照、互动、制约与修正的"他者"。这种关系网络愈是密集有力，外部社会文化框架对于"自我"或者主体的构成与认知愈是重要。政治家、官员、教授、工人、商人等各种重要的社会身份主要由外部社会文化框架决定。冉咚咚与易春阳的内心共同存在"被爱妄想症"，然而，由于强大的社会定位，他们的生活轨迹截然不同。《回响》之中每一个人物的内心揭秘往往带来情节的突兀转折，可是，侦探不会因为这些转折而变成教授，教授也不会因为这些转折而变成商人。周围的认可、指定、信任、授权无形地阻止了精神分析学对于"自我"的过度瓦解。

　　从哲学、精神分析学返回文学的时候，"自我"必须同时登上文学设置的特殊舞台进行表演——文学形式。这时，"情节"这个熟悉的概念又一次进入理论视域。尽管《回响》之中的所有人物无不来自东西的虚构，但是，"情节"无形地限定了虚构的半径——"情节"的意义如同外部社会文化框架之于"自我"或者主体。换言之，人物性格的生动或者丰富必须以情节框架为前提。M.福斯特的《小说面面观》对于"扁平人物"与"立体人物"的区分众所周知。意味深长的是，福斯特并未贬低"扁平人物"。在他看来，二者均承担了完成情节的职能——"扁平人物"甚至可以比"立体人物"更为机动地填补情节运行遗留的空隙。

亚里士多德古老的《诗学》列举了悲剧的六个组成因素，即情节、性格、言词、思想、形象、歌曲。《诗学》认为，最为重要的因素是情节而不是人物性格。迄今为止，"情节"仍然是多数人对于叙事文学的期待。"讲一个好故事"是许多作家从未放弃的目标。只有人物性格的塑造才能代表文学的最高成就，这种广泛流传的观点并非不证自明。一些作家表示，情节与人物犹如同一枚硬币的两面，生动的人物形象不就是生动的情节吗？尽管许多文学经典可以成为这种观点的佐证，但是，显然还可以察觉另一些不同的文学倾向。福楼拜《一颗纯朴的心》或者鲁迅的《阿Q正传》均为成功地塑造人物性格的杰作，它们并没有出示多么有趣的情节；此外，许多小说充满了悬念，情节如同过山车一般跌宕起伏，情节内部只有角色而缺乏饱满的人物性格。饱满的人物性格往往造就了自己的命运，无论是林冲雪夜上梁山还是安娜·卡列尼娜卧轨自杀，他们人生的每一步无不来自性格的选择。相对地说，角色的主要意义是推动情节持续奔赴终局，犹如安顿在机器内部按照规定方式运转的某一个齿轮。侦探小说通常如此。侦探与罪犯的对手戏是情节的不变旋律，他们的行动恰恰由对方而不是自己决定。罪犯从情节之中退场而移居监狱的时候，侦探就会因为无所事事而领取一张文学退休证。

《回响》的成功是保持巨大张力之中的平衡。精神分析学的视野开启了人物的内心渊薮，许多隐秘的内容意外地闪现，然而，这些内容毋宁说丰富了——而不是肢解了——社会学逻辑。罪犯一次又一次地滑出视野令人欲罢不能，《回响》的情节始终保持悬念的刻骨魅力，可是，所有的悬念来自人物性格的内在驱动，侦破的外在使命形成的驱动愈来愈弱。情节的结局缓缓地停靠在"爱"字站台上，这显然远远超出开端那一具无名尸体带给人们的预想。

这种成功还可以引申出哪些意义呢？

四

在提到了"立体人物"形象之后，M.福斯特并未进一步解释，文学为什么要费尽心机塑造各种人物。这些人物不会真正消耗食物与氧气，身体内部不存在各种腺体，每一日不必安排大量时间睡眠，没有档案和护照，也不会在哪一个机构领到薪水——作家输送他们来到这个世界干什么呢？

许多文学批评家的阐述之中，这些人物仿佛来竞争"典型"的头衔。他们力争成为文学的"典型人物"，从而赢得进入文学史的长期居住证。"典型"这个概念具有漫长的理论谱系，现今业已成为叙事文学解读机制的轴心。如何评判一部叙事作品——无论是小说、戏剧还是电影或者电视连续剧——的成就？人物性格的成功与否成为首要的衡量指标，成功的标志即是"典型"。

希腊文之中的"典型"为 typos，英文为 type，包含范式、类型之义。如果说，文学的魅力始终与个别形象的生动性联系在一起，那么，这种状况遗留的理论负担恰恰是——个别形象拥有哪些普遍的意义？普遍意义的缺席无法解答一些基本的文学问题：为什么作家选择这个人物而不是那个人物，为什么某些作品的主人公熠熠生辉而大部分作品的主人公转瞬即逝？"典型"为轴心的解读机制提供的解释是，前者拥有强大的普遍意义——这种意义通常被称之为"共性"或者"本质"。例如，作为文学的"典型"，一个贫农、一个地主、一个知识分子或者一个商人的人物形象之中闪烁着千百个贫农、地主、知识分子或者商人的身影。

列举贫农、地主、知识分子、商人这些社会身份并非偶然，这些社会身份背后还可以概括更大范围的普遍意义，譬如分别代表某些阶级、某些阶层的社会文化特征，如此等等。当作品主人公之间的戏剧化情节被视为若干阶级、阶层之间社会关系的隐喻时，一个宏大的社会历史图景如约而至。文学再现了"历史"云云并不是强调史料保存或者重大事件记载可以与历史著作一争短长，而是借助"典型"为轴心的解读机制充分展示"个别/普遍"一对范畴隐藏的哲学潜力，从而使个别的人物形象逻辑地扩展为"总体性"的历史图景。换言之，文学的个别形象必须为认识"总体性"的历史图景做出贡献。因此，所谓的"普遍"必须锁定社会文化/历史图景层面而不能拐到另一些意外的主题，例如生理意义的"普遍"。考证林黛玉的头晕是否因为低血压或者阿Q头上癞疮疤属于何种皮肤病，这种文学批评肯定弄错了方向。

可是，多数侦探小说很少涉及社会文化/历史图景之中起伏不定的前沿探索，很少涉及尖锐的思想分歧或者新兴的生活方式。无论案件多么复杂，侦探与罪犯的博弈是非分明，既定的法律体系事先划定了不可逾越的界限。由于罪与非罪的法律观念坚固而稳定，侦探与罪犯的博弈不再卷入社会文化内部各种观点微妙的此消彼长。如果说，一些杰出的现实主义小说恰恰从各种观点的微妙波动之中察觉阶级、阶层的构造改变，察觉历史图景内部深刻的震动，那么，侦探小说往往滞留于显而易见的生活表象。然而，尽管《回响》的情节沿袭了罪与非罪观念评判生活，东西却从另一个方向撬开了生活表象。《回响》并未全景式地描绘这个时代阶级、阶层之间的急剧错动，而是拐向另外两个社会范畴：性别与家庭。

作为一个微型社会单位，家庭的生产任务是繁衍后代，不同性别的合作是完成生产任务的前提。然而，家庭的组织方式与劳动生产形成的协作以及利益分配机制大相径庭。相对于企业、政府部门、工厂、学校、军队等形形色色社会机构组织的共同体，家庭结构远为坚固——家庭成员之间的黏合剂是强大的"爱"：性别之爱与亲子之爱。"爱"的特殊凝聚性往往源于无私。个人的利益追求与衡量压缩到最小限度，一荣俱荣或者一损俱损构成家庭内部的一致步调。一个社会之所以不会聚散无常，起伏无度，坚固的家庭结构功不可没。从宏大的民族、国家、阶级、阶层收缩到家庭的时候，一种无私的精神突然开始耀眼地闪亮。理想的意义上，"爱"不仅是个人的精神归宿，而且应当为社会成员彼此联结的接口。一些人甚至借助宗教式的表述将"爱"形容为照亮人生的精神信仰，例如，冰心曾经感叹地说："有了爱就有了一切"。可是，这个优美的命题在《回响》之中遭遇严重的挫折。性别之间与家庭内部，"爱"暴露出惊人的秘密。由于这些秘密的发现，《回响》从侦探小说的文类成规之中破门而出，并且迫使人们重审"爱"的名义联结起来的各种社会关系。

（本文原刊于《当代作家评论》2022年第3期）

危困叙事与突转模式

——论《九三年》与《惊心动魄的一幕》

李建军

一

人类渴望秩序和幸福,却常常事与愿违,总是陷入纷乱和困扰之中。纷乱和困扰发展到严重的程度,就是危困情境。所谓危困情境,即事关生死存亡的危急时刻和紧迫关头,而关于紧急时刻和危机情势的叙事,则是危困叙事。危困情境激发作家的叙事热情。危困的形势越紧张,冲突越激烈,叙事的推动力和冲击力就越大。危困叙事是小说叙事中的常见样态。

我所说的危困叙事,近似于路遥的"断层理论"。1983年,路遥在《东拉西扯谈创作(一)》中说:"许多伟大作家都产生在社会的断层上,处于地壳剧烈的变动中:旧的正在消失,新的正在建立。消失的还没有消失,建立的也还没有建立起来。咱们现在所处的时代,我认为在某种程度上也是处在社会的断层上……问题是作家必须寻找生活中矛盾冲突比较尖锐的部位。即使你生活中没有，你也要去寻找它。"①危困往往发生在矛盾冲突非常尖锐的"部位"，通常是由发生在社会断层上的剧烈变动造成的。

一切伟大的史诗性和现实主义的叙事，都是面对苦难和困境的叙事，都是蕴含着痛苦体验和悲剧意味的叙事，或者说，都是危困性质的叙事。雨果的长篇小说《巴黎圣母院》《悲惨世界》和《九三年》属于危困叙事，路遥的中篇小说《惊心动魄的一幕》《在困难的日子里》《人生》和长篇小说《平凡的世界》也属于危困叙事。

不同的是，有的危困叙事，像一条宽阔的长河巨流，大部分河段水面宽阔，水流平静，波澜不兴，有时，也会在流经峡谷的时候，惊湍直下，涛声如雷。《悲惨世界》和《平凡的世界》就属于这种复杂形态的危困叙事。

还有一种小说，是强烈形态的危困叙事。它所描写的是瀑布飞流直下的情景，是火山喷发的骇人过程，是海啸来袭的可怕画面。它的情节冲突集中而剧烈，几乎所有情节都被恐惧和死亡的阴影笼罩着，人物也都面临着生死攸关的严峻考验。这种危困叙事中的冲突，一般是由战争、政治、宗教和情感等因素引起的。雨果的《九三年》和路遥的《惊心动魄的一幕》就属于强烈形态的危困叙事。它们所叙述的情节内容，都是特殊性质的革命引发的冲突和考验。

《九三年》是路遥特别喜欢和熟悉的作品。路遥在一次演讲中说："我喜欢雨果《九三年》那样结构的作品：像交响曲似的，最初有许多乐器在演奏，最后由一个雄壮的浑然一体的乐句，把这一支交响曲的感情发展到了顶点。"②事实上，《九三年》之所以令路遥歆动，原因恐怕不只在"结构"一面。雨果作品中的崇高的道德激情和伟大的伦理精神，无疑更令人震撼。

---

① 路遥：《路遥全集·早晨从中午开始》，第114页，北京，北京十月文艺出版社，2013年版。本文所引该书皆出自此版本，只注明页码。

② 路遥：《路遥全集·早晨从中午开始》，第131页。

在《九三年》的危困叙事里，充满了暴力和恐怖、毁灭和死亡。激情澎湃的国民公会喜欢用死刑来解决问题。他们判别人死刑，也被别人判死刑。死神的双手像巨大的铁钳一样，紧紧地攫住了那些手握生杀大权的人："他们判决路易十六死刑的时候，罗伯斯比尔还有十八个月可活，丹东十五个月，魏尼奥九个月，马拉五个月和三星期，勒佩勒蒂叶-圣法若只有一天。人类嘴里的气息多么短促和可怕啊！"[①]死神带来恐怖，雨果带来安慰。当仇恨和报复成为绝对原则的时候，当人们面对可怕的暴力不知所措的时候，当人们面对无量的鲜血陷入绝望的时候，雨果用充满仁慈和诗意的叙事，重申了人们曾经坚信的价值原则，即爱和怜悯的原则，准确地说，就是"爱仇敌"的原则。雨果让敌意转化为宽恕，让屠戮者转化为拯救者。他让人道主义的光芒，照亮了旺岱和巴黎，照亮了整个法国和全世界！

1874年，法国诗人和作家邦维尔读了刚刚出版的《九三年》，激动不已。他在《读〈九三年〉》中表达了对雨果的赞赏和对这部伟大作品的喜爱："全欧洲都已读到了维克多·雨果的《九三年》。这部杰作引起的反响是巨大的。和提香及米开朗琪罗一样，雨果在迈进暮年之际仍保留了他旺盛的创造力。流逝的岁月不断使这位能干的工匠的双手变得更灵巧、更有力。……未来的年代事先就属于'善的'，'残忍'被宣判为断子绝孙，'爱'的力量是强大的，这就是全书总的思想精神。"[②]邦维尔准确地概括了《九三年》的基本主题和伦理精神。他的评价里还隐含着这样一些认知：一部作品是否伟大，取决于它是否表现了善和爱；同样，人类的未来，也取决于它是否属于善和爱。

---

① 〔法〕雨果：《九三年》，第193页，郑永慧译，北京，人民文学出版社，1957年版。本文所引该作品皆出自此版本，只注明页码。

② 见程曾厚编选：《雨果评论汇编》，第156页，合肥，安徽文艺出版社，1994年版。

1881年，凡高从海牙写信给弟弟提奥，谈到了自己阅读《九三年》的感受："我终于读了维克多·雨果的小说《九三年》。它好像是由德康普或朱理·杜普列画出来的画。这本书所写的情趣已经愈来愈少见，在新的作品中间，我的确找不到一点高尚的东西。"①也就是说，不同于那些"新的作品"，《九三年》是一部伟大的作品，其中充满了人道主义的精神和"高尚的东西"。

　　1913年，一个7岁的女孩，在夜的黑暗中，听妈妈给外婆朗读《九三年》。虽然只听到了一些片段，但是，她已经感觉到其中惊心动魄的力量。13岁那一年，她终于自己阅读了这部伟大的小说。许多年后，那个名叫安·兰德的女孩，仍然记得那个夜晚的情景。1962年9月16日，她在《洛杉矶时报》的专栏里，发表了一篇评介《九三年》的文章，表达了自己对这部伟大作品的喜爱。在小说快结束的部分，朗德纳克侯爵为了救助火海中的孩子，放弃了逃跑的机会，最终被共和军逮捕。那个令安·兰德记忆深刻的，就是这个场景和情节："在我的心目中它简直无与伦比。这是最惊心动魄的高潮，这是最深刻痛苦的道德冲突。读过这本书，我们才能知道什么是伟大的文学作品，从此之后，任何人生价值，不论是生活中的还是书本上的，同这本书里描写的一切相比都显得黯然失色。"②兰德的阅读感受，与凡高一样强烈；也像凡高一样，她给了这部小说极高的赞誉。在给罗威尔·拜尔的英译本《九三年》所写的序文中，她表达了雨果对自己的"恩情"："没有他就没有我的今天，没有他我就不会成为一个作家。"③对她来讲，《九三年》充满了伟大的伦理精

---

① 见〔美〕珍妮·斯东、欧文·斯东编：《亲爱的提奥——凡高书信体自传》，第221页，平野译，成都，四川人民出版社，1983年版。
② 〔美〕安·兰德：《通往明天的唯一道路——安·兰德专栏集萃》，第62页，章艳译，桂林，广西师范大学出版社，2004年版。
③ 〔美〕安·兰德：《浪漫主义宣言》，第187页，郑齐译，重庆，重庆出版社，2016年版。

神和道德情感，是一部能给读者带来深刻启示和巨大影响的杰作。

想来，《九三年》带给路遥的印象，一定像凡高所感受到的一样美好；带给他的精神震撼，也一定像安·兰德所体验到的一样强烈。那是一种他也许从未有过的"惊心动魄"的阅读体验。由这部叙述危困情境的小说，他联想到自己的时代和自己的经历。在这个时代里，也有同样尖锐的冲突，也有同样严峻的危困情境，也有同样可怕的生死考验。既然雨果的小说与自己时代的现实生活之间有这么多的相似和相同之处，那么，自己也可以根据亲眼目睹的危困情境，写一部像《九三年》一样令人惊心动魄的小说。路遥的《惊心动魄的一幕》是在《九三年》的启发下写出来的。《九三年》对《惊心动魄的一幕》有着明显而直接的影响关系。

1978年9月，29岁的路遥完成了自己的中篇小说处女作《惊心动魄的一幕》；1874年2月，72岁的雨果完成了自己的最后一部长篇小说《九三年》。一个产生于青年作者危困叙事的起点，一个产生于老年作者危困叙事的终点，这决定了两部作品的品质和价值，必然是天壤悬绝的。

我们先来看看法国大革命第四个年头的危困情势，看看雨果如何处理关于1793年的危困叙事，然后，再来考察《九三年》对路遥的小说写作的影响，进而分析路遥的危困叙事未能获得理想效果的原因。

二

1793年，整个法国都陷入了剧烈的冲突和可怕的混乱之中。"1793年6月中旬，法国83个省中有60个省名义上反对巴黎政权，至此，所谓'内战'臻于顶峰。"[①]其中，旺岱地区的冲突，最为剧烈和

[①]〔英〕伊恩·戴维森：《法国大革命》，第186页，鄢宏福、王瑶译，北京，天地出版社，2019年版。旺岱，亦译"旺代""汪德"等。

持久，这个地区"发生的战争多达五次，持续时间长达八年，直到18世纪末才结束"[1]；共和军"屠戮的人数达到旺岱总人口的一半，暴力行径堪称种族灭绝"[2]。革命的共和党的口号是"绝不宽大"，反对革命的亲王们的口号是"决不饶恕"。他们都想通过暴力手段将对方彻底消灭。

托克维尔分析了1793年的冲突和混乱发生的原因，揭示了这场巨大的社会悲剧发生的必然性："当穷人和富人几乎不再有共同利益、共同哀怨、共同事务时，那遮蔽双方精神的黑暗就变得深不可测，穷人富人之间会鸡犬之声相闻，老死不相往来。大革命开始之际，一切身居社会大厦高层和中层的人们生活在何等奇怪的安全感之中，当1793年已在眼前，他们还在巧言谈论什么人民的美德、温顺、忠诚、快乐无邪，看到这些，听到这些，怎能不觉得奇怪：这是多么可笑，多么可怖的景象啊！"[3]巨大的贫富差距和情感距离，使不同阶层的人们之间，产生了严重的隔阂和深深的敌意。1793年的灾难，就像巨大的海啸那样，就像会移动的大山那样，压了过来。法国在劫难逃地陷入了可怕的危困之中。

1793年，在法国西部旺岱地区发生的保皇党叛乱，显示着法国大革命的复杂性。作为被压迫者，这个地区的农民，本该是理所当然的革命者，然而，他们却并不欢迎"大革命"，反而支持国王，维护"旧秩序"。因为，他们与旧的统治者之间，有共同的利益、哀愁和事务，或者说，他们并没有被推到穷人苦苦挣扎的泥潭里："旺代80万居民是比较富裕的，比起法国东部民众来说，他们受堕落的封

---

[1]〔英〕伊恩·戴维森：《法国大革命》，第179页，鄢宏福、王瑶译，北京，天地出版社，2019年版。
[2]〔英〕伊恩·戴维森：《法国大革命》，第190页，鄢宏福、王瑶译，北京，天地出版社，2019年版。
[3]〔法〕托克维尔：《旧制度与大革命》，第170页，冯棠译，北京，商务印书馆，1992年版。

建制度的剥削比较轻。他们与地主的关系也比较融洽，因而对革命就没有那么大的热情，因而也就倾向于拒绝宣誓效忠的教士。他们打心眼里是保王党人，拥护贵族制度和教士，除此之外，他们也具有其他地方人所不具有的反革命的动机。"[1]影响旺岱农民的态度和行为的，既有经济利益上的原因，又有信仰和观念上的原因。可见，只要满足人们物质和精神上的基本要求，一个原本并不值得人们拥护的政权，也会受到人们的同情和支持。

马迪厄详细地还原了旺岱冲突的残酷和可怕。以保守主义的农民为主体的叛乱者，用极为恐怖的方式杀戮革命者和自己所厌恶的人："汪德郡农民欢欣鼓舞地去杀害的人，是那些他们在市集中所常遇见的革命的资产者、觉得平常瞧不起他们的绅士、参加魔鬼俱乐部的无信仰者及背叛正教的异端。"[2]边地的叛乱造成了首都的恐惧和震荡，使那些极端主义者变得更加极端，就像马迪厄所概括的那样："汪德郡之乱及相关的王党暴动，对于以后的革命进展有最重大的影响。受惊吓的共和派从此大批地离弃那不愿采取强硬措施的吉伦特党，而倾向日益成为革命拥护派的山岳党。山岳党本身亦逐渐左倾。"[3]仇恨激起仇恨，暴力引发暴力，恐怖点燃恐怖。"汪德郡之乱促成了恐怖政策。"[4]巴黎的雅各宾派革命党人（即山岳党人），决定以暴力对抗暴力。

为了镇压旺岱地区的叛乱，1793年3月19日，以罗伯斯比尔为首的山岳党人迅速通过法律，规定设立"五人军事法团"，以便用最

---

[1]〔英〕阿克顿：《法国大革命讲稿》，第346页，J.N.菲吉斯、R.V.劳伦斯编，姚中秋译，北京，商务印书馆，2012年版。
[2]〔法〕马迪厄：《法国革命史》，第352页，杨人楩译，北京，商务印书馆，2011年版。
[3]〔法〕马迪厄：《法国革命史》，第357页，杨人楩译，北京，商务印书馆，2011年版。
[4]〔法〕马迪厄：《法国革命史》，第358页，杨人楩译，北京，商务印书馆，2011年版。

简单的方式判处"有军械在手"的"叛徒"死刑:"大批刑戮开始了。原由库通所创设的民众法团因过于宽大而被取消,代之以由巴冷为主席的革命法团。断头机嫌太慢了,辅之以炮轰及集体枪毙。新3(霜)月14日(12月4日),有六十名被判处死刑的青年在布罗多平原被炮轰。把他们两个绑在一起,置于两条平行而预先挖好以接受尸首的壕沟之间。被炮弹打死的只有三分之一。其余的仍须补行枪毙。次日,有二百零八名在这同一地点被枪毙,新3月18日又有六十七名,23日有三十二名。直到新5(雨)月22日(2月10日)才停止集体枪毙。巴冷执法团判处死刑者共一千六百六十七名。"①如此极端的暴力手段,如此严重的人道主义灾难,不仅是法国大革命的可怕奇观,在欧洲的历史上亦极为少见。

为了大规模处死监狱中的"汪德党",由卡里厄领导的镇压组织采取了更加极端的手段"沉溺制":"木船上预先凿些窟窿,由马队把犯人——先为教士,继为汪德党——装上船去,把这一船的'人货'开到洛瓦河中间,打开窟窿任其沉溺而死。新3月27日及29日,卡里厄亲笔签署了一个公文,不须审判也不须经过任何形式就处死了两批人:第一批处死的'匪徒'二十四名,其中有两名年仅十三岁,两名年仅十四岁;第二批为二十七名,男女两性都有。……沉溺制下的牺牲者最少有两千人。毕仰主持的那一个军事法团枪毙了四千不曾死于勒曼及萨维内两役的汪德党。他们被埋在米则里的石坑中,上边仅盖一层薄土,坟中臭味传入了城市,使人害怕。这时,起于恻隐之心的反响才开始表现出来。"②人们一旦习惯暴力,就有可能迷信暴力,甚至会从中获得病态的快乐和虚幻的安全感。

于是,罗伯斯比尔便将暴力的酷虐和任性,发展到了更加可怕

---

① 〔法〕马迪厄:《法国革命史》,第461-462页,杨人楩译,北京,商务印书馆,2011。

② 〔法〕马迪厄:《法国革命史》,第463-464页,杨人楩译,北京,商务印书馆,2011。引文标点符号有改动。

的程度。审判的程序被简化到形同虚设的程度。迅速而无情的死刑,像飓风一样折断生命的树枝,席卷生命的绿叶:"罗伯斯比尔认为应当处决的任何人,都不得借口进行答辩而拖延判决。他可以任意逮捕并立即判决,不得有任何例外和豁免,以前关于审判程序的政令全部作废。这一条是关键所在,因为它剥夺了国民公会保护其他成员的权力。罗伯斯比尔只需要把某位议员的名字交给公诉人,第二天他就会进坟墓。"[①]事实上,这样的极端行为,体现着明确的政治目的:"雅各宾派的目标是建立独裁统治,这是君主整体的一个全新替代品。"[②]罗伯斯比尔试图赋予这个"全新替代品"以全新的道德精神和政治品质。他将自己的"独裁统治"定义为"人民管理"的工具。他赋予这个"全新"的工具以"全新"的特点——它既意味着"美德",也意味着"恐怖":"没有美德,恐怖就是有害的;没有恐怖,美德就显得无力。恐怖是迅速的、严厉的、坚决的正义,从而它是美德的表现;与其说它是特殊原则,毋宁说它是从祖国在极端困难时期所采用的民主一般原则得出的结论。"[③]罗伯斯比尔不知道,美德与恐怖几乎是两种完全对立的东西。恐怖意味着放纵、毁灭与冲突,本质上是恨与残暴的体现,而美德则意味着克制、牺牲与和谐,本质上是爱与仁慈的体现;美德不会支持恐怖,就像恐怖不能包容美德一样。在任何一个恐怖泛滥的地方,美德都会受到极大的威胁和伤害。

雨果的父亲参加了旺岱的平叛战争。由于天性的善良,他在战争中的表现极为仁慈,不仅保护和释放了女犯,还救了一个孩子:

---

① 〔英〕阿克顿:《法国大革命讲稿》,第327页,J.N.菲吉斯、R.V.劳伦斯编,姚中秋译,北京,商务印书馆,2012年版。

② 〔英〕阿克顿:《法国大革命讲稿》,第202页,J.N.菲吉斯、R.V.劳伦斯编,姚中秋译,北京,商务印书馆,2012年版。

③ 〔法〕罗伯斯比尔:《革命法制和审判》,第176页,赵涵舆译,北京,商务印书馆,1965年版。

"有一次，军队枪决了两个旺代人，是叔侄两个，罪名是两人被捉住的时候手中都拿着火器。叔父已经被枪毙了，就要轮到侄儿，一个九岁或十岁的孩子。雨果挺身拦住枪口，把小孩夺了下来，抚养了他七年，最后还为他安排好将来，这小孩名叫让·伯兰。"[1]父亲救护未成年儿童的故事，给雨果的《九三年》提供了具有核心意义的叙事内容。

三

无论从哪个角度看，法国大革命本身就是一个极端形态的危困叙事。在那个时代以及后来的欧洲作家中，几乎没有人不被这个危困叙事的传奇性和极端性所吸引。狄更斯的《双城记》是关于这场革命的传奇叙事，而司汤达的《红与黑》则反映了这场革命对法国青年的意识世界的巨大影响。发生在旺岱地区的剧烈冲突，更是法国大革命叙事中极具吸引力的情节内容。大仲马的《双雄记》和巴尔扎克的《舒昂党人》，都属于法国大革命背景下的"旺岱叙事"。雨果很早就注意到了法国大革命的历史意义和文学价值。他对1793年的旺岱冲突，尤感兴趣。直到晚年，他才有机会从容地完成关于1793年旺岱冲突的写作计划。

1862年秋，雨果流亡到盖纳西岛。他开始为《九三年》的写作做准备。他在写给朋友默里斯的信中说："上帝会给我生命和力量，完成我的敌人称之为大得出奇的巨大计划吗？我年迈了一点，不能移动这些大山，而且是多么高耸的大山啊！《九三年》就是这样一座大山。"[2]为了写作《九三年》，雨果的酝酿和准备期，长达十年之久。他搜集和阅读了大量的回忆录、通信、《旧通报》汇编，以及米歇

---

[1]〔法〕阿黛儿·富歇：《雨果夫人回忆录》，第4页，鲍文蔚译，上海，上海译文出版社，1985年版。

[2] 郑克鲁：《雨果》，第126页，台北，远流出版公司，1990年版。

莱、路易·布朗、梯也尔、博南、拉马丁、阿梅尔、克拉尔蒂和梅尔西埃的著作。当然,"雨果并没有让这一大堆材料所左右,而是驾驭这些材料,为整个情节服务"。[①]1872年冬天动笔,1874年2月出版,雨果用了一年多的时间完成了《九三年》。正像有人指出的那样:"《九三年》在某种意义上是雨果创作生涯的总结,也是他一生思想的概括和总结。"[②]事实上,从艺术的角度看,《九三年》炉火纯青,臻于完美;在雨果小说作品中,它避免了《巴黎圣母院》掉书袋式的逞才和炫博,摆脱了《悲惨世界》横无际涯的庞杂和芜累,实可谓独标一格,冠冕群英。

那么,《九三年》的灵魂性的思想,到底是什么呢?

人道主义是人类生活的最高原则和绝对原则,因为,只有人道主义,才能将人类从仇恨和混乱中解救出来,最终将人类的生活提高到真正人性的高度。

人道主义,这就是《九三年》所宣达的具有核心意义的思想和具有根本意义的价值观。

人道主义意味着对所有人的尊重和包容。如果没有人道主义的精神,如果没有爱的智慧和能力,那么,人类将无法最终解决任何矛盾和冲突,也无法将人类从危困中解救出来。革命为了人的自由和解放,所以,革命也以人道主义作为自己的伦理原则和行动纲领。在严重的对抗和冲突中,只有基于爱和同情的人道主义原则,才能最终将人们引向和解与和平。

1878年6月17日,雨果在《国际文学代表大会开幕词》中说:"人类的全部智慧在于这四个字:调和,和解;对思想调和,对人和解。……我们这些人,我们和基督在一起。作家和信徒在一起;沉

[①] 郑克鲁:《雨果》,第127页,台北,远流出版公司,1990年版。
[②] 艾珉:《法国文学的理性批判精神》,第330页,北京,人民文学出版社,2016年版。

思的人和有爱心的人在一起。"①雨果呼唤"更有人性的文学",呼吁人们用宽恕的办法消灭仇恨:"各位先生,有个罗马人,因为有执着的念头而闻名,他说:我要消灭迦太基!我,我也有一个魂牵梦绕的想法,这就是:我们要消灭仇恨。如果人类的文学有一个目的,就是这个目的。'更有人性的文学。'先生们,消灭仇恨最好的办法是宽恕。"②整个《九三年》所要表现和肯定的,就是雨果在这里宣扬的人道主义主张和爱的思想。

在《九三年》里,革命因为自由和平等而起,所以,革命是绝对正确的。但是,如果丧失了人道主义的原则,那么,革命就会被错误地理解为暴力和恐怖,进而一切毁灭性的行为,都会被当做天经地义的事情。所以,雨果才在这部小说中发出了那个振聋发聩的声音:

郭文是一个共和党,他相信自己是绝对正确的,而且也的确是如此。可是一个更高级的绝对正确性出现了。

在绝对正确的革命之上,还有一个绝对正确的人道主义。

……一切人都有一个基础;这个基础一动摇,就产生深沉的烦恼;郭文正在感受着这种烦恼。③

朗德纳克拯救孩子的善举,是一种人道主义的爱的行为。为了实现拯救儿童的人道主义目的,他宁愿以放弃自己的自由为代价,甚至以牺牲自己的生命为代价。在朗德纳克拯救孩子的那一瞬间,郭文看见了一个人精神转弯的奇迹:"转过一个意想不到的弯子以后

---

① 〔法〕雨果:《雨果文集》第11卷,第517页,程曾厚译,北京,人民文学出版社,2002年版。
② 〔法〕雨果:《雨果文集》第11卷,第518页,程曾厚译,北京,人民文学出版社,2002年版。
③ 〔法〕雨果:《九三年》,第397页。

一片新天地出现了,一个变化发生了。一个意想不到的朗德纳克登台了。一个英雄从这个恶魔的身上跳了出来;不光是一个英雄,还是一个人。不光是一个灵魂,还是一颗心。在郭文面前的不再是一个杀人者,而是一个救人者。郭文被一股神圣光辉的洪流冲倒了。朗德纳克用善良的雷电击倒了他。"①一个按照人道主义原则行善的人,也应该受到人道主义的宽容和善待。任何人都没有理由审判和处决一个行善的人。于是,郭文将朗德纳克从囚室释放了,并将自己关进了监狱。郭文为此受到了军事法庭的惩罚,丢掉了性命,而主张并监督郭文死刑的西穆尔登,因为失去了儿子般的郭文,而开枪自杀。

在郭文的内心,有两个冲突性的原则:一个是自由和革命的原则,另一个是爱和人道主义的原则。这两个原则是他的家庭教师西穆尔登教给他的。西穆尔登"把他的品行中的可怕毒素注射到他身上;把他的信仰,他的意识,他的理想输送到他的血管里来;他把人民的灵魂放进这个贵族的脑子里"②。在生命的最后一个夜晚,在与西穆尔登谈话的时候,郭文总结了他对自己的巨大影响,感谢他的再造之恩:

我只是一个贵族,你把我造成一个公民;我只是一个公民,你把我造成一个有才智的人;你使我作为一个人,能适应人间的生活,作为一个灵魂,能适应上天的生活。你给了我真理的钥匙,使我可以走进人间的现实世界,你也给了我光明的钥匙,使我可以走进天上的世界。啊,我的老师,我感谢你。是你创造了我。③

西穆尔登虽然培养了郭文开放的心灵和包容的价值观,但是,

---

① 〔法〕雨果:《九三年》,第403页。
② 〔法〕雨果:《九三年》,第135页。
③ 〔法〕雨果:《九三年》,第435页。

他自己的心灵和价值观却趋向封闭和绝对；郭文更爱的是"理想的共和国"，而西穆尔登更爱的是"绝对的共和国"，所以，郭文批评自己的老师说："使一切保持平衡，这是好的；使一切和谐相处，这就更好。比天秤更高一级的还有七弦琴。你的共和国把人拿来称一称，量一量，而且加以调整；我的共和国把人带到蔚蓝的天空里。这就是一条定理和一只苍鹰的区别。"他说，自己所要的是"荷马造成的人"，而西穆尔登要的是"欧几里德造成的人"；西穆尔登说："你迷失在云层里了。"郭文说："你呢，迷失在算计里了。"①在兵役制、税制、利用肥料和海洋、男女关系、梦想与现实的关系等问题上，他们的观点，也是决然对立的。

显然，郭文是一个特殊而伟大的革命者，一个跨出了法国大革命的精神边界的革命者。他不像罗伯斯比尔那样冷酷，也不像西穆尔登那样教条。西穆尔登"是一个自认为不会犯错误的无可指摘的人。从来没有人看见他流过眼泪。他是道德的化身，是不能近的，冷冰冰的。他是一个可怕的正直的人"。②他的心，已经冷了，硬了。然而，郭文的心，却始终是热情的，温柔的。他试图将天上的原则带进人间，把爱和"恕"的精神带进革命："做好事不能用坏的手段。我们推翻帝制不是要用断头台来代替它。……革命是和谐，不是恐怖。仁慈观念被残暴的人们使用错了。'恕'字在我看来是人类语言中最美的一个字。……如果一个人不能够宽恕，那么胜利也就不值得争取了。在打仗的时候，我们必须做我们敌人的敌人，胜利以后，我们就要做他们的兄弟。"③然而，当"绝对正确的革命"成为绝对性的主宰原则，他的愿望和理想，便很难实现，而他的命运和结局，则注定是毁灭性和悲剧性的。

在郭文生命的最后时刻，雨果用充满浪漫主义诗意的调性和修

---

① 〔法〕雨果：《九三年》，第436页。
② 〔法〕雨果：《九三年》，第133页。
③ 〔法〕雨果：《九三年》，第274页。

辞，把他塑造成了像天使一样完美的英雄：

> 他的雪白的颈项使人想起女人的颈项，他的具有英雄气概和无限威力的眼睛使人想起了上等天使。他站在断头台上，沉溺在沉思中。这里也是人生的一种高峰。郭文在这高峰上面站着，又威严又安静。阳光包围着他，好像使他站在一团圆光里面一样。[1]

这样的描写包含着巨大的道德力量和美学力量。道德力量强化了诗性的美感，美学力量强化了道德的崇高。没有人看到郭文的形象会无动于衷。人们会被他的人道主义精神所震撼，也会被他的理想主义激情所感召。一个人一旦读了《九三年》，一旦认识了郭文，一旦理解了他的人道主义原则，那么，他的意识就不可能是原来的样子。他会从雨果这部伟大作品里，获得这一个深刻的启示：假如不能在自己的内心培养爱的情感和能力，假如不能把人道主义原则当做绝对的原则，那么，一个人就很难成为真正意义上的文明人，而人类的生活也很难达到高度文明的和谐境界。

雨果深刻的洞察力和非凡的笔力，还表现在他对巴黎共和政府内部权力斗争的描写上。《九三年》第二卷"在黑暗中大声疾呼"一节，是全书特别令人印象深刻的部分。雨果谛视革命者"最深处的神经的颤动"，并用真正史诗的方式将它呈现出来。他对罗伯斯比尔、马拉和丹东三巨头之间的钩心斗角的描写，简直可以与莎士比亚《裘里斯·恺撒》和《麦克白》中的经典场面相媲美。铁石一样坚硬的意志，蔑视一切人和存在的傲慢，气势凌厉、辩才无碍的修辞，控制和吞噬整个法国的野心，显示着这些精英人物的极端意识和极端人格。丹东说自己的思想"是一只狮子"，主张使用一切手段复仇，并向罗伯斯比尔和马拉呼吁："复仇和正义的女神并不是一个

---

[1] 〔法〕雨果：《九三年》，第449页。

矫饰的女子。让我们变成可怕的，同时也是有用的吧。难道一只象用脚踏下去的时候还要看看它踏的是什么吗？"①西穆尔登接受他们的思想，试图用大象的脚踏平旺岱。

然而，并不是所有人都愿意成为大象。

无论共和主义者郭文，还是保守主义者朗德纳克，都拒绝像大象那样踩踏一切。

他们下脚前，会细看自己的脚下。

他们心中的信仰和善念，不允许他们傲慢自大，冷酷无情，成为无所不为的人。

四

那么，从令人荡气回肠的《九三年》中，路遥获得了什么样的灵感和启示呢？

他从这部小说中看到了伟大的牺牲者，看到了他们身上的伟大的人道主义情感。

一个人要想成为优秀的作家，就要像雨果那样，把爱和善当作自己的灵魂。这就意味着，要赞美真正伟大的人道主义精神和人道主义情感，要塑造为了善和爱而甘愿放弃生命的牺牲者。

路遥也经历过令人惊心动魄的危困时刻。他要以自己所耳闻目睹的可怕的冲突为题材，塑造一个像郭文那样伟大的牺牲者形象，要写出这牺牲者身上伟大的道德力量和精神光芒。

1980年5月1日，在写给刘茵的信中，路遥谈到了自己写作《惊心动魄的一幕》的"着眼点"和基本主题："我在这篇小说中主要的着眼点是想塑造一个非正常时期具有崇高献身精神的人。我觉得，不管写什么样的生活，人的高尚的道德、美好的情操以及为各种事

---

① 〔法〕雨果：《九三年》，第143页。

业献身的精神,永远应该是作家关注的主要问题。即使是完全写阴暗的东西,也应该看得见作家美好心灵之光的投射(比如鲁迅)。不管各个历史阶段的社会现象多么曲折和复杂,以上人类所具有的精神和品质总是站(占)主导地位的。"[1]要在小说中表现绝对的善,要塑造一个伟大的英雄和牺牲者,这是路遥从雨果那里领悟到的最重要的东西。

然而,路遥的危困叙事所面对的,是一场历时10年的"革命",是一场巨大的社会动荡;它涉及社会上上下下的所有阶层,它无远弗近,无所不至,所造成的影响和后果波及社会生活的所有方面,也波及人们内心世界的所有方面。显然,路遥所要处理的,是空前复杂的叙事内容,是司马迁和普鲁塔克都不曾面对过的叙事难题。

在写作《九三年》的时候,法国大革命已经过去了77年,是真正意义上的历史事件。一切已成陈迹,材料任我驱遣,故而,雨果几乎掌握了所有与"法国大革命"相关的重要资料和信息。然而,在路遥写作《惊心动魄的一幕》的时候,"文革"才结束两三年,一切皆半明半昧,若隐若现。现实还来不及沉淀为历史,因而,也就没有类似阿克顿、马迪厄和托克维尔这样的学者为他提供史实和观念上的支持。这样,路遥在展开叙事的时候,既无法盱衡时代之全局,又无力触及问题之本质;既无法全面而完整地了解和把握"史无前例"的运动的起源和发展过程,又没有能力深刻而彻底地思考和分析这历时10年的危困所包含的问题和教训。

更为重要的是,在《九三年》里,法国大革命虽然引发了巨大的社会冲突,但并没有动摇人们的价值体系,也没有使全社会陷入持久而可怕的精神状态。但是,在《惊心动魄的一幕》里,史无前例的政治运动,风雷激荡,摧枯拉朽,对全社会的生活产生了巨大而深远的影响,面对如此复杂的矛盾,面对如此沉重的问题,路遥

---

[1] 路遥:《路遥全集·早晨从中午开始》,第572页。

的危困叙事的难度，可想而知。也就是说，雨果有展开叙事的稳定的价值观，路遥却没有这样的价值观。所以，雨果可以用普遍性的伦理精神来支撑自己的叙事，而路遥则只能靠极端化的唯意志论来支撑自己的叙事。

在《九三年》里，危困冲突中的各类人物的思想和愿望都是真实的，因为，他们基于完全不同的信仰和政治立场，最终，就像安·兰德所概括的那样："故事中的任何一部分都在讲述人在暴力的、痛苦的情况下以多么伟岸的灵魂坚守自己的价值观。"[1]但是，在《惊心动魄的一幕》里，危困冲突是外在而混乱的社会冲突，而不是内在而深刻的精神冲突。在《九三年》里，至少有三种声音在对话，有三种价值观在发生冲突：一种是郭文的，一种是西穆尔登的，一种是朗德纳克的。然而，在《惊心动魄的一幕》里，却只有一种声音，只有一种价值观。这种单一的声音和价值观，会造成严重的外在冲突和身体对抗，但不会带来真正的思想冲突和精神对话，因为，冲突双方的信仰和立场，是完全一样的，所用的话语和修辞，也是完全一样的。

这样，在雨果那里，冲突是崇高和悲剧性的。无论是温和的革命者郭文和绝对的革命者西穆尔登，还是保守的贵族朗德纳克侯爵，都不是简单地因为个人恩怨而行动，而是为了自己的信仰和价值观而战斗。所以，安·兰德才说，《九三年》"想要表现的主题正是当今文化中最缺乏的东西：人们对价值观的忠诚"[2]。克拉克也在评价《九三年》的时候说，雨果的这部作品"将无解变为和解，将典型的戏剧冲突融入典型的戏剧综合。戈万（即《九三年》里的"郭文"——引者注）认为，诗人的'竖琴'应该'使一切达到和谐'。

---

[1]〔美〕安·兰德：《浪漫主义宣言》，第182页，郑齐译，重庆，重庆出版社，2016年版。

[2]〔美〕安·兰德：《通往明天的唯一道路——安·兰德专栏集萃》，第62页，章艳译，桂林，广西师范大学出版社，2004年版。

为了维持这种和谐,在《九三年》书里书外,雨果一边许下诺言一边又抽身离开,以便参与政治和社会事务,一边又从中退出。……在这里爱统治一切,而所有的路都通向上帝。雨果并不宣扬政策,他宣扬的是仁慈、宽慰和爱的福音。他最后的留言'爱即行动'很好地总结了雨果对宇宙的想象,和他自己作为预言家在其中所扮演的角色"[①]。也就是说,在雨果的危困叙事里,一切冲突都被升华为真正意义上的精神冲突,都被提高到了伟大与崇高的境界。

然而,在路遥的危困叙事中,那些看似剧烈的冲突,却是荒诞的,缺乏意义感的。在这里,没有思想和价值观意义上的严肃冲突。那些仇恨和折磨马延雄的人,并不关心超乎个人之上的重要问题,更没有思想的痛苦和价值观意义上的焦虑。他们的愤怒和敌意,全都来自个人鸡毛蒜皮一样无足轻重的恩怨,因而,是为了发泄可鄙的个人情绪而报仇——在他们愚昧的意识里,他们不是因为犯了罪而受到惩罚,而是因为县委书记马延雄的缘故,才被送进了监狱。而那些同情和支持马延雄的人,同样没有思想的痛苦和价值观意义上的焦虑,也不过是因为个人恩怨,马延雄帮他们解决了具体的困难和问题,所以,他们保护他,就是为了报恩。可见,无论恨马延雄的人,还是爱马延雄的人,都停留在近乎琐碎的区区恩怨之中;既然没有真正属于自己的价值观,当然也就谈不到对价值观的忠诚,也不会有因价值观而起的崇高而严肃的冲突。

在雨果那里,冲突双方虽然各有其主张和立场,但是,所有人物在人格上都是平等的,也都是值得尊敬的,就像安·兰德所说的那样:"尽管雨果个人很明显站在了共和派一边,他对双方的描写却都不失公正,甚至可以说,他对冲突双方都怀着一种敬意。"[②]这样,

---

[①] 〔美〕普利西拉·帕克赫斯特·克拉克:《文学法兰西:一种文化的诞生》,第145页,施清婧译,南京,译林出版社,2019年版。

[②] 〔美〕安·兰德:《浪漫主义宣言》,第182页,郑齐译,重庆,重庆出版社,2016年版。

雨果就赋予自己危困叙事以客观而真实的效果，就从整体上将自己的叙事提高到了人性和人道主义的高度。

然而，在路遥这里，虽然冲突双方的根本立场是完全一致的，但是，人却被简单地分成了可爱的好人和可恨的坏人。好人和坏人在人格上并不平等，坏人是为了证明好人的高尚而存在的，而好人则是为了证明抽象的观念而存在的。他们全都是承载某种片面观念的符号。人并未获得人的个性和尊严。

在雨果那里，朗德纳克的意识是高度理性的，而行动则是充分自由的；他明确地知道自己冒险要达到什么样的目的，也知道自己应该选择什么样的方法来实现自己的目的，所以，他最后为了救人而自投罗网，就是自然而真实的。

然而，路遥照着朗德纳克塑造出来的马延雄，却给人一种并不真实的感觉。

五

这是为什么呢？

为什么路遥在塑造马延雄的时候，用尽力气，反复修改，最终却事与愿违，未能获得理想的叙事效果，仍然给人一种不真实的感觉呢？

因为，这个人物的行动不是基于深刻的思想和可靠的理性意识。他的意识与行为之间，缺乏逻辑性和说服力。他似乎完全不知道，自己所面对的造反派，是一群什么样的人；他似乎完全不知道，这群陷入癫狂状态的人，只信奉"你死我活"的斗争哲学，既缺乏正常的情感，又缺乏最起码的理性，因而，既不可以动之以情，又不可以晓之以理。面对这样的危困情势，面对这样一群歇斯底里的人，任何一个普通干部都会显得无能为力。他根本无法控制局面，也无法使他们回心转意。当然，对这危困局面的严重性，马延雄自己也

是知道的:

眼下,两派就像两扇疯狂转着的石磨,他像这两扇石磨中间的一颗豆子。如果能使这两扇磨不咬在一起磨擦,他这个"豆子"就是粉身碎骨,磨成面,他也心甘情愿,乐而为之。可是,他这颗小小的豆子能隔开这两扇磨吗?能使他们不贴在一起互相磨擦吗?

答案是肯定的:这是一个社会性的动乱潮流,他个人改变不了这个局面。

那么,这样看来,他是不是不应该做这一颗"豆子"呢?是不是应该从这两扇磨中间蹦出去呢?

答案也是肯定的:他不能"蹦"出去!他可以蹦出去,但不能蹦出去!他是共产党员,是党的县委书记,他不能离开这暴风骤雨,去为自己寻找避风的港湾。……他已经到了这样的时候:没有上级,也没有下级,他是一个单兵在作战!

这处境,这状况,眼前也不是他马延雄一个人,千千万万的人都处在这样的境地中:一切要靠自己来领导自己,指挥自己。这是一场肉体的考验,更是一场灵魂的考验。[1]

马延雄清楚地知道,自己简直就是磨盘中间的一粒豆子,处于"没有上级,也没有下级"的孤独状态和无力状态。如此一来,他这颗自投罗网的"豆子",除了被两扇石磨碾磨得"粉身碎骨",不可能有别的结果。正因为这样,柳秉奎听到他要直接找造反派组织"红总"的时候,才吃惊得说不出话来:"半天,他才惊恐地发出一连串的问话:'为什么?老马,你疯了?你寻着往虎口里走吗?你这是为的什么?你思想怎突然变成了这?你原来不是要跟我到柳滩去

---

[1] 路遥:《路遥文集》第5卷,第202页,北京,人民文学出版社,2005年版。

吗?'"①在这种危困形势下，唯一合乎理性而又不违背道义原则的选择，就是等待大形势的变化，就是等到合适的时候，借助决定性的力量来解决问题，平息事态。如果缺乏这样的理性认知和理性判断，那么，作者的危困叙事就会沦入极端化的浪漫主义模式和主观主义模式，就会给人留下概念化的、不真实的印象。

在雨果的充满浪漫主义精神的叙事里，人物的心理和行为常常发生突然的转换。这是一种肯定性质的转换模式——仇恨突然转化成同情，罪人突然转化成义人，魔鬼突然转化成天使。在《悲惨世界》里，冉阿让从仇恨一切的人，转化成爱一切的人；沙威则从法律的冷酷工具，转化成良心觉醒的人。在《九三年》里，在无辜的孩子们面临死亡威胁的危困时刻，朗德纳克从血腥的杀戮者，转化成仁慈的拯救者；郭文从无情的惩罚者，转化成温和的宽恕者；西穆尔登则为了捍卫无情的原则处死了郭文，又因为对郭文的父亲般的爱而处死了自己。一切都显得违情悖理，匪夷所思，一切又都合乎情感逻辑和真理逻辑。他们的信仰和价值观都要求他们完成这种"突转"。在雨果的叙事世界里，这些传奇人物的行为与意识之间，存在着严密而合理的逻辑关系。

值得注意的是，在雨果的浪漫主义"突转"叙事里，活跃的想象、强烈的情感、尖锐的冲突、鲜明的对照，总是通过冷静的现实主义描写表现出来。也就是说，虽然雨果在《九三年》中所处理的，是近乎极端的危困叙事，但是，他的许多细节描写和情节叙述，却有着几何般精确的效果和逻辑般严密的说服力。就像美国学者克拉克所说的那样："对精确性的培养以及对理智的推崇形成了法国文学文化中的基本理性基础。法语、法国文学所呈现的'理性'面貌是

---

① 路遥：《路遥文集》第5卷，第208页，北京，人民文学出版社，2005年版。

其他语言、其他国家的作家和文学所缺乏的。"[1]他将这种精神概括为"几何精神"[2]。这种追求精确的几何精神与介入现实的批判精神一起,对法国文学产生了深远的影响。雨果在《巴黎圣母院》中对石头建筑的精细描写,《悲惨世界》中对巴黎巷战的生动描写,《九三年》对"巨人与巨人的斗争"的史诗性描写,都体现着令人赞叹的"几何精神"。

路遥虽然接受了雨果描写人物精神升华的"突转"模式,但却忽略了雨果小说描写的"几何精神"和小说叙事的逻辑感。由于丧失了事实感和逻辑感,《惊心动魄的一幕》中的"突转"叙事,就很难获得理想的修辞效果。例如,造反派周小全看到马延雄为了制止武斗而自蹈死地,内心受到强烈的震动,"一刹那间,反映在他脑子里的观念是:这是一个伟大的敌人"。他甚至觉得自己是"小丑手下的小丑",于是,"一种羞耻感使他低下了头"。[3]最后,他虽然被自己阵营的人视为"叛徒",但却未受到任何惩罚,而是带着"骄傲的微笑",离开野蛮的造反组织,当此时也,"一缕淡柔的光线衬出了他年轻健美的身影"。[4]这样的叙述和描写虽然不乏浪漫主义色彩,但是,缺乏现实主义力量,给人一种随意而虚假的感觉。

同样缺乏说服力的,还有路遥对马延雄之死的夸张性叙事。在路遥的叙述里,马延雄用自己的生命,制止了大规模的群众武斗,"全县没有因武斗而造成任何群众的死亡"[5]。事实上,完全失控的混

---

[1] 〔美〕普利西拉·帕克赫斯特·克拉克:《文学法兰西:一种文化的诞生》,第93页,施清婧译,南京,译林出版社,2019年版。
[2] 〔美〕普利西拉·帕克赫斯特·克拉克:《文学法兰西:一种文化的诞生》,第95页,施清婧译,南京,译林出版社,2019年版。
[3] 路遥:《路遥文集》第5卷,第229页,北京,人民文学出版社,2005年版。
[4] 路遥:《路遥文集》第5卷,第237页,北京,人民文学出版社,2005年版。
[5] 路遥:《路遥文集》第5卷,第239页,北京,人民文学出版社,2005年版。

乱局面，根本不会因为一个自身难保的人的死，而一瞬间实现"转换"，而达到息事宁人的目的。根据《延川县志》记载，1966年10月，全县成立了20多个"造反组织"[①]；自1967年11月至1968年，发生多起武斗流血事件和抢劫武器、银行、粮食等"打砸抢"事件[②]。可见，路遥在处理危困叙事的时候，不是服从客观的事实和缜密的逻辑，而是依从自己主观的想象和缥缈的愿望。这样，作者在作品中所表现出来的，也就不是数学般的精确，而是一个又一个的逻辑断裂和细节失实。

安·兰德说，在《九三年》中，雨果"表现的是人性的本质，而不是某种转瞬即逝的东西。他无意记录鸡毛蒜皮的琐事，而是努力把他心目中理想的生活刻画出来。他崇尚人的伟大，并竭力表现这种伟大"[③]。事实上，路遥也试图表现"人的伟大"，但是，由于他对特殊时代环境里人的心理和行为的理解是主观主义的，由于他处理危困叙事的方法是违背事实的，不合逻辑的，所以，他最终也就不可能实现自己的叙事目的。

尽管如此，在关于那一特殊历史时期的寥寥无几的危困叙事中，中篇小说《惊心动魄的一幕》仍然具有特殊而重要的意义。王天乐在回忆文章中说："路遥在考上初中后完全走出了这个家庭。到延川县中学后，主要经济来源是靠他的同学撑扶的。不久，发生了'文化大革命'，平心说，路遥对这场'革命'是热衷的。不为别的，就是为有口饭吃。路遥对我讲起这段历史时，曾是泪流满面。后来他开始写文章，并把自己的名字由王卫国改成了路遥。当他写完《惊

[①] 延川县志编辑委员会：《延川县志》，第824页，西安，陕西人民出版社，1999年版。

[②] 延川县志编辑委员会：《延川县志》，第825页，西安，陕西人民出版社，1999年版。

[③] 〔美〕安·兰德：《通往明天的唯一道路——安·兰德专栏集萃》，第63页，章艳译，桂林，广西师范大学出版社，2004年版。

心动魄的一幕》和《在困难的日子里》这两个中篇小说后，他说他终于写出了自己埋得很深的一段心灵历程。"[1]《惊心动魄的一幕》是一部致敬之作，是一部安慰之作，也是一部告别之作。他用这部小说向伟大的雨果和他的《九三年》致敬，用这部小说安慰自己和同时代青年受伤的心灵，同时，也通过它，与自己充满动荡和恐惧的青春时代告别，与中华民族的一段曲折而坎坷的历史告别。

路遥的这部危困叙事小说，以青春的热情和巨大的勇气，表现了特殊时代令人惊心动魄的一幕。他想为人们提供一面镜子，点燃一团火焰。他想帮助人们看见可怕的恶和阴暗，也想点燃人内心的善和光明。这部小说使人看见历史事变造成的混乱和恐怖，也使人看见巨大冲突所带来的人性复活和精神安慰。

路遥在《惊心动魄的一幕》中的探索是失败的，他在这部小说中所追求的叙事目标，也未能全部实现。但是，他对"人的伟大"的信仰对他后来的写作产生巨大的影响，引导他写出《在困难的日子里》《人生》《平凡的世界》《早晨从中午开始》这样包含着理想主义激情的现实主义杰作。

（本文原刊于《当代作家评论》2022年第3期）

---

[1] 李建军编：《路遥十五年祭》，第191页，北京，新世界出版社，2007年版。

文学气息与文化气象
——王蒙文艺思想研究札记

曾 攀

王蒙是与共和国一同成长的作家，也是中国当代文学发展史中的标志性人物。他不仅见证了时代的风起云涌，更成为当代文坛诸多变迁的一个重要显像。从20世纪50年代的"百花齐放"，到"反右""文革"，再到新时期以至21世纪，王蒙都是见证人、亲历者，是一个丰富的文学与文化镜像。在这个过程中，除了创作庞大繁杂的文学作品，他还写下大量笔力雄健的、能够展现其文学思想与文化理想的文章，多涉及当代中国的文艺走向、美学范型的建构。尽管他没有刻意雕筑其文学思想体系，但他那些创作谈、对话录、演讲稿、文学评论等文章中的思想可以说是相互贯通、互为脉络，是一个至今仍不断被建构的且具有开放性的整体。他那些具有时代性，同时又常常带有时代规定性的文学文化观念，是基于个人创作实践与社会生活的总体性阐述，成为中国当代文学发展史显豁的表征。

20世纪70年代末以来，王蒙兼具作家的气息和理论家的气象，研究他的文艺思想，不仅可以解读其作为创作者所预设的创作理路、风格调性，而且还是把握中国当代文学发展路径的关键一环。如果深入分析王蒙的"以大见大"的文本形态与创作思想，可以见出当代中国文学深远广大的气息与气象。正如同王蒙浩瀚宏阔而风起云涌的人生经历一样，他的文学思想是复杂而深刻的"杂色"，涉及文艺创作与文化发展的不同岩层。但他的"杂"并不是杂乱无章、无法把握的，而是有着"杂而一"的特质，有着一以贯之的核心。他对时代政治、文学历史、文化路径的整体掌握与发抒，接续的是中国内在的政教、文史传统，同时在世界性的跨文化视野中探索当代中国的新路径与新特质。

一

在有着"文以载道"之古典传统和"文学为人生"之五四传统的中国，文学与政治、时代和人生一直相互缠绕，而像王蒙这样将彼此结合得如此紧密的，并不多见。正如他本人所言："我不但用文学的激情来从事创作，而且也用文学的激情来接受、理解、批评我们的政治生活。""我完全承认，我的政治经验，我担任各种社会职务的经验，同样是我写作的重要资源，既是精神的资源，又是生活经验的资源。"[1]王蒙在思考问题时往往不仅局限于眼前的细枝末节，而且有着一种战略性的全局意识，形成了开阔与开放的思想形态，"充当中央与作家同行之间的桥梁"[2]，这在他的文艺思想中体现得尤为明显。

与一些有意疏离政治的作家不同，革命或者说政治，对于王蒙而言，绝不是一种外在的东西，他对宏大叙事的兴趣几乎是与生俱

---

[1] 王蒙、宋炳辉：《只要能用得上的，我都不拒绝——王蒙先生访谈》，《王蒙研究资料》上卷，第7-8页，天津，天津人民出版社，2009年版。

[2] 王蒙：《大块文章》，《王蒙自传》第2部，第335页，广州，花城出版社，2007年版。

来的，直至演变为一种"从小就热衷于救国救民"[①]的使命感与宿命感。他大半生的政治生涯，不仅影响了他的视野、胸怀、对文学的认识和为人处世的哲学，也赋予了他一种特殊的身份认同，强化了他在少年时期就带有的主体观念和责任意识，进而构成他文学思想的一种资源和背景，并且深层次影响着他文学思想的精神内核与价值取向。他所关注的是在新的历史条件下的文艺发展思潮、作家思想建设、文学资源整合、文化发展战略等重大命题。早在20世纪80年代末，他就具有前瞻性地提出："中国是一个古老而又年轻的大国。中国对于世界是重要的。中国对于21世纪是尤其重要的"，"这是因为，与中国的目前的经济实力并不同步，中国是一个文化大国，是一个社会主义的东方文化大国。这是当今世界以欧洲为源头的文化潮流的最重要的参照系"，"要从世界的观点、21世纪的观点、全球的观点考虑中国文化的地位和前途。并安排好中国文化的发展、建设、改革、开放，从而塑造中国的应有的形象，发出中国的应有的声音"。[②]王蒙"文化大国"的战略清晰地点明，尽管当时的中国在诸多方面都落后于发达国家，但至少在文化上是一个值得自信的大国，因而需要在此基础上，承继传统、放眼世界，塑造新的挑战下中国当代文化的样态，这是一种在认识到文化的"不平衡"[③]基础上建设"文化大国"的战略构想，为"后革命"时代中国文学的发展锚定了坐标。事实证明，如是之文化构思，后来成为文学乃至文化界的广泛共识，并在当下不断付诸实践。

这一构想延续至今，越来越多地表现在关于"文化自信"的论述上。2017年，人民文学出版社出版了《王蒙谈文化自信》一书，

[①] 杨澜：《杨澜访谈录》第9辑，第60页，沈阳，辽宁人民出版社，2002年版。

[②] 王蒙：《我国社会主义初级阶段的文化刍议———一个笔记式的提纲》，《王蒙文存》，第503-504页，北京，人民文学出版社，2003年版。

[③] 温奉桥：《论王蒙文化思想的现代性》，《聊城大学学报》2006年第6期。

收集了王蒙近十年来就"文化自信"相关主题形成的系统性观念，他从"历史的经验与责任""对传统文化的自信""面向世界的文化自信"等维度进行了总体性的把握，提出"中国文化传统是活的传统，是与现代世界接轨的传统""中华风度""文化定力"等重要观点。在阅读碎片化、媒体多元化的时代，重新整合文化的观念与理想，在此过程中，王蒙以一种文学史家的视野，梳理中国文学的历史，析解世界文学的浪潮，在居安思危的视域中，指出未来发展的可行性及相关应对策略。他承认大众的、通俗的文学和文化产品存在的价值，同时还指出其需要高质量的发展形态，站在制度设计的层面，统筹规划且高屋建瓴，这是一种难能可贵的文化姿态，也是总体性地塑造当代中国文化逻辑的话语形式，以此为中国文学涤荡陈腐、开创未来。"在新的历史时期，我们尤其需要提倡一种建设的精神，敬业的精神，理性的与务实的态度，献身经济活动及科学与艺术的志趣，热爱生活与善于生活的品质，点点滴滴、不拒绝小事、不拒绝平凡的工作的精神；特别是一种从善如流、面向世界、精益求精、取多用长的改革开放精神。"[1]这是王蒙对文化融通规律的真切把握，同时也是当代中国实现文艺变革的前提与可能。

二

而与这种战略性大视野、大格局相连的，则是一种包容意识。叶嘉莹曾因王蒙的海纳百川，将《王蒙在海大》的书名下意识地认为是"王蒙在大海"。实际上，王蒙的这份包容也与他的人生一样，充满着丰富性、复杂性，其中除了源自于他深厚的文学修养与丰富的人生阅历外，往往还有服务于大方向的战略性需求。从王蒙的自

---

[1] 王蒙：《中国文化自信，是从善如流的自信》，《解放日报》2018年3月8日。

传及自述来看，构成他文学思想的资源是多元与多维的。从中国文化传统看，"老庄"思想、"文以载道"传统、五四精神等，都是王蒙思想中流淌的血脉；从跨文化角度看，他对苏联、欧美文学的融会，对政治中心、文化中心、不同的边地文化的异质性的吸纳，乃至对新时期以来现代主义等种种文学思潮的倚重等，都塑造了一种兼收并包的理论精神。可以说，他这种从全局着眼的"以大见大"文化观念，映射的是当代中国的包容、开放与鼎新。

具体而言，王蒙在守好主流文学的岗哨之外，也时常宕开一处，试图保护多样的文学革新与合理的文化生态。他为"玩文学"辩解，认为不能把文学里的"玩"的因素完全去掉，因其通过一种颇为考究的形式，或精巧、或宏大、或自由地表达自身，具有安慰甚至游戏的功能。这便是"聊以自娱"的写作与阅读的合理性。[①]当然，这里的"玩"是回向自我的精神品位，是一种敞开式的充满诸种可能的价值理趣，是"游于艺"的自在与自由，尽管这个过程不一定是以高雅的面貌出现。又如在20世纪90年代的人文精神大讨论中，王蒙对"王朔现象"的辩护："批评痞子文学的人又有几个读懂了王朔？判断文学作品的依据只能是作品而不是作家的宣言。王朔他们是太痛恨那些伪道德伪崇高伪姿态了，他们继承了中国文人的某种佯狂的传统，故意用糟践自己、糟践文学的方法——这样比较安全——来说出皇帝的新衣的真相。难道他们的作品里除了痞子还是痞子吗？难道他们的小说里没有道出小人物的辛酸与不平之气？难道痞子就没有可以同情与需要理解之处？对痞子一笔抹杀，难道不也是太缺乏人文精神太专制也太教条了吗？"[②]谈到郭敬明的《小时代》时，他亦为之进行辩护："《小时代》是郭敬明的《青春万岁》。"

---

① 王蒙：《文学这个魔方》，《王蒙文存》第20卷，第168页，北京，人民文学出版社，2003年版。

② 王蒙：《人文精神问题偶感》，《王蒙文存》第23卷，第217页，北京，人民文学出版社，2003年版。

"浅是浅,可我们当年的青春也浅啊,只不过赶上大时代、大事件。当年我们精神上的困惑可能比现在的年轻人少些,对自己选择的道路完全没什么困惑。而正是不困惑,制造了后来许多的悲剧。青春都不是吃素的。"①除了批评,他对这些在新的时代条件下催生的文学样式更多地怀抱历史的同情,有着一种为丰富的文学样态得以延续的容纳之心。从这里也不难发现,尽管王蒙身上有着鲜明的时代政治印记,但他对世俗的、民间的、生活化的文学也兴致盎然。"在意识形态、民间和先锋三种写作样式中,我倾向于把王蒙归入固守意识形态中心的那一类作家的行列。王蒙的矛盾,恐怕就在于他既是政治意识形态理性和道义上的看护人,又对民间生活世界一往情深。"②他义无反顾甚至一往情深地走入众声喧哗的文学场域之中,尽管有些作品的价值似乎并不那么高拔,但其中无疑孕育着当代中国新的文学生态与文化可能。

在文艺创作形态方面,王蒙曾做过这样的论述:"关于小说创作手法的多样化。这个多样化有两条,第一是要严肃,第二是要宽容。""要兼收并蓄……所以我的态度叫党同喜异、党同好异,在艺术手法上兼收并蓄,从'异'中汲取营养。为什么要酸溜溜地贬低别人的手法呢?有人在讨论'意识流'和'山药蛋'孰优孰劣,为什么要把两者对立起来呢?""我主张多种多样艺术手法上并存,自由竞赛""各种手法是可以相反相成,互相促进,互相融合再分化,彼此汲取营养,取长补短,从而促进小说创作的繁荣的。"③文艺创作本无定法,关键在于作者寻得自我的风格与调性,"最后我要再强调一下,一定要百家争鸣,百花齐放。艺术上要兼收并蓄,要自由竞

---

① 王蒙:《通人王蒙》,《南方周末》2019年12月24日。
② 郜元宝:《阅读与想象——致陈思和:再谈王蒙小说的语言与抒情》,《王蒙研究资料》上卷,第489页,天津,天津人民出版社,2009年版。
③ 王蒙:《漫话小说创作》,《王蒙文存》第19卷,第52页,北京,人民文学出版社,2003年版。

赛。以我个人的近作来说，有吸收了某些意识流手法的，也有吸收了侯宝林、马季的相声手法和阿凡提故事的幽默手法的，在《风筝飘带》和《蝴蝶》中，我还有意识地吸收鲁迅的杂文手法和李商隐的象征手法。虽然我一个人的能力有限，但我愿意把路子走宽一些，我希望我的习作在艺术手法上呈现出一种多元的景象，我不想'一条道走到黑'，不想在艺术形式上搞一元化，定于'一'。我希望我们的探讨更大胆，我也希望我们的探讨更加宽容、谦逊，用公开的、平等的、'费厄泼赖'式的讨论、争论、竞赛，来促进新时期文学事业的发展"。[1]由此可见，王蒙这种开阔而包容的思想不仅作用于他对其他文学样式、创作的评价，也与他本人的创作实践之间实现了通约，在这样的文艺观指导下，他自然地采取了一种博采众长、兼收并蓄、集"多"融为"一"的形式，而从《风筝飘带》《蝴蝶》等作品来看，其中的生命力与开放性是富于启示性的。而从文化策略层面而言，王蒙没有走那种峻急决绝的激进主义老路，而是采取了一种渐进式的温和包容态度。有学者认为，王蒙是"体制内运作"，也即"通过在体制内的渐进，试图扩大体制本身的活动空间。他不是像血气方刚的年轻人那样奋不顾身地冲刺，而是像一个太极高手那样顺势发力，游刃有余。他绝不莽撞行事，不提可望而不可即的纲领。他不激昂，但许多真话从笔下从容流出，一些禁区似乎在无意间被打破。不知这是否可算费边主义的风格？其意义是不应低估的"。[2]应该看到，他在这里显露出一种风格和智慧，释放的是文学艺术内在的丰富多元的气息，同时亦彰示精神的与文化的阔大气象。

---

[1] 王蒙：《对一些文学观念的探讨》，《王蒙文存》第23卷，第67页，北京，人民文学出版社，2003年版。

[2] 高增德、谢泳、丁东：《话说王蒙——谈当代知识分子的精神纯洁性》，《世纪之交的冲撞——王蒙现象争鸣录》，第127页，北京，光明日报出版社，1996年版。

三

在王蒙的整个文学思想体系中，十分强调作家创作的主体性，"忽视创作主体的作用必然导致艺术想象力的萎缩、风格与手法的单调、审美空间的狭小、鉴赏水平的低下，甚至会影响一个民族的美感与智能的发展，使一群人的精神生活偏狭化与粗化"[1]，激情、灵感、经验、心灵、审美是王蒙创作谈中出现频率较高的词汇，共同指向了创作主体的主观感受和创造理念。可以说，王蒙对主体性的强调，首先是通过突出"人"的地位，从而强调人之"精神"的重要作用来达成的，而其背后，是他对许多教条主义的文学理论进行的系统辨析和清理，为中国当代文学廓清了许多思想迷雾，从而也建构起自己文艺思想的关键形态。

新时期文学经历了一次回归本体的"向内转"，文学不仅回到内部的语言与修辞的革新，而且不断汇入关乎人与人性的探索之中。在《漫话小说创作》中，王蒙谈到"文学是人学，它以人为中心，它追求人成为真正的人"[2]。在此基础上，他强调文学的功能应表现在"对人们的灵魂、人们的精神状态的感染，对人们的感情、心性乃至趣味的潜移默化""文学的力量在于打动人心，在于震撼、激动、抚慰人的灵魂"。[3]在《文学三元》中，王蒙把社会现象、文化现象和生命现象看作是文学的"三个棱面"，而"文学的三个棱面，统一于作为文学的主体与客体的人身上。什么是人，是社会的人，

---

[1] 王蒙：《学文偶拾》，《王蒙文存》第23卷，第131页，北京，人民文学出版社，2003年版。

[2] 王蒙：《漫话小说创作》，《王蒙文存》第19卷，第53页，北京，人民文学出版社，2003年版。

[3] 王蒙：《创作是一种燃烧》，《王蒙文存》第21卷，第255-256页，北京，人民文学出版社，2003年版。

文化的人，是有生命有生有死的人"。①值得注意的是，他对"人"的主体性的不断强调，不仅突出的是单个的、独特的"人"在创作中的地位，而且力图将作家们从各种条条框框的束缚中解放出来，从而能够充分调动自身主体性来进行鲜活的、富有创造力的写作。因而在王蒙看来，"人"与其"精神"是密切关联的，如若意图创作出真正鲜活灵动的文学，"人"之"精神"的作用必不可少，这也是其主体性思想的重要一面。而这里的"精神"则是一种广义的认知，包含创作主体的心灵、情感、想象等诸多主观因素的影响。在强调"精神"的作用时，王蒙曾说："文学还需要崇高的信念、深沉的思索、大胆的想象；文学还需要激情，需要是非心与同情心。"②王蒙秉持着"创作是一种燃烧"的激情，呼唤的是创作主体由"向内转"而创生的"向外"的形式表达，是文学创作在21世纪的当下走向深远广大的必要基础。

王蒙在强调"人""精神"等主体性因素时，更多针对的是作家创作的具体过程。但他是着眼于整个当代中国文学的发展境况提出的，不仅为他后来创作上的"实验"和"创新"、艺术手法上的"翻"与"变"找到了内在合理性，具有现实指导意义，在整个文学的发展过程中，也具有巨大的思想解放的意义，"成为从根本上清除极'左'思潮对作家束缚的最有力虽锐猛的武器；同时也是对马克思主义文艺思想在新的历史条件的丰富、完善和发展。王蒙的文学主体性理论，把文学从'时代的镜子''政治的晴雨表''匕首与投枪'等外部规定性中解放出来，在一定程度上恢复了文学的生命力"。③让文学回归文学，是保持其本体性并不断激发自身创造力的

---

① 王蒙：《文学三元》，《王蒙文存》第23卷，第176页，北京，人民文学出版社，2003年版。
② 王蒙：《是一个扯不清的问题吗？——谈文学的真实性》，《王蒙文存》第23卷，第70页，北京，人民文学出版社，2003年版。
③ 温奉桥：《王蒙文艺思想论稿》，第26页，济南，齐鲁书社，2012年版。

重要方式，也为当代中国文学的未来发展开凿出新的通路。必须指出的是，人的精神自在固然指引着主体内部的纵深开掘，而从整个中国的文化脉络中看，则更多地传递出回向传统的价值表述。在《王蒙自述：我的人生哲学》中可以见出老庄对王蒙文艺思想的影响是内在而深厚的，尤其是他对自由逍遥精神的热爱与追求。"逍遥"是老庄精神的重要关键词，老子提倡的处世方式与人生原则是"随遇而安"，即一种"逍遥自在的活法"。[①]王蒙曾进一步做过这样的阐释：《庄子》给人的第一个概念、第一印象是神奇的"逍遥"二字。庄子一生论述的主旨就是探索并指出通向逍遥之路，实现其内心世界的超脱解放，首先享受的就是逍遥的思维与幻想体系的别具风姿。[②]王蒙以庄子的逍遥思想作为精神支撑，并融入自己的思想与感悟，构成一种源于老庄而又带有自身精神气度的思想质素，并形塑了一种开阔感、自由感和超越感。不仅如此，与强调作家创作中作为主体的"人"的"精神"相联系，王蒙对文学的自由品格始终高度珍视，他倡导作家们将这种自由与开阔的精神用到文学创作中，从而使文学作品有滋有味、有血有肉，宕开一处说，这更是当代中国作为一个文化肌体得以不断焕发生机活力的价值阐述。

四

然而需要指出的是，强调创作主体的能动性，并不代表文艺创作与文化产品可以超越真实性的内在逻辑。王蒙在《漫话小说创作》等文章中都对所谓的"真实性"进行了独到而细致的分析，他有这样一个观点："我还有个看法：说真实，可以把这个真和实略加区别。小说该真，但不一定太实。""这个真和科学上的真意义并不完

---

① 王蒙：《庄子的奔腾》，第27页，长沙，湖南文艺出版社，2011年版。
② 王蒙：《庄子的享受》，第3页，合肥，安徽教育出版社，2010年版。

全一样，因为它包含着主观上的真，就是你感受的真。"①关于文学与生活之间的关系，他说："文学所反映的生活，既包括客观世界，也包括人们的特别是作者的主观世界。不管怎样标榜'如实反映''按照生活的本来面貌反映'，仍然是作者用独具的眼来观察，独具的心来感受、独具的笔触来表现的。同样，不管作者怎样标榜其'天马行空''纯粹自我''超现实'，其作品仍然是现实的一个曲曲折折的反映，因为作者本身，作者这个'我'，就是生活在现实中的。人们的理想、愿望、激情、想象、梦幻……都是生活中确有的，都可能是真诚的，而对于主观世界，真诚的东西就是真实的。没有自然，没有物质世界就没有生活，而没有人的主观精神活动，也同样没有文学所要反映的生活。因为文学与天文学、地质学不同，后者的对象是人的精神之外的独立存在，而前者的对象，恰恰是人、人的生活自身。"②当然，主观与客观之间并不是截然分隔的，彼此存在着重叠，甚至有着相互包孕的层面，"说到底主观仍然是客观的一部分，自我是世界的一部分，此岸是彼岸的一部分（是序幕或者插曲或者变奏）。灵魂是肉体的一部分（能量或者升华或者特性）。反过来说，客观是主观的材料，世界是自我的舞台，彼岸是此岸的想象（恐惧或者向往），肉体是灵魂的暂时依托，自我和世界都是一分为二、互相观照又自相观照的"。③可见，王蒙对于"生活"与"客体"的看法不仅仅是一般所说的"客观物质世界"这么简单，现实主义所秉持的真实反映与纯粹客观的观点被王蒙扩大了，因而在文学创作上显示其丰富多元，而且在此基础上打破主客观之间的简单区隔，对

---

① 王蒙：《漫话小说创作》，《王蒙文存》第19卷，第43页，北京，人民文学出版社，2003年版。

② 王蒙：《是一个扯不清的问题吗？——谈文学的真实性》，《王蒙文存》第19卷，第71页，北京，人民文学出版社，2003年版。

③ 王蒙：《红楼启示录》，《王蒙文存》第18卷，第92页，北京，人民文学出版社，2003年版。

于文学以至文化的理解更具其本体性的辨识意义，同时也更能指向文化未来的种种可能。

很长一段时间里，由于时代环境与政治因素的影响，对"真实性"的理解仅仅停留在狭隘的客观层面，认为文学只有反映这种"客观实在"才能谓之真实，这就一定程度拒斥着主体的意识、精神的界域。王蒙意识到这种对"真实""客体""生活"的窄化不仅会引起历史的误读，而且会极大地限制文学发展的通衢。需要指出的是，创作主体的内在世界与历史现实之间的关联是多层面的，事实上，"内"与"外"本无本质区隔，精神心理自身便为"现实世界"的关键组成部分，这就从理论上重新赋予了"生活"更为全面的内涵。具体而言，王蒙强调的是文学应该将面向世界（客观世界）和面向内心（主观世界）结合起来，由是塑造一种具备整全维度的真实与真诚，"真诚的东西，就是真实的"。这样就拓展了文学表现的视域和对象，也为那些侧重于描写人物内心世界的作品取得了"豁免权"或"准生证"。[1]由此便松动了"真实性"的僵化概念，更重要的，这样的提法，避免了作为完整的人被异化的可能。可以说，王蒙的创作也很好地践行了这一理念，不断拓宽关于"真实"的内涵和外延，"不完全是按照生活本来面目而是按照生活在特定的人的心目中的感受，用类似电影的'主观镜头'的方法，既表现人的内心，又表现人的环境、遭遇和生活，既追求客观的真实，也追求主观感受的真实"。[2]由此构筑一种具备纯正文学气息的价值伦理，其关乎人，关乎精神的世界，出入其间，创生恢宏的境界和气象。需要指出的是，创作主体事实上需要具备全息维度的吸纳与吞吐功能，才能真正建构自身的话语系统与修辞形态，从根本上拒绝"把文学的主观的要求、意图、标准放在文学所反映的真实的生活之上，总

---

[1] 温奉桥：《王蒙文艺思想论稿》，第11页，济南，齐鲁书社，2012年版。
[2] 王蒙：《漫话小说创作》，《王蒙文存》第19卷，第55页，北京，人民文学出版社，2003年版。

是不肯倾听生活真实的声音"。[①]而这也正是王蒙对文学主体性与真实性的辩证探讨的核心要义，如是可以极大解放种种加诸文学本体和文化自身的禁锢。

总而言之，王蒙从人的自身不断延展出来的，是他对文学本体与文化本位的维护，以及在文化战略的构筑与施行过程中，不断完成总体性的文艺理念及思想的创生，以此更为内在地引导文学的伦理认同与价值走向，有助于将其中的生态气息与宏阔气象注入当代中国的羸弱部位。这是打开王蒙的思想史和心灵史的关键所在，经此还能映射出中国文艺乃至中国社会的整体变迁，并传递当代中国的文学气息与文化气象，最终指向建构中国特色、中国风格、中国气派的未来可能。

（本文原刊于《当代作家评论》2022年第4期）

[①] 王蒙：《"反真实论"初探》，《王蒙文存》第23卷，第19页，北京，人民文学出版社，2003年版。

动荡年代的动物诗学

——贾平凹《古炉》中的人伦、革命与自然

胡行舟

2011年，贾平凹出版长篇小说《古炉》。"古炉"是一个偏远贫穷、善烧瓷器的中国村庄的名字，可在贾平凹笔下，它更是热气蒸腾的自我燃烧之炉，是传统文化最后的温度，是激进革命的风风火火，亦是艺术重器的炼就。"古炉"尤其孕造着一种"革命中国"的历史发生学。小说封面上毫不含糊地题写着"古炉"的英文翻译——"China"。然而，"古炉"与它所欲象征的中国之间其实关山重叠：古炉村毕竟奇特而僻远，一种边缘的发生学如何"象征"中心或整体？匮乏的革命起源又如何标记并触及宏大与合法的起源？

贾平凹发明了自己的方式，即在自然法、人伦法和革命法的结构性对立与板块运动中激发生成的动物诗学和以卑小的动物化菌菇生命为导引的寄生性写作。从《废都》的欲望主体，到《秦腔》的弱化主体，再到《古炉》的动物化寄生（非）主体，贾平凹终于要在人的最低矮处把握历史。他在众多切入历史的叙述可能性中走向动物化的叙述，划出了一条与宏大庄严的人性历史表象切身而过的逃逸路线，又顽固地在逃逸中在场，在间离中附着。如果历史记录本身构成某种平面或身体，那么贾平凹在《古炉》中的写作则绕开了任何足以俯瞰的高度或"心脏"，降落为历史记录表皮上的寄生，由此开始滑移，开始交染，开始迁取历史之"真"。从古炉到中国，寄生性写作真正所要达成的不在于"飞度关山"的"象征"，而恰恰在于交染。跟随着主人公狗尿苔，贾平凹以动物的轻捷脚步波荡"革命中国"的表象逻辑，以菌菇之"毒"浸染历史记录的宏大整体，将边缘和匮乏引入历史本质之中，且不排除一个夺取母身的可能。由"古炉"到中国的"逆旅"与其说是一蹴而就的完成，不如说是一种播散，一条点着的火绳，一个始终振动的提示：交染正在发生。

一、狗尿苔遇见狗尿苔：历史表皮的寄生

在《古炉》中，外号"狗尿苔"的主人公夜平安有一次遇见了真的狗尿苔，一种"只有指头蛋大小，而且还是狗尿过的地方才生长"[①]的毒蘑菇：

狗尿苔在那里发现墙根竟还长着十几棵狗尿苔，这些狗尿苔差不多一个样子，都是两指来高，白胖胖的，似乎嫩得一碰能流水儿，但用手去摸，却像橡皮做的，又柔又顽。[②]

说狗尿苔是主人公，真是有些勉强。一个十二三岁、被村里人呼来喝去跑小脚路的半大孩子，一个出身不好、只有拿着给人点烟的火绳才能被看见的"四类分子"，一个爱凑热闹、革命大事轮不到他但又总是粘黏其间的擦边球，无论如何都离"主人"有些遥远。更何况，他离"人"都有些遥远。因为个头矮小，人们用"狗尿苔"

[①] 贾平凹：《古炉》，第4页，北京，人民文学出版社，2010年版。本文所引该书皆出自此版本，只注明页码。

[②] 贾平凹：《古炉》，第298页。

这个带有菌菇特色的卑贱名号来作践他；又因天赋异禀，长着一个能闻出灾变气味的鼻子，一套能和动物言谈甚欢的语言器官，村里人都搞不清楚他是个啥奇怪"生物"，[1]说他"人不人，狗不狗"[2]，疑问他"是不是人"，[3]也就进一步坐实了他"狗尿苔"这个菌菇性中蕴含着动物性的名号。

狗尿苔是最不像主人公的主人公，是以寄生为存在方式的动物化（非）主体。如他在"镜中"所见，那菌菇"又柔又顽"——那也正是主人公狗尿苔作为寄生生命的本相。他是蚕婆抱养的孙子，跟古炉村的血缘有机体是一种非原生的、吸附的关系。他太不起眼，不拿着火绳就像猪狗或一阵风经过无人理睬，但也正因为被忽视才在"文革"的风雨中幸存。他柔和脆弱，受人欺侮不堪一击，但又愚顽、顽皮，在人伦与革命纠缠不清的历史表面、在"四类分子"这阶级身份的朽木上顽强生长、传感滑移，而以"遗传"论定的阶级身份在他这超血缘的寄生者身上反倒像是一种顽固寄生。他和蚕婆相濡以沫，又脚不沾地地满村"游击"，穿线式地搅和进各种事件的始末，作为局内的局外人显露着某种菌菇的"毒性"，即那种在隐蔽中带来威胁的潜能，那种扩散和释放时对乡村有机体乃至于对整个历史的宿主产生影响、促使其变化的重要性。他亦同样沾染历史母体的污垢，但要论及罪人之责，他又排不上号。

从一开始，狗尿苔作为寄生生命的植物性就和他与猪狗称兄道弟的动物性扭结在一起，并从属于同样的寓意结构功能。这可以从狗尿苔的梦境结构里得到印证。在整部小说中，狗尿苔曾睡在一张狗皮上梦见自己变成一只毛色土黄的狗，并因蚕婆不再认得他而大哭；曾梦见自己和老鼠难分彼此，争辩这家到底是谁的家；曾梦见自己穿着一件隐身衣，自由游走，自在观望；曾梦见自己缩小成一

---

[1] 贾平凹：《古炉》，第462页。
[2] 贾平凹：《古炉》，第64页。
[3] 贾平凹：《古炉》，第551页。

疙瘩，躲过暴力和事端。这些关于变形的梦无不是狗尿苔的想象慰藉，它们一体两面地反映着他对自身非人化的恐惧和向往：非人，所以产生身份的焦虑、辨认的困难，所以可能被轻贱和损害，可能无家可归；非人，所以也就能获得寄生性的幸存，可以在表皮上滑行、从历史的焦点隐去，可以用浅浅的菌丝和目光介入而不被监视，所以微不足道地活出微不足道的自由。

这当然不限于梦境。如果说菌菇的寄生方式更多作为一种存在逻辑潜藏其后，那么狗尿苔之生成为动物（becoming animal）则是小说描写的重头戏。我们看见狗尿苔走到哪里总有六畜欢天喜地地环绕，看见他与猪同食、给狗裁判，看见让他独享尊荣地参加动物的生日集会，看见他竖起耳朵用小兽般灵敏的环境触觉捕捉着屋外的响动、听雀鸟告诉他古炉村的新闻，看见他吸着鼻子嗅到自然生命变动的暗流。最有趣的则是那人狗难分的细节：外面"武斗"快要点燃，蚕婆为了叫狗尿苔不乱跑，让他像狗一样把自己拴在院子里的树上，狗尿苔却闲不下来，想了个金蝉脱壳的办法，招呼一条狗过来说："你当一回我。"[①]在那条绳子的牵系下，狗尿苔当了一回狗，又让狗当一回他，"我"和"你"如何顺滑地换位，仿佛原本就没有多少他者化的分界，仿佛为着狗尿苔游荡观望、窥察见证的渴望，两个角色可以在同一个位置里相互生成和趋近。

本文追随的正是狗尿苔无处不在的脚步。作为趋向于动物的寄生生命，他滑移中的执着在场"导游"着古炉村具有自然活力的生活世界和它的历史突变，更在革命对人伦的冲击中发出了交缠在其中的自然的声音。作为貌似有毒实则有益的菌菇，他与另一种貌似"治"病实则"致"病的菌菇——太岁——对向而望，映照和反诘着革命的寄生起源。作为不人不狗的精怪生物，他具有传染性的临界状态动物化了贾平凹的叙述本身，牵引着《古炉》动物诗学的生成。

---

① 贾平凹：《古炉》，第466页。

本文通过对人物的结构性定位，阐明狗尿苔所承载的自然法与善人所承载的人伦法、霸槽所承载的革命法之间的角力。这种角力的背后，是法各自的逻辑下关于共同体治理（governance）的理想图景。当传统人伦政治的"治"通过善人以言说对疾病的治愈（cure）寓言出来时，当革命法以"悲剧模态"的崇高激越撼动一切，狗尿苔"喜剧模态"下的自然声音则打开了另一种治愈的方式和治理的潜能。这当中便涌现出《古炉》的文学生态学启示。在自然、革命与人伦的交锋和缠绕中，《古炉》的动物诗学得以建立。

二、动物化寄生生命的三重信息

对于动物化表达，贾平凹在《后记》里做过一点说明："他（狗尿苔）实在太丑陋，太精怪，太委屈，他前无来处，后无落脚，如星外之客，当他被抱养在了古炉村，因人境逼仄，所以导致想象无涯，与动植物交流，构成了童话一般的世界。"[①]贾平凹道出了动物化的初衷，却严重低估了人兽变形和动物叙述在这部小说中的分量。狗尿苔所呈现出来的，其实不仅仅是"想象无涯"。在读者面前，他就是具有"特异功能"的传奇来客，他朝向动物的生成和他与动物的打趣说话并非被描写为一种异想天开、一种精神病学的症候，而是被村人所旁观和验证的具有实在性的身体、心理与行为模态。若说这是个童话，那么在童话里狗尿苔确实呼猫引狗，确实奇异通灵，确实处于一种与人伦法相切而过的"例外状态"。[②]

概括说来，狗尿苔趋向于动物的寄生生命散播着三重最主要的信息。

---

① 贾平凹：《古炉》，第606页。
② 此处并未在阿甘本的意义上使用此概念，但一个共同之处在于，狗尿苔的例外状态亦关涉到"法"的悬置。"法"在本文中不专指条文律法，而是更广义的权威性体系规约、伦理法则和政治意识形态逻辑。

首先,这是一种污名化、贬抑性的底层状态。古炉村太过贫穷,所以如贾平凹所说,人就难免"落后,简陋,猥琐,荒诞,残忍"[1],他们生存的卑微、人性的贫弱和"文革"中的失智都在动物化的征象中得到表达。而狗尿苔由于生理的过剩(动物性异能)和缺憾(发育不良和由出身论定因而也是生理性的阶级身份)被更深层次地从人的尊位里逐出。菌菇和动物,是他耻辱的、非人的标志。这个标志携带着的歧见和贬损,在小说人物水皮的骂声里一览无遗——"你是个狗尿苔,侏儒,残废,半截子砖,院子里卧着的捶布石!"[2]因此,我们才听见狗尿苔无力地、同义反复地声明:"我是我婆的孙子!"[3]这句"废话",作为对"你算个啥呀?"的回应,其实是他援用他和蚕婆后天既成的亲属关系来自证血缘,抗御仅仅作为寄生者的微贱,洗脱被认为不算个人的动物污名;而没有血缘的保证,他当然最终也难以自圆其说。

其次,成为动物是一种滑翔和逃逸。对于菌菇和动物之名,狗尿苔并不总是委屈伤心的。就在被水皮骂"半截子砖"那次,他也兴高采烈起来,心想偏就用这矮小疙瘩绊人、捶人、烙人、垫人。这和他梦幻中的隐身衣、缩身术、人兽变都是同样的运作原理,将自身的目标缩小,在人们的漠视里获取生存的契机,既从流散的点状处借力性地作用于历史的肌体,又一路飞跑哪头不挨,不被风暴的巨臂所撕碎。狗尿苔最终明白过来"丑能辟邪"的道理:"他狗尿苔长得丑,村里乱成这样了,他啥事都没有吗,守灯长得白白净净,守灯挨了一辈子斗,到现在还在外跑着不知是死是活。"[4]避过"邪"其实不在他的丑,而在于他动物化的寄生存在方式本身。在德勒兹看来,生成为动物正是尽一切可能画出逃逸路线的运动,是纯粹张

---

[1] 贾平凹:《古炉》,第604页。
[2] 贾平凹:《古炉》,第336页。
[3] 贾平凹:《古炉》,第23页。
[4] 贾平凹:《古炉》,第542页。

力对各种形式和系统束缚的消解，尤其是对俄狄浦斯式的家庭结构的去局域化（deterritorialization）；而生成为女人或植物或不可感知之物，也都同属于这场粒子态的去—定形的运动逃亡战。[1]同样，狗尿苔释放的菌菇粒子、动物粒子，是对血缘、伦法、权力结构和权力斗争的去局域化，是不竭的逃逸和再被圈套，是从自然立场投向人伦和革命的又"绊"又"垫"，饱含张力的提问。

最后，这还是一种逃逸中固执的在场。他的生长无论多渺小或不自足，总要冒出头来目睹和参与这个世界和历史，滑过大大小小的事件；他的逃逸不是朝向乡村有机体的外部，而是内部和深处，也将在内部和深处与革命和人伦相遭逢；他的运动无论起到促发、牵连、转接、阻断还是单纯探视的作用，都不放弃他缺席中的在场，都是一种在场中的缺席。小说的诸多场景里，哪怕是以最灰头土脸的方式、最尴尬生硬的介入，哪怕缩得再小，狗尿苔都不得不在。在叙述层面上，狗尿苔所表现出的绝不仅仅是一种天生看客的激情，而是一种来自自然深处的必要的凝视，甚至，是自然本身的在场。

三、从"治"（Cure）到"治"（Governance）：人伦法、自然法、革命法

《古炉》为我们创设了一系列人物与人物之间的"对立统一"，若用格雷马斯矩形图来表示，该够画上好几页纸。譬如知书和善人，一个是国家干部，一个是"封建欲孽"，却都洞悉村里的一瓦一石风吹草动。又如知书与霸槽，一个是在位者和朱姓的既得利益者，一个是异议者和夜姓的"造反派"，彼此在宗族与政治派别的纷争里却都有着对于权力的迷恋，对于革命的不自主和盲目，掌控权柄时的

---

[1] Gilles Deleuze and Félix Guattari, *A Thousand Plateaus: Capitalism and Schizophrenia*, trans. Brian Massumi, Minneapolis and London: University of Minnesota Press, 2014, pp.232-309.

自私和不义。再如霸槽和守灯，一个贫下中农，一个地主儿子"阶级敌人"，但都对权力秩序和利益分配的现状不满，在性格上却又是张扬跋扈与怯懦阴毒的鲜明对照。在这一系列对立结构或差异性对流结构当中，最有意味、着墨也最多的是善人和狗尿苔这一组。

善人讲道"说病"时狗尿苔十有八九都在场，而贾平凹都会让狗尿苔给出同样的回馈：听不懂，听不进，没意思，不听了。以至于善人最终也不得不承认："真不知道你就不用知道了，知道了你也就不快活了。"①十二三岁的孩子，听不懂善人那套天地五行纯属正常，若说是"孺子不可教"，贾平凹两三句话打发掉也就罢了。但狗尿苔偏偏要在善人面前出现，要驻足观看善人的表演，又偏偏要再三亮出他茫然的表情。这种有意无意、难以扼制的重复，这种对在场和无效沟通的强调，也就包含着十分重要的讯息——之所以会如此，缘由不在于善人的不知变通或狗尿苔的愚不可及，而是更根本的，两人处于结构性对立的两端，是人伦法与自然法在某些层面上的不可通约。

善人的原型为清末和民国时致力于大众教化的王凤仪，贾平凹对他的设定则是跨哲学和宗教的"乡间智者"②。善人是传统文化的化身，或更准确地说，是中国传统文化的民间表达，亲身演绎了其在村邻乡里的大熔炉特征。如他在小说里所自命："我不是孔孟，也不是佛老耶回，我行的是人道，得的是天道。"③得没得天道，怕得打个问号，但他宣经布道中的文化杂糅倒是赫然。作为一个被强制还俗的和尚，善人的确讲三界、讲因果、讲成佛，他"忍"字当头、以无执不争为解脱的万能药方最得佛法真传；善人又讲道家的阴阳五行、相生流转，在家庭伦理关系和国家政治秩序等各处验证他的金木水火土；安命勿执、五行不乱却又是要维护儒家最为注重的三

---

① 贾平凹：《古炉》，第481页。
② 贾平凹：《古炉》，第605页。
③ 贾平凹：《古炉》，第558页。

纲五常、出孝入悌，而后者在激进革命的年代也正遭遇着重组甚至崩解的危机。

鲁迅在《中国小说史略》中讲到明代受宗教影响的长篇作品时，以"神魔"概而论之："且历来三教之争，都无解决，互相容受，乃曰'同源'，所谓义利邪正善恶是非真妄诸端，皆混而又析之，统于二元，虽无专名，谓之神魔，概可赅括矣。"[1]如此看来，善人的道德劝习，也还是中国古典小说里诸教受容、混而析之的意识体系的一种延续，各家各流细掰不开，总归是个二元的神魔之争。但那"神"正中的圆柱其实仍是儒家衣钵下的孝悌伦常，善人之所谓"演述人伦，印证经传"[2]是也。人伦法是移风易俗的最终依据所在，而其他的宗教元素则是人伦法的环形支撑体系或人伦法的扩充形态。在革命法全方位的冲击下，乐哈哈逆来顺受的生存智慧或佛理又不得不是人伦法最重要的自我存续策略。

善人却又正是个治病的人。虽说也接骨和开药方，但他的绝活是用道理言语疏通病症郁结，是为"说病"，可以说是他的一项"特异功能"。说几句白话如何就能使人自愈，善人提示过他的理论基础：

为什么我说病能一说就好？天理没了就有灾，属天曹管，道理没了就生病，属地曹管，情理没了就有人罪，属人曹管。因为三曹不清，社会才乱。我是在找三曹的账，治病才能效验的。[3]

总之就在个"理"。在他那套叙说里，天地人是互相穿连影响、映照分有的有机整体，通过伦常定位彼此的基本位置，人的性命中因而也就包纳着梯级层次的"理"："性有天理，心存道理，身尽情理。"[4]伦常崩坏，民心愚鲁，"理"无所依附，就会欠下"账"，便是病的源头。于是，病不仅仅是个人身体的问题，而是伦常性的、关

---

[1] 鲁迅：《中国小说史略》，第122页，济南，齐鲁书社，1997年版。
[2] 贾平凹：《古炉》，第558页。
[3] 贾平凹：《古炉》，第412页。
[4] 贾平凹：《古炉》，第412页。

系性的、社会性的、交际性的。而治病不仅要依靠"吾日三省吾身",更要站在共同体之有机结构的层次上去悟省跟谁、跟哪个交接面、哪些因果欠下了"账"。也正因为如此,个人身体的愈疾和共同体身体的教化是合二而一的过程。这一点,善人的道理跟现代心身医学(psychosomatics)的道理多少也有些相通,后者所考量的正是作为个人身体疾病致因的社会心理要素。但说到底,与其说善人的"说病"有什么外在的理论依据,毋宁说最根本的依据和药剂都在于他以个人经历印证的叙说本身。他到头来说的还是自己痛悔过错、疮痨痊愈、宣讲善书,又因男不忠孝女不贤淑而自弃绝食,最后为尽孝道活转过来,立志劝化世人改变世风的个人生平和心灵史。他说来说去说的不是别人的病,而是自己的心病;他用来治病的是他自身如何治病,或他从衰萎走向健康、从厌世走向生机的传奇性叙述;他的说病和治病是回环式的自圆其说。

善人"说病"时都讲了些什么道理,当然是有意思的。但最有意思的,不在于他说了些什么,而在于他自说自话的自圆其说,及那种自说自话中蕴含的治愈的神力。在我看来,这不只是善人而是人伦法本身的自言自语自造神话,是法的有机体的免疫系统的自我运作和自我修复。

在一套有效运作的法理系统之内,作用于语言就是作用于政治和文化的象征秩序,有一部分言说就像是有机身体不断分泌的病毒抗体,通过抗御、吞噬异己者来完成父子官民等局部功能的矫正和维护,故能产生惊人的行为力量和现实响应,保证了特定秩序认同下各个细小单元各就各位的相对健康。"说病"因此是人伦法不放弃的在场,未衰竭的自我指涉和自我巩固的声明。这里"治"也就浮现出具有生命政治学意义的两重性:一者是作为个体健康复位的治愈(cure),另一者是作为共同体系统调节和免疫的治理(governance)。两者紧密地绑定在一起,个体生机仰赖于共同体健康运转的活力,后者的"不治"致使系统紊乱、世风日下,个体生命也就难免要跟着颠三倒四、劫难重重；而共同体的健康维系则又需要确保个体单元服从各自的伦法位置和相互关系，抑制他们个人生机的异变、偏差或脱轨，以免污染扩散危及局部运转乃至于整体持存。善人的"说病"正是"治"的两重性的同时展开，他在为个人治病时所期许的是传统文化政治下民智开启、民心归服的人伦治理，他在用滔滔不绝的语言之流梳理清人伦法的各种关节时也就是在冲开个体生命卡在结构中的肿块淤结。

但这次，人伦法的对手太过强大，在革命法亦即焕然一新的社会主义语言——身体秩序、时间意识形态、空间象征体系及日益激进化的革命逻辑的突进下，它的免疫系统已然支撑不住，故而善人的喋喋不休越来越表现出共同体发声器官感知到断崖后的歇斯底里，是人伦法半瘫痪休眠之前最后的唠叨。也是在这种"治"的两重性上，我们才能理解善人面对"文革"时人性迷障、各徇私利的乱局而自焚的绝望。在与"群治"的深刻关联中，教化者的绝望并不亚于被经典化的现代启蒙者的绝望：善人想象中的——也许也从未在历史上达到理想健康的——传统人伦治理化为泡影，他自己的病也就无可救治，他的"说病"终于成为人伦法为自己唱出的一首挽歌。

与善人的人伦法相对，动物化的狗尿苔则是自然之子，是自然法的化身。他越是没有亲属血缘的保证，就越靠近一种超人伦亲缘的自然连接；他越是古里古怪，嗅觉超常非人非狗，就越是氤氲着自然的奥秘。德勒兹曾一语道破，"不自然的参与或联姻才是遍及自然王国的自然"[1]，因为我们习以为常的"自然"其实是人为合理化的、常常以遗传因素为基础的伦法常规，遮蔽了自然的传染性、他异性、混生性，甚至对立于自身的面向。人们冠之为"超自然"的也不过就是未被常规化的自然而已。这样看来，狗尿苔在别人眼里

---

[1] Gilles Deleuze and Félix Guattari, *A Thousand Plateaus: Capitalism and Schizophrenia*, p.241。

的精怪，尤其是他过度发达、善感灾异的动物嗅觉，亦无非是比"自然"更自然罢了。

狗尿苔整日和鸟兽亲亲热热，和猪狗蹦蹦跶跶，这让他在委屈伤心之外，又呈现出一番作为另类存在的喜剧人物色调。这让人想起约瑟夫·W。米克尔（Joseph W. Meeker）极富创见的"喜剧模态"之说。米克尔认为，喜剧具有生物性，跟悲剧相比喜剧更少依赖人是伟大的、要在死生抗争中彰显其高贵等特定文明下的形而上学预设，喜剧最关心是并不完美的家长里短、算不上进步的生命存续，喜剧的展开方式是平衡态的打破和复归，小小的胜利来自智巧、劝服与幸运，而非必然的受难与死亡。同时，生物也具有喜剧性，生物的进化非常灵活，自然的结构更与喜剧的模式相仿，一个丰饶稳定的生态有赖于一种尽量减少破坏性进攻的平衡，有机体则"必须尽一切可能适应环境，必须努力避免孤注一掷的选择，必须倾向于任何不必死亡的选项，必须接受和鼓励最大化的多样，必须协调于出生和环境的偶然局限，必须总是将爱置于战争之上"。[①]而那些拥有拓荒者英雄品质的动植物仅仅是一个多样性复杂生态的短暂和悲剧性的先导。在那个已经丧失了悲剧的形而上学基础并由人类亲手造就了生态灾难的年代，米克尔断言，我们已然"无力支付一种挥霍浪费的、破坏性的悲剧生命观的奢侈品"[②]。

狗尿苔的寄生生命所处的正是一种卑微琐细的喜剧模态，他寻求平衡而非撕裂，他不得不接受阶级出身与历史环境的偶然局限，他从宏伟的生死场逃逸开去，他笑中带泪、泪中带笑，在偷生中始

[①] Cheryll Glotfelty and Harold Fromm (ed.), *The Ecocriticism Reader: Landmarks in Literary Ecology*, Athens and London: The University of Georgia Press, 1996, p.166、167。

[②] Cheryll Glotfelty and Harold Fromm (ed.), *The Ecocriticism Reader: Landmarks in Literary Ecology*, Athens and London: The University of Georgia Press, 1996, p.166、167。

终保持着对众生的爱意，他因而也是自然的和生态的存在方式。他的喜剧模态恰与霸槽的"悲剧模态"彼此相望。作为古炉村"造反派"的领头羊，霸槽虽也算不上希腊或古典悲剧意义上的悲剧人物，但他高大俊朗、野心勃勃，是被崇高的革命法所召唤的主体，他对革命的澎湃想象诠释着政治如何是一种美学，他要通过果断进攻的造反手段颠覆平衡，要在不留余地的激烈斗争中成为领袖和英雄。可他的浪漫主义，古炉村的人与自然的整个生态乃至于他自己的性命，最终都"无力支付"。而我们当然也已看到善人的人伦法如何陷入了一场悲剧的噩梦。

善人的绝活是与人说病，狗尿苔最了不得的"特异功能"则是与动物碎嘴说话，甚至与动物"说病"。有一次老顺家的狗被剪了毛，大失颜面，郁郁寡欢，不吃不喝，狗尿苔一顿嘀咕，狗就不犯毛病了。狗尿苔"说病"的法子，居然和善人有得一拼，他对狗讲的也是自家的生平，如何出身不好依然活着，外加一通喝骂激将的"打击疗法"①。另一次，村里两派竞夺，姓夜的骂姓朱的是"六畜"，这下猪狗鸡猫们可不高兴了，纷纷骚乱异动。②只有狗尿苔知道六畜是不乐意人们这么做比喻的，搞清楚了是在这里欠下了"账"，也才能相应地"治"得住它们。仿佛狗尿苔的"说病"从另一个方向疏通了善人口中的"理"，实现了动物内在地要求的"正名"和"正法"，要让人伦法和自然法各安其名、各执其命，而一旦它们回到经年累月形成的"初始设置"，疾患滋扰自会平息。

狗尿苔的"特异"又非是"孤异"，他和蚕婆虽无血缘关系，却有着比血缘更深的缘分。在动物化这一点上，他注定是蚕婆的孙子。蚕婆不常与动物絮叨，却也是虫蝶簇拥，她不仅听得懂它们讲话，更剪得一手好纸，灵巧的双手能"化物之形"。小说里描绘她剪起纸

---

① 贾平凹：《古炉》，第49页。
② 贾平凹：《古炉》，第344–345页。

来如有神助，简直是"剪刀在指挥了手"①，动物自然会主动趋向于她，连她在台阶上作画画漏了一头牛，那头牛都会走过来，"要进入她的画里"②。蚕婆的耳朵渐渐聋了，和狗尿苔与动物的对话能力越发区别开来，表现为一种基于视觉的纯粹表象能力。动物渴望着被表象，渴望成为蚕婆的艺术语言和符号，而这种符号不是现代语言学中与物脱钩的能指和所指，而是更接近福柯在《词与物》中所钩沉的、前古典时代的认识论中包含能指、所指和关联（conjuncture）三个维度的符号。

在那种16世纪的认识论中，语言和物都是标识万事万物之相似性的记号，同处于世界那"唯一的光滑的表面"："语言并不是一个任意的系统；它被放置于世上并成为世界的一部分，既是因为物本身像语言一样隐藏和宣明了自己的谜，又是因为词把自己提供给人，恰如物被人辨认一样。"③在这种前提下，自然才是一本书，物才是一种书写，世界才是一种散文。如果我们把蚕婆的剪纸和绘画当作一种"象形"的语言符号，那么这种符号并不抽象于动物所在的自然，而是仍保持着与物对象的贴身关联，肯定着动物的始终在场。与现代符号对物之缺席的预设不同，她的"象形"如被自然赋灵，动物进入表象而更加成为她生活中不可缺少的共在（being-with），动物实际的左拥右簇和象征的环绕翻飞并没有多大的层级区隔。蚕婆把剪纸压在狗尿苔枕边，用以驱避邪祟，而辟邪的背后，更是人境的孤苦中鸟飞蝶舞的盘旋注视和牛羊腾跃的热闹陪伴，是自然生命力量的灌注。和要求"正名"的动物一样，蚕婆的纯粹表象能力的正常发挥也要求自然法和人伦法相对平稳的关系，而在激进革命法的喷发中，自然表象变得歪斜扭曲，"剪出的猪狗，猪狗的脸都是人脸，

---

① 贾平凹：《古炉》，第295页。
② 贾平凹：《古炉》，第525页。
③〔法〕福柯：《人文科学的考古学》，第37页，莫伟民译，上海，上海三联书店，2016年版。

剪了人，人又是长了尾巴"①。

蚕婆恰恰也正是自然法与人伦法之间的重要中介和支点。让自然之子狗尿苔奉行善人那一套，当然有违本性，但蚕婆与孙子不同，她的身上同时展现出自然法朝向人伦的面向和人伦法朝向自然的面向。在古炉村，她最是仁义心肠，最是传统人伦美德的香火所系，无论革命的干戈如何，她都愿伸出援手，保住落难者的一条性命——这一点当然又可以说是自然的或米克尔所谓"生物性的"；她又是村中懂仪礼风习、偏方手艺最多的人，所以虽顶着"四类分子"帽子，村里人却离不开这位博通人事的长者。在治病上，蚕婆也有她的老办法，善人亦颇与其心照："你婆的病我说不了，她啥不知道？"②蚕婆固然讲不出善人那套长篇大论，但在传统人伦法的"治"（同时是"治疗"与"治理"）上，她与善人起着相当的作用。在某种程度上，对动物的视觉表象也正是将自然纳入人伦的一种运行机制。站在自然与人伦的门槛上，蚕婆就不能不是施行"巫术"、监管丧葬等仪式的不二人选，因为巫术和仪式都关涉人从一个状态过渡到另一个状态的阈限（threshold）。对于德勒兹而言，生成为动物也可以看作一种巫术（sorcery），因为它暗示着与魔鬼的联合，并由魔鬼划出一条通过传染性向动物生成的界线，而这种生成又将在人的群体间形成新的引导着人和动物相互传感的临界。③就此而言，蚕婆与鬼神相交的"超自然"施为，既是人伦在自然边界的内在诉求，也是感染着人伦的动物趋向。

四、狗尿苔之"治"："寄生自然"的文学生态学意义

---

① 贾平凹：《古炉》，第576页。
② 贾平凹：《古炉》，第480页。
③ Gilles Deleuze and Félix Guattari, *A Thousand Plateaus: Capitalism and Schizophrenia*, p.247.

狗尿苔沟通自然的"化物之神"与蚕婆表象自然的"化物之形"，共同引导我们走进了一个有觉知也被感应、有声音也被听见的自然。当狗尿苔被刻画为去主体化的人类主体，动物和自然却又正是重新主体化的言说主体。这里也就涌现出《古炉》在生态书写上的重要意义。克里斯多芬·马恩斯（Christopher Manes）曾在《自然与缄默》一文中阐明，长期以来我们的文化都剥夺了自然的声音，而在那些认为万物有灵、非人的事物亦是言说主体（articulate subject）的动物化社会，几乎无一例外都能防止生态破坏，生态伦理也就无须着重。人作为唯一的言说主体的观念及其衍生品，曾有助于安抚人性在浩瀚宇宙中无依无着的原始焦虑，但如今，自然与文化的紧张关系却要求我们去重新设想一种包含着"去中心、后现代和后人类视角"的语言，以打破人本主义目的论的独白。这不是要丢掉理性，而是要丢掉理性的独断用法或某种特定的、历史建构的理性内涵，重建与自然的交流。而我们"不仅要问如何与自然交流"，而且要问"谁才能够如此去交流。'人'，文艺复兴的理想虚构，是完成不了这个任务的"。[①]作为寄生生命而趋向于动物的狗尿苔却是完成这个任务的理想人选，也正是在他与动物与树枝的嘀咕中，古炉村的自然灵气活现、有声有色地舒展其自身，又在蚕婆的某种萨满主义中跃入一个与人类意图交互的领域。

然而，这仍是一个过于沉重的任务。那个交流的"谁"还没有挣脱历史的污名，重构人类理性的蓝图也远远超出了这个小说的负载，尽管《古炉》无疑为我们提供了些许希望。不仅如此，"如何与自然交流"或者说"自然能说话吗"这个问题，其实也要比斯皮瓦克"底层能说话吗？"的经典质询更难给出乐观的回答。仅仅是让狗尿苔和动物植物叽喳有声，并不意味着自然的声音就能在历史中放

---

① Cheryll Glotfelty and Harold Fromm (ed.), *The Ecocriticism Reader: Landmarks in Literary Ecology*, p.25。

大，更不意味着声音在文本中的流溢就是自然说话的方式，就能超出叙述、牵引迷途失聪之人返回大自然的深意。被拟人修辞绑架的交流，借用德勒兹的话来说，仍然是太过于"自然"，以至于遮蔽自然了。而这又正是贾平凹在描摹动物语言和自然觉知时不得不依靠的修辞或"翻译"手段：很大程度上，自然是在移情效果中变得生动，动物是在人类语言和人类逻辑及情感范畴下被赋予对话的权能。而这在反映乡土社会跟自然的亲缘性的同时，也让自然的言说变得暧昧（因过于清晰）和吞吐（因过于流畅），变得人情味十足，甚至接近贾平凹自己所说的由人所倒灌的"想象无涯"。批判动物学领域下的学者对拟人化（anthropomorphism）有着普遍的警觉，正是因为这种表象机制充斥着人的心理结构的投射，在很多时候无助于我们聆听动物和自然本身，也阻碍了我们去坦然承认某些不可磨灭的阻隔。当然，拟人修辞仍是我们摆脱不了的工具，正如翻译固然总是一种"误译"，总是包含不同文化间的深渊，其桥梁意义终归大于种种潜在的偏离和阻隔；而自然的人情味或许也在另一层面接近米克尔所说的"生物的喜剧性"。但是，没有意识到"自然能否说话"，如何可能穿越人的再现/代言机制而被听见的问题便去谈论贾平凹笔下的"生物中心主义"和物种"平等主义""互爱主义"和"自在主义"，[1]则不免显得粗率。

我要论争的恰恰相反，我认为贾平凹笔下的自然生物跟狗尿苔这个角色所体现的一样，与其说是平等自在或中心主义的，毋宁说是寄生性的——自然法被描绘为人伦法的寄生。首先，狗尿苔并不能够和普遍的自然生物沟通，他所能对话的动物，主要是处于人伦寄生位置的"六畜"，即为人所饲养的猪牛羊鸡等等。他和动物的关系就跟邻里人际的交往一般，能不能说上话先得看双方"认不认

---

[1] 张亚斌、韩瑞婷、韩鲁华：《文化大革命的自然生态伦理灾难——贾平凹小说〈古炉〉中的生物中心主义生态伦理观》，见白烨、陈晓明等：《〈古炉〉评论集》，第188—199页，北京，人民文学出版社，2014年版。

识",你我认得,才好打开话匣子,其所依据的是围绕着人的一种亲疏远近。古炉村的周边环境和各家养的六畜,那都是狗尿苔的"熟人",你一句我一句便可畅行无阻,但换了地方就不一定了。狗尿苔摔了蜂箱,可没说跟蜜蜂叨上几句,仍被扎成个大肿脸,毕竟不是"熟人",也无从"说病"。此外,六畜不仅说的是"人话",而且依循人类的命名。小说里的猪告诉狗尿苔,它们"叫狗是叫它主人的名字",而又因为那头猪是从狗尿苔家送到铁栓家的,所以它有时被其他动物叫作"狗尿苔",有时被叫作"铁栓"。[①]贾平凹信手一笔,却又极富象征意味,让我们看到人之"名"如何施加于自然法并成为动物主动认领的标记,看到小说中绝大部分的"自然"如何作为人伦的延伸或从属地带而具备了主体化的声音。联系到前文所讲动物对"正名"和"正法"的欲求,亦可见人伦法和自然法的相对位置:这种秩序连动物都要捍卫,但这个秩序不是关于"齐物"或平等,而是关于彼此相依而有别的宿主与寄生。

因此,《古炉》之生态书写的价值,我认为应该从自然生物作为"寄生"而非"中心"的向度去阐发,或者至少要将这种寄生性纳入思辨的框架。基于此,我对《古炉》在生态伦理上更为特殊的启迪做如下总结。首先,《古炉》提示我们不仅要去触摸自然灵动的肌理,而且要认识到自然的差序。我们常将自然或生态当作一个整体的、平滑的概念去谈论,但是自然实际上会由于它跟特定群体的亲疏远近的关系而内在地分化,有的是触手可及、交互频繁因而也更具有可沟通性的,有的则是深不可测,甚至神秘可怖的。其次,《古炉》展示了人与自然的相互建构。像"六畜"这类长期以来"寄人篱下"的家畜和围绕着农业生产而展开的环境生态,其与人伦的交织与彼此生成是时间许给的默契,而狗尿苔只不过是在诸法变乱之时担任了一个重新点化出这种默契或根源的信使。所以我们在看到

---

① 贾平凹:《古炉》,第474页。

自然难以"说话"的同时,也要看到在各种不同的情境下交流的可能或始终存在。再次,经由狗尿苔朝向动物的生成和蚕婆的中介,人伦法、自然法与革命法开始交相流动,在这种流动性中,寄生关系总在暗示着倒转的潜能:究竟自然是人伦的寄生,还是我们都忘却了,人和人伦才是广大自然母体上的某种寄生?究竟革命能掀翻自然的法则,还是说革命法也不过是自然内部、局部甚至表皮上的生理和病理?我们从"人"的基点建立的人伦与革命的起源性,又是一种怎样的寄生的起源性和起源的寄生性?最后,当善人的"说病"为我们拉开了一幅"治"作为"治理"的理想图画,我们也要叩问,狗尿苔向着动物的"说病"里,是否也潜藏着某种"治"(governance)的愿景和远景呢?这一点,小说里没有给出像善人的传统人伦治理那样醒目的说明。但我们也足以想象,那种治理下的世界,会是一个人与自然生物更加融入、温热、心有灵犀的世界,一个更多喜剧、更多倾听、更少"穷兵黩武"沦陷生态的世界,一个倒也的确会愈加"平等""互爱"并尊重"自在"的世界。由此我们也才能从最深处理解作为人伦法化身的善人在自焚前对狗尿苔的瞩望:"你好好活着,古炉村离不得你啊!"[1]不仅古炉村离不得他,文本之外的世界也很需要他的身上传感扩散出来的"治"——那也正是作为自然法化身和动物化寄生生命的狗尿苔之菌菇"毒性"的最终所在。

(本文原刊于《当代作家评论》2022年第4期)

---

[1] 贾平凹:《古炉》,第565页。